Simon Urban
Gondwana

Roman

Mit Comics
von Ralph Niese

Schöffling & Co.

Für Eckhard und Monika,
denen ich mein Paradies auf Erden verdanke.

Erste Auflage 2014

Satz: Fotosatz Amann, Memmingen
Druck & Bindung: Pustet, Regensburg
ISBN 978-3-89561-196-4

www.schoeffling.de
www.simonurban.de

»Gott ist ein überforderter Fleischwolf,
der seit der Erfindung der Angst mit den Träumen und
Hoffnungen der Schwachen gemästet wird.«

Josef Früchtl, Major a. D.

Prolog im Himmel

Ich bin im Himmel. Der Himmel ist oben in künstlich leuchtendem Babyblau gehalten, das nach unten heller wird, fast weiß. Das Weiß geht in eine bucklige Wolkenlandschaft über, die sich bis zum Horizont aufbläht. Der Himmel sieht aus, wie ich ihn mir immer gedacht habe. Der Himmel ist auch genauso, wie ich ihn mir immer gedacht habe. Ganz hübsch, aber stinklangweilig. Keine Ahnung, wie man hier existieren soll. Selbst wenn man auf dieser Wolkenlandschaft herumlaufen könnte, gäbe es nichts zu tun, nichts zu erleben, nichts zu hoffen. Man säße wie auf einem gigantischen Sahnebaiser herum und könnte sich den ganzen Tag darüber freuen, dass man noch da ist. Sonst nichts. Das ginge vielleicht sogar eine Woche lang gut. Aber dann käme unweigerlich der Punkt, an dem man sich fragt: Was zur Hölle soll ich im Himmel?

Ich stelle mir vor: Nach zwei Wochen sucht man ein Loch in der Wolkendecke, um sich hinabzustürzen. Aber es gibt keins. Nach vier Wochen redet man mit sich selbst. Nach acht Wochen redet man mit Gott. Fragt ihn täglich 24-mal, wie so was passieren konnte: dass es in der ganzen Religionsgeschichte immer nur darum ging, in den Himmel zu kommen. Aber dass sich nie jemand gefragt hat, was man dann bis in alle Ewigkeit dort macht.

Und es kommt keine Antwort.

Wie immer.

Meine Finger drehen an den Rädchen der Kopfhörer, die Musik wird lauter: Mein Herz brennt.

Was ist das Ende? Ich denke, das Ende fällt aus. Irgendwann verstummt man. Rollt sich zusammen: ein sprachloses Tier. Ein weiterer, 37 Grad warmer Fleischvorleger am Bett des erschöpften Schöpfers. Der Himmel, denke ich, ist ein babyblauer Bullshit auf Watte. Er ist friedlich, also ist er nicht lebendig. Er ist perfekt, also ist er tot. So tot wie Trenk Benedict.

Ich halte mein Handy ans Fenster und mache ein Foto. Es gibt Ideen, die sollte man veranschaulichen. Es gibt Erkenntnisse, die sollte man immer bei sich tragen. Es gibt Handys, die bessere Bilder machen als meins.

I

Das ovale Anschnallschild leuchtet. Der metallische Gong gongt. In meinen Kopfhörern bricht Gitarrenlärm los. Die Karbonverkleidung der Kabine zittert ein bisschen. Die G. A. Celebration beginnt mit dem Sinkflug. Sie taucht sanft in den Sahnebaiser-Nebel ein und tritt nach minutenlanger, rüttelnder Blindheit wieder aus ihm heraus, als wären wir soeben in den Wolken erfunden worden: ich, in meinem weißen Trenchcoat, der sonnengebräunte Captain mit der vertrauenerweckenden Vierschrötigkeit zupackender Männer, die immer genau wissen, was zu tun ist, und sein peinlich sauberes, nach Maracujareiniger duftendes Luftschiff. Die Wolken zerreißen, Celebration-Wiedergeburt, wir sacken aus der Watte wie aus einem jungfräulichen Dunstschoß.

»Welcome to Sterblichkeit«, sage ich laut und meine es halbwegs ernst. Der Captain dreht sich zu mir um und lächelt. Für einen Moment glaube ich, ihn zu kennen, schon einmal von seinem goldenen Backenzahn angeblitzt worden zu sein, irgendwann irgendwo. Er wendet sich wieder ab, schaut nach vorne, zieht sanft am Schubhebel.

Der schwarzblaue Pazifik wird sichtbar.

Ich schlucke meine 15:00-Uhr-Pille mit dem letzten Schluck Southern-Comfort-flavoured-Tea runter und schnalle mich immer noch nicht an. Wir kippen nach rechts und drehen eine harte Kurve. Landeanflug. Unten erscheint der Archipel, von weit oben heruntergefallen, zu allen Seiten weggespritzt. Ein ins Meer gekotztes Paradies. Der Allmächtige, denke ich, muss sich vor langer Zeit mal ganz gewaltig den Magen verdorben haben.

Jetzt präsentiert das ovale Celebration-Plastikfenster erste Einzelheiten: Die Hauptinsel hat die Form einer verkrüppelten Viertel-Note. Graue Berge wechseln sich mit dunklen Wäldern ab, helle Strände mit steilen Klippen. Das sieht alles nach Naturschutzgebiet aus, nicht nach Tatort. Vereinzelt leuchten rote Hausdächer aus dem Grün, dünne Straßenschlangen, schleichende Autopunkte. An einer Straßenkreuzung sind weiße Buchstaben auf den Asphalt gemalt: STOP!

»Dafür ist es leider zu spät«, sage ich in Richtung Cockpit, doch diesmal reagiert der Mann nicht. Er drückt lieber auf Knöpfe, legt Schalter um, starrt ins Nichts.

Die Celebration kippt nach links, eine Stadt rutscht ins Bild: Sie scheint aus dem Meer zu kriechen, wächst vom Strand an die Berge hinauf, wuchert in alle Richtungen, franst in den Wäldern aus. Ich sehe den Holy Hill, der auf seinem Felsvorsprung über allem thront. Die vier protzigen Sakralbauten, deren Türme erst einzeln in den Himmel ragen, um weiter oben doch noch zu verwachsen, zu einem großen Turm zu werden, zu einer einzigen irrsinnigen Kirche. Das gigantomanische Luftschloss der globalen Gottesanbeter. Es ist tatsächlich Realität. Ich merke, dass ich bis zum Schluss mit einem groß angelegten Betrug gerechnet hatte. Aber da unten blinkt es unübersehbar, das heiligste aller heiligen Heiligtümer: der Global Prayground. Die berühmte Glaspyramide klebt zwischen den vier Turmspitzen wie ein ägyptisches Ufo. Sie reflektiert das Sonnenlicht. Sie blendet mich. Sie macht mich wütend. Ein heller Schein am Firmament. Mein Herz brennt.

Tief unter dem Felsvorsprung leuchtet der historische Vergnügungspark mit dem gewaltigen Auge Gottes, dem größten Riesenrad der Südhalbkugel. In vier Tagen soll hier die große Party steigen. Wenn bis dahin nicht noch mehr Leichen gefunden werden.

Ich denke: So weit im Süden müssten sie doch eigentlich echten Southern haben.

Ich denke: Es gibt dich wirklich, Gondwana.

*

Das Ankunftsterminal: ein überdimensioniertes Gewächshaus. Mammutbaumhohe Sprossenfensterwände, darüber ein geschwungenes, gläsernes Endlosdach. Prächtige Palmen, die es niemals bis zur Decke schaffen werden. Überall Kameras. Gigantische Riesenplakate der Quadrigamitglieder an Stahlstreben. Vier weiße Kutten ohne Gesichter. Die anonymen Herrscher über ein Archipel der Ahnungslosen. Ein Moslem, ein Jude, ein Katholik, ein Evangelikaler, allesamt gesichtslose Würdenträger, deren Identität niemand kennt, vielleicht nicht einmal sie selbst. Warum man Porträts aufhängt, die niemanden zeigen, ist mir schleierhaft. Wie so vieles, was diesen Fall betrifft.

Auch wenn die Vorbereitungszeit für den Einsatz diesmal rekordverdächtig kurz war, ploppen sofort alle wesentlichen

Informationen in meinem Kopf auf. Ich kann in ihnen kramen wie in einem besonders lesbar geschriebenen, gut strukturierten Notizbuch: 47 Jahre lang war die Insel ein Fernerholungsgebiet für Menschen mit »Minderung oder Herabsetzung der maximal erreichbaren Intelligenz«. In den besten Zeiten kamen bis zu 400 000 »mental retardierte« Besucher im Jahr. Finanzieller Welterfolg dank Vergnügungspark plus Südseefeeling, Förderung durch die UN, Spitzname: Kap Handicapped. Vier von einer amerikanischen Werbeagentur entwickelte Tierfiguren in Ganzkörper-Plüschkostümen bespaßten damals die Touristen, suggerierten Geborgenheit, wohliges Anderssein, selbstbewusstes Außenseitertum. Da für Mäuse, Enten und Hunde von Disney keine Lizenz zu bekommen war, entschied man sich für eine »besonders originelle« Auswahl. Der Insel half es auf Dauer nicht. Schwindende Kundschaft dank Gentechnik, Verschuldung, Insolvenz, schließlich der Ankauf durch die neu gegründete Weltkirche. Projekt: monotheistisches Versöhnungssymbol. Die Behinderten blieben weg, die Gläubigenelite rückte ein. Umdeutung der mittlerweile durch die UNESCO geschützten Plüschviecher in groteske Symbole einer bedingungslosen Liebe zu Gott. An der Herabsetzung der maximal erreichbaren Intelligenz auf dieser Insel hatte sich also nichts geändert.

»Der Kerngedanke dieses singulären Projekts«, hieß es in einem der Dossiers, die Gaarder mir zwangsweise verabreicht hatte, »ist die Realisierung des ursprünglichsten aller Menschheitsträume: Es geht um nichts weniger als ein Paradies auf Erden.« Dass jedes Paradies immer seinen eigenen Sündenfall nach sich zieht, war diesen Träumern offenbar nicht bewusst.

Ich schlendere Schritt für Schritt der sonnigen Weite der

Begrüßungskathedrale entgegen, die dem gerade Gelandeten unmissverständlich klarmacht, dass er ein Auserwählter ist, ein Glückskind Gottes, eine grandiose Unwahrscheinlichkeit. »18 Millionen Menschen bewerben sich jedes Jahr für einen festen Wohnsitz auf Gondwana«, raunt die dramatische Sprecherstimme in den TV-Spots, »gerade mal 36 schaffen es.«

Hier kommt Nummer 37, und die reist garantiert wieder ab, denke ich, als ich mit meinen beiden Koffern das Identifikationsportal passiere. Die Monitore schalten sich ein. Mein Gesicht, mein Name, mein Beruf laufen in dem Display durch, dann die Flugdaten, die Visumsbestätigung, die Personenbeförderungsnummer. Sonnenbrillenscan. Die Brille wird als einhundertprozentig entspiegelt erkannt. Genehmigt. Ich muss mein Handy mit einem Klinkenkabel unter den Monitoren verbinden, dann beginnt irgendeine gottverdammte Software damit, die Kamerafunktion zu blockieren. Zwei grüne Felder blinken, ich bestätige sie über den synchronen Druck beider Daumen. Daten werden überprüft, Handykamera deaktiviert, Prüfung wird abgeschlossen, bitte warten – Daten sind korrekt.

Die Schleuse öffnet sich geräuschlos.

Keine Waffenabfrage, kein Alarmsignal.

Vor mir lacht eine Gruppe Global-Air-Hostessen in makellosen silbernen Uniform-Parras. Sechs silberne Weibszelte mit Köfferchen an den Handgelenken und Airline-Anstecker auf Brusthöhe. Ich spüre, wie mir der Tee mit Southern-Geschmack einen kleinen Rausch vorspielt, mich in einen golddurchwirkten Bademantel aus beschwingter Tristesse hüllt, unter dem ich nichts trage außer meiner Smith & Wesson. Ich spüre, dass ich Lust bekomme, zu dieser vermummten Hostessenherde rüberzugehen, meinen Mantel aus Traurigkeit zu öffnen und den Kichererbsen gleich zwei geladene Kanonen anzubieten: Können Sie mit so was umgehen, meine dämlichen Damen?

»Detective Inspector Ahorn?«

Der rothaarige Mann, der das fragt, war gerade noch nicht neben mir, jetzt ist er plötzlich da: fett, freundlich, Francis. Letzteres steht in geschwungener Schrift gestickt auf seinem weißen Poloshirt, Höhe rechte Titte.

»Francis«, lese ich vor und blicke in zwei grüngraue Augen, in denen Furcht, Hoffnung und Freude zu einem fiebrigen Glanz verschmelzen, stelle beide Koffer ab und strecke meine haarige Hand aus. »Platon Ahorn. Sagen Sie Platon zu mir, ich bin schließlich kein Baum.«

Francis nimmt meine Hand, drückt sie kurz und kräftig, dann zögert er und lässt mich wieder los. Die Frage ist ihm offensichtlich peinlich, er stellt sie trotzdem: »Und Herr Gaarder?«

»Ich reiche Ihnen wohl nicht.«

»So war das nicht gemeint!« Francis schwimmt. »Bitte. Verstehen Sie mich richtig, Detective Ahorn.«

»Platon.«

»Platon. Wir sind froh, dass Sie so schnell kommen konnten. Aber wir müssen unbedingt mit Herrn Gaarder reden. Persönlich. So bald wie möglich.«

»Gehörst du zu denen, die vor Ort waren?«

»Vor Ort?«

»Vor Tatort.«

»Um Himmels Willen, nein!« Francis starrt mich an. »Ich bin vom Inselbesucherdienst! Ich hab nichts mit …«

»Aber du weißt Bescheid.«

»Man hat mich eingeweiht. Ja.« Der Dicke zwingt sich,

ruhig zu sprechen. »Aber nur wegen des Krematoriums. Und dann wurde ich als Gastgeber ausgewählt. Sie wohnen bei mir, Platon.«

»Meinetwegen. Ordentliche Portionen scheint es ja zu geben.«

Glotz.

»Kommt Herr Gaarder denn bald nach?«

»Das ist der Plan. Er will nur meinen ersten Bericht abwarten.«

Francis schlägt einen süßlichen Ton an. »Er hatte uns eigentlich zugesagt, spätestens übermorgen hier zu sein … Das würde also bedeuten, dass Ihr erster Bericht …«

»Gibt es irgendeinen Grund, an der Aussage von Herrn Gaarder zu zweifeln?«

»Nein. Entschuldigung. Natürlich nicht.«

Einige Hostessen imitieren jetzt Fluggäste. Die größte von ihnen redet mit verstellter Stimme und bewegt sich vor und zurück wie eine Untote beim Square Dance. Francis und ich sehen zu. Diese Hostessen sind die glücklichsten Hostessen der Welt. Sie werden von der Sonne mit warmem Licht geduscht, sie suhlen sich darin, sie wissen um ihre perfekten Maße. Wir betrachten die elastischen Körper, die sich vor Lachen krümmen wie silbrige Raupen, ich ahne die Tränen in den großen Augen, die schönen gepuderten Gesichter von grinsenden Krämpfen zu hässlichen Fratzen verzerrt.

»Man hat ihn abgeschlachtet, Platon«, sagt Francis leise.

»Trenk«, stelle ich fest.

Francis nickt. Etwas Unaussprechliches hockt in seiner Mundhöhle und schielt mich durch gebleichte Zähne an.

»Erzähl es mir«, sage ich.

»Jetzt?«

»Die Zeit ist ein Dauerläufer. Manchmal sprintet sie sogar.«

Francis sieht zu den Hostessen rüber, als würden die gleich beschriftete Schilder hochhalten, von denen er seinen Text ablesen kann.

»Er wurde abgestochen wie ein – geschächtetes Opferlamm. Und vorher hat man ihm …«

Eine gleichgültige Computerstimme beginnt im Hintergrund über Lautsprecher Inselinformationen runterzuleiern. Mehrere zivile Vollverschleierte warten schwatzend an dem Schalter Rundflüge Pinta/Cristobal. Bärtige Männer betrachten die Auslage des Gebetsteppichshops, unbärtige die des Rosenkranzshops. Bärtige und Unbärtige sitzen zusammen im Global-Air-Bistro, beten, lesen die *Better Times* und trinken dampfenden Tee aus kleinen, pastellfarbenen Gläschen. Die Computerstimme ist am Ende ihrer Informationen angekommen, es folgt ein Gregorianischer Choral. Dies irae dies illa, solvet saeclum in favilla: teste David cum Sibylla …

Ich schenke Francis eine liturgische Minute, gebe ihm die Möglichkeit, verbotene Worte aus den Tiefen seines Sprachzentrums zurückzuholen. Francis würgt Wort für Wort hoch und kaut auf den Wörtern herum, sie schmecken ihm nicht. Ich merke, er würde das Zeug am liebsten ausspucken. Der kleine, dicke Mann ringt mit sich. Endlich macht er den Mund auf.

»Man hat sein … sein Skrotum und sein Glied abgeschnitten. Man hat ihn entmannt. Und man hat ihn gezwungen, es zu essen.«

Die Hostessen kreischen.

Francis zuckt zusammen.

Der Chor bleibt feierlich. Quantus tremor est futurus, quando iudex est venturus, cuncta stricte discussurus!

»War Trenk der Erste?«

»Ich …« Wegknickende Stimme. Eine Träne kriecht über Francis' rechte Hängebacke. Er nickt und tötet die Träne mit dem Jackettärmel. »Wer kann bloß so was tun, Platon?! Hier, bei uns?! Warum wird ein Mensch zum Mörder?!«

»Jeder Mörder hat vor seiner Tat den Glauben an irgendetwas verloren«, sage ich und starre Francis an, der mit gefalteten Händen, geschlossenen Augen, bebenden Lippen vor mir steht und aussieht, als würde er gerade das Quadrigaplakat über ihm anbeten.

»Kannst … kannst du uns helfen, Platon?«

»Ich kann alles, was gekonnt werden muss.«

»Danke.«

Mors stupebit et natura, cum resurget creatura …

»Ihr hättet früher anrufen sollen«, sage ich und versuche es so hart klingen zu lassen, wie ich es meine. »Wirklich, Francis. Ihr hättet früher anrufen sollen.«

*

Das cremefarbene Karmann-Ghia-Cabriolet, mit dem Fett-Freundlich-Francis mich durch die grünen Hügel in Richtung Stadt fährt, versetzt uns in eine tröstliche Zeit um 1960 zurück, macht uns zu verwegenen Helden eines romantischen Dramas, Happy End garantiert nicht garantiert. Ein Duftbaum mit Weihraucharoma hängt an der Halterung, die ursprünglich mal für den Innenspiegel gedacht war. Das Radio trällert Seasons in the Sun. Rechts und links Häuser im Kolonialstil, großzügige weiße Holzbauten mit Säulen, Wintergärten, Erkern, Veranden und Pools. Errichtet in der Epoche, als das hier noch ein säkulares Paradies für behinderte Kinder war und kein sakrales für verhinderte Erwachsene. Es würde mich nicht wundern, wenn jeden Moment die kulturdenkmalgeschützten Plüschpersönlichkeiten um die Ecke kämen, Randy der Wombat, Sandy die Seekuh, Mandy die Flugeidechse, Wendy das karierte Pferd. Allesamt mit knallbunten, schwebenden Luftballonsträußen in den Klauen, Pfoten, Flossen, Hufen, eine singende Schar zurückgebliebener, mongoloider, humpelnder Jungen und Mädchen im Schlepptau, die eine Spur aus Sabber auf dem warmen Asphalt hinterlassen. We had joy, we had fun.

»Wie läuft das so, Autofahren ohne Spiegel?«

»Man gewöhnt sich dran.« Francis zwingt sich zu einem Lächeln. »Wenn alle aufeinander Rücksicht nehmen, ist sehr vieles möglich, Platon. Nicht nur im Straßenverkehr. Das wirst du selber merken.«

»Ach. Werde ich das?«

»Spiegel sind nicht lebensnotwendig.«

»Sieh mal an. Und wie rasierst du dich?«

»Ich gehe jede Woche dreimal zum Coiffeur. Unsere muslimischen Brüder haben es da natürlich etwas einfacher.«

»Der gute Waldschratlook.«

»Bitte respektiere …«

»Und wie du aussiehst, wenn du morgens aufstehst, interessiert dich überhaupt nicht?«

»Ich sehe aus, wie Gott mich gemacht hat.«

»Du siehst aus, wie Gott dich gemacht hat.«

»Ja, genau.«

»Und warum will Gott dann partout nicht, dass du siehst, wie Gott dich gemacht hat? Ich dachte, er hat dich nach seinem Ebenbild erschaffen?«

»Also …«

»Kann er sich selbst nicht mehr in die Augen gucken? Oder hat er irgendwie Scheiße gebaut und schämt sich jetzt?«

»Platon …«

»Ihr seid doch hier alle aus Gottes großer Stanze. Die Goldkrone der Schöpfung. Aber eure Frauen wickelt ihr von oben bis unten in silberne Tischtücher und eure Rückspiegel werft ihr weg. Was soll das sein? Der finale Beweis dafür, dass Aberglaube blind macht?«

»Du wählst äußerst harte Worte.« Der Dicke sammelt sich. »Deine sogenannten Tischtücher sind die rituellen weiblichen Vollverschleierungsgewänder der Weltkirche und heißen Parra.«

»Von Parralleluniversum?«

»Grmpf. Vielleicht verstehst du uns besser, wenn du erst mal ein paar Tage hier gelebt hast.«

»Schwer vorstellbar.«

»Das wäre schade. Du gehörst offenbar zu der immer kleiner werdenden Gruppe von Menschen auf dieser Welt, die noch nicht das Glück hatten, erleuchtet zu werden, Platon.«

»Siehe, die einen warten ihr Leben lang auf Erleuchtung, die anderen knipsen ihr Licht einfach selber an.«

Francis schweigt jetzt griesgrämig. Ich merke, dass er extra für mich eine Besucherroute fährt: die Küstenstraße entlang, die sich als Schlinge um die Insel legt, dann durch die Vorstadt ins Zentrum und gnadenlose Serpentinen hinauf. Sämtliche Fußgänger sind schlank bis athletisch. Die Männer tragen kurze Hosen und zeigen muskulöse Waden, trainierte Oberarme, flache Bäuche. Ihre T-Shirts sind allesamt mit den jeweiligen Vornamen bestickt. Die Frauen wirken wie G. A.-Hostessen, sie wandeln als sportliche Silbersäcke hinter ihren halbnackten Herren her. Keine Namensstickerei auf den

Parras. Zahlreiche weiße G-Liner-Busse mit unlustigen Weltkirche-Werbeschriftzügen sind unterwegs. *Maria + Scharia. Mekka nicht Rom – sondern diene deinem Gott! Juden und Musilme = ein Herzl und eine Seele.*

Fast alle Autos sind Cabriolets. Immer sitzen Männer am Steuer und halten sich penibel an die Geschwindigkeitsbegrenzung. Alles schleicht. Wenn Frauen zu sehen sind, hocken sie im Fond, ihre Kutten flattern ein wenig im seichten Fahrtwind. Mumientransporte, die auch auf dem Kontinent längst Normalität sind. Leichtes Spiel für einen Mörder, stelle ich fest, wenn die halbe Bevölkerung dauerverkleidet ist.

»Gibt's hier Führerscheinbesitzerinnen?«

»Nein. Aus Sicherheitsgründen.«

»Weil die alle nicht einparken können.«

»Das auch. Aber noch wichtiger ist uns die Gesundheit. Wenn Frauen selber Auto fahren, werden ihre Eierstöcke beschädigt.«

»Und dann können eure Gebärmütter keine Kinder mehr kriegen.«

»Ja. Das wurde medizinisch nachgewiesen.«

»Von Doktor Best oder Doktor Oetker?«

Der beleidigte Francis kurvt durch strahlend weiße Wohngebiete in Richtung Holy Hill. Dort hat man die Straße mit Eisenpollern abgesperrt, aber der Dicke kennt eine Kombination aus Anwohnerseitengassen, die uns nach endloser Kurverei mitten auf den Holy Hill führt. Francis dreht einen Halbkreis und stoppt neben einem bronzefarbenen Denkmal, das eine von Kopf bis Fuß verhüllte Frau darstellt. Nicht einmal die Schuhe sind zu sehen.

»Das kann unmöglich euer Ernst sein, Francis.«

»Was meinst du?«

»Den Klotzbrocken neben dir, natürlich.« Ich lese die Inschrift des Denkmals vor: »*Phyllis-Schlafly-Memorial.* Soll das ein Witz sein?«

»Nein, wieso?« Der Dicke klingt überrascht. »Phyllis Schlafly war eine große evangelikale Reformerin, die es den Frauen dieser Welt ermöglicht hat, ihre wahre Bestimmung in der Gesellschaft zu finden. Das Denkmal erinnert an ihre Leistungen.«

»Toll. Aber sie ist nicht besonders gut getroffen, oder?«

»Nicht gut getroffen? Man sieht sie doch gar nicht.«

»Francis – vergiss es.«

Ich steige aus, wende mich nach rechts und merke, dass ich staune. Angesichts dieses Ausblicks kann ich die Betbrüder und ihre Schwestern zum ersten Mal verstehen. Hier oben ist es wirklich ganz nett: Das Hochplateau, auf das die selbst ernannte Weltkirche ihre Symbolzentrale gezimmert hat, ragt als geschwungene Felsnase ins Nichts. Nur noch ein gläsernes Geländer, dann Abgrund. Am Hang unter uns klebt die Stadt als weißes Nest dicht gedrängter Häuschen. Unzählige Fahnen mit den drei religiösen Symbolen der vier ortsansässigen Konfessionen flattern über den Dächern. Jeder Weltkirchenpensionär zeigt zwanghaft, welchen Gott er insgeheim doch für den einzig wahren hält. Und zum Hauptquartier müssen sie alle aufschauen. Immer.

Der alte Rummelplatz am Strand ist zum Teil schon in Betrieb. Lichter blinken, der Wind weht einzelne Musikfetzen zu uns herauf, das Riesenrad kreist betulich. Dahinter glitzert die Südsee. Unzählige Miniaturinseln treiben im Wasser wie verstreute Trümmer nach einem rekordverdächtigen Flugzeugabsturz.

Ich drehe mich um.

Auch wenn ich nicht viel für Kirchen übrig habe, bin ich notgedrungen schon wieder beeindruckt: Die zwei Kathedralen, die Synagoge und die Moschee in ihrer halb modernen, halb traditionellen Gaudí-Calatrava-Misch-Architektur, allesamt aus dem weißen Inselsandstein erbaut, allesamt exakt hundert Meter hoch und untereinander durch zahllose geschwungene Brücken verbunden, ergeben in ihrer Gesamtheit ein gigantisches Luftschloss, ein fantastisches, vervielfachtes Neuschwanstein. Dort, wo die vier obersten Brücken zusammentreffen, zwischen den Spitzen der Minarette, Kuppeln und Kirchtürme, schwebt die Pyramide hundert Meter über unseren Köpfen. Sie wirkt größer als vom Flugzeug aus. Obwohl das Ding komplett aus Glas ist, kann man nicht erkennen, was sich im Inneren befindet. Die typisch aufdringliche Geheimniskrämerei des Religiösen: Immer gibt es etwas, das die Hüter als unerreichbar definieren. Immer wird eine Leerstelle inszeniert, die vollgeträumt werden muss. Immer wird einem verboten, in etwas hineinzusehen, in das man besonders gerne hineinsehen möchte. Dürfte man es, würde man feststellen: Es ist leer. Genau wie der erste gemeinsame Gebetsraum der Weltreligionen da oben. The Global Prayground, den mein schwuler Freund Harry immer The Noble Gayground nennt. Nach dem Titel eines indizierten Priesterpornos.

Francis schenkt den bizarren Sehenswürdigkeiten seiner bizarren Heimat keine Beachtung. Er starrt so verständnislos auf die Hände, die aus seinen Jackettärmeln herausschauen, als fiele ihm gerade ein, dass diese Hände Trenk Benedict höchstpersönlich die Eier abgeschnitten und in den Mund gestopft haben.

Ich entferne mich vom Wagen und gehe langsam auf den

beinahe menschenleeren Platz, der in jeder zweiten Nachrichtenausgabe rund um den Globus auftaucht und den ich trotzdem immer für eine aufdringliche Animation, für einen plumpen 3-D-Trick, für eine wild gewordene Karibikkulisse gehalten habe. Selbst hier, mitten zwischen den vier weißen Riesen, unter dem verwirrenden Gitter aus Brücken und Bögen, das sich weit oben ineinanderrankt, fällt es schwer zu glauben, dass dieser Sandsteinirrsinn tatsächlich existiert. Dass diese Äquatoridylle namens Gondwana ernst gemeint ist. Dass sogar Platon Ahorn wirklich da sein soll.

Ich bemerke eine Bewegung am Himmel und setze meine Sonnenbrille auf. Etwas kriecht durch das prächtige Blau, verschwindet hinter einem der Minarette, taucht wieder auf: ein kleiner Punkt, der sich langsam von der Insel entfernt. Die G. A. Celebration, stelle ich fest, Goodbye, boy, da fliegt sie hin, mit ihrem weißen Karbonmantel, mit ihrem vierschrötigen Captain, mit ihrem Maracujareinigerduft und ohne Passagiere, weit weg, der spirituell versöhnten Welt entgegen, und dich, Platon, lässt sie zurück auf einem Fels in der Brandung, auf dem lauter frigide Abergläubische keine Orgien feiern, auf dem es einen Mordfall zu lösen gibt, aber ohne Leiche, ohne Spuren, ohne Chancen, und auf dem ganz bestimmt kein Schluck Southern aufzutreiben ist, auch wenn du hier der Detective Inspector bist.

Francis hockt immer noch im Wagen und rührt sich nicht.

Eine Frau erscheint zwischen der Moschee und der linken Kathedrale. Sie kommt genau auf mich zu. In der einen Hand trägt sie zwei vollgepackte Einkaufstüten vom *Koscher-Kauf*, in der anderen einen großen Plastikkanister. Obwohl ihre Einkäufe schwer sein müssen, geht sie gerade, stolz, mit schnellen Schritten.

Etwas klebt mich auf dem warmen Pflaster des Platzes fest und lässt mich abwarten.

Für einen Moment bilde ich mir ein: Diese Frau kommt zu mir. Sie ist das silberne Ganzkörpergefängnis, in das sie ihr Leben lang schief gewickelt wurde, endgültig leid und fragt sich längst, wovor in Gottes Namen sie sich eigentlich permanent verstecken muss. Schöpferchen sieht ja ohnehin alles, der guckt auch durch Mikrofasern. Hätte er Frauen nicht einen dichten, glänzenden Vollkörperpelz beschert, wenn er wirklich so ein Verhüllungsfanatiker ist? Hätte er sie nicht zu Bärinnen gemacht? Ich bilde mir ein: Diese Frau hat das unfaire Brimborium satt. Sie hasst es. Sie möchte sich in jeder Hinsicht frei machen. Und sofort mit dem Detective Inspector zum FKK-Strand gehen.

Ein Schweißtropfen läuft mir den Nacken hinunter.

Jetzt hat sie mich fast erreicht. Schlank mit ordentlichen Brüsten, wie das geübte Auge am Faltenwurf des Umhangs erkennt. Eine Brosche in Eulenform. Ich stelle erstaunt fest, dass man zu einem Parra Cowboystiefel tragen darf. Die Frau geht an mir vorbei, doch dann bricht sie plötzlich aus, lässt Tüten und Kanister fallen, duckt sich weg. Fuchtelt wild mit den Händen.

Ich nähere mich vorsichtig.

Sie schlägt ins Leere. Keucht.

»Kann man Ihnen irgendwie helfen?«

Die Frau antwortet nicht. Plötzlich reißt sie sich den Schleier mit beiden Händen vom Kopf. Schüttelt den Stoff aus. Ich sehe eine Biene zu Boden fallen, das Insekt zappelt auf dem Asphalt, bevor es unter einem klobigen Cowboystiefel begraben wird.

Zerquetsch!

Die Frau hebt den Kopf und erstarrt. Ich blicke in blaue Augen. Das längliche Gesicht ist auf eine seltsame Weise elegant. Blonde Haare hängen wirr und schweißnass herunter. Nicht älter als 25. Das Wort Frau kommt mir jetzt unpassend vor. Diese Frau ist ein Mädchen. Für drei, vier Schrecksekunden betrachten wir uns verblüfft, dann fischt sie panisch den Stoff vom Boden und wirft ihn sich irgendwie über den Kopf, kann nichts sehen, zerrt an Zipfeln, ich will helfen, aber sie weicht entsetzt zurück, stolpert dabei fast, fängt sich und zupft hektisch an dem Schleier herum, bis alles Hübsche wieder akkurat verhängt ist.

»Sie dürfen Frauen nicht in der Öffentlichkeit berühren!« Dunkle Stimme. Klingt älter als ich vermutet hätte. »Sind Sie verrückt?«

»Nein. Aber die Leute, die solche bekloppten Regeln erfinden.«

»Pssssst.«

»Das mit dem Berührungsverbot hat die Biene wohl noch nicht kapiert.«

»Muss mir irgendwie unter den Parra gekrochen sein …«

»So was kann hässlich enden.«

»Nicht mal als Bienenschutz taugt der Schleier.«

»Allergie?«

»Leider.« Sie sieht sich um.

»Keine Sorge, das hat niemand mitgekriegt.«

»Sicher? Es gibt Kameras.«

»Und wenn schon. Sie mussten das Vieh loswerden.«

»Schwer zu beweisen, im Nachhinein. Auf den Überwachungsbildern sieht man nur, dass ich in aller Öffentlichkeit den Schleier abnehme. Dass ein Mann mich fast berührt. Und alles mitten auf dem Holy Hill!«

Ich bücke mich und kratze den Bienenmatsch mit meiner Kreditkarte vom Pflaster. »Wenn es Ärger geben sollte, haben Sie jetzt einen ziemlich glaubwürdigen Zeugen samt Beweisbrei.«

Sie nickt. »Danke.«

»Bereuen Sie es schon, hierher gezogen zu sein?«

»Wegen der Bienen oder wegen der Kameras?«

»Grundsätzlich.«

»Nein. Überhaupt nicht.«

»Naja, Sie sind ja auch erst seit acht Tagen hier. Kann noch kommen.«

Das Mädchen rührt sich nicht. Vermutlich schaut es mich verblüfft an.

»Sie waren gerade ziemlich ungeschickt mit ihrer Maskierung«, sage ich freundlich. »Vorsichtig ausgedrückt. Das machen Sie noch nicht lange. Und der letzte Immigration Day war am Siebzehnten. Vor acht Tagen.«

»Sie sind ein guter Beobachter.« Die Kleine hebt ihre *Koscher-Kauf*-Tüten auf. Sie wirkt, als mache sie sich für einen Zweikampf bereit.

»Vermutlich bin ich das.«

Ihre Stimme wird herausfordernder: »Und was sehen Sie, wenn Sie nach oben gucken?«

Ich lege den Kopf in den Nacken. Die hellen Brücken der vier Kirchen scheinen sich in den letzten Minuten verschoben zu haben, das Wirrwarr ist nicht wiederzuerkennen. Hinter dem Steingitter blendet tropisches Blau.

»Viel Platz für Notizen«, sage ich.

Das Mädchen lacht. »Immerhin, Sie sehen nicht nichts.«

»Das wäre auch ein bisschen viel verlangt, *nichts* sehen zu können.«

Sie mustert mich. »Soll ich mal?«

»Nur zu.«

»Am Immigration Day letzte Woche waren Sie nicht mit an Bord. Sie sind blass, zu warm angezogen und stehen hier rum wie ein Tourist, der gerade seine Paradiestour-Reisegruppe verloren hat. Vorhin ist die Celebration gelandet, außerplanmäßig. Alle Neuankömmlinge fahren immer zuerst zum Holy Hill, um zu schauen, ob es ihn wirklich gibt. Hab ich letzte Woche Dienstag auch gemacht. Und wenn sie dann festgestellt haben, dass es ihn wirklich gibt, stehen sie einfach hier rum und wissen plötzlich nicht mehr, ob es vielleicht sie selbst sind, die es nicht wirklich gibt.«

»Ich bin Platon«, sage ich, »und es gibt mich wirklich.«

»Jane«, sagt das Mädchen und spricht den Namen nicht amerikanisch-süßlich, sondern skandinavisch-nüchtern aus. »Wenn es dich gibt, Platon, dann gibt es mich hoffentlich auch.« Ich strahle sie grundlos an und hoffe, dass sie hinter ihrer Gardine zurückstrahlt.

»Willkommen«, sagt Jane. »Auf Gondwana.«

»Danke«, sage ich und muss mich beherrschen, die Kleine nicht in den Arm zu nehmen, so vertraut ist sie mir plötzlich. »Darf ich noch was fragen?«

»Nur zu.«

»Du hast dich hier einbürgern lassen, um den ganzen Tag Umhang zu tragen? Autofahren darfst du nicht, und im Bus sitzt du hinten?«

»Selbstverständlich.« Janes Stimme klingt fröhlich. »Ich bezahle an der Frauenkasse, ich benutze den Frauenbürgersteig, ich gehe in die Frauenkirche.«

»Und sicher auch in die Frauensauna.«

Hinter dem Stoff gluckst es.

»Macht dich das glücklich?«

»Absolut.«

»Jeder nach seiner Façon.« Ich beschließe, hier und jetzt mit der Arbeit anzufangen. »Hast du zufällig schon mal von Trenk Benedict gehört?«

»Ist das ein Inselbewohner?«

»Ja.«

»Hab ich nicht. Müsste ich?«

»Nein«, sage ich. »Fiel mir nur gerade ein.«

»Bist du deshalb hier – wegen diesem Trenk Benedict?«

»Ich bin hier, weil alle Götter der Welt auch gemeinsam kein Mittel gegen menschliche Niedertracht finden. Nicht mal auf ihrer hübschen Glücksinsel für die globale Gutmenschenelite.«

»Das klingt nach Unglück.«

»Du hast jedenfalls Glück. Der Träumer da hinten in dem fahrenden Beichtstuhl, das ist mein dicker Kumpel Francis. Wir bringen dich jetzt samt deinen Einkäufen nach Hause.«

»Aha. Und dann weißt du, wo ich wohne.«

»Das war die Idee.«

»Schlau.«

»Und doch durchschaubar.«

Der Parra überlegt kurz, dann nickt er stumm.

Francis wirkt nicht überrascht, als ich plötzlich mit einer Frau am Wagen auftauche. Vielleicht glaubt er, dass Polizisten permanent Mädchen kennenlernen. Vielleicht ist Gondwana aber auch einfach nur eine Angelegenheit, die man alleine nicht erträgt.

Jane nennt ihre Adresse und klettert mit Tüten und Kanister auf die Rückbank. Ich lege die Kreditkarte mit dem

Bienenmatsch ins Handschuhfach. Francis guckt angewidert und fährt los.

Durch enge Gassen geht es zurück zur Hauptstraße, dann auf den Stadtring. Im Pazifik säuft die Sonne ab und ist schuld an einem kitschigen rosa Himmel. Die Palmenblätter winken uns zu, der Karmann Ghia knattert sentimental vor sich hin, alles ist zu schön, um wahr zu sein. Ich habe das Gefühl, nicht in einem Mordfall unterwegs zu sein, sondern in einem Blockbuster. Eine unsichtbare Kamera saust hoch über unserem Wagen durch die Luft und fängt das exotische Panorama ein, den hübschen Oldtimer im Abendlicht, das glitzernde Meer, sinnlos dahinschwebende Vögel.

Ich drehe mich zu Jane um. Ich sehe sie an, obwohl ich sie nicht sehe. Ich weiß, dass wir uns gerade so selbstvergessen betrachten wie zwei verbrüderte Haudegen, die ihr Leben lang Seite an Seite auf der chinesischen Mauer blutige Gemetzel gegen nordische Nomaden gewonnen haben. Zwei Jahrhundertkumpels, die nun ihr letztes gemeinsames Abenteuer auf einem heißen Schlachtfeldpflaster bestehen müssen, das aussieht wie eine angegilbte Fototapete von 1980. Goodbye my friend, it's hard to die.

Jane nimmt ihre silberne Eulenbrosche ab, steckt sie mir heimlich ans Revers und flüstert: »Dein Glücksbringer, Platon. Für Gondwana.«

Ich staune dorthin, wo ihre Augen sein müssen. Sie staunt zurück. Da bin ich absolut sicher. Wenn es gut verhüteten Parra-Blicksex gibt, denke ich, dann haben wir gerade den weltbesten.

*

Francis' Gästezimmer: schattig und kühl, geschmackvoll, charmant. Antike Möbel, kardinalsroter Teppich. Fast vollständig heruntergelassene Jalousien. Aus den Türen des Jugendstilschranks sind die Spiegel entfernt worden. Zwei ovale Leerstellen zeigen immer noch, was nicht mehr da ist. Mein Zeigefinger gleitet über Fensterbank, Bettpfosten, Nachttisch. Kein Staubkorn. Der Raum ist genauso klinisch sauber wie der Rest des Hauses, wie der Karmann Ghia, die vier weißen Kirchen, wie die ganze hirnrissige Insel.

Über dem Bett hängt ein Holzkreuz. An dem Holzkreuz hängt Jesus. Er guckt, als würde ihm gerade jemand einen verdammt guten Blowjob verpassen. Sein gequält-seliger Blick fällt auf ein gerahmtes Plakat mit den World Rules:

1. Alle Menschen sind im gleichen Maße ihrem Gott unterworfen. Unabhängig von Hautfarbe, Religionszugehörigkeit und Herkunft.
2. Keine monotheistische Religion steht über einer anderen.
3. Kein Gott steht über einem anderen.
4. Jeder Gläubige hat das Recht, seinen Gott als den einzig wahren Gott anzuerkennen, solange er die Regeln 2 und 3 achtet.
5. Um die Gleichheit sämtlicher Menschen und die Anerkennung der monotheistischen Religionen dieser Welt zu garantieren, gelten alle Gebote aller Religionen für alle Menschen gleichermaßen.

Ich nehme den Rahmen vom Haken und schiebe die Gebotstafel hinter den Schrank. Jesus lasse ich hängen, sein Gesichtsausdruck gefällt mir. Dann ziehe ich die rechte Jalousie hoch, öffne das Fenster, lehne mich weit hinaus. Mehrere große

Palmen bilden auf einer saftig grünen, frisch gemähten Rasenfläche ein Kreuz. Ein ausgewachsenes Gürteltier kriecht durchs Bild. In Strandnähe steht ein kleines Natursteincottage mit Veranda, der Golfplatzrasen geht in dichte blühende Büsche über. Hinter der Buschwand weißer Sand, dann Meer. Die Sonne ist verschwunden. Der Himmel trägt zum Abend hin ein vornehmes Graublau.

Ich stöpsele mein Handy ans Ladekabel. Eine neue Textnachricht: *Erster Eindruck? G.* Ich antworte: *Man will Sie so schnell wie möglich persönlich sprechen. Schaue mir heute noch den Tatort an. P.*

Es klopft an meine offene Zimmertür.

»Herein!«, sage ich laut. »Wenn's kein Herrgott ist!«

»Hanif hat angerufen.« Francis jetzt im weißen Pullover zur weißen Leinenhose, wieder mit Namensstickerei auf der Brust. Er guckt irritiert an die Wand über dem Bett.

»Und Hanif ist?«

»Ein guter Freund von mir. Und mein Nachbar. Hanif wohnt nur zweihundert Meter den Berg rauf. Er hat das Haus von Trenk nach dem furchtbaren Verbrechen …«

»Ja?«

»Gereinigt.«

»Wie nett von ihm. Und was sagt Hanif?«

»Wir möchten heute noch kurz zu ihm kommen.«

»So«, stelle ich fest. »Möchten wir.«

Mein Handy piept. *Tatort ist irrelevant, da ist nichts mehr zu holen. Mach erst die Verhöre. G.*

Francis wartet höflich, bis ich die Nachricht beantwortet habe. »Wir können natürlich auch zuerst zum Haus von Trenk gehen …«

»Schon gut.«

»Okay. Wir sind wirklich dankbar, dass du da bist, Platon.«
»Mal schauen, wie lange ihr euch freut.«
»Was meinst du damit?«
»Ich bin euer persönlicher Arschkrebs.« Mein Gesicht schaltet auf bedrohlich. »Aus Platons Mund schießt die grässliche Wahrheit in hässlichen Worten. Ich bin eine hochgezüchtete, hartgesottene Mörderfangmaschine mit nullkommanull Talent für Respekt. Mitleid hat man mir schon im Alter von drei Monaten abgewöhnt und Empathie ist ein Fremdwort, das ich niemals nachschlagen werde. Ich nerve bis der Nervenarzt kommt. Ich denke noch schneller als ich schieße und ich schieße schneller als alle anderen denken. Ich frage euch Löcher in den Bauch, die nie wieder zuwachsen. Ich kann alles, was gekonnt werden muss.«
Francis sieht mir in die Augen. »Kannst du weinen?«
»Unmöglich. Mir wurden vor zehn Jahren nach einer Schlägerei in Brooklyn die Tränendrüsen entfernt.«
»Wie traurig.«
»Tat ein bisschen weh.«
»Dann kannst du ja doch nicht alles, Platon.«
»Ich sagte: was gekonnt werden muss.«
Kunstpause.
»Wollen wir um 20:00 Uhr los?«
»Wir wollen.« Ich setze mich auf die Fensterbank und betrachte den Dicken. Er sieht aus wie ein verfressener Dandy, der nur in den katholischen Tennisclub eingetreten ist, damit er die Jungfrauenmannschaft heimlich beim Duschen filmen kann. »Was macht man denn so beim Besucherservice von Gondwana?«
»Also.« Francis guckt mich an wie ein Ferkel, das plötz-

lich den Schlachthof riecht. »Das sagt ja eigentlich schon der Name, oder?«

»Nein.«

»Naja, ich organisiere einmal im Jahr zusammen mit meinem Komitee den Day of Faith. In vier Tagen ist es wieder so weit. Der Day of Faith wird jedes Jahr am 29. August gefeiert, weil Papst Urban 1261 … interessiert dich das überhaupt?«

»Mich interessiert alles. Weiter.«

»Also, am 29. August. Das Datum erinnert an Papst Urban, vor allem aber an die Gründung der Weltkirche vor 34 Jahren. Das ist unser höchster Feiertag. Und danach beginnt für eine Woche die Universal Peace Party. Die kennst du sicher.«

»Kenn ich. Mehr musst du nicht machen?«

»Ich kümmere mich das ganze Jahr über um hochrangige Besucher. Die Quadriga hat natürlich oft internationale Gäste. Staatsbesuche, sozusagen. Oder VIPs. Die betreue ich dann.«

»Ich bin also ein VIP.«

»Wenn du so willst.«

»Ich will.« Meine Fingerknöchel klopfen einen freundlichen Rhythmus an die entspiegelte Fensterscheibe. »Und deshalb hast du einen Schlüssel fürs Krematorium?«

»Ich habe einen Generalschlüssel für sämtliche öffentlichen Gebäude. Wie alle anderen ehrenamtlichen Gemeindearbeiter auch. Aber meine Kernaufgabe ist die Gästebetreuung.«

»Okay, du bist hier also die Touristeninformation und veranstaltest einmal jährlich einen fetten Rave.«

»So könnte man es sehen …«

»Ganz schön kleingeistige Aufgaben für den Erben eines großen Verlags. Dafür lässt man den Juniorchefposten sausen?«

Francis läuft rot an. Er verkneift sich seine Frage.

»Also, Herr Verlagserbe?«

»Man kann nicht Gott und dem Mammon dienen, Platon.«

»Es sei denn, der Mammon ist dein Gott.«

»Ich glaube an Gott. Nicht an Götzen.«

»Amen.«

»Ich habe mich ...«

»Was glaubst du, Francis, wo ist Trenks Mörder jetzt?«

Francis braucht wieder ein paar Sekunden, bis er den Mund aufkriegt. »Das ist ja das Furchtbare! Er muss noch hier auf der Insel sein!«

»Warum bist du da so sicher?«

»Wie soll der denn ...« Erkenntnisschock. »Die Celebration!«

»Die Celebration ist leer zurückgeflogen. An Bord waren der Captain, sein Goldzahn und sonst nichts. Da gab's strikte Anweisungen.«

Francis atmet aus.

»Denken wir mal laut nach. Kann er mit einem Boot geflohen sein?«

»Nein. Es fehlt keins.«

»Kann er mit einem Boot gekommen und wieder abgehauen sein?«

Francis schüttelt den Kopf. »Dann wäre er vom Radar erfasst worden. Ich habe unter einem Vorwand bei den Kollegen am Hafen nachgefragt. Da war in den Tagen vor dem Dreizehnten kein Boot. Und auch sonst nichts.«

Ich lasse ein Bein aus dem Fenster baumeln. »Alle Inselbewohner sind da. Alle Boote sind da. Man kommt nicht unbemerkt aufs Atoll. Die Celebration scheidet aus. Habt ihr euch schon mal überlegt, was das heißt?«

Francis muss sich zum Antworten mit einer Hand am Türrahmen abstützen. »Du wirst sicher denken, jemand aus unserer Gemeinde hat das getan, Platon. Aber das ist unmöglich.«

»Weil?«

»Weil wir eine ganz besondere Familie sind. Eine Familie, die vereint ist im Glauben an Frieden, Menschlichkeit und Gehorsam.«

Ich muss heftig gähnen und gebe mir keine Mühe, es zu unterdrücken.

Francis lässt sich nicht irritieren. »Dieser Glaube war für uns alle Grund genug, unsere Heimat für immer zurückzulassen und hierherzukommen. Um ein Leben in Gott zu führen.«

Ein Leben in Gott, höre ich meinen schwulen Freund Harry sagen, das klingt nach einem wirklich himmlischen Arschfick.

»Ihr betet also darum, dass es einen anonymen Einwanderer gibt«, sage ich, »der sich irgendwie eingeschlichen hat und sich jetzt auf der Insel versteckt. Wo denn zum Beispiel?«

»Es gibt unterirdische Tunnel.«

»Unterirdische Tunnel?«

»Ja, sogar sehr viele. Minen. Und Höhlen. Vor der Vergnügungsparkzeit hat man hier nach Platin gesucht. Die Tunnel wären perfekte Verstecke. Das wussten schon die Urchristen, die sich in den römischen Katakomben vor der Verfolgung durch die Heiden versteckt haben.«

»Kennst du den Unterschied zwischen Platin und Platon?«

»Wie bitte?«

»Kennst du ihn?«

»Nein.«

»Dann merk ihn dir gut: Platin kann man verbiegen. Platon nicht.«

»Du nimmst mich nicht ernst.«

»Ich nehme euren krampfhaften Versuch nicht ernst, das Offensichtliche zu leugnen.«

»Und was ist das für dich? Das Offensichtliche?«

»Besprechen wir bei deinem Kumpel Hanif. Dann muss ich nicht alles zweimal erzählen.«

Francis bläst vor Verzweiflung die Backen auf, gleich platzt er. »Wir können uns dieses furchtbare Massaker doch auch nicht erklären! Aber es ist ein Fremder gewesen, alles andere ist …«

»Unmöglich«, sage ich.

»Ja, in der Tat. Unmöglich.«

»Jeder von euch glaubt an seinen Gott«, sage ich, »und ich glaube an das Unmögliche, Francis. Kein so großer Unterschied, wenn du mich fragst.«

Für ein paar Sekunden sind nur die Möwen zu hören, die draußen über meine Gemeinheit lachen.

»20:00 Uhr?«, fragt Francis mit belegter Stimme.

Ich nicke.

Er schlurft mit hängenden Schultern aus dem Zimmer, dann dreht er sich noch mal um. »Ach so, da drüben auf dem Schreibtisch. Das ist Trenk Benedicts Kalender. Hanif hat ihn bei Trenk gefunden und gestern für dich abgegeben. Er dachte, dass du vielleicht irgendwas entdeckst.«

»Merci beaucoup.«

Glotz.

»Du hast das Poster mit den World Rules abgenommen.«

»Ich brauche keine Regeln überm Bett. Ich regel die Dinge auf meine Weise.«

»Aber der Heiland ist noch da.«

»Ich mag seinen Gesichtsausdruck. Erinnert mich an was.«

Francis lächelt. »Schön, dass dich etwas mit dem Heiland verbindet, Platon.«

»Ne ganze Menge sogar.«

»Und was, wenn ich fragen darf?«

»Der Typ hat Wasser in Wein verwandelt. Nüchtern betrachtet würde mein Saufkumpel Jesus euch puritanische Antialkoholiker im Falle seiner erneuten Wiedergeburt stante pede von eurer Gesundheitsinsel jagen und mit mir die Strandbar *Zum heiligen Himbeergeist* aufmachen.«

Francis atmet tief durch und zieht die Tür ins Schloss.

Ich lege mich aufs Bett und ahne, dass ich jetzt über meinen Mörder nachdenken sollte, darüber, wo er sich versteckt, auf welche Weise ich ihm eine Falle stellen kann und wie in Gottes Namen er dazu kommt, einem harmlosen Opa auf einer Tropeninsel voller pathologisch gutgläubiger Versöhnungsfritzen das Geschlecht abzusäbeln und es an seinen Besitzer zu verfüttern. Aber in der Denkblase über meinem Kopf ploppt gerade Jane auf, mit ihren blonden, verschwitzten Haaren und ihren Cowboystiefeln, wir sitzen gemeinsam auf der Terrasse des kleinen hellblauen Holzhäuschens, vor dem wir sie vorhin abgesetzt haben. Ich kann hören, wie sie den Schraubverschluss einer echten Flasche Southern öffnet und uns gluckernd zwei Gläser füllt, in denen die Eiswürfel knacken, ich sehe den dunkler und dunkler werdenden Himmel, eine vom Wind getriezte Kerzenflamme, die auf dem Gartentisch flackert, und ich merke, wie Jane Glas für Glas näher rückt, wie sie sich schließlich an mich lehnt, ich rieche ihre Haare, die nicht nach Shampoo und Parfum duften, sondern viel, viel besser: nach nichts als diesem phänomenalen Mädchen.

Zzzzzzzzzzzzzzzzzzzz.

*

Hanif tritt als Adler auf, der jeden Menschen in seiner Umgebung zur Taube degradiert. Francis ist jetzt die kleine fette Angsttaube, und ich bin die taube Taube aus Übersee, die nicht nur nicht hören kann, sondern auch nicht will, das wird dieser Typ mit den nach hinten gegelten dunklen Haaren und den Schläfenlocken schon noch merken. Hanif ist Mitte 40, trägt einen griechischen Nasenhaken im schön harten, dunklen Gesicht und unterm Hemd mit der obligatorischen Namensstickerei, die bei ihm von rechts nach links verläuft, eine äußerst pralle Bauchkugel. Mindestens fünfter Monat. Seine Augenlider hat er heute Morgen offenbar so lange herabgelassen, bis ein herablassender Ausdruck entstanden ist, der ihm etwas unberechenbar Debiles verleiht. Sein hochgewachsener Körper im schwarzen Anzug breitet jetzt die Adlerschwingen aus, umschließt mich zur Begrüßung für höfliche drei Sekunden und duftet dabei intensiv nach Thymian, Salbei und Knoblauch. Ich habe das Gefühl, von meinem eigenen Gewürzregal geherzt zu werden.

»Schalom«, murmelt das Gewürzregal in mein Ohr.

Du mich auch, denke ich und atme durch den Mund.

»Hübsche Eulenbrosche, die Sie da tragen, Herr Inspector. Beinahe feminin. Hat sie eine bestimmte Bedeutung?«

»Allerdings. Sie erinnert mich daran, was ich nicht nach Athen tragen muss. Aber das hier ist ja nicht Athen, sondern das Atoll der eingefleischtesten Evolutionsbremsen seit

Erfindung des Rads. Da kann man eine Eule ganz gut gebrauchen.«

Betretenes Schweigen und Augenbrauenakrobatik. »Wow. Ein Mann, der sagt, was er denkt. Das gefällt mir.«

»Gefällt mir, dass Ihnen das gefällt.«

»Dieses Haus ist ein gastfreundlicher Freiraum. Alles darf ausgesprochen werden. Sehen Sie sich ruhig um.«

Hanif wohnt in einer alten Villa zweihundert Meter oberhalb von Francis: moderne Möbel, Riesenflokati und alte Ölgemälde. Das exakte Gegenkonzept zum Interieur des Dicken. Ein in Leder gebundener, von zwei Spotlights angestrahlter Tanach auf einem Notenständer. Daneben ein Gedichtband. Dénes Krusovszky: *Wie schön das Kaputtgehen ist*. Ein Titel, den ich mir merken werde.

Hanif hat sich in dem historischen Südstaatenholzhaus eine Art Designer-Adlerhorst eingerichtet, durch dessen lang gezogenes Wohnzimmerfenster man das imposanteste Pazifikprivatpanorama bestaunen kann, das mir bislang untergekommen ist. Ich bleibe stehen und betrachte aufrichtig beeindruckt die stille Weite des Meeres in der einsickernden Dämmerung. Von mir aus müsste ich den Typ für den Rest des Abends nicht mehr sehen. Seine Aussicht reicht mir vollkommen. Aber Hanif ist einer dieser Männer, die sich selbst für die schönste Aussicht halten, und wer sie zu lange mit Missachtung straft, den müssen sie stören.

»Wenn man sich selbst in einem Anflug von Eitelkeit einmal groß und herrlich findet, Herr Inspector, sollte man einen langen Blick aus diesem Fenster werfen.«

»Und dann fühlt man sich scheiße?«

»Dann fühlt man sich, sagen wir: wie ein Wurm.«

»Und Sie fühlen sich gerne wie ein Wurm, Hanif?«

»Jeder Mensch, Herr Inspector, sollte sich regelmäßig bewusst machen, wie klein und unbedeutend er ist. Oder?«

»Und was empfinden Sie dann, als Wurm?« Ich werde Hanif nicht den Gefallen tun, auf seine ausgelatschten Eröffnungsphrasen anzuspringen. Lieber gehe ich ein paar Schritte auf ihn zu, bleibe direkt vor ihm stehen, sehe ihm in die glänzenden Kohleaugen: »Haben Sie es jetzt gerade, Hanif? Dieses Wurmgefühl?«

Francis spielt im Hintergrund kleine fette Salzsäule. Für ein paar Sekunden ist nur das gedämpfte Meeresrauschen zu hören.

Hanif starrt mich an. So schnell ist er in seiner eigenen Bude noch nie vom Adler zum Adlerfutter geschrumpft. Jetzt lächelt er die Wurmwut weg. »Demut, Herr Inspector, ist eine unerlässliche Voraussetzung dafür, das Wesentliche zu erkennen. Diese Regel müssten Sie in Ihrem Beruf eigentlich beherzigen.«

Ich ziehe meinen Mantel aus und werfe ihn auf einen Stuhl.

»Und damit ich im Mordfall Trenk Benedict das Wesentliche erkenne, haben Sie sich in einen fröhlichen Putzteufel verwandelt, höllisch aufgepasst, dass niemand was von dem Mord mitkriegt, beim Trenk mal verdammt sauber gemacht und das Fegefeuer im Krematorium angeworfen.«

»Sehr witzig.« Mit diesem Vorwurf hat Hanif natürlich gerechnet. »Wirklich, sehr witzig.« Er wendet sich lässig von mir ab, macht eine einladende Geste in Richtung Sitzgruppe und lässt sich mit einer eleganten Drehung auf einen weißen Eames-Lounge-Chair sinken.

Francis und ich setzen uns gegenüber aufs Sofa.

»Gondwana«, doziert Hanif mit ausgebreiteten Schwingen, »ist der gelebte Traum vom Frieden unter den Weltreligionen. Die wirkmächtigste Versöhnungsinitiative der Menschheitsgeschichte. Symbol der Hoffnung für mehr als vier Milliarden Gläubige auf allen Kontinenten. Ein strahlender Leuchtturm der Kulturen, geschaffen in einer …«

»… Zeit voller Dunkelheit, bla-bla-bla«, sage ich, »wenn ich Bock auf Inselreklame habe, lese ich am Airport Prospekte.«

Damit habe ich den Mann endgültig überfordert. Dass jemand keine Lust auf sein weichgespültes Geseiere hat, ist er offensichtlich nicht gewohnt. Jetzt guckt er noch herablassender und hält den Schnabel.

»Gondwana«, sage ich in die unangenehme Pause, »mag für euch alles Mögliche sein, meine Herren, für mich ist es ein Tatort. Ein Tatort, den ihr nach allen Regeln der Kunst zerstört habt, um zu verhindern, dass die Welt merkt, wie wenig idyllisch eure Idylle ist. Ihr solltet also dringend mal sehr lange aus diesem Fenster da drüben schauen und euch dabei allesamt wie Würmer fühlen, genau das seid ihr nämlich: Würmer, die eine Leiche verschwinden lassen, wenn man nicht schnell genug da ist.«

Hanif sieht mir in die Augen. In seinem Blick liegt schon jetzt die aufrichtig-abgrundtiefe Verachtung, für die ich normalerweise ein paar Stunden länger brauche. Er holt zum Gegenangriff aus.

»Gondwana ist eine autonome, von den Vereinten Nationen anerkannte Gemeinschaft, die unter besonderem internationalen Schutz steht, Herr Detective Inspector Platon Ahorn. Gondwana ist nicht an die weltlichen Gesetze der Förderstaaten gebunden. Wir regeln die Dinge hier nach den ältesten und besten Gesetzen der Welt, denen der Religion. Hat Herr Gaarder Ihnen das nicht gesagt?«

Ich stehe auf. »Viel Spaß dabei. Servus, pfiat di, baba und auf Wiedersehen.«

»Ahorn!«

»Nennen Sie mich Platon. Ich bin schließlich kein Baum.«

»Platon!« Hanif lässt sein blasiertes Gesicht sofort versöhnlich aussehen. »Wir können uns ja darauf einigen, dass wir vielleicht überreagiert haben.« Der Typ macht eine wirkungsvolle Pause, die ihre Wirkung bei mir vollkommen verfehlt. »Wir wollten unter allen Umständen verhindern, dass andere Mitglieder unserer großen Familie etwas von dieser ... Gräueltat bemerken. Wenn Gondwana die Unschuld genommen wird, dann wird der Welt die Unschuld genommen. Und damit ist niemandem geholfen.«

»Wenn Sie der Nächste sind, der als Henkersmahlzeit seine eigenen Klöten frisst, ist damit auch niemandem geholfen«, sage ich und setze mich wieder hin. »Und jetzt erzählt ihr beide mir die Wahrheit und nichts als die Wahrheit, so wahr euch euer jeweils zuständiger Gott helfe. Wenn sich später rausstellen sollte, dass ihr gelogen habt, mache ich euch die Hölle heiß, aber in sehr irdischen Dimensionen.«

Francis nickt schüchtern, Hanif hasst mich schon wieder.

»Also weiter im Takt.« Ich gucke auf meine Armbanduhr. Noch zehn Minuten bis zur nächsten Pille. »Hatte Trenk Benedict Feinde?«

»Hier hat keine Menschenseele Feinde.«

»Ich vergaß. Hatte er wenigstens Freunde?«

»Wir waren nicht mit ihm befreundet.«

»Ich dachte, ihr seid hier alle unzertrennliche Betbrüder.«

Francis traut sich: »Sagen wir: Trenk war eher ein Eremit. Also, tendenziell. Er hat mit Chenpo im Gospelchor gesungen. Und er ging natürlich zum Gottesdienst in die protestantische

Kirche. Mehr wissen wir nicht. Er war ein alter Mann. Über siebzig. Da braucht man sicherlich sehr viel Ruhe.«

»Chenpo ist noch ein Nachbar?«

Synchronnicken. »Und ein guter Freund.«

»Wo wohnt der Mann?«

»Ein Stück weiter den Berg rauf.«

»Okay. Also: Keiner von euch drei lustigen Nachbarfreunden hatte privat was mit Trenk Benedict am Hut.«

»Richtig.« Francis sieht mich treuherzig an. »Ich kannte ihn eigentlich nur, weil ich in seiner Villa manchmal offizielle Gäste unterbringen durfte. Da habe ich ihn vier-, fünfmal kurz getroffen. Das war's.«

»Und ich kannte ihn im Grunde überhaupt nicht.« Hanif sieht Francis an. »Ich glaube, dass er vor zehn Jahren mit mir im Komitee für die Mosebach-Büste war. Aber da hatte ich, soweit ich mich erinnern kann, keinen direkten Kontakt zu ihm.«

»Irgendeine Idee, wer ein Motiv gehabt haben könnte? Egal, wie unwahrscheinlich es ist?«

»Glauben Sie uns bitte.« Hanif beugt sich vor und sieht mich an. »Wir sprechen seit zwölf Tagen darüber. Es gibt einfach nichts. Gar nichts. Wer sollte denn einen Grund haben, den alten Mann zu töten?«

»Dieser Mosebach? Weil ihm die Büste nicht gefiel?«

»Mosebach ist tot.«

»Das war ein Witz. Gibt es irgendwelche Zeugen?«

»Nein. Niemanden.«

»Hatte er eine Putzfrau? Einen Gärtner? Einen Poolboy? Eine Bügelhilfe?«

»Er hat immer erzählt, dass er alles selbst macht. Um sich fit zu halten.«

»Vorbildlich. Was ist mit Trenks direkten Nachbarn?«

»Trenk wohnte etwas abgelegen.«

»Natürlich. Wer hat ihn zuletzt lebend gesehen?«

Hanif starrt jetzt an mir vorbei aus dem Fenster. »Vermutlich sein Mörder, oder? Chenpo hat am Freitagabend noch mit Trenk telefoniert. Gegen 22:00 Uhr. Da war Trenk gerade im Begriff, ins Bett zu gehen. Am nächsten Morgen um halb neun wollte Chenpo ihn zur Chorprobe mitnehmen und … das … konnte er dann nicht mehr. «

»Dann wurde er also zwischen Freitag, dem 13. um 22:00 Uhr und Samstag, dem 14. um 8:30 Uhr getötet.« Ich notiere die Zeiten. »Worum ging es in dem Telefonat?«

»Nur darum, wann Chenpo ihn abholen sollte. Und um die Probe am nächsten Tag. Was gesungen wird. Die beiden haben eine Minute gesprochen, wenn überhaupt. Chenpo sagt, Trenk klang ganz normal. Freundlich. Ruhig. Wie immer.«

»Wie viele Leute wissen von der Sache?«

»Chenpo, Francis und ich«, sagt Hanif langsam. »Niemand sonst.«

»Okay. Wo ist dieser Chenpo jetzt?«

»Zu Hause. Wir dachten, Sie wollen uns vielleicht lieber einzeln vernehmen. Soll ich ihn anrufen?«

»Nein. Trenk Benedict ist vor fünfzehn Jahren nach Gondwana gekommen«, stelle ich fest. »Davor war er 32 Jahre lang schulischer Verwaltungsangestellter in Bra, einer kleinen Stadt in Norditalien. Piemont. Protestant. Nicht verheiratet. Keine Vorstrafen. Keine besonderen Vorkommnisse. Kann ihm jemand aus Italien nach Gondwana gefolgt sein?«

Hanif und Francis glotzen.

Ich glotze zurück. »Herr Gaarder hat mir die Dossiers zur

Verfügung gestellt. Wusstet ihr nicht, dass es über euch Engelchen Akten gibt? Jeder Gottesanbeter ist so durchsichtig wie seine Weltanschauung. Also: Kann jemand Trenk aus Italien hierher gefolgt sein?«

Hanif sieht mich glaubhaft ungläubig an. »Pro Jahr werden 36 Personen in Gondwana eingebürgert. Im engeren Auswahlverfahren werden 500 Frauen und 500 Männer aus mehr als 18 Millionen Bewerbern ausgelost und dann zwei Monate lang auf religiöse Festigung und charakterliche Eignung überprüft. Nur 18 Frauen und 18 Männer im Jahr bleiben übrig. Wie, bitteschön, soll ihm da jemand gefolgt sein?«

»Erzählt mir, was ihr mit der Leiche gemacht habt.«

Francis hält sich die Hand vor den Mund. Gleich kotzt er auf den Flokati.

»Wenn Sie gestatten, mache ich es kurz.« Hanif legt dem würgenden Francis eine braune Hand auf die Schulter. »Es gibt natürlich ein Krematorium auf Gondwana. Als Leiter des Besucherdienstes besitzt Francis einen Hauptschlüssel für alle Gemeindegebäude. In der Nacht auf den Fünfzehnten haben Chenpo und ich Trenks sterbliche Überreste zum Krematorium gebracht und eingeäschert. Die Asche haben wir bei Sonnenaufgang ins Meer gestreut. Dann habe ich Trenks Haus gereinigt.«

»Alleine?«

»Ja. Chenpo konnte nicht mehr.«

Allgemeines Abwarten.

»Uns ist jetzt bewusst, dass wir etwas Falsches getan haben, Herr Inspector. Und das tut uns ausdrücklich leid. Wir haben im Affekt gehandelt. Weil wir die Gemeinde schützen wollten. Aber, das möchte ich noch mal betonen, auf Gondwana greift die weltliche Strafgesetzgebung nicht. Wir haben im Einklang mit dem evangelikalen Bestattungsritus gehandelt, das ist für uns das Wichtigste.«

»Da hat ein Katholik mal wieder wen verheizt, was Francis?«

Würg!

»Ist ja schon ne Weile her, dass deine Kirche rothaarigen Weibern ordentlich Feuer unterm Arsch gemacht hat. Vielleicht war Trenk auch ne transsexuelle Hexe?«

»Lassen Sie den Unsinn, Ahorn!« Hanif muss sich beherrschen, um nicht aufzuspringen. »Was soll das?!«

»Darf man einen Katholiken etwa nicht mehr an die Geschichte seiner eigenen Massenmordorganisation erinnern?«

»Sie sind hier, um Mörder zu finden!«

»Hab ich doch gerade. Eine ganze Bande von gehirngewaschenen Folterknechten. Allesamt Francis' miefende Glaubensbrüder aus der fröhlichen Zeit katholischer Schergenevents.«

Doppelwürg!

»Sehen Sie nicht, was Ihre Beleidigungen bewirken?« Hanif drückt den röchelnden Francis an sich. »Hören Sie sofort auf!«

»Funktioniert ja toll, Ihr Redefreiraum.«

Tiefes Durchatmen. »Sagen Sie uns lieber, wer Trenk auf dem Gewissen hat! Sie sind doch hier der Profi!«

Wir schweigen eine Weile. Ich kann damit leben, dass die beiden mich jetzt für ratlos halten. Umso größer ist später der Effekt. Über meinem Kopf glauben sie ein neongrün leuchtendes Fragezeichen zu sehen, um das Randy der Wombat, Sandy die Seekuh, Mandy die Flugeidechse und Wendy das karierte Pferd zu Seasons in the Sun einen choreografisch beeindruckenden Ringelpiez tanzen.

»Das ist das Schrecklichste, was ich je erlebt habe«, sagt Francis mit frisch gepressten Tränen in den Augen, dann faselt er noch etwas Unverständliches hinterher und faltet zur Abwechslung mal wieder die Hände.

Ich setze nach. »Das war sie jetzt schon, die ganze Wahrheit?«

»Wir enthalten Ihnen nichts vor, Herr Inspector.« Hanifs Kohleblick pappt mitleidig am zitternden Francis. »Trenk war ein gottesfürchtiger Mitbürger, ein bibelfester Mensch, ein vorbildlicher Protestant. Das steht sicher auch in Ihrem Dossier. Seit es unsere Gemeinschaft gibt, wurde hier kein einziges Delikt verübt. Nicht mal eine Avocado hat jemand geklaut.«

Avocados, die Butter vom Baum, denke ich, das hat ein Freund meiner Eltern immer gesagt. Sein Name ist mir entfallen. Ich gucke auf die Uhr, hole die Tablettenschachtel aus der Hosentasche, drücke meine 19:00-Uhr-Pille aus der Packung und stecke sie in den Mund.

Francis beobachtet mich. »Denguefieber-Prophylaxe?«

Ich nicke und schlucke.

»Hoffentlich verträgst du den Wirkstoff. Manche kriegen ganz schön Probleme.«

»Ach ja?«

»Schwindelattacken, Übelkeit, Herzrasen.« Hanif klatscht dreimal laut in die Hände. »Es gab sogar Fälle von Halluzinationen.«

»Und ich dachte, *ihr* seht dauernd Sachen, die es nicht gibt.«

»Herr Inspector, Ihr Humor ist wirklich köstlich. Aber können so harte Kerle wie Sie eigentlich auch über sich selber lachen?«

»Ich kann alles, was gekonnt werden muss. Wo ist das Klo?«

Hanif hebt einen Arm. »Durch den Flur in die Halle und dann links.«

Auf dem Weg zur Toilette kommt mir eine rundliche Frau entgegen, sie trägt einen Krug Tee und eine große Platte frische Papayaschnitze. Glückliche Indoorhilfskraft, denke ich und zwinkere ihr zu, muss ihre Pausbacken nicht per Parra vor der Welt verbergen. Die Frau senkt den Blick und huscht in Richtung Wohnzimmer.

Hanifs Gästeklo ist ein sauberes Ausstellungsräumchen für maritimes Baddesign. Ich setze mich auf den muschelförmigen Toilettendeckel und hole mein Handy aus der Hosentasche. *Erstes Verhör: Fehlanzeige. Kein Motiv, keine Zeugen. Vorschlag: Karten auf den Tisch. P.*

Zwei Minuten später piept es. *Genehmigt. G.*

Als ich ins Wohnzimmer zurückkomme, beenden Hanif und Francis abrupt eine Unterhaltung, die offensichtlich nicht für meine Ohren bestimmt ist. Das einzige Wort, das ich noch verstehe, lautet Präambelfall. Ich nehme mir vor, dieses Wort gut zu behalten.

Die beiden schlürfen mit Unschuldsmienen Tee.

»Sie haben nicht zufällig Southern Comfort im Haus?«, sage ich.

Hanif lacht gequält über einen Witz, der keiner war.

Der Blick aufs offene Meer fängt mich ein. Ich gehe an der Sitzgruppe vorbei zum Fenster und bleibe dicht vor der Scheibe stehen. Überall auf der schwarzblauen Fläche glitzern brechende Wellen im Mondlicht. Ich suche nach meinem Spiegelbild in der Panoramascheibe. Es gibt keins. Sogar das erleuchtete Wohnzimmer ist nur schemenhaft zu erkennen. Spezialglas. Ich drehe mich um.

Die beiden betrachten mich schweigend und greifen synchron nach neuen Papayaschnitzen.

»Francis erzählte, dass Herr Gaarder bald kommt.« Hanif versucht sich an einem Lächeln. »Sie stehen doch mit ihm in Kontakt?«

»Wir haben quasi ne Standleitung.«

»Vielleicht können Sie ihm noch mal ausrichten, dass wir sehr auf sein schnellstmögliches Erscheinen hoffen. Die brisante Lage macht seinen Besuch dringend erforderlich.«

»Ich verstehe ja, dass Sie keine große Lust haben, mit einem bockigen Bullen zusammenzuarbeiten, Hanif«, sage ich. »Wenn Sie möchten, richte ich Herrn Gaarder gerne aus, dass Sie mit seiner Vorgehensweise nicht zufrieden sind und kein Vertrauen in die Mitarbeiter haben, die er für kompetent hält.«

»Sie verstehen mich falsch.« Hanif schlägt einen klebrigen Tonfall an und streicht sich die Schläfenlocken aus dem Gesicht. »Es ist gut, dass sich ein erfahrener Polizist der Sache annimmt. Ein echter Mann. Aber Herr Gaarder ist nun mal Generalsekretär der globalen Glaubenskongregation. Das sind Sie meines Wissens nicht. Und wenn hier auf Gondwana ein Gewaltverbrechen verübt wird, dann ist das mehr als eine radikale Zäsur. Dann geht es nicht um Strafrecht, sondern um Politik. Weltreligionspolitik. Und dafür ist Herr Gaarder zuständig. Verstehen Sie?«

»Meine Herren, Herrn Gaarder sind die Dimensionen des Falls durchaus bewusst. Ich habe mich gerade eben auf dem Klo mit ihm getroffen.«

Zwei Kauvorgänge stoppen schlagartig.

»Per Funk, wenn Sie so wollen. Er möchte, dass ich Ihnen seine Vermutung näherbringe. Dann werden Sie verstehen, welche Bedeutung Herr Gaarder den Ereignissen beimisst.«

Francis hebt die Augenbrauen. Hanif ist ganz Adlerohr.

»Es gibt auf dem Kontinent schon seit Längerem konkrete Hinweise auf eine feministische Terrororganisation. Ein Netzwerk von Frauen, das die herrschende Religionsordnung lieber heute als morgen beseitigen möchte.«

Hanif verschluckt sich und hustet.

»Der Secreditas hat erst vor wenigen Tagen verschlüsselte Botschaften abgefangen. Darin ging es um eine Bombe, die hochgehen soll – und zwar genau hier, auf Gondwana.«

»Eine Bombe?!«

»Diese Damen glauben nicht so recht an Götter und auch nicht so recht an Männer. Eher an: Schwanz ab.«

Francis fährt seine Kinnlade nach unten.

»Die denken: Wenn es keine Schwänze mehr gibt, sind alle Menschen Frauen. Und wenn alle Menschen Frauen sind, sind alle Menschen gleich. Und wenn alle Menschen gleich sind, muss kein Mensch mehr in atmungsaktiven Kartoffelsäcken rumlaufen. Oder aber: alle.«

Die beiden wissen offenbar nicht, wohin mit ihren Empfindungen.

»Aber warum ausgerechnet Trenk Benedict?« Ich gehe ein Stück auf sie zu. »Dazu solltet ihr Hobbybestatter euch dringend warme Gedanken machen. Die Spuren sind schon versaut. Jetzt bleibt uns nur das Motiv.«

»Die Frauen auf dieser Insel sind doch … glücklich! Sie sind absolut glücklich, Platon!«

»Das glaub ich gerne. Die haben ja auch gerade erfolgreich ihre Revolution gestartet.«

Hanif hustet weiter.

»Lass uns zu Trenks Haus gehen. Jetzt.« Francis steht auf. »Vielleicht ist ja doch noch was zu retten und …«

Ich winke ab. »Kennst du Scarlett O'Haras letzten Satz?«

Francis schüttelt unsicher den Kopf.

»Schade«, sage ich, ziehe meinen weißen Mantel an, wünsche eine gute Nacht und verlasse den Adlerhorst.

*

Montags um 15:00 Uhr auf Bibel TV *Gott und die Welt und du*. Mittwochs von 9:00 Uhr bis 13:00 Uhr *Chorprobe*. Freitags ab 10:00 Uhr *Bio-Markt auf dem George-W.-Bush-Plaza*. Sonntags um 8:30 Uhr *Gottesdienst* mit anschließendem *Mittagessen im Gemeindehaus Nazareth*. Alle vierzehn Tage dienstags *Andrea*. Plus eine Handvoll abweichende Einzeltermine. 12. Juni *Chorauftritt im Erlöser-Saalbau*. 10. Juni außerordentliche *Chorprobe vor dem Auftritt im Erlöser-Saalbau*. Monatlich samstags *Fischmarkt am Segelhafen* (ab 7:00 Uhr). Letzter Eintrag: *Universal Peace Party, Chorauftritt in der Konzertmuschel am Strand*, Sonntagnachmittag 16:00 Uhr.

Ich schlage Trenk Benedicts Kalender zu und schiebe ihn weg. Dieser Typ hatte mit Abstand das entspannteste Leben, das mir bislang untergekommen ist. Beten, Bio-Gemüse kaufen, singen, furzen, schlafen. Wenn ihn nicht jemand abgeschlachtet hätte, wäre er 110 geworden.

Textnachricht an Gaarder: *Benedicts Termine sind für den Arsch. Aktuell einziges Fragezeichen jeweils dienstags »Andrea«. P.*

Dann breite ich die schwarzen Dossiermappen mit dem geprägten Siegel der Glaubenskongregation auf dem Schreibtisch aus und lehne mich zurück. Die Freaks noch mal durchzumöllern hat eigentlich keinen Sinn. Ihre Lebensläufe kenne ich auswendig. Hanif kommt aus Pakistan, hat in den USA Geschichte studiert und lange in Shanghai für jüdische und christliche Hilfsorganisationen gearbeitet. Laktoseunverträglichkeit, extreme Höhenangst, früher aktiver Surfer, der sogar an Wettbewerben teilgenommen hat. Wohnt seit zwölf Jahren auf der Insel. Francis war von Beruf Sohn, hat ein Marketingstudium abgebrochen, ist lange durch Indien und Europa gereist. Kurzer Ausflug ins Kloster, dann hat er sein Verlagserbe verkauft, den Großteil seiner Kohle der Weltkirche gespendet, den Rest zinsfrei für Mikrokredite zur Verfügung gestellt. Cineast. Seit neun Jahren auf der Insel. Chenpo war in seiner Jugend immerhin mal Amateurboxer. Dann Konversion vom Buddhismus zum Islam, Designstudium, später Innenarchitekt in Saudi-Arabien, am Ende exklusiver Möbelfuzzi für irgendwelche Scheichs. Früher athletisch, heute fett im Quadrat. Seit dreizehn Jahren auf Gondwana. Das Trio Infernal: Akademiker, Geldadel und Emporkömmling, die sich um einen Platz an der Sonne beworben und gewonnen haben. Aberglaubensbeamte auf Lebenszeit. Es sei denn, sie kastrieren einen Kollegen und werden erst von einem cleveren Detective Inspector überführt und dann in ein überfülltes Gefängnis auf dem Festland verfrachtet.

Ich schlage so kräftig mit der Faust auf den Tisch, dass Trenks Kalender runterfällt. Wenn dieser verdammte Höhenangst-Hanif nicht den Tatort geschrubbt hätte, wäre vielleicht noch was zu machen gewesen. Jetzt habe ich irgendeine Andrea, eine plausible aber unbeweisbare Terrortheorie und das war's.

Mein Handy blinkt.

Datenbank gecheckt. Es ist keine Frau mit dem Namen Andrea auf Gondwana gemeldet. G.

Ich zögere. Blättere noch einmal das Dossier von Benedict durch und finde nichts. Texte an Gaarder: *Kosename? Zweiter Vorname? Lässt sich das überprüfen? P.*

Andrea. Erster Gedanke: Eine Frau, die sich unter falschem Namen an den drögen Eremiten Trenk rangemacht und sein Vertrauen erschlichen hat, wöchentliche Geheimtreffen zu einer festgelegten Zeit, irgendwann hat Andrea losgesäbelt. Dann bliebe die Frage: Warum musste ausgerechnet dieser evangelikale Langweiler dran glauben? Weil er so bequem und zeugenlos zu beseitigen ist? Wohl kaum.

Mein Handy blinkt.

Ich lasse das überprüfen. Du machst weiter wie geplant. Maximale Provokation. Irgendwas haben die zu verbergen. G.

Ich nicke langsam vor mich hin. Dann antworte ich noch mal: *Wenn Benedict wirklich das erste Opfer einer Anti-Religions-Revolution geworden ist, muss sein Tod doch eine besondere Symbolwirkung besitzen. Wer das Patriarchat herausfordern will, überlässt nichts dem Zufall. Gibt es über Benedict noch mehr? Andere Archive? Was ist ein Präambelfall? P.*

Der Handywecker klingelt. Zeit für die nächste Dosis. Ich schlucke meine 23:00-Uhr-Pille, trinke einen Schluck Wasser und lege die 3:00-Uhr-Pille auf den Nachttisch. Überprüfe den Wecker. Er klingelt um 2:55 Uhr. Dann wieder um 6:55 Uhr. Verdammte Medikamentenscheiße. Aber so oft, wie Gaarder mir die absolut exakten Zeitabstände eingebläut hat, müssen die Muskelschmerzen tatsächlich grausam sein, falls man mal verpennt. Regel Nummer zwei ist wesentlich leichter zu befolgen: Denguefieber-Prophylaxe-Tabletten niemals mit Alkohol kombinieren. Ha-ha.

Mein Handy blinkt.

Keine Ahnung, was ein Präambelfall ist. Frag sie danach. Und sorg dafür, dass sie antworten. Egal wie. G.

Ich lösche sämtliche Nachrichten. Bescheuerte Vorschrift.

Nur wenige Kilometer entfernt liegt jetzt eine Frau in ihrem Bett, die Andrea heißt oder sich Andrea nennt. Vielleicht ist sie die einzige Spur, die wir haben. Vielleicht liegt Andrea aber auch gar nicht in ihrem Bett, sondern sieht gerade einem nackten gefesselten Badewanneninsassen in die Augen und zückt ihr gebrauchtes Skalpell.

Ich schalte das Licht aus.

II

Mit der Ermittlung geht es aufwärts«, sage ich und muss für einen Moment stehen bleiben, um mir die Sonnencreme-Schweiß-Soße von der Stirn zu wischen.

»Wie schön«, freut sich Francis, der offenbar ohne eine einzige Gehirnzelle mit dem Zuständigkeitsbereich Humor geboren wurde, lächelt und bleibt stehen. Seine roten Haare kleben ihm klatschnass am Schädel.

Ich setze mich auf einen Felsbrocken und trockne mein Gesicht mit einem Taschentuch.

Francis setzt sich neben mich. »Ist dir der Weg vielleicht zu steil, Platon? Ich meine, in deinem Alter ...«

»In meinem Alter? Ich bin zweiundvierzig.«

»Klar.« Francis sieht nicht so aus, als ob er mir glaubt.

Gemeinsam betrachten wir die Strecke, die wir bereits zurückgelegt haben: von seinem weißen Häuschen durch die Siedlung bis zum Palmenwald, dann den mäandernden Wanderweg hinauf, an Hanifs koscherem Haus vorbei bis zu diesem Vorsprung. Ein Gürteltier stakst aus einem Busch.

»Verrückte Viecher habt ihr hier«, stelle ich fest.

»Die meisten sind echt.«

»Was heißt das?«

»Nun ja.« Francis' Blick folgt dem Gürteltier. »Gondwana ist ein heiliges Eiland. Es lebt davon, dass sämtliche Gemeindemitglieder die World Rules ausnahmslos befolgen. Und das muss selbstverständlich überwacht werden.«

»Durch Gürteltiere.«

»Durch den Einsatz von Kameras und Mikrofonen. Zum Beispiel in Form gut getarnter Apparaturen.«

»Ganz schön parranoid.«

Der Dicke zieht es vor, nicht zu lachen. Er tut lieber so, als hätte er nichts gehört, und starrt den Berg hinauf. Ab hier wird der Weg noch steiler.

»Gott hätte uns ruhig mal ein paar Flügel spendieren können«, sage ich, plötzlich fest entschlossen, Francis' chronische Ernsthaftigkeit sowie die Mithörschmerzgrenze der Kontrollfreaks zeitgleich durch maximal plumpe Provokation zu knacken. »Aber was soll man von einem Schöpfer erwarten, dem nach sechs Arbeitstagen für immer die Luft ausgeht. Da sind ja die Griechen effektiver.«

Das Gürteltier bleibt stehen.

»Wir Menschen wurden doch durch Gott beflügelt«, sagt Francis in seinem ekelhaft-verständigen Tonfall, in seinem rosa Polohemd mit *Francis*-Schriftzug, in seinem penetranten Selbstgewissheitssud treibend, »er hat uns eine einzigartige, wunderbare Seele geschenkt, die uns befähigt zu glauben.«

»Ist nie bei mir angekommen.«

»Das glaube ich nicht. Wo soll deine Seele denn sein?«

»Vielleicht liegt sie noch auf der Post.«

»Wie bitte?«

»Falsch adressiert.«

»Ich bin sicher, du hast sie längst, Platon. Aber du musst ihre Macht auch zulassen.«

»Ich muss essen, trinken, kacken, pissen, schlafen und diesen Fall aufklären.«

Das Gürteltier wendet den Kopf.

»Vulgäre Sprache mag durchaus ein Schutzschild sein. Aber der beste Schutzschild ist es immer noch, geliebt zu werden.«

»Bin ganz deiner Meinung. Bevorzugt auf dem Rücken liegend, die Alte setzt sich oben drauf und fängt ganz langsam an zu reiten.«

»Gott ist nicht gegen Sexualität, falls du das denkst.«

»Wie nett von ihm.«

»Aber Sexualität dient der Fortpflanzung.« Francis sieht mir in die Augen. »Ich bin Jungfrau.«

»Ich bin Schütze«, sage ich, weil mir nichts Besseres einfällt, aber das habe ich jetzt von meinem losen Maul, der verklemmte Heini lässt nicht mehr locker.

»Ich hebe mir meine Sexualität für die Zeit nach der Hochzeit auf, Platon.«

»Ich hebe mir meine Hochzeit für die Zeit nach der Sexualität auf, Francis.«

Die Ohren des Gürteltiers scheinen sich zu drehen.

»Das verstößt gegen die Gebote. Damit riskierst du, dass du dein Leben auf dieser Erde verbringst, ohne wirklich geliebt zu haben, ohne wirklich geliebt worden zu sein. Aber erklär mir mal, Platon – was riskiere ich, wenn ich mir meine Unschuld bewahre? Hier, auf Gondwana?«

»Dass dein Schwanz in deinem eigenen Mund steckt, bevor er mal irgendwo anders drin gesteckt hat«, sage ich und stehe auf. »Schöne Aussicht.«

Das Meer rollt in kräftigen Wellen auf die weißen Sandstrände der Insel zu. Vereinzelte bunte Sonnenschirme sprenkeln die Bucht, zwei Reiter traben auf ihren Schimmeln durchs seichte Wasser. Der Mann mit freiem Oberkörper, die Frau komplett in silbernen Stoff gehüllt. Ein Segelboot schiebt sich ins Bild. Alles ist so grandios, dass einem schlecht werden könnte.

Francis schnauft, als er sich von seinem Felsen hochstemmt. Ob vor Ärger oder wegen seines Übergewichts, kann ich nicht feststellen.

Das Gürteltier trollt sich in ein Gebüsch.

Wortlos kraxeln wir weiter, schwitzen wie die Schweine, werden von der knallheißen Vormittagssonne gegrillt, zwei geschundene Kreaturen, die – warum auch immer – den Fußweg genommen haben und nicht den Karmann Ghia. Vor mir wackelt Francis' planetengroßer Hintern bergauf, verpackt in eine weiße, ballonseidene Sporthose, die immer ein Stück zu tief sitzt, die den Blick frei gibt auf eine blasse Schlucht zwischen zwei haarigen Hängen, deren glänzende Aufdringlichkeit ich nur deshalb ertrage, weil sie das Einzige auf dieser Insel ist, was nicht vor Schönheit strotzt.

Wenn Francis sich von hinten sehen könnte, denke ich, würde das vielleicht schon ausreichen, um ihn an Jesus, Maria, Josef und der ganzen Mischpoke zweifeln zu lassen. Denn warum, bitteschön, sollte ein Gott seine Schöpfung mit einer so abstoßenden Rückseite versehen, wenn er alle Möglichkeiten hat? Warum entscheidet er sich angesichts einer unendlichen Fülle ästhetischer Optionen für eine käsige, schwitzende, pelzige Spalte, die jedem Betrachter einen Schauder über den Rücken laufen lässt, tief hinunter bis in seine eigene käsige, schwitzende, pelzige Spalte, die jeder mit sich herumzutragen gezwungen ist, die nicht mal wirksam versteckt werden kann, die man ein Leben lang immer wieder unfreiwillig der Welt präsentieren muss, als hinterhältige, hinternhaltige Kehrseite des guten Eindrucks, um den man sich vorne verzweifelt bemüht? Ist nicht allein die Tatsache, dass hier ganz offensichtlich kein himmlischer Wille, sondern gröbste Geschmacklosigkeit gewaltet hat, die unleugbare Bestätigung dafür, dass es keinen Schöpfer geben kann, sondern nur stockblinde evolutionäre Willkür? Unser aller Arsch ist doch der beste Anti-Gottesbeweis! Der Status des Allmächtigen ist, bei sehr irdischem Licht betrachtet, schon allein aufgrund dieses menschlichen Arschs am Arsch! Dazu kommen alle anderen gehässigen Innovationen aus Übervaterunsers Giftküche, Impotenz und Mundgeruch und und und Stottern und Schweißfüße und Intimwarzen und Haarausfall und Tourette, Scheiße, Ficken, Hitler! Warum muss einer, der sich anmaßt, ein Lebewesen zu entwickeln, das nicht nur sterblich ist, sondern seine eigene Sterblichkeit auch noch begreift, das in seinem hartherzigen Hormonhamsterrad fortwährend und bedingungslos kurzfristigem, egoistischem Glück hinterherhechelt und dabei zwangsläufig eine Schneise der Zerstörung unter Seinesgleichen zurücklässt, warum muss jemand, der so eine dauergemarterte Zwergenrasse aus der Taufe hebt, seinen Witzfiguren auch noch zahllose physische Gratisplagen aufbürden, ihnen Zahnstein und Nierensteine in den Lebensweg legen, sie mit Verkrüppelungen und Schwachsinnigkeit behindern, mit Ausfluss, Blinddarmentzündungen und eingewachsenen Zehennägeln? Warum hat dieser sakrale Sack sein Frankensteinvolk nicht wenigstens schmerzfrei entworfen, leidlos, unquälbar, kälteresistent, autotroph und mit einem eingebauten Grundglück, mit einem Recht auf Sorglosigkeit, Uneinsamkeit und wirklich richtig gut funktionierenden Schlaf, auf wirklich richtig gut funktionierenden Sex? Die Antwort ist offensichtlich: weil ihm das Ganze dann keinen Spaß gemacht hätte.

Und wie reagiert die Menschheit?, frage ich, während wir uns diesen angeblich von Gott geschaffenen, im Übrigen völlig überflüssigen Berg hinaufschleppen. Sie nennt den

Schöpfer ihres monströsen Martyriums auch noch bei jeder passenden und unpassenden Gelegenheit »lieb« und »gütig« und »groß«, nur weil er ihr zu seinem eigenen Vergnügen dieses kümmerliche Ableben aufgenötigt hat, und zwar ohne vorher zu fragen. Sie erfindet ihm in sämtlichen Teilen der Welt eine andere wirre Geschichte voller erlogener Wunder und Heldentaten, Motive, Symbole und Sprüche, andere Regeln. Von wegen: Gottes Wort! Der hat ja vor lauter Lachen keinen vollständigen Satz mehr rausbekommen, nachdem seine heimgewerkelten Hanswürste, kaum waren sie auf der Welt, augenblicklich anfingen, sich gegenseitig um Augen und Zähne zu bringen. Der sah tatenlos zu, wie seine ach so geliebten Schäfchen jahrtausendelang ohne Pause aufeinander eindroschen, einander piesackten, vergewaltigten, mobbten, lynchten, ein unaufhaltsames Perpetuum mordile in Gang setzten. Dann legten sie damit los, sämtliche angeblich vom Himmel gefallenen Bücher kurzerhand selbst zu verfassen, im Namen des Herrn, aber nach ihren ganz persönlichen, selbstherrlichen Vorstellungen, lauter irdische Ideen, manipulative Machtsicherung, fanatische Feigenblätter für die politische Potenz der Potentaten. Ein charakterlicher Offenbarungseid, getarnt als Offenbarung. Bis heute bauen sie IHM rund um den Globus Altäre, diese Deppen, sie setzen ihn obendrauf, und auch wenn er überall anders heißt, anders aussieht, auch wenn er überall der unvergleichliche, epochale Einzige sein soll, ist er doch überall nur das identische, herbeigeflehte Hirngespenst, dieselbe therapeutisch-utopische Instanz, dieselbe bange Sehnsucht nach einer rezeptfreien Hintertür zur schmerzlosen Unsterblichkeit. Wer das alles leisten soll, muss natürlich ein famoser Gigant sein, also nähen sie sich einen selig grinsenden Zeppelin, blasen ihn auf, noch und nöcher, bis ihr dünnhäutiges Masgottchen so prallvoll ist mit heißer Luft, dass es automatisch in den Himmel aufsteigt und über allem schwebt. Trotzdem geben sie keine Ruhe, pumpen immer mehr Nichts in das Ding hinein, füttern ihren dehnbaren Liebling mit Floskeln, Riten, Bauten, Macht, Tabus, Gesetzen und Strafgewalt, schieben ihm alles Schöne zu und alles Hässliche von ihm weg, machen ihn verantwortlich für jeden Furz, der gelingt und nicht als Schurz in die Hose donnert, sprechen ihn schuldfrei an sämtlichen Vollkatastrophen, drehen immer alles genau so, dass ihr Grande Götze sich nicht besudelt, denn der trägt eine Ganzkörperfirnis aus kugelsicherem Argument: Seine Wege sind unergründlich.

Basta.

Selten war ein Freibrief zum Scheißebauen, eine Blankovollmacht für unendlichen Irrsinn von Holocaust bis Hämorrhoiden so haltbar, dermaßen unangreifbar, denn wer weiß schon, ob hinter dieser possierlichen Epidemie, hinter jenem drolligen Tsunami nicht doch ein weiser Plan B, C oder D steckt, ein aus der Froschperspektive naturgemäß undurchschaubarer Wille zum Besten. Dafür müssen auch mal steinige Umwege in Kauf genommen werden. Pest und Pocken sind lediglich ein turnusmäßiger Test, denn die frömmelnde Treue des Weltvolkes Hiob bedarf schließlich ab und zu einer Unterbodenkontrolle beim Glaubens-TÜV. Nach verlustreichen Desastern füllen sich kriselnde Kirchen bekanntlich von selbst. Funktioniert doch, also lobet den Holocaust-Hämorrhoiden-Herrn, dem umso mehr Liebesleistung zugeschrieben wird, je rücksichtloser er seinen Hass austobt, ein professioneller Dominanus, dem die Stiefel umso lüsterner abgeleckt werden, je gnadenloser er seine Peitsche schwingt, und wenn doch mal wirklich wer schuld sein muss, dann legen sich die Untertanen sämtliche Sünden kurzerhand selbst zur Last – das unperfekt gefertigte Tier, das sich einen Erfinder erfindet, vor dem es sich für seine Nichtperfektion in Perfektion schämen kann. Wenn das keine zwanghaft-sadomasochistisch-depressive Schizophrenie ist, denke ich und sehe schweißgebadet, erschöpft, außer Atem, mitten auf diesem Berghang von Gondwana, plötzlich viel klarer als jemals zuvor, was Sache ist – denn falls es ihn doch geben sollte, diesen Hottentottengott, wider alle Wahrscheinlichkeit, Offensichtlichkeit, Logik, Gefühle, Vernunft und Erfahrung, dann wäre er nichts anderes als ein armseliger Ur-Big-Brother, als der erste asoziale, von niedrigsten Instinkten gesteuerte, verlotterte, chronisch zugedröhnte Peinlichkeitsdauerzuschauer, der sich unablässig und ungerührt Versagen und Kummer und Entblößung und Stumpfheit seiner niederen Rasse reinzieht. Ein Not-geiler Sünden-Bock, der jeden Einzelnen der Milliarden zwanghafter Teilnehmer seiner Lebenslotterie Paradise of Pain nach Belieben bestrafen, rauswählen, aufwerten kann, nur um ihn am Ende noch viel tiefer fallen zu lassen, der Leiter des zynischsten aller Experimente, das schon an Tag eins sämtliche Hypothesen vom charakterlosen, feigen, grausamen, opportunistischen, größenwahnsinnigen Menschlein einwandfrei verifiziert hatte und das nur aufgrund seines Unterhaltungswerts immer weitergesendet wurde, die Quote stimmte schließlich: Gott, der illustre Intendant von TERRA-TV, war süchtig geworden nach diesem Programm. Denn sein selbstgestricktes Entertainment hatte sich schon mit seiner Pilotfolge als *das* universelle Drama entpuppt, als die All-umfassende Tragöde, als unerreichte Qualitäts-Quälerei, als ein sich mit jeder neuen Humangeneration reproduzierendes, vervielfältigendes, originalisierendes, zutiefst inhumanes, bestens unterhaltendes, kosmisch-komisches Chaos.

»ARGH!« Francis dreht sich um. Sieht mich an, wie er mich noch nie angesehen hat. Seine Stielaugen durchbohren mich.

Die Sonne steht jetzt im Zenit, ich bin ein durchgebackenes Schwein am Blickspieß und weiß plötzlich nicht mehr, ob ich das alles gerade nur gedacht oder gesagt oder lauthals aus mir heraus geschrien habe, während wir immer weiter durch die Hitze gestapft sind bis zu diesem Plateau, das sich jetzt vor uns öffnet, das eine weitere Bungalow-Villa mit Mondsichel-Stern-Flagge über dem Dach in einem weiteren saftigen Garten bereithält, die üblichen Palmen, Avocadobäume, Blumenbeete, Terrassen, ein Natursteincottage und daneben einen tiefblauen Pool, in dem der Weihnachtsmann mit einem alkoholfreien Cocktail herumdümpelt.

»Ich hoffe, ihr habt eure Badehosen dabei!«, ruft der Weihnachtsmannkopf und streckt sich ein bisschen aus dem Wasser, »meine werden euch wohl kaum passen, die sind so groß, dass Christo damit den Holy Hill verhüllen könnte. Wenn es ihn noch gäbe. Also, den Christo.«

Francis löst mühsam seinen Blick von mir. Ich folge ihm über das weiche Gras bis zum Beckenrand.

Der Weihnachtsmann strahlt uns von unten an. Sein faltig-freundliches Mondgesicht sieht aus, als hätte es niemals nicht gestrahlt.

Francis stellt mich als den »Kriminalbeamten vom Kontinent« vor, erzählt, dass wir gestern schon mit Hanif über die »furchtbare Sache« gesprochen hätten, und nun seien wir also hier, denn ich müsse natürlich mit allen reden, die »am

Ort des Geschehens« waren, die Trenk gesehen hätten, die das »Unfassbare« bestätigen könnten.

Ich bleibe stumm und betrachte den Alten im Pool. Er schaut abwechselnd Francis und mich an. Seine Augen sind hell und wach. Sein Körper wird unter der Wasseroberfläche so groß wie ein Flugzeugträger.

»Chenpo«, sagt der Weihnachtsmann.

»Platon«, sage ich.

»Sie tragen einen großen Namen, Inspector.«

»Ich wurde gezeugt, während im Fernsehen *Platoon* lief. Und dann hat meine Mutter ein O vergessen.«

»Und vor dem Fenster blühte der Ahorn.«

»Sie haben mir gerade die Pointe geklaut.«

»Das ist wirklich das allererste Mal in meinem Leben, dass ich irgendwas geklaut habe!«, ruft Chenpo und lacht. »Rein in die Badehosen, Jungs!«

»Die haben wir schon drunter«, prahlt Francis und pellt seinen Planetenhintern aus der Ballonseide. Ich ziehe meine weiße Leinenhose, das weiße T-Shirt, die weißen Turnschuhe aus, folge ihm erst unter die Gartendusche, dann ins angenehm kühle Becken. Wir paddeln zum Weihnachtsmann rüber und sind jetzt ein Triumvirat aus schwimmenden Köpfen, auf denen die Sonne brennt, in denen die Hirne bei mittlerer Hitze köcheln, wir suchen nach einem Anfang, und Chenpo findet ihn.

»Hat es Sie glücklich gemacht, als Sie von dem Mord an Trenk Benedict erfahren haben, Inspector?«

»Weil ich jetzt Befragungen im Pool durchführen darf?«

»Weil Sie ein überzeugter Atheist sind und sich in der Annahme bestätigt sehen, dass Religionen die Welt nicht besser machen.« Chenpo fixiert mich und krault sich mit einer

Hand den nassen Bart. »Und dass gelebter Glaube Verbrechen nicht verhindert. Dass Glaube also, wenn man es zu Ende denkt, ziemlich überflüssig sein könnte.«

»Ach, wissen Sie«, sage ich, »Religionen haben sicher auch ihr Gutes, aber die Nachteile überwiegen halt immer.«

»Ist das so?«

»Ja. Wie bei einem Amokläufer in einer Grundschule, der nach seinem Amoklauf noch mal schnell durchsaugt. Da stehen Nachteile und Vorteile auch in keinem Verhältnis.«

»Also hat der Mord an Trenk Sie doch glücklich gemacht. Weil der Mann, der noch mal schnell durchsaugte, jetzt endlich als Amokläufer überführt werden konnte.«

»Noch ist überhaupt niemand überführt. Und glücklich machen mich zwei Echtfleisch-Quarterpounder mit Chilicheese und Trüffel-Mayonnaise plus eine eisgekühlte Flasche Real Southern Comfort.«

»Das wäre ein ziemlich illegales Glück«, raunt Francis.

»Aber Bestätigung empfinden Sie, Herr Inspector, da bin ich sicher.«

»Was ist der Präambelfall?«

Der Weihnachtsmann schließt die Augen.

Francis sieht aus, als würde er am liebsten abtauchen.

»Woher haben Sie diesen Begriff, Platon?«

»Vielleicht habe ich ihn aufgeschnappt. Vielleicht wurde er mir aufgedrängt.«

»Ich kann mich dazu nicht äußern.« Alles Lustige ist aus Chenpos Runzelvisage verschwunden. Er sieht plötzlich aus wie ein Ayatollah mit akuter Phimose. »Tut mir leid.«

»Das ist wirklich schade«, sage ich, »Herr Gaarder wird darüber nicht besonders glücklich sein.«

»Herr Gaarder kommt ja sehr bald. Und dann reden wir mit ihm.«

»Falsch. Sie reden mit mir, bis er da ist. Ich bin bevollmächtigt, alles in Erfahrung zu bringen, was Herrn Gaarder interessiert. Und ihn interessiert, was der Präambelfall ist.«

Chenpos Augen werden schmal. »Herr Gaarder weiß, was der Präambelfall ist.«

»So? Dann will er offenbar, dass Sie es mir erklären.«

»Wann kommt er?«

Ich lege meine Arme auf den Beckenrand. »Es ist langweilig, ständig mit Abreise zu drohen. Aber es wirkt so gut.«

»Wir können dazu nichts sagen.«

»Ohne zufriedenen Platon kein Gaarder. Pech für euch, Leute.«

Stoßseufzer.

»Ich glaube, wir müssen offen sein«, sagt Francis leise. »Und beten.«

»Das Beten könnt ihr euch schenken, aber Offenheit wäre äußerst erfreulich.«

Chenpo grunzt wie ein Nilpferd. Er überlegt eine Weile, dann beginnt meine Abreisedrohung zu wirken. »Was wissen Sie über unsere religiösen Führer auf Gondwana, Inspector?«

»Über die Quadriga?« Mit der Frage habe ich nicht gerechnet. »Was soll man denn über vier anonyme Kerle wissen können? Nicht mal Gaarder höchstpersönlich kennt die Identität der Typen.«

»Sehen Sie.«

Mir fällt auf, dass Chenpos Augen exakt die Farbe des Poolwassers haben: ein leuchtendes, helles Türkisblau. Unsere Blicke halten sich gegenseitig aus.

Mein Groschen fällt. Fast.

»Wer stellt die Quadriga?«, frage ich.

»Die Quadriga wird aus den zehn Prozent der ältesten Inselbewohner aller vier Konfessionen ausgewählt. Ein Zufallsgenerator bestimmt die Mitglieder. Ein Computerprogramm, das sich anschließend selbst zerstört. Die Quadriga besteht also aus ganz normalen Gläubigen. Sie nehmen am alltäglichen Inselleben teil. Nur sie selbst wissen, wer sie in Wahrheit sind. Das ist das Prinzip der paritätischen Anonymität.«

»Vier uralte Säcke, die kein Arsch kennt. Super.«

»Die Quadriga ist anonym, genau wie Herr Gaarder als Chef der Kongregation anonym ist. Direkte Treffen der Instanzen sind unmöglich. Keine persönlichen Vorlieben, keine Feindschaften. Kein Filz, keine Gefälligkeiten. Nur objektive Aufsicht. Eine Kontrollform, der keine Glaubensgemeinschaft vorwerfen kann, eine andere würde bevorzugt. Oder haben Sie Herrn Gaarder schon mal persönlich kennengelernt?«

»Nein.«

»Und er heißt doch in Wirklichkeit sicher auch nicht Gaarder.«

»Vermutlich nicht.«

»Sehen Sie.«

»Früher wurde mit Religionsführern ein bizarrer Personenkult betrieben«, sagt Francis, »denk mal an die Zeit, als es noch Päpste und Patriarchen gab, Platon. Man hat sie wie Popstars gefeiert, obwohl sie lediglich banale, austauschbare Stellvertreter eines göttlichen Prinzips waren. Furchtbar!«

»Sie trugen rote Lackschühchen und wurden in fahrenden Glassärgen öffentlich ausgestellt.« Chenpo verdreht die Augen. »Sie wohnten in Palästen, flogen Business-Class und betrieben sogar eine eigene Bank, machten schmutzige Geschäfte und scheffelten Geld, während andere Menschen verhungerten. Der Pomp erstickte die Botschaft. Hedonismus blühte. Die Fähigkeit zur Askese ging vollständig verloren. Der heilige Franziskus konnte diese Entwicklung kurz stoppen, aber letztlich nicht aufhalten. Natürlich wurden die religiösen Führer am Ende allesamt Opfer ihrer eigenen Eitelkeiten. Kennen Sie den Namen des letzten Papstes, Herr Inspector? Das war ein Deutscher. Tebartz-van Elst. Dieser Mann entpuppte sich als die Personifizierung der ekelerregendsten Verkommenheit, also als ein typischer Vertreter des damaligen Klerus.«

Francis nickt. »Machtversessen, prunksüchtig, scheinheilig, autoritär, verlogen, eitel.«

»Und, wie sich ja später herausstellte, mental retardiert!« Chenpo hebt einen Zeigefinger aus dem Wasser. »Ein lebender Widerspruch zu den zehn Geboten. Ein Bauernsohn, der sich als Kaiser aufspielte. Rückblickend ist schwer erklärbar, wie dieses Subjekt überhaupt auf den Stuhl Petri gelangen konnte. Aber die Millionen Kirchenaustritte weltweit hatten schließlich doch ihr Gutes. Sie bewirkten, dass sich nun auch die Muslime kritisch mit ihren in öldollargefluteten Luxusresorts lebenden Mullahs auseinandersetzten. Diese multikonfessionelle Erneuerungsbewegung von unten war der Beginn der Weltkirche. Heute können wir uns glücklich schätzen, dass mit Papst Tebartz-van Elst der unfähigste Mann ans Ruder gelassen wurde. Im Zuge der Weltkirchenvereinigung verständigte man sich darauf, dass es ab sofort wieder um die Funktion gehen müsse, nicht um die Person. Die paritätische Anonymität ist unsere Garantie dafür, dass es dabei bleibt. Stellen Sie sich vor, einer der vier Vertreter der Quadriga wäre besonders charismatisch – dann würde er die anderen leicht überstrahlen. Das könnte Gefühle verletzen.«

»Und die Gläubigen dieser Welt haben ja bekanntlich kein anderes Hobby als ihre verletzten Gefühle. Außer vielleicht ihre vollständige Humorlosigkeit.«

»Sie urteilen hart.«

»Ich bin hart. Kennen Sie den Unterschied zwischen Platin und Platon?«

»Wer kennt den nicht.« Chenpo hat sein Lächeln wiedergefunden. »Platin kann man verbiegen. Platon nicht.«

»Immerhin, eure interne Kommunikation läuft.«

»Wenn Ihre innere Kommunikation genauso gut funktioniert, wissen Sie jetzt vielleicht, was der Präambelfall ist.«

Der Groschen überwindet die letzten Millimeter in Richtung Erkenntnis. Jetzt fällt er.

»Sie wissen nicht, ob Trenk Benedict ein Mitglied der Quadriga war.«

Chenpo nickt, will etwas sagen und schweigt stattdessen. Auf seiner geröteten Stirn sind für einen Moment weiße Falten zu sehen.

Ich nehme ihm seine Besorgnis ab. »Und das kann man nicht herausfinden?«

»Unmöglich. Es gibt keine Dokumentation des Auswahlvorgangs. Anonymität ist auf Gondwana das oberste Machtprinzip. Auf ihr basiert alles.«

»Die vier Quadriga-Herren sind doch alle steinalt. Was ist, wenn einer von denen krank wird? Oder seine hübsche Privatsklavin beim Nacktbaden erwischt und einen Herzkasper kriegt? Dafür muss es doch auch irgendeine Lösung geben.«

»Artikel 43 Absatz 1 der Präambel sieht im Todesfall vor,

dass sämtliche Kompetenzen eines dauerhaft erkrankten oder verstorbenen Mitglieds für einen Zeitraum von vier Wochen auf die anderen drei Mitglieder übergehen. In dieser Zeit wird ein Zufallsgenerator programmiert, der ein neues Mitglied der entsprechenden Konfession auswählt. Das Programm informiert den Betreffenden und zerstört sich selbst. Die drei übrigen Mitglieder weisen den Neuen in seine Aufgaben ein.«

»Das heißt, die Öffentlichkeit muss nicht erfahren, dass ein Mitglied ausgetauscht wurde?«

»Wir nennen das Kontinuität. Es geht, wie gesagt, nicht um die Person, sondern um die Funktion.«

»Aber das bedeutet …« Die Gedanken treiben für einen Moment hilflos in der kochenden Suppe unter meiner Schädeldecke.

Francis und Chenpo sehen mich erwartungsvoll an.

»Angenommen, es steckt ein terroristischer Plan dahinter – ein Mord, von dem niemand erfährt, ist für Terroristen völlig sinnlos. Wann zeigt sich die Quadriga das nächste Mal?«

»Am Day of Faith. In drei Tagen.«

»In so kurzer Zeit kann kein neues Mitglied bestimmt werden, oder?«

»Ausgeschlossen. Die Präambel sieht ein striktes Verfahren vor. Alles andere wäre ein Bruch der heiligen Ordnung und damit Sünde.«

»Das heißt«, ich lege einen Finger an die Nase, »falls ihr Dauerurlauber Pech habt, erscheinen am Day of Faith nur drei Muftis im Aquarium. Und wenn dann der gläserne Balkon ausgefahren wird, sehen alle, die bis vier zählen können, dass hier was nicht stimmt.«

Chenpos und Francis' Gesichter sind dabei, die Farbe des Pools anzunehmen: durchsichtig mit bläulichem Hintergrund.

»Skandal?«, frage ich einfühlsam.

»Der größte anzunehmende weltreligionspolitische Unfall.« Chenpo klingt, als hätte sich Satan persönlich gerade auf einer der Sonnenliegen breitgemacht. »Eine auserwählte monotheistische Konfession wäre nicht in der Heiligen Vierheit repräsentiert.«

»So wie die Sikh.«

»Die sich vor 80 Jahren von ihrem Grundsatz abgewandt haben, dass ihr Gott kein Geschlecht hat. Und die mit der Anmutigen Anjali seitdem eine Göttin anbeten. Das konnten Muslime und Katholiken im Zuge der Weltkirchenvereinigung nicht akzeptieren. Die World Rules besagen, dass unsere Götter gleich sind und eine weibliche Gottheit würde nie …«

»Ersparen Sie mir Ihre kruden Hormontheorien. Die Mormonen habt ihr auch nicht reingelassen. Die haben keine Göttin.«

Francis richtet sich auf. »Diese … Rassisten aus Salt Lake City halten sich für die einzig wahren Christen! Kann man sich das vorstellen? Die trinken nicht mal Kaffee und schwarzen Tee! Solche absurden …«

»Zurück zum Thema. Eine Konfession wäre nicht in der Heiligen Vierheit repräsentiert – welche Auswirkungen würde dieser Skandal haben?«

»Na, welche wohl? Der Mord an einem Quadrigamitglied könnte natürlich die überwundene Feindschaft zwischen den Religionen wieder aufleben lassen! Ein globaler Glaubensbürgerkrieg wäre prinzipiell möglich!«

»Ne Nummer kleiner geht's bei euch nicht.«

»In dem Fall leider nein.«

»Und diese Information hätten Sie mir nicht sofort geben können?«

»Vielleicht verstehen Sie jetzt, lieber Platon Ahorn«, sagt Chenpo so langsam und deutlich, als wäre ich ein übrig gebliebener Kap-Handicapped-Tourist auf Hirnkur, »warum wir unbedingt mit Gaarder sprechen wollen.«

»Gibt es irgendwelche Hinweise, dass Benedict Teil des Clubs war?«

»Wir haben immer wieder darüber nachgedacht«, sagt Francis. »Sein Alter käme natürlich hin. Er war 77. Aber sonst ist uns nichts aufgefallen.«

»Mir schon«, sage ich.

Synchronstaunen.

»Ist so ein Quadrigajob zeitaufwändig?«

»Absolut. Diplomatische Beziehungen zum Festland, die Zusammenarbeit mit der Kongregation, bürokratische Entscheidungen, Repräsentation und natürlich sehr viele gemeinsame Gebete im Global Prayground, um ...«

»In Trenks Eremitenkalender stehen gerade mal vier kurze Termine pro Woche. Der Mann hatte quasi immer Zeit. Er hätte den Quadrigajob also ganz problemlos machen können.«

»Das stimmt.« Francis guckt dumm aus dem Wasser.

»Wenn noch jemand umgelegt wird, liegt das in eurer Verantwortung.«

»Vielleicht hören Sie mal auf mit den ewigen Schuldzuweisungen, Inspector.« Chenpo spricht leise, aber bestimmt. »Und machen sich klar, dass unsere Mission darin besteht, die heilige Insel Gondwana vor dem Untergang zu retten.«

»Der Untergang der heiligen Insel Gondwana«, sage ich

genauso bestimmt, »erscheint mir nicht ganz so furchtbar wie euch. Ich bin schließlich kein Luxusrentner im göttlichen Disneyland.«

»Das meinen Sie nicht ernst, Platon! Nicht einmal Sie können so weltfremd sein!«

»Die heilige Insel Gondwana«, sage ich, »wird uns außerhalb von Gondwana überall um die Ohren gehauen wie eine Dauerwerbesendung. Gondwana ist unsere täglich verordnete Dosis Weltgeist, ihre Pappmaché-Werbepalmen stehen in sämtlichen Städten, der Holy Hill klebt als Poster in jedem zweiten Jugendzimmer, am Sonntag latscht die halbe Menschheit in die Versöhnungskirchen, und die andere Hälfte hängt vor der Glotze und lässt sich von der Übertragung berauschen. Gondwana nervt wie nichts Zweites. Diese Insel ist nichts als eine lackierte Eskapismusmöhre, die den Großhirnkastraten dieser Erde lebenslänglich vor die Nase gehängt wird.«

Chenpo nickt lächelnd in dem priesterlichen Die-verlorenen-Söhne-sind-mir-am-liebsten-Gestus, der mich immer schon in 0,3 Sekunden auf 180 gebracht hat.

»Es ist Ihr Recht, so zu denken, Inspector, auch wenn Sie maßlos übertreiben. Aber zugleich ist es Ihre Pflicht, die Freude der Menschen darüber zu akzeptieren, dass die Weltreligionen mit Gondwana ein Modell der dauerhaften Versöhnung und Vereinigung ermöglicht haben, ein Modell, das überall Akzeptanz findet, das …«

Ich lache laut und herzlich.

»… zu einer positiven, auf den Glauben konzentrierten Renaissance von Religion geführt hat und das eine niemals gekannte Dimension von Frieden brachte, von Moral und Toleranz.«

»Also ist es ein Zeichen von Toleranz, dass man aus Respekt vor dem Islam weltweit kaum noch Alkohol kriegt, dass man aus Respekt vor dem Judentum keine Schalentiere und kein Schweinefleisch kaufen kann, dass man sogar aus Respekt vor den ungläubigen Vielgötterfreunden des Hinduismus, die man vorsichtshalber lieber auch nicht in den noblen Verein der Weltkirche gelassen hat, kein Rindfleisch mehr bekommt, dass wir längst eine vegetarische, antialkoholische, politisch korrekte, herzensgute Weltgesellschaft sind, in der …«

»Was ist denn eigentlich so schlimm daran, dass die Religionen den Genuss von Fleisch und Alkohol untersagen? Das wäre doch aus Gesundheitsgründen sowieso längst passiert.«

»… eine vegetarische, antialkoholische, politisch korrekte, herzensgute Weltgesellschaft, in der jeder, der sich unter einen spirituellen Überbau flüchtet, alle anderen permanent mit seinen Empfindlichkeiten drangsalieren darf. Und in der diejenigen, die an den antireligiösen Menschen mit gesundem Menschenverstand glauben statt an paranoide Projektionen, sukzessive entrechtet werden, nur weil sie keinen systematischen Hokuspokus vorweisen können, der ihnen beliebig viele Sonderrechte auf seelische Supersensibilität einräumt.«

»Es ist ein Zeichen von Toleranz, wenn jemand sich auf die emotionalen Bedürfnisse seiner Mitmenschen einstellt. Punkt. Wenn er ihren Glauben respektiert und ihre Regeln akzeptiert!«

»Und was«, sage ich, »wenn ich der Meinung bin, dass es da gar nichts zu respektieren gibt, weil man sich Respekt als Individuum durch respektable Handlungen verdienen muss, statt ihn dreist für die kritiklose Übernahme ausgefeilter Diskriminierungssysteme einzufordern? Was, wenn ich der

Meinung bin, dass Essverbote, Trinkverbote, Kleidungsverbote, Autofahrverbote, Bumsverbote, Berührungsverbote, Publikationsverbote, Abtreibungsverbote, Spottverbote und Kondomverbote das genaue Gegenteil von Respekt verdienen? Was, wenn mir diese ganzen Regeln an meinem haarigen Arsch vorbeigehen, weil es nicht meine Regeln sind? Was, wenn ich den ganzen Tag besoffen Schweine und Rinder fressen und dabei fiese Heiligenkarikaturen zeichnen möchte, weil meine Religion schlicht und ergreifend die radikale, individuelle Freiheit des spöttischen, satten, selbstironischen, säkularen, supersexuellen Individuums ist?«

»Dann verletzen Sie zwangsläufig unzählige Menschen in ihren tief empfundenen religiösen Gefühlen.«

»Das will ich hoffen.«

»Mögen Sie keine Menschen?«

»Menschen essen die ungeborenen Babys von Hühnern zum Frühstück und schneiden Pflanzen die Geschlechtsorgane ab, um damit ihre Wohnungen zu dekorieren. Wie soll man die nicht mögen?«

»Okay. So gefragt: Möchten Sie verletzt werden, Platon?«

»Sie meinen: durch die Autobomben der gottesfürchtigen Radikalinskis, die ihren Forderungen nach mehr Toleranz für ihre Intoleranz gern ein bisschen chemische Sprengkraft verleihen?«

»Ich meine – in dem Empfinden für das, was Ihnen heilig ist. Jedem Menschen ist etwas heilig, auch einem Atheisten.«

»Mein lieber Chenpo«, sage ich und muss zu meiner Freude noch einmal aufrichtig lachen, »ich werde durch tief empfundene, sogenannte religiöse Gefühle von Menschen und die ungerechten, brutalen, archaischen Handlungen, die diese sogenannten Gefühle weltweit rechtfertigen sollen, jeden

Tag von morgens bis abends in meinen mir heiligen positivistischen, humanistischen, aufgeklärten Empfindungen so massiv verletzt, dass man mir genauso gut rund um die Uhr eine in koscheres Ziegenleder gebundene Bibel-Koran-Thora-Gemeinschafts-Schmuckausgabe in die Fresse schlagen könnte, und die wiegt garantiert vier Kilo.«

»Platon hat seine Seele noch nicht entdeckt«, sagt Francis entschuldigend. »Er behauptet, sie liege seit Jahren auf der Post.«

Chenpo strahlt. »Eine Seele hat ja zum Glück kein Verfallsdatum, wir dürfen also hoffen, dass irgendein fleißiger Bartleby sie eines Tages entdeckt und zustellt. Platon, jetzt mal ehrlich, es ist doch alles besser geworden! Nach Jahrhunderten der Gewalt haben sich weise alte Männer in meiner Jugend endlich zusammengesetzt und die vermeintlichen Grenzen der Konfessionen eingerissen. Sie haben die World Rules an die Kirchentür von Wittenberg genagelt und die vielen Gemeinsamkeiten der Glaubensrichtungen herausgestellt, nicht das wenige, das sie trennt. Nie zuvor hat die Menschheit in einem so allumfassenden Glück gelebt wie heute! Erst die gondwanische Quadriga hat das ermöglicht! Früher, als die Religionen bis ins Mark verfeindet waren, haben sie die ganze Welt mit ihren Konflikten terrorisiert!«

»Heute terrorisieren sie die ganze Welt mit ihrem Frieden.«

»Und Krieg wäre besser?«

»Krieg bietet immer die Option, dass keiner der Teilnehmer überlebt.«

»Sie sind ein Kriegstreiber!«

»Hab ich von Ihrem Propheten gelernt, Chenpo.«

»Mein Prophet, Gott segne ihn und schenke ihm Heil, ist

Stifter des sozialen Fortschritts! Er hat für eine gute Sache gekämpft! Außerdem muss man ihn im Kontext seiner Zeit beurteilen.«

Ich sehe Francis an. »Unser Kumpel Jesulein war da schon besser drauf, oder? Total antiautoritär. Wenn ihm einer eine reingehauen hat, wollte er sofort noch ne Schelle kassieren.«

Francis guckt stolz in die Wolken. »Jesus war der friedliebendste Mensch, der jemals auf dieser Welt gelebt hat.«

»Mein lieber Francis, das kannst du so genau genommen nicht sagen.« Chenpo hebt wieder seinen tropfenden Zeigefinger aus dem Becken. »Der Prophet, Gott segne ...«

»Klappt ja super, eure Weltkirche.«

»Inspector, Sie sind ein zynischer Misanthrop.«

»Ich schlucke ja auch meine spirituellen Verdummungsdrogen nicht runter, sondern spucke sie aus.«

»Gut.« Der Weihnachtsmann zwingt sich zur inneren Ruhe. »Wenn die Welt ein sediertes Irrenhaus ist, was sind Sie dann? Der philosophische Psychiater?«

»Nein, ich bin nur der konsternierte Pizzajunge, der dem irren Irrenhaus-Hausmeister ab und zu eine Quattro Stagioni mit extra Mascarpone vorbeibringt und dabei einen desillusionierten Blick durch die hell erleuchteten Sprossenfenster des Aufenthaltsraums wirft.«

»Und was glauben Sie dort zu sehen?«

»Ich sehe sprachfähige Tiere, die genug Intelligenz besitzen, um sich durch die Konstruktion von verfeindeten Göttern, Gottessöhnen und Heilsbringern selbst zu erhöhen, und die zu wenig Intelligenz besitzen, um sich von der Diktatur zu befreien, die diese Konstruktion mit sich bringt.«

»Die Götter sind aber nicht mehr verfeindet.«

»Klar.« Es gelingt mir ganz gut, den Verlorenen-Sohn-

Tonfall zu imitieren. »Die lieben sich nämlich so sehr, dass hier gleich das große Hauen und Stechen ausbricht, sobald ein Quadrigafuzzi ins Gras beißt.«

»So kehren wir nach unserem kleinen unterhaltsamen Intermezzo zum Kern der Sache zurück«, stellt Chenpo fest. »Meine Freunde, wenn das nicht der richtige Zeitpunkt für eine Erfrischung ist – Alea, meine Beste! Einzige!«

Eine wunderschöne Afrikanerin tritt aus dem Schatten der Veranda, und Chenpo hat mit seiner Schleimerei nicht übertrieben: Die Kleine ist eine braune Bombe im Bastrock. Sie wackelt auf uns zu. Ihre Brüste sind zwei ausgewachsene Sumoringer auf einem Olympiatrampolin und grüßen uns auf das Herzlichste, als Alea sich stumm und tief und ausgiebig verbeugt.

Schluck! Gaff!

Die personifizierte Unschuld Francis sieht aus, als würde sein Samenüberdruck ihn in den nächsten Millisekunden zur Explosion bringen.

»Hübscher Parra«, stelle ich fest.

»Wir befinden uns hier auf einem Privatanwesen«, sagt Chenpo nüchtern, »da gilt keine Vollverschleierungspflicht.«

Mein innerer Wecker meldet sich. »Gibt's hier ne Uhrzeit?«

»Gewiss.« Der Weihnachtsmann präsentiert eine goldene Rolex-Taucheruhr. »10:52.«

»Dann sagen Sie mir bitteschön um Punkt 11:00 Bescheid.«

»Wie Sie wünschen.« Chenpo wirft Alea eine ausladende, nasse Kusshand zu: »Viermal Kokosshake!«

Das Mädchen trippelt mit wackelndem Arsch in die Villa.

Drei Blicke folgen ihr. In Francis gärt es.

UND JETZT HÄTTE ICH GERN MAL EINE DETAILLIERTE BESCHREIBUNG DER EREIGNISSE.
BLUB
BLB
?

WAAAAAHH!

SELBSTVERSTÄNDLICH. ICH BIN AM LETZTEN MONTAG WIE VERABREDET GEGEN HALB NEUN ZU TRENK GEFAHREN, UM...
WAS ZUR HÖLLE...

ARGH!
MUAHAHA!

PLATON..?
ALLES IN ORDNUNG?
ABER WO..?
?
WAS..?
?

»Platon!«

Mir wird gleichzeitig heiß und kalt.

»Was hast du?!«

»Nichts …«

»Sollen wir lieber aus der Sonne gehen?«

»Nein.« Ich schöpfe mir mit beiden Händen Wasser ins Gesicht. »Schon gut …«

»Bist du sicher?«

»Ja.« Ich schiele unauffällig zu Francis rüber. Er ist wieder ganz.

»Könnte es vielleicht sein, dass Ihnen Ihr krankhafter Religionshass schon selber Übelkeit bereitet, Herr Inspector?« Chenpo grinst süffisant. »Um auf Ihre Frage zurückzukommen: Ich bin, wie gesagt, am letzten Montag gegen halb neun zu Trenk gefahren, um ihn abzuholen.«

»Ist das …« Ich versuche mich auf die Vernehmung zu konzentrieren. »Ist das regelmäßig vorgekommen?«

»Nein. Alle paar Wochen mal. Ich habe es ihm immer wieder angeboten, damit er nicht in der Hitze auf den Bus warten muss. Sein Haus liegt für mich quasi auf dem Weg. Manchmal hat er ja gesagt.«

»Also nur eine Fahrgemeinschaft?«

»Wir waren nicht befreundet, falls Sie das denken. Mister Benedict war ein sehr in sich gekehrter Mensch.«

»Verstehe. Und nachdem Sie ihn zusammen mit Hanif verbrannt und eingetütet haben, war er dann ein sehr zusammengekehrter Mensch. Was wurde da geredet während der Fahrten?«

»Wenig. Und wenn, ging es nur um den Chor.«

»Weiter.«

»Also, am Vierzehnten gegen halb neun habe ich bei ihm

geklingelt, aber er erschien nicht. Das war noch nie passiert. Ich habe mir sofort Sorgen gemacht. Kein Mensch schließt bei uns die Haustür ab, ich bin also reingegangen und fand ihn oben im Badezimmer. Er saß nackt und gefesselt in seiner Badewanne. Die Details kennen Sie ja schon.«

»Ich will es nochmal von Ihnen hören. Weil's so schön war.«

»Francis«, sagt Chenpo, »geh doch mal und hilf Alea.«

Francis nickt gehorsam, paddelt wie ein spastisches Walross zur Leiter und steigt aus dem Wasser. Seine Badehose hängt auf Halbmast. Zwei picklige Monde lachen uns an. Wir lachen nicht zurück.

Francis watschelt zum Haus.

»Ein guter Junge«, murmelt Chenpo.

»Gegen den war die Jungfrau Maria eine nymphomane Schlampe«, stelle ich fest. »Also?«

Ein genervter Blick trifft mich und prallt ab.

»Man hatte Trenk das Geschlecht abgetrennt. Es befand sich offenbar in seinem Mund. Alles war voller Blut. Ich habe niemals zuvor etwas so Grauenvolles gesehen.«

»Kann ich mir denken.«

Chenpo starrt ins Wasser, als würde er auch Gedärme herumschwimmen sehen. »Ich habe Hanif und Francis angerufen und mich mit ihnen beraten. Sie sind meine Freunde. Ich konnte das nicht alleine … Wir haben gemeinsam entschieden, die Behörden auf dem Kontinent nicht zu informieren, weil die Gefahr eines Informationslecks zu groß war. Sie müssen sich das vorstellen, Inspector, keiner von uns hätte jemals damit gerechnet, in eine solche Situation zu geraten! Wir sind gewöhnliche Inselbürger, wir führen unser Leben in Frieden und Gottgefälligkeit. Und dann …« Für einen Moment verbirgt er das Weihnachtsmanngesicht in den Händen. »Dann liegt plötzlich das Schicksal der Gemeinschaft in unseren Händen. Wir wussten nicht, was wir tun sollen. Wir waren völlig überfordert. Gondwana ist der seidene Faden, an dem der Weltfrieden hängt. Niemand hat in diesem Moment an den Präambelfall gedacht. Wir standen unter Schock und mussten trotzdem handeln. Wir haben uns entschieden, die Sache zu vertuschen.«

»Und eine knappe Woche später wollten Sie dann plötzlich doch die Behörden informieren. Warum? Hat Ihnen Allah per Flaschenpost verkündet, dass diese Insel in Wirklichkeit gar kein seidener Faden ist, sondern nur ein schnödes Merchandisingtool der abergläubischen Weltrevolution?«

»Francis hatte die Idee mit dem Präambelfall. Er ist in die Vorbereitung des Day of Faith und der Universal Peace Party involviert. Er rief mich an und sagte: Stell dir vor, was wäre, wenn Trenk ... Er war ja schließlich schon über 77. Ich weiß nicht, ob ich schon erwähnt habe, dass die Quadriga per Zufallsgenerator aus den zehn Prozent der ältesten Inselbewohner aller vier ...«

»Das sagten Sie bereits.«

»Gut. Also, danach hat Francis dann Kontakt zur Glaubenskongregation in Lyon aufgenommen und das Büro von Herrn Gaarder in Kenntnis gesetzt. Mit Hanifs und meinem Einverständnis. Wir waren zu dem Schluss gekommen, dass die Gefahr einer Eskalation größer ist als die Gefahr einer behördlichen Ermittlung.«

»Einer Ermittlung, die Sie mit der akribischen Vernichtung sämtlicher Spuren ohnehin unmöglich gemacht haben.«

»Wir bitten Gott jeden Tag um Vergebung für unseren Fehler.«

»Und? Hat er schon was durchblicken lassen?«

Der Weihnachtsmann sieht wieder nach Ayatollah aus.

»Macht ja nichts«, sage ich versöhnlich. »Dann befrage ich einfach sämtliche Inselbewohner. Ach nein, geht ja nicht! Ich bin ja allein hier, damit ich nicht auffalle, und ich darf ohnehin niemanden vernehmen, soll ja nichts rauskommen!«

»Mir ist die Undankbarkeit Ihrer Lage bewusst.«

Chenpo blickt in Richtung Villa. Francis und Alea kommen gerade aus dem Haus, beide tragen je zwei Cocktails in bunten, aufblasbaren Glashaltern. »Ich habe von Herrn Gaarders Theorie gehört. Eine Gruppe von verwirrten Frauen, die unsere Welt ins Unglück bomben will. Wie wahrscheinlich ist das?«

»Der Secreditas ist da schon länger dran. Es gibt eindeutige Hinweise. Mehrere glaubwürdige, voneinander unabhängige Quellen.«

Chenpo schüttelt traurig den Kopf.

»Wenn Sie mir was verschweigen, gibt es bald den nächsten Toten. Wir kommen nur über das Motiv weiter.«

»Wir verschweigen nichts. Warum sollten wir?«

»Koooooooookosshakes!«, ruft Francis.

Alea kichert.

Die beiden steigen mit ihren Getränken in den Pool und schieben die schwimmenden Glashalter behutsam vor sich durchs Wasser. Ich erkenne erst jetzt, dass diese vier bunten Dinger die Formen von Randy dem Wombat, Sandy der Seekuh, Mandy der Flugeidechse und Wendy dem karierten Pferd haben. Francis gibt dem Pferd einen Schubs, und es treibt zu mir rüber. Die geknickten Strohhalme in den Cocktails kommen mir plötzlich vor wie bunte Periskope.

Chenpo zeigt mir stumm seine Uhr.

Ich schwimme zum Beckenrand und hole die 11:00-Uhr-Pille aus der Hosentasche. Wir saugen an den Periskopen. Die Sonne strahlt, Chenpo strahlt nicht mehr. Der Shake, mit dem ich die Pille runterspüle, ist eiskalt und süß. Er schmeckt besser als jeder Kokosshake, den ich in meinem Leben jemals getrunken habe, falls ich in meinem Leben schon mal Kokosshake getrunken habe.

»Wie sind Sie eigentlich so schnell darauf gekommen, dass Platon Ahorn Atheist ist?« Ich sehe dem Weihnachtsmann tief in seine Poolaugen.

Chenpo staunt. »Sie haben doch auf dem Weg hier herauf eine ziemlich lautstarke Tirade losgelassen, Herr Inspector. Beinahe so laut wie der Muezzin, nur ohne Megafon. Das war nicht zu überhören.«

Alea läuft ein bisschen Kokosshake am Kinn runter.

Francis starrt das Alea-Kinn an und kriegt wieder seinen steifen Blick. Ich kann in seinem Hirn lesen, was er denkt, als wäre es das Hohelied in Senioren-Schriftgröße.

*

»Da hat ja jemand ordentlich Farbe gekriegt.« Jane verzieht den Mund zu einem spöttisch-schiefen Schlitz.

»Rot ist das neue Braun«, sage ich.

»Und du trägst meine Brosche. Wie schön.«

»Heute kein Sackhüpfen?«

»Privat darf man Gesicht zeigen. Noch.«

Wir stehen uns für ein paar Sekunden stumm gegenüber, sie hält sich an ihrer Türklinke fest, ich präsentiere nach wie vor die beiden übergroßen Avocados, in jeder Hand eine. Plötzlich beschleicht mich der Verdacht, dass diese zwei grünschwarzen Kugeln auf sie wirken könnten wie aufdringliche, vegetarische Symbolhoden.

»Na, wen hast du kastriert?« Der Mundschlitz wird noch eine Spur spöttischer.

»Berufsgeheimnis«, sage ich. »Aber die Dinger schmecken.«

»Klingt nicht so, als ob du selbst das Opfer wärst.«

»Wenn ich das Opfer wäre, hätte ich keinen Grund mehr, dich zu besuchen.«

»Die karge Logik des Mannes.« Jane macht einen einladenden Schritt zur Seite. Ihre Bluse ist weit aufgeknöpft. Sie trägt keinen BH. »Bei mir sieht's schlimm aus. Hab immer noch nicht alles ausgepackt.«

Die Avocados und ich betreten das Haus, Jane schließt die Tür. Wir gehen durch einen kleinen Flur in ein übersichtliches Wohnzimmer. Mehrere Kartons mit blauen Luftfrachtaufklebern stapeln sich zu krummen Türmen. Skandinavisch aussehende Sessel und Stühle stehen kreuz und quer im Raum. Offenbar sind sie gerade erst zusammengebaut worden. Eine antike Tischplatte lehnt an der Wand. Sie sieht aus, als wären ihr die vier Beine weggelaufen.

»Hübsche Möbel«, sage ich, um etwas zu sagen.

»Seit Ikea pleite ist, gibt es endlich wieder Qualität.«

»Überhaupt ein sehr nettes Häuschen.«

»Fast perfekt. Einziges Manko: keine Badewanne.« Jane öffnet die Schiebetür und führt mich in einen kleinen Garten, der zum Glück nicht so penibel gepflegt ist wie die klösterlich-persischen Parkanlagen von Francis und Chenpo. Das kräftig grüne Gras steht hoch, zwischen den Steinplatten der Terrasse wuchert Unkraut, trockene Palmenblätter liegen herum. Wuchernde Büsche sind zu einem grünen Schutzwall zusammengewachsen. Wir setzen uns auf wackelige

Metallstühlchen an ein wackeliges Metalltischchen. Darauf: ein leerer Aschenbecher und ein kleines Transistorradio.

»Jetzt mal ganz ehrlich, Jane: Warum zieht eine junge Frau wie du auf so eine Insel?« Ich lege die beiden Riesenavocados auf den Tisch wie ein junger Weltkriegssoldat, der seiner Freundin das erste Set XXL-Handgranaten präsentiert.

»Man kann dir nicht vorwerfen, dass du nicht zur Sache kommst. Ist das immer so?«

»Nur, wenn die Sache nicht zu mir kommt.«

»Unsere Welt wird doch ohnehin mit jedem Tag immer mehr zu einem globalen Gondwana, oder?«

»Ich kenne niemanden, der anderer Meinung ist.«

»Na, bitte.«

»Also lieber gleich die volle Dröhnung.«

Jane breitet die Arme aus. »Seelenfrieden. Konzentration auf das Wesentliche. Nebenbei Jahresdurchschnittstemperatur 25 Grad, endlose Strände, Obst im eigenen Garten. Und die einzige Gefahr ist ein Sonnenbrand.«

»Du vergisst den Hirnverbrand. Der ereilt einen automatisch, wenn man sich über längere Zeit schutzlos den glühenden Esoterikern aussetzt, die hier von ihren Vereinen entsorgt wurden.«

Jane lacht ihr schönstes Lachen. »So habe ich das noch gar nicht gesehen: Gondwana als Endlager für überhitzte Sprengköpfe.«

»Es gibt keinen Grund zur Freude. Das erste strahlende Fass habe ich gerade kennengelernt. Heißt Chenpo und muss ganztägig im Wasserbecken gekühlt werden.«

»Wer ist Chenpo?«

»Sagen wir einfach: Es geht dabei um Plutonium gegen Platonium.«

»Fragt sich nur, was gefährlicher ist.«

»Das weißt du nie, bis du den Brennstab untersucht hast.«

»Bevor hier noch die Kernschmelze startet, mache ich lieber mal das Radio aktiv.« Jane drückt einen Knopf am Transistor und steht auf. »Künstliches Krebsfleisch zu den Avodacos?«

Aus den kleinen Lautsprechern dudelt ein Chanson.

»Gerne. Und Olivenöl.«

Die Kleine geht zurück zum Haus. Ich begrapsche ihren Hintern in dem engen Jeansrock mit meinen Blicken und komme mir vor wie Francis, der christliche Südseestelzbock. Dieses Backengewackel macht augenblicklich süchtig, und als ich mich gerade frage, ob ich in meinem Leben schon mal einen so perfekten Arsch in so perfekter Bewegung gesehen habe, bricht höllischer Lärm los: Metall schlägt gegen Metall, vibriert dunkel und hell, lässt die heiße Luft summen, dazu ertönen menschliche Schreie, Gesänge, ein lang gezogener Lautbrei über dem unerträglichen Geklöppel, Finkenschwärme fliehen aus Büschen und Palmen, steigen panisch in den Himmel, sprenkeln das Blau, irgendwo müssen tausend Kirchenglocken angesprungen sein, tausend Muezzine, die zu dem Rekordläuten ihr Allahu akbar brüllen, »Gott ist größer«, größer als was, frage ich mich und halte mir die Ohren zu, größer als wer, egal, Hauptsache größer, was für ein hinterfotziger Komparativ, der in seiner Beliebigkeit ganz selbstverständlich alles und jeden verkleinert, das millionste Indiz für den unerbittlichen Größer-Wahn der geistlich Verblendeten, und jetzt erscheint Jane wieder in der Terrassentür wie die Idealausgabe einer schwedischen Servierdüse, stört sich nicht an dem tosenden Lärm, trägt ein Tablett heran und stellt es ab, darauf Geschirr, Besteck, Baguette, Brotmesser, Öl, ein Schälchen künstliches Krebsfleisch, Salz und Pfeffer, ein Krug Mangosaft, eine Flasche Wasser, zwei Gläser. Sie setzt sich und im gleichen Moment herrscht schlagartig Beinahestille. Nur das Radio spielt noch. Le ciel bleu sur nous peut s'effondrer …

Die dunklen Vogelwolken pulsieren am Himmel, wabern hin und her, ziehen sich zusammen und lösen sich wieder auf. Unmengen panisches Getier, das nichts weiß von der existenziellen Schwulität des menschlichen Selbstbewusstseins, die eigene Herkunft aus den Faktoren Zelle und Zufall akzeptieren zu müssen, und das deshalb diesen täglichen wilden Lärm als rituelle Vergewisserungsmaßnahme der eigenen Sinnhaftigkeit so dringend benötigt.

»Schreck gekriegt?« Jane freut sich.

»Schreck gekriegt«, gebe ich zu.

»Der Aufruf zum Gemeinschaftsgebet. Jeden Tag um 15:00 Uhr. In den meisten Baumkronen der Insel sind nicht nur Kameras installiert, sondern auch Lautsprecher.«

»Wie dezent.«

»Nicht wahr?«

»Und warum schmeißt du dich jetzt nicht auf den Rasen, um eure kathartischen Konstruktionen ins Gebet zu nehmen?«

»Die Teilnahme ist freiwillig.«

»Freier Wille auf Gondwana. Das ist der Anfang vom Ende.«

»Wer's glaubt, wird selig.« Jane teilt die Avocados, wirft die glitschigen Kugelkerne hinter sich in den Garten, schneidet ein Stück Baguette ab, füllt den Krebsfleischersatz in die Fruchthälften und gießt Öl darüber. Wir würzen selbst und nehmen beide viel schwarzen Pfeffer. Aus dem Nichts überkommt mich glühender Heißhunger auf einen echten Schinken. Der Schinken ploppt über meinem Kopf auf: PLOPP!

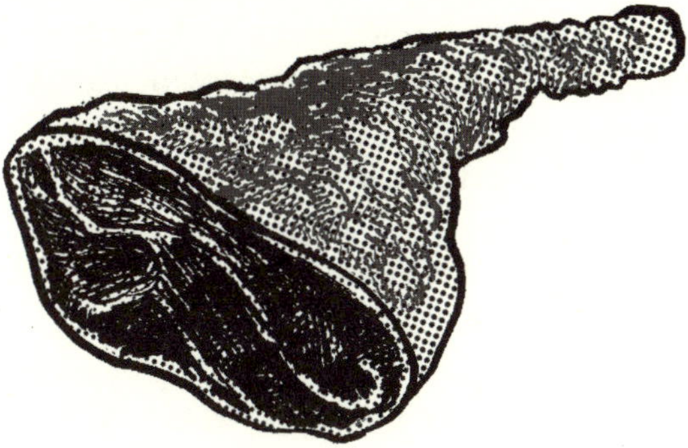

»Die Butter vom Baum«, sagt Jane kauend, »hat ein Freund meiner Großeltern die Dinger immer genannt.«

Ich staune und schweige, weil ich weiß, dass die Simultaneität von Anekdoten wie ein fader Verbrüderungstrick schmeckt. Der Schinken ist immer noch da.

»Tolle Qualität. Super.« Sie schmatzt ungeniert. Selbst das ist bei ihr irgendwie sexy.

»Okay«, sage ich, »was ist das Wesentliche?«

»Wie bitte?«

»Du hast gesagt: Konzentration auf das Wesentliche.«

»Bist du ein Cop?«

Ich muss lachen. »Weil ich dich verhöre?«

»Ganz genau.«

»Das ist das pure Interesse an einer Frau, die spontan Eulenbroschen verschenkt und nach Gondwana zieht, obwohl sie auf mich nicht unbedingt wie eine gottesfürchtige Mauerblume wirkt.«

»Sondern?« Jane lächelt gespielt schüchtern.

»Sondern wie jemand, der sehr selbstbewusst ist. Kritisch.

Bei Verstand. Jemand, der sich nicht unterordnet. Der seine eigene Sache durchzieht. Wichtigste Waffe bei dieser Mission: ein entwaffnendes Lächeln, das seine Wirkung noch nie verfehlt hat.«

»Also ein Security-Lächeln.«

»Mit Sicherheit.«

»Du bist tatsächlich ein Cop.«

»Und was bist du?«

Sie sieht mich an.

»Du kannst mir vertrauen, Jane.«

»Ein gefährlicher Satz. Er weckt Misstrauen.«

»Nur, wenn derjenige, der ihn sagt, nicht vertrauenswürdig ist.«

»Das war jetzt aber ein ziemlich ungeniertes Fishing for Compliments, Platon Ahorn.«

»Gut. Ich bin ein Cop. Mein Beruf ist es, ehrliche Antworten zu finden. Deshalb vertrete ich zwangsläufig die Auffassung, dass ehrliche Antworten auch möglich sein müssen.«

»Ehrliche Antworten einem Cop gegenüber haben für gewöhnlich Konsequenzen.«

»Nur, wenn der Cop mit einer Verdächtigen spricht.«

»Ich bin durchaus eine Verdächtige. Du verdächtigst mich der Vorspiegelung falscher Mauerblumentatsachen.«

»Das Verdachtsmoment ist längst einer Erkenntnis gewichen.« PLOPP. Der Schinken verschwindet.

»Ist es das.«

»Ja, das ist es. Du bist keine Mauerblume, nie eine gewesen und damit ganz offiziell auch keine Verdächtige mehr. Zufrieden?«

»Cop-Ehrenwort?«

Ich reiche ihr meine Hand über den Tisch. Sie nimmt die Hand und hält sie fest.

»Cop-Ehrenwort.«

»Was machst du auf Gondwana, Cop? Das Rentnerdasein genießen?«

»Sehe ich so alt aus?«

»Vielleicht bist du ja Frührentner. Also, was machst du?«

»Berufsgeheimnis.«

»Aber es hat mit diesem Trenk Benedict zu tun. Und dem anderen. Dem strahlenden Fass.«

»Berufsgeheimnis.«

Jane nickt. »Okay, schon kapiert. Du wolltest wissen, was das Wesentliche ist. Das Wesentliche ist ganz schlicht: die konsequente Umsetzung der eigenen Ziele.«

Ich betrachte sie. Wie sie kerzengerade dasitzt, mit diesem feinen Lächeln um ihren hübschen Spottmund. Und dann lässt sich der Gedanke endgültig nicht mehr aufhalten: Jane als Mörderin. Eine selbstbewusste junge Frau, die ihre Ziele konsequent umsetzen will. Alles passt zusammen. Gerade erst hier angekommen. Die Tat von langer Hand vorbereitet. Bis ins Detail geplant. Das konsequent umzusetzende Ziel war die Kastration Trenk Benedicts.

Jane befreit ihre Hand wieder, nimmt die Gabel und hebelt ein großes Stück Fruchtfleisch aus ihrer Avocado.

»Und dein Ziel ist die feministische Weltrevolution«, sage ich. »Die längst fällige Ablösung der männlichen, angeblich gottgewollten Unterdrückerkaste durch ein fortschrittliches Matriarchat.«

»Erwischt, Super-Cop.« Jane lacht mir ins Gesicht. Ihre Zähne sind makellos weiß. »Werde ich verhaftet?«

»Nein. Dazu sind mir deine Ziele zu unschuldig.«

»Okay, und jetzt die Wahrheit. Wenn du sie vertragen kannst.«

»Ich kann alles, was gekonnt werden muss.«

»Du hast es so gewollt: Deine Jane ist ein Parasit im Paradies. Ein Paradiesparasit im Parra.«

»Ein Parradisit.«

»Oder so.«

»Du labst dich am System?«

»Genau das. Leben als Laben. Ich mache mich hier breit und lasse mir die Sonne auf den Pelz scheinen. Ich genieße die Alimentierung durch die Weltkirche, das mietfreie Wohnen, die hervorragende Versorgung mit bester vegetarischer Bioküche. Nur die Badewanne hätte ich gerne noch. Das ist Subversion, verstehst du? Ich bestehle diese bigotte, verklemmte, humorlose, geschlechtsrassistische Superarschgeigentruppe von Gondwanesen, die nicht mal ahnt, dass sie gerade eine faule Feindin liebevollst bei sich aufgenommen hat. Ich fresse ihnen die Haare vom Kopf, während ich lustvoll ihre Götzen verachte, ihre Lebensweise, ihre Pseudomoral, ihre Gebote, ihre sogenannten, ach so verletzlichen religiösen Gefühlsduseleien – einfach alles, was ihnen heilig ist.«

Ich lege meinen Löffel auf den Tisch und starre Jane an.

»Ich hab dich gewarnt, Platon.«

»Du lässt es dir gut gehen und definierst Mitläufertum als subversiven Widerstand?«

»In etwa. Das ist es doch, was Politik heute bedeutet, oder? Den eigenen Wanst streicheln und sich dabei wahnsinnig kritisch vorkommen.«

»Keine Sympathien für eine feministische Weltrevolution?«

»Doch. Total. Solange andere die Arbeit machen.«

»Du liegst lieber in der Wanne.«

»Sobald hier eine eingebaut wird: ja. Ich bin vielleicht ein politischer Mensch, aber ich bin keine Aktivistin. Das mit der Weltrevolution war ein Scherz, oder? Wir leben doch nicht mehr im zwanzigsten Jahrhundert. Widerstand ist aus der Mode. Kein Mensch macht sich diesen Stress, solange die Kasse stimmt. Und nur weil ich gut aussehe und was im Kopf habe, bin ich keine Ausnahme. Im Gegenteil. Ich bin die Prototypa. Mein Statement besteht darin, dieser Gesellschaft von Evolutionsbremsen maximal auf der Tasche zu liegen.«

»Du liegst offenbar wirklich viel. Und sonst machst du wirklich *gar nichts*?«

Jane zögert.

»Raus mit der Sprache.«

»Ich schreibe ein Kinderbuch. Aber das ist nur ein Hobby.«

»Sieh mal an. Titel?«

»Es gibt bislang nur einen Arbeitstitel. *Marie glaubt nicht ans Glauben*.«

»Ich bitte um Aufklärung.«

»Und ich spreche nicht gern über Unfertiges.«

»Du schuldest mir was.«

»Das ist mir neu. Wofür?«

»Für mein Cop-Geständnis.«

Grübel, grübel.

»Na, komm.«

»Ich erzähl dir den Anfang.«

»Das ist ein Anfang. Was ist los mit deiner Marie?«

»Marie ist ein absolut durchschnittliches Mädchen.

Doch eines Tages wird sie aus Versehen von dem Geistesblitz getroffen, der eigentlich neben ihr einschlagen sollte, ins Hirn ihrer Mitschülerin Inga Petersen. Aber diesmal hat der Blitz schlecht gezielt, also wird Marie erleuchtet.«

»Das klingt überdurchschnittlich.«

Janes Lächeln sieht plötzlich hinterhältig aus. »Allerdings. Nachdem der Blitz verdampft ist, fragt Marie ihre Lehrerin Frau Herminghaus, warum im Unterricht eigentlich immer von Glaube die Rede wäre. Denn der Glaube müsse ja ganz offensichtlich *Pauke* heißen.«

»Pauke.«

»Genau. Pauke. Von pauken wie lernen, büffeln, studieren. Maries Argumentation: Du wirst als Kind auf irgendeinem der fünf Kontinente dieser Erde geboren, du gerätst absolut zufällig in einen Kulturkreis, du hättest genauso gut woanders landen können. Überzeugungstechnisch bist du ein weißes Blatt Papier, du hast keine Ahnung von gar nichts. Dann beginnt dein Zufallskulturkreis, dich auszubilden. Mit Sprache, Moral, Konvention, Tradition, Religion. Du lernst diese Religion, ihre Geschichte, ihre Protagonisten, ihr Regelwerk auswendig. Es wird dir beigebracht, erklärt, ausgedeutet. Du lernst, dass das die Sache ist, die in deinem Zufallskulturkreis den allgemein anerkannten Stellenwert eines transzendentalen, werthaltigen Sinnsystems hat, das nicht überprüfbar ist, das im besten Fall freiwillig angenommen werden kann, das seit Menschengedenken praktiziert wird. Weise Autoritäten und imposante Bauwerke repräsentieren diese geheimnisvolle Übersinnlichkeit, also bringst du ihr naturgemäß furchtsamen Respekt entgegen.«

Jane trinkt einen Schluck Mangosaft.

Ich schweige und lausche.

»Es wird unverhohlen mit Strafe gedroht, wenn du den Respekt verweigerst. Du lernst, dass die Verinnerlichung dieses Systems praktische Vorzüge hat, dass in deinem Leben sehr viel weniger Fragen unbeantwortet bleiben, wenn du dich dazu entschließt, es zu akzeptieren. Du lernst, dass als Belohnung außerdem ein kontinuierliches Quantum Trost und Beistand zu erwarten sind, dass du eine Struktur bekommst, auf die du dauerhaft zurückgreifen kannst, dass es eine weltliche Organisation gibt, die dich selbst als Sünder, als Mörder nicht allein lassen würde. Du lernst, dass es für Menschen ganz normal ist, einen Glauben zu haben, also bist du per se geneigt mitzumachen. Wer traut sich in jungen Jahren schon, von der Norm abzuweichen? Und: Niemand bietet dir alternative Religionen an. Die gibt es zwar, klar, aber die gehören zu anderen Zufallskulturkreisen. Keine Schule, kein Elternhaus weist dir den Weg dorthin, und wenn du ihn von allein fändest, wäre das die Garantie für qualvollstes Außenseitertum. So, wie du bis zur Volljährigkeit politisch unmündig bist, bist du es auch religiös: Du hast keine Wahl. Allerdings aus anderen Gründen. Während du in der freiheitlichen Welt politisch offen und mit dem Ziel ausgebildet wirst, später eine eigene, kritische Entscheidung treffen zu können, zwingt man dir spirituell von vornherein den Gott auf, den man in deinem Zufallskulturkreis für den einzig Richtigen hält. Und zwar allein dadurch, dass man dir keinen anderen anbietet. Der Glaube wird dir also eingepaukt. Er wird dir überbracht wie das Konfirmationsgeschenk einer an Krebs, Hepatitis B und Liebeskummer zugleich sterbenden Tante: Man könnte es prinzipiell zurückschicken, aber eben nur prinzipiell, denn so was tut man nicht. Man wird keineswegs genötigt, dieses Geschenk anzunehmen. Und trotzdem sagt man ja. Mit deiner Entscheidung klicken die Handschellen. Jetzt lässt du dich solange abführen, bis du – kaum zu glauben – tatsächlich glaubst, dass du glaubst.«

»Und was sagt Frau Herminghaus?«

»Die beendet ganz schnell ihre Reli-Stunde und verkriecht sich weinend im Lehrerzimmer.«

Kurzes Schweigen.

»Das ist tatsächlich eine konsequente Konzentration auf das Wesentliche«, stellt Platon fest. »Darf ich fragen, wie man zu so viel strikter Abneigung kommt?«

Jane wirft ihre leere Avocadoschale hinter sich in den Garten. Plötzlich ist sie die ernste Jane, eine Jane, die ich noch nicht kenne. Sie faltet die Hände im Schoß und beobachtet die letzten Finken, die sich zurück in ihre Baumkronen trauen. »Das hat mit meinem Vater zu tun. Er ist ein Radikalorthodoxer. Ein bedingungsloser Anhänger der Weltkirche. Vielleicht kannst du dir vorstellen, was das für die Erziehung eines jungen Mädchens bedeutet.«

»Lebt er noch?«

Ein kleines Blatt schwebt gemächlich in unser Sichtfeld. Zwei Blicke folgen der Flugbahn. Das Blatt landet auf ihrem Teller.

»Ja.« Jane sieht mir in die Augen. »Leider.«

»Habt ihr Kontakt?«

»Nein.« Jane stellt das Tablett ins Gras und legt ihre nackten schmutzigen Füße auf das Gartentischchen. »Es wird auch nie wieder welchen geben.«

Ich werfe meine leeren Schalenhälften in ein Gebüsch. »Wie schlimm war es?«

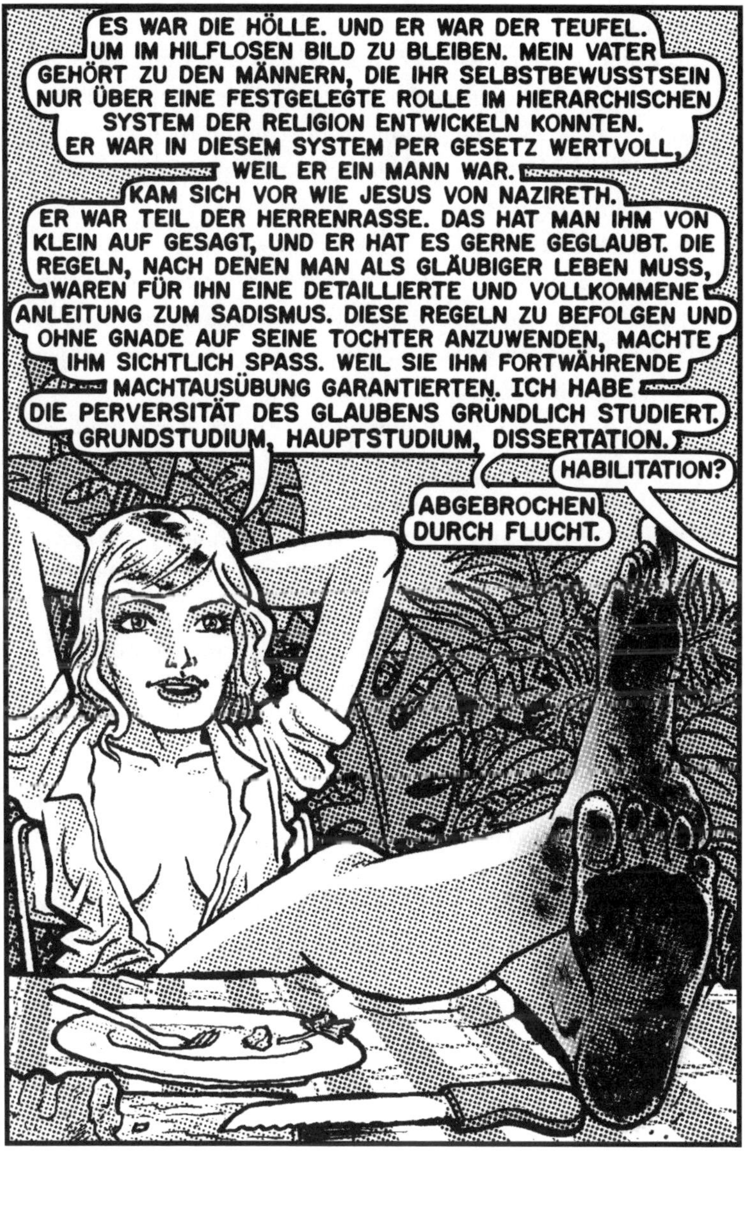
ES WAR DIE HÖLLE. UND ER WAR DER TEUFEL.
UM IM HILFLOSEN BILD ZU BLEIBEN. MEIN VATER GEHÖRT ZU DEN MÄNNERN, DIE IHR SELBSTBEWUSSTSEIN NUR ÜBER EINE FESTGELEGTE ROLLE IM HIERARCHISCHEN SYSTEM DER RELIGION ENTWICKELN KONNTEN. ER WAR IN DIESEM SYSTEM PER GESETZ WERTVOLL, WEIL ER EIN MANN WAR.
KAM SICH VOR WIE JESUS VON NAZIRETH.
ER WAR TEIL DER HERRENRASSE. DAS HAT MAN IHM VON KLEIN AUF GESAGT, UND ER HAT ES GERNE GEGLAUBT. DIE REGELN, NACH DENEN MAN ALS GLÄUBIGER LEBEN MUSS, WAREN FÜR IHN EINE DETAILLIERTE UND VOLLKOMMENE ANLEITUNG ZUM SADISMUS. DIESE REGELN ZU BEFOLGEN UND OHNE GNADE AUF SEINE TOCHTER ANZUWENDEN, MACHTE IHM SICHTLICH SPASS. WEIL SIE IHM FORTWÄHRENDE MACHTAUSÜBUNG GARANTIERTEN. ICH HABE DIE PERVERSITÄT DES GLAUBENS GRÜNDLICH STUDIERT. GRUNDSTUDIUM, HAUPTSTUDIUM, DISSERTATION.
HABILITATION?
ABGEBROCHEN DURCH FLUCHT.

»Hasst du ihn?«

»Selbstverständlich. Die Welt wäre besser dran, wenn er augenblicklich krepiert. Aber davon darf man sich nicht täuschen lassen. Schuldig ist nicht er, schuldig ist Religion an sich. Sie macht Männer zu enthemmten Profi-Privat-Diktatoren und die meisten Frauen zu ihren glücklichsten Opfern. Sie ist eine effiziente Gehirnwaschmaschine, die selbstständiges Denken weichspült und junge Köpfe zielgerichtet verkalkt. Menschen werden bis zur Unkenntlichkeit entstellt. Solange Religion auf der Welt ist, wird sie Typen wie meinen Vater am Fließband ausspucken.«

»Trotzdem eine ungewöhnliche Entscheidung, mit so einer Biografie in die Hölle des Löwen zu ziehen.«

»Findest du?« Jane denkt nach. »Ich finde es folgerichtig. Der religiöse Wahn des Alten hat mich jahrelang versklavt. Dieser elende Aberglaube hat mich zu einem Menschen zweiter bis dritter Klasse gemacht. Deshalb schuldet mir dieser Aberglaube etwas. Und das treibe ich jetzt ein. Nie wieder Arbeit. Hedonismus pur. Alles auf Gottes Kosten.«

»Und im Kartoffelsack.«

»Der Schleier ist der Preis für die Verschleierung meines Plans. Den zahle ich gern. Keine Sorge, das Vieh da vorne ist echt. Da stecken keine Chips drin, nur Organe.«

Ein ausgewachsenes Gürteltier kriecht langsam aus dem Gebüsch, in das ich meine Avocadoschalen geworfen habe. Es straft uns mit Missachtung und setzt langsam seinen Weg über den Rasen fort. Die vermeintlich unterlegene Existenz, denke ich, die in Wahrheit die überlegene ist. Sie versaut sich ihr Leben nicht mit rabiaten Theorien über den, der ihr dieses Dasein angeblich aufgebürdet hat. Sie lebt es aus und lässt die anderen in Ruhe.

»Hast du keine Angst aufzufliegen?«

Jane lacht so sehr, dass sie fast mit dem Stuhl hintenüber kippt. »Platon! Ich beherrsche religionskonformes Verhalten in Perfektion! Vati sei Dank! Ich weiß genau, welche Knöpfe ich drücken muss, damit die Überzeugungstäter mich für ihren Kunstfleisch gewordenen Traum vom perfekten Kirchenkind halten. Was meinst du, wie ich es hierher geschafft habe? Zwei Monate Eignungstest! Und die behämmerten Eunuchen waren mir allesamt hörig. Die hätten mir am liebsten schon nach zwei Wochen ein Visum auf Lebenszeit ausgestellt.«

»Schreib ihm eine Mail.«

»Meinem Vater?!«

»Ja. Erzähl ihm, dass du dich in eine Weltkirchenlounge der Ersten Klasse geschmuggelt hast und jetzt bis an dein Lebensende das Buffet plünderst. Dass du hinter den Kulissen jede einzelne Regel missachtest, so gut du nur kannst. Dass du die Keimzelle bist, die diesen götterfürchtigen Ort langsam aber sicher von innen verfaulen lässt. Dass du mit einem Samisdat-Kinderbuch daran arbeitest, junge Menschen umzudrehen. Und dass du die Möglichkeit dazu nur ihm verdankst. Deinem Vater. Denn nur dank seiner Erziehung kannst du das System jetzt systematisch unterlaufen.«

Jane nickt mir anerkennend zu. »Du hast es begriffen. Eine hübsche Rache.«

»Wie würde er reagieren?«

»Du kennst ihn nicht. Er ist der autoritärste und brutalste Patriarch, den man sich vorstellen kann. Er würde *alles* tun, um seine Ziele durchzusetzen. Und wenn ich alles sage, meine ich auch alles.«

»Also wie du.«

»Nein. Ich bin sanft. Außerdem hören meine Ziele da auf, wo die der anderen anfangen. Das ist bei Papa nicht so. Er geht über Leichen. Er hat nie auch nur eine einzige Silbe Widerspruch geduldet. Die ersten drei Sätze dieser Mail würden einen Herzinfarkt auslösen. Er könnte niemals damit leben, dass ein anderer Mensch sich seinem Willen widersetzt. Geschweige denn seine eigene Tochter.«

»Klingt, als wäre er an Macht gewöhnt.«

»Kann man so sagen.«

»Hast du jemals darüber nachgedacht, ihn umzubringen?«

»Fragst du mich als Nächstes, ob mein Vater Trenk Benedict heißt?«

Ich muss lachen, obwohl mir nicht danach zumute ist.

»Ehrlich gesagt, das hatte ich vor.«

Jane bleibt ernst.

»Nein, Platon, er heißt nicht Trenk Benedict. Und ich bin trotz meines Hasses keine Mörderin. Meine Philosophie ist eher die des Geschehenlassens. Ihn in den Selbstmord zu treiben, das wäre schön. Dann wäre er der Einzige, der sich die Finger schmutzig macht.«

»Den Gefallen wird er dir wohl kaum tun.«

Jane spreizt ihre dreckigen Zehen und betrachtet sie wie etwas, das gerade noch nicht da war.

»Wie stellst du dir dein Ende vor, Platon?«

»Du meinst den Tod.«

»Genau den.«

»Ich denke, das Ende fällt aus«, sage ich nach einer Weile. »Irgendwann verstummt man. Rollt sich zusammen: ein sprachloses Tier. Ein weiterer, 37 Grad warmer Fleischvorleger am Bett des erschöpften Schöpfers.«

Statt zu reagieren, löffelt Jane die zweite Avocadohälfte aus, schlürft noch einen großen Schluck Mangosaft und bekleckert ihre Bluse, stört sich aber nicht daran, sondern trinkt einfach weiter, wirkt einfach weiter, ist ein fulminanter Mittelpunkt, vielleicht sogar der Mittelpunkt von wirklich allem, was es in diesem Moment überhaupt gibt. Ich sehe ihr sprachlos zu. Ich rieche den Sex, der in der Luft liegt und deshalb nicht zu greifen ist. Ich gestehe Platon Ahorn, dass mich dieser schmatzende, befleckte, unaffektierte Kumpeltyp von Schwedenschönheit mit seiner natürlichen Unschuld ins Mark trifft, Nervenenden anregt, von denen ich gar nicht wusste, dass ich sie besitze, mir Worte in den Mund legt, die meine Zunge einfach nicht über die Lippen bringt. Während ich darüber nachdenke, was aus dieser Erkenntnis folgt, klingelt mein Handy.

»Ich hab besorgt, was du wolltest.« Francis am Apparat. Der Mann, dessen Lebensaufgabe darin besteht, im falschen Moment am falschen Ort zu sein, und sei es nur durch einen Anruf. »Wasserstoffperoxid.«

»Wie schön.«

»Und Hanif hab ich gesagt, wo er hinkommen soll. Er versteht allerdings nicht, warum.«

»Der versteht ja generell nicht so viel.«

»Wenn du noch mal in Ruhe mit ihm reden willst, gäbe es in der Stadt auch viele gemütliche Cafés, die natürlich nur für Männer reserviert sind und in denen ....«

»Meine Wege sind unergründlich, gehorchen müsst ihr trotzdem. Das seid ihr doch gewohnt, oder, Francis?«

»Grmpf.« Pause. »Soll ich dich abholen?«

»Sollst du. Das hellblaue Holzhaus.« Ich drücke das Gespräch weg.

Jane lächelt ein bisschen gemein.

»Der Job ruft?«

»Der brüllt sogar.«

»Du solltest dich auch für die Dolce-Vita-Variante entscheiden.«

Ich stehe auf und lege ihr meine Hand auf die warme Schulter.

»Einen schönen Parradisitentag noch.«

»Danke für die Butter vom Baum. Befleckt gefällst du mir besonders gut«, sage ich, und deute auf ihre besudelte Bluse. Dann nehme ich ihrer Schulter schweren Herzens meine schwere Hand weg und verlasse das kleine Haus. In der Hosentasche vibriert das Handy. Gaarder mit Neuigkeiten aus der Hoffnungslosigkeit: *Alle Listen überprüft, es gibt auch keine Frau mit Zweitnamen Andrea. Ich will Ergebnisse, Ahorn, und zwar zackig. G.*

Ergebnisse, denke ich. Wer will die nicht. Vielleicht Jane.

*

»Autoschlüssel her!«

Francis hat augenblicklich mehrere Frage- und Ausrufezeichen über dem Schädel. »Meinst du, dass es eine gute Idee ist, wenn du …«

»Meine ich.«

»Hmpf.«

»Also?«

»Ich hab ja gar nichts dagegen, dass du auch mal fährst, Platon. Aber ich glaube, ich wäre dann lieber nicht dabei.«

In meinem Magen gluckert es. »Ich bin Cop. Schon vergessen?«

»Aber was für einer ...«

»Platon ist dein Hirte, also fürchte dich nicht.«

»Das ist Blasphemie.«

»Und das ist eine polizeiliche Anordnung: her damit.«

Der Dicke händigt mir widerwillig die Schlüssel aus. Seine Quallenvisage präsentiert eine Kränkungsvariante, die ich bisher noch nicht kenne. Wir steigen ein und ich warte, bis er sich angeschnallt hat. Dann schnalle ich mich nicht an und teste das Gaspedal aus. Der alte VW röhrt beachtlich.

»Platon, gib bitte nicht so viel Leergas.«

Ich starte mit quietschenden Reifen.

»Waaa ...!«

»Geht ganz gut ab, deine antike Karre!«

»PLATON!«

Ich treibe den Motor in 15 Sekunden auf 90 km/h und warte auf ein weinerliches Kommando von links, aber meine blasse Francesca verschließt, wie immer, lieber die Augen vor der Realität.

»Wie schnell fahren wir, Platon?«

»Fünfzig. Auf den Strich genau.«

Ich teste den Wagen. Steige vor engen Kurven hart in die Eisen und beschleunige hart aus den Kurven heraus. Trete das Gaspedal durch, obwohl wir noch mitten im Wohngebiet sind. Das Schätzchen liegt gut auf der Straße. Ein paar sportliche Gondwanesen auf dem Bürgersteig drehen sich nach uns um. Einer zeigt mir seine gespreizte Hand. Ich zeige ihm einen einzigen Finger.

»Bist du auch angeschnallt, Platon?«

»Ich schnall so schnell nicht ab.« Mein Magengluckern wird stärker. Vielleicht war so viel fette Avocado plus Öl plus Hitze plus heiße Braut keine gute Kombination.

»Bist du sicher, dass wir nur fünfzig fahren?« Francis presst immer noch beide Patschehändchen vors Gesicht. Ich sehe weg und sehe wieder hin. Der Dicke ist plötzlich *Tiere*! Eins nach dem anderen. Ich traue meinen Augen nicht. Neben mir sitzt eine Riesenbiene. Ich schließe die Augen. Öffne sie. Neben mir sitzt eine fette Seekuh, die mich sehr an Francis erinnert. Schließen. Öffnen. Neben mir hockt ein Baby-Wombat.

Ich konzentriere mich auf die Straße. Irgendwas stimmt nicht. Mit meinem Magen. Mit der Umgebung. Aus meinem Mund kommt ein herzhaftes: Würg! Wir rasen durch die Mittagshitze von Gondwana wie zwei Raumpiloten, die sich mit ihrem museumsreifen Schiff in die zähflüssigen Ausläufer einer zugedröhnten Galaxie verirrt haben. Auf den Palmenwipfeln keifen weibliche Vögel ihre Lebensabschnittsgefiederten an. Die Außerirdischen und ihre Kinder am Milchstraßenrand tragen vereinzelt schon haarige Helme, Flossen, Flügel oder stecken zu zweit unter einer karierten Decke mit Pappmachépferdekopf und borstigem Schweif. Diese Nachwuchsmasochristen proben bereits für morgen, dann wollen sie sich durch schweißtreibende Metamorphose endgültig zu Randy, Sandy, Mandy oder Wendy verpuppen, sie werfen sich Frisbees zu oder spielen Federball in perfekten Vorgärten, während Alien-Mama und Alien-Papa blinkende Lichterketten aufhängen, sie jagen sich gegenseitig durch die kulissenhaften Straßen ihrer konstruierten Idylle, erregt und, wie mir scheint, gnadenlos.

Mein Magen fährt Atom-Achterbahn.

Ein Föhn aus heißer Luft bläst uns frontal ins Gesicht. Egal, wie viel Gas ich gebe, Abkühlung bleibt unmöglich. Francis ist wieder Francis. Der Dicke hat jetzt die Augen sehr weit geöffnet und jammert über meinen Fahrstil, über das Tempo, gestikuliert, schimpft stumm, sein Froschmaul geht auf und zu und auf und zu. Als Wombat gefiel er mir deutlich besser. Unsere Frisuren bauschen sich auf, schwellen im Fahrtwind zu albernen Perücken an und machen aus Fahrer und Beifahrer Karikaturen von Francis und Platon. Ich merke, wie Gondwana jetzt vor meinen Augen überzeichnet, verflacht …

....WIE DIE FOTOREALISTISCHE UMGEBUNG IN SCHWARZ-WEISSE FLÄCHEN KIPPT...
G-OD 1
...WIE DER DICKE DEN MUND NICHT MEHR ZUBEKOMMT, WIE DEN AUSSERIRDISCHEN, HÄUSERN UND PALMEN SCHWARZE LINIEN WACHSEN, DIE UNS DEFINIEREN...
G-OD 1
...ISOLIEREN, ABTRENNEN. WIR RASEN VON BILD ZU BILD. WIR BRETTERN VON PANEL ZU PANEL. ICH WILL NUR NOCH RAUS HIER...
MEIN FUSS GIBT GAS.
G-OD 1

VVROO... OOOM
G OD 1
PLATON ...
KANNST DU BITTE LANGSAMER FAHREN?!
VROOOOOOOMM
ICH KANN ALLES...

KICK!
VVVRROOOOOOMMM
...WAS GEKONNT WERDEN MUSS...
HIER IST 50, DU OTTERNGEZÜCHT!
ICH FURZE IN DEINES VATERS BART, UNSELIGER!
FWOOOSHHH
HIOB 25,6!
PLATON ?!
WAS IST MIT DIR LOS?!

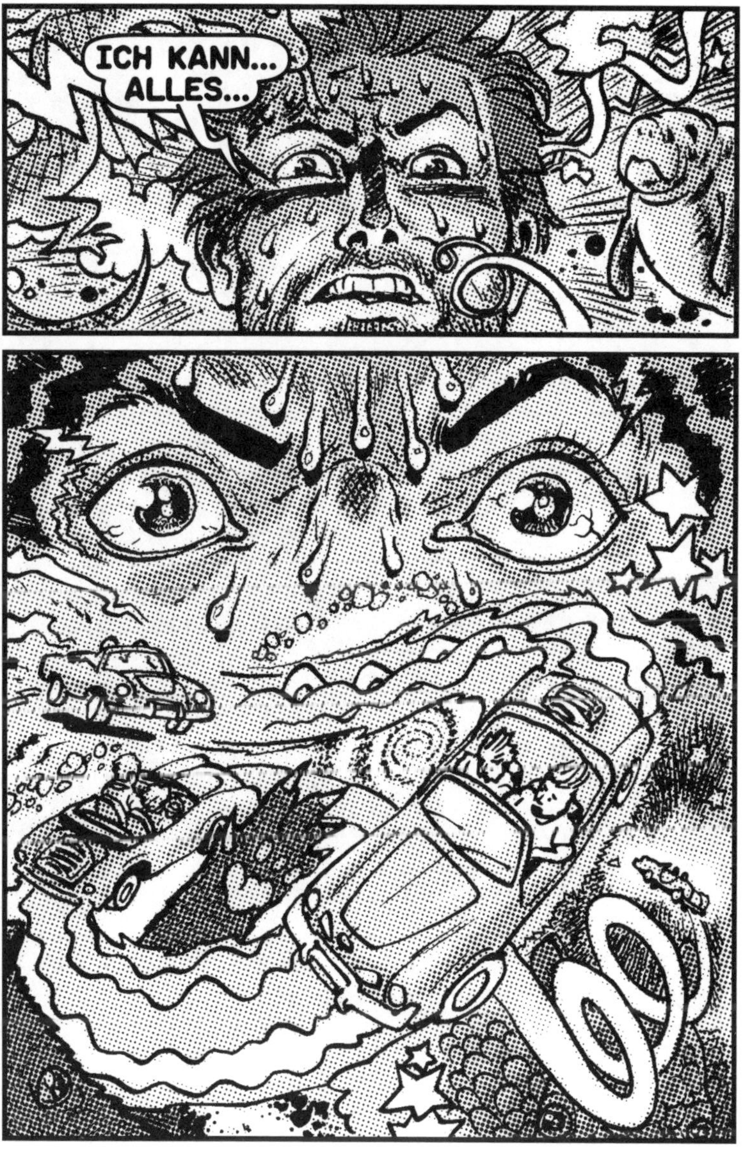
ICH KANN... ALLES...

NICHTS IST SO, WIE ES SCHEINT.
ALLES IST SO, WIE ES NICHT ZU SEIN SCHEINT.
DER SCHÖNE SCHEIN TRÜGT NUR SCHEINBAR NICHT.
KAPIERT?
JA, HERR...

ICH TÖTE SIE...ALLE...

SIEHE, SMITH & WESSON SIND DEINE HEILS-BRINGER.
DIR WIRD NICHTS MANGELN.
PLATON!!!

JA, FRANCIS?
WAS?
KOMM ZU DIR, SONST BAUEN WIR EINEN UNFALL!
PLOP!
PLATON!!
HALT DEN WAGEN AN!
HÄ?
SOFORT!

SKREEEEK!
STOP
GULP-
WÜRG!
KLAK

*

Hanif trägt trotz der Hitze einen schwarzen Kaftan. Der schwarze Kaftan mit Hanif drin steht todernst neben dem blinkenden Autoscooter und würde sich auf einer verregneten Beerdigung sicherlich wesentlich wohler fühlen als auf diesem Rummelplatz. Der Typ hat wirklich den weltgrößten Stock im Arsch, denke ich und spüre immer noch die beißende Magensäure in der Speiseröhre, den Geschmack von Erbrochenem im Mund, rieche den unpassenden Duft gebrannter Mandeln und die aufdringliche, fruchtige Künstlichkeit der Zuckerwatte. Francis schielt auf eine frisch gefüllte Süßigkeitenbude, aber er beherrscht sich.

»Ungewöhnlicher Ort für eine Besprechung, Herr Inspector.« Hanif will seriös-überlegen wirken, was sogar im Ansatz gelingt.

»Kirmes ist nicht so Ihr Ding, oder?«

»Die Universal Peace Party hat eine lange Tradition. Auch gläubige Menschen benötigen ab und zu Zerstreuung.«

»Sie zerstreuen ja ebenfalls gern mal was. Zum Beispiel die Asche von Chorfreunden Ihrer Nachbarn.«

»Was wollen wir hier?«

Statt zu antworten, laufe ich einfach los. Die beiden müssen mir hinterher, ob sie wollen oder nicht.

»Auf, auf, Freunde!«, rufe ich fröhlich. »Näher zu Gott!«

»Ahorn! Wohin … «

»Bislang haben Sie nur auf des Heilands Eiland herumgegammelt, Hanif! Zeit, dem Herrn endlich auf den Pelz zu rücken!« Ich marschiere quer über den historischen Rummelplatz, für den ein Peace-Party-Ticket angeblich 15 000 Dollar kosten soll, inklusive zweistündiger 4-Kirchen-Führung. Momentan sind noch überall Arbeiter zugange, sie schrauben und hämmern die Attraktionen seelenruhig zusammen, von Stress keine Spur. In einer fertigen Fressbude werden sekündlich Paradiesäpfel am Stiel in rot kochenden Sirup getunkt. Erste Zuckerwattewolken leuchten grellgrün, grellgelb, grellpink. Ein paar Fahrgeschäfte laufen bereits im Probebetrieb. Glückliche Eltern und ihre überglücklichen Kinder grienen als Testpublikum.

Kurze Pause, bis die beiden Gutgläubigen aufholen. In das Pflaster des Platzes sind alle paar Meter Terrazzo-Davidsterne eingelassen. Der berühmte Walk of Name. Ich stehe auf Michel Friedmann. Meine Haut genießt die Sonnenstrahlen. Noch vier Tage, dann ist es so weit. Die Welt schaut nicht nur ein paar Stunden täglich auf Gondwana, sondern endlich eine ganze Woche am Stück.

»Platon! Was hast du vor?« Der Dicke japst heran.

Ich drehe mich um und laufe weiter.

Obwohl mir diese Tropenkirmes unzählige Male im Fernsehen untergejubelt wurde, zuletzt als Setting für ein mäßig originelles James-Bond-Finale, staune ich über die Pracht der antiken Attraktionen, über die konsequente Verkleidungswut der Inselbevölkerung, die sich schon jetzt unmissverständlich andeutet. Ich bin überrascht von der merkwürdigen Mischung aus Jahrmarkt und Strandurlaub, aus Gegenwart und Vergangenheit, Staffage und Wirklichkeit, Kitsch und Kirche. Zum Kakofoniekonzert der Big-Band, die in der großen gläsernen Konzertmuschel am Witali-Milonow-Plaza ihre Instrumente stimmt, laufen wir jetzt durch weißen Sand, vorbei an der halb fertigen Geisterbahn, an Pletzingers Labyrinth-Torso, am Gürteltier-Streichelzoo, am Kettenkarussell. Kinder fliegen über unseren Köpfen durch die Luft, die Fliehkraft lässt sie schräg im Nichts liegen. Die Kleinen spielen Zentrifuge, klammern sich lachend an stramme Eisenketten und vertrauen auf Gott. Sie drehen sich ihr Leben lang im Kreis.

Ich bleibe am Eingang zum Auge Gottes stehen und warte. Meine unfreiwillige Gefolgschaft erscheint nach einer halben Minute. Francis guckt wie der Ochse aus Bethlehems Stall, der gerade merkt, dass er wieder nur die Kuhattrappe besamt hat. In Hanifs Gesicht ist eine Ängstlichkeit eingezogen, die ihn fast sympathisch macht.

»Viele Ungläubige haben ja traditionell Höhenangst«, sage ich, »Angst vor geistiger Flughöhe, Angst vor dem erhebenden Gefühl, von Gott angenommen und genau so geliebt zu werden, wie sie sind. Meiner einer stellt da zum Glück eine rühmliche Ausnahme dar. Ich bin am liebsten oben, wenn ihr versteht, was ich meine. Und Sie, Hanif, sind bestimmt schon ganz scharf auf ein bisschen christliche Himmelfahrt.«

»Platon, bitte, er kann das nicht!« Francis schwitzt jetzt sogar auf der Nase. »Er hat …«

»Du bist nicht gefragt.«

»Aber Hanif leidet an Höhenangst!«

»Klar. Deshalb guckt er aus seinem Eames-Lounge-Chair auch bis nach Quito.«

»Er leidet an Höhenangst im Freien! Hinter Glas ist das nicht …«

»Wir können natürlich auch hier unten reden«, sage ich laut, »es geht ja nur um den ersten MORD auf Gondwana!«

Ein paar haarige Männer und ihre Schleiereulen drehen sich um.

Hanifs Gesicht zuckt. »Gut. Fahren wir.«

»Hanif, du kannst das nicht!« Francis wird schrill.

Der Superjude nimmt Haltung an. »Detective Inspector Ahorn will mich prüfen, Francis. Er will sehen, ob ich unter extremen Bedingungen die Wahrheit sage.«

»Eins muss man euch Märtyrertypen lassen«, stelle ich fest, »seit der Inquisition kennt ihr die Regeln eines gelungenen Verhörs.«

»Mein Gewissen ist rein«, sagt Hanif würdevoll. »Ich habe nichts zu befürchten.«

Er lässt uns stehen und stolziert steif wie eine gichtkranke Vogelscheuche auf die Eingangskontrolle zu.

Francis sieht mich kopfschüttelnd an. Dann zeigt er dem Kontrolleur kopfschüttelnd seinen Besucherdienstausweis, wir passieren und gehen über einen Metallsteg auf die heranschwebenden Kabinen zu. Die Türen einer rosafarbenen Gondel klappen auf und verschlucken uns. Hanif und der kopfschüttelnde Dicke teilen sich das linke Bänkchen, ich sitze ihnen gegenüber wie ein Vater, der mit seinen beiden behinderten Kindern in grauer Vorzeit kunterbunten Familienurlaub macht. Die ziemlich ungleichen Brüder leiden seit ihrer Geburt an einem nicht besonders seltenen Defekt: Sie sehen, was sie sehen möchten.

Die Gondel gleitet gemächlich aus dem Aufbau des Riesenrads heraus, lässt Stahlstreben und Pfeiler hinter sich, gewinnt an Höhe, gibt den Blick frei auf einen knalligen Vorgeschmack des Peace-Party-Gewimmels, auf die kräftigen Pazifikwellen, die erst alle badenden Männer und Jungen durcheinander kegeln, um dann weiß an den Strand zu schäumen, auf leuchtend grüne Gartenvierecke, rot gedeckte Dächer, Symbolflaggen und zahllose Pools in Chenpos Augenfarbe.

»Was glauben Sie, was mir heute durch den Kopf ging?« Ich betrachte Hanif. Er sitzt schockgefrostet auf seinem

Bänkchen und vermeidet jeden Kontakt mit dem offenen Fenster. Seine Hände krampfen nervös ineinander.

»Sind Sie sicher, dass Sie das selber wissen, Herr Inspector?«

»Schauen wir doch mal gemeinsam in meinen Schädel. Es gibt ein paar Punkte, die mich stutzig machen.«

»Die Spannung steigt.«

»Sie wirken nicht wahnsinnig traurig darüber, dass Ihr Kumpel Trenk vor gerade mal einer Woche gefoltert und ermordet wurde.«

»Trenk war nicht mein *Kumpel.* Er war ein Bruder aus unserer großen Familie, der zusammen mit einem Freund von mir im Chor gesungen hat. Nur, weil ich Chenpo helfen wollte, stecke ich jetzt in diesem ganzen Schlamassel. Und was ich empfinde, sehen mir Leute wie Sie zum Glück nicht an, Ahorn.« Hanif klingt schwach. Als ob ihm die Atemluft hier oben zu dünn wäre. »Was Sie niemals verstehen werden: Bei allem Leid und Entsetzen gibt es auch einen sehr guten Grund, sich für Trenk Benedict zu freuen. Denn er ist jetzt bei Gott.«

»Klar. Die beiden spielen gerade Mensch, ärgere dich nicht und tauschen nachher noch ihre tollsten Götterspeiserezepte aus. Nächster Punkt: Sie wollten mir die Existenz des Präambelfalls verheimlichen.«

»Nicht verheimlichen. Wir sind uns nicht sicher. Es gibt keine Hinweise darauf, dass Trenk Mitglied der Quadriga war.«

»Ich hab Herrn Gaarder schon erzählt, dass mir einer der Verdächtigen netterweise das Denken abnehmen möchte.«

Hanif schweigt. Am liebsten würde er mit einem kurzen Blick durchs Fenster überprüfen, wie abgehoben er inzwischen schon ist. Aber das traut er sich nicht. Seine Augenlider zucken.

»Wer ist Andrea?«

»Keine Ahnung.«

Francis schüttelt immer noch den Kopf.

»Das hab ich mir gedacht. Rechnen wir Ihre dämlichen Antworten mal zusammen. Was kommt unterm Strich dabei raus? Trenk Benedict trifft sich regelmäßig mit einer ominösen Andrea. Auf ganz Gondwana gibt es keine Frau, die Andrea heißt, also ist das offensichtlich ein Tarnname. Sie, Hanif, finden den Mann kastriert und verblutet in seiner Wanne. Statt die Glaubenskongregation und den Secreditas in Lyon zu verständigen, beseitigen Sie lieber sämtliche Spuren inklusive der Leiche. Das hab ich in meinen fast 25 Dienstjahren noch nie erlebt, dass Zeugen so gründlich aufräumen.«

»Und?« Hanifs Schläfenlocken hängen fast bis auf den Gondelboden. »Was schließt ein genialer Kriminalist wie Sie daraus?«

»Sehen Sie den genialen Kriminalisten gefälligst an.«

Er sieht den genialen Kriminalisten an.

»Ich schließe Folgendes daraus: Trenk Benedict war Mitglied der Quadriga. Irgendwie erfahren Sie davon und wissen außerdem, dass Benedict einen Lebenswandel genießt, der nicht so recht zu einem globalen Religionsoberkommandierenden passt. Denn Benedict trifft sich regelmäßig mit einer Frau, die nicht seine ist. Vielleicht ist sie sogar die Frau eines anderen. Wie jeder Mann mit Machtposition hat Trenk Benedict nämlich irgendwann angefangen, sich einfach zu bedienen. Ganz menschlich. Statt zu seinem Herrn zu beten, betet er jetzt seine Dame an. Im Kalender gibt er ihr den

Tarnnamen Andrea, um ihre Identität zu schützen. Sie, Hanif, fühlen sich durch dieses Lotterleben Ihres Führers getäuscht und verraten. Sie beschließen in Ihrer Funktion als tropischer Oberrabbiner, dass Trenk Benedict ein vermaledeiter Sünder ist, der mit dem nächsten Verdammnisexpress zweiter Klasse in seine protestantische Hölle fahren soll. Also kommt Ihnen die Idee, eine symbolische Strafe zu inszenieren. Das hat gleich zwei Vorteile: Einerseits befriedigt eine Kastration Ihr Bedürfnis nach sinnbildlicher Bestrafung des Geschlechtlichen, andererseits können Sie auf diese Weise eine falsche Fährte legen. Denn jetzt sieht die Sache nach einem feministisch geprägten Anschlag aus. Das Motiv einer Täterin, die ein Quadrigamitglied zum Quadrigaohneglied macht, liegt auf der Hand. Gut durchdachter Plan, das muss man Ihnen lassen. Dann beseitigen Sie persönlich die Leiche, um Ihre Spuren zu verwischen, und spielen den harmlosen Nachbarn, der von nichts weiß.«

Francis steht der Mund offen. Wenigstens hat er mit dem Kopfschütteln aufgehört.

Hanif sieht aus, als hätte ihn jemand mit Bleichmittel bearbeitet. Dass der Typ normalerweise knackebraun ist, kann man sich schon nicht mehr vorstellen. Dicke Schweißklunker auf Stirn und Nase.

»Selbst …« Er schüttelt sich unwillkürlich, dass die Tropfen fliegen. »Selbst wenn es so wäre, könnten Sie das nie beweisen. Und das wissen Sie genau, Ahorn.«

»Warten wir mal ab, bis mir hier eine professionelle Spurensicherung genehmigt wird.«

Hanif reißt sich zusammen. Schließt die Augen. Öffnet sie wieder. Versucht mich zu fixieren. Quetscht seine Antwort aus sich heraus wie aus einer leeren Zahnpastatube.

»Ihre grandiose Theorie scheitert gleich an mehreren Punkten. Ich wusste bis gestern nichts von diesen angeblichen … Feministinnen. Ich kenne kein einziges Mitglied der Quadriga persönlich. Und ich wusste nichts von irgendeiner Andrea, bis ich Trenks Kalender gesehen habe. Können Sie … diese Frau nicht irgendwie finden? Sie können doch angeblich immer alles.«

»Kann ich auch. Und zwar morgen.«

»Warum morgen?«

»Weil Andrea für 12:00 Uhr in Trenks Kalender eingetragen ist. Sie dürfen mir aber auch gerne jetzt schon sagen, wer sich hinter dem Namen versteckt.«

»Ich kenne keine Andrea!«

»Vielleicht lebt die ja auch nicht mehr, die Gute? Was haben Sie *ihr* denn zur Strafe abgeschnitten, Hanif?«

»Das reicht jetzt …«

Wieder fliegt der Schweiß.

Francis heult gleich.

»Raus mit der Sprache! Hätten Sie Andrea am liebsten einer Hexenverbrennung unterzogen? Wie Ihre evangelikalen Kollegen? Oder zumindest ein paar Körperteile auf Gottes Rachealtar geopfert? Die Brüste? Die würden Sie doch am liebsten allen Frauen abschneiden, oder? Dieses unzüchtige Gebaumel!«

»Ich höre Ihnen nicht zu …«

»Dauert nur eine Minute mit nem guten Skalpell. Dann muss man die Dinger auch nicht mehr dauernd unter silbernen Stoffsäcken verstecken. Schnippschnapp, Titten ab.«

»Ich verbitte …«

»Oder: einfach alle Weiber umoperieren! Das wäre doch was, Hanif! Aus Schamlippen lassen sich heute die tollsten

Schniedel machen! Mein schwuler Freund Harry hatte mal so einen zarten Nigger aus Brooklyn, der war vorher ne Niggerin aus Brooklyn. Hat Harry wochenlang nicht gemerkt.«

»Sie sind abartig …«

»Dann wäre man alle Probleme auf einen Schlag los! Das ganze verkommene Weibergesocks einmännlichen! Operation Schwanz dran! Finito für diese fleischgewordenen Versuchungen, die Gottes auserwähltes Geschlecht unaufhörlich mit ihren verruchten Reizen reizen, wenn man sie nicht ordentlich wegknechtet!«

Hanif dreht den Kopf zur Seite, um mich nicht länger ansehen zu müssen, dabei fällt sein Blick aus dem Fenster der Gondel, er stöhnt und würgt. Für einen Moment fürchte ich, er könnte das Bewusstsein verlieren, bevor ich mit dem Fertigmachen fertig bin.

»Lassen Sie uns diese hochnotpeinliche Befragung beenden, Hanif. Sie haben Trenk umgebracht. Geben Sie's einfach zu. Dann muss ich Sie jetzt nicht noch an den Schläfenlocken aus dem Fenster hängen. Das wäre für uns beide sehr anstrengend.«

»NEIN!« Der kreideweiße Gottesanbeter verliert endlich die Contenance. Wurde auch Zeit, mir gehen langsam die Gemeinheiten aus. Seine Eieraugen platzen ihm fast aus dem Schädel. »Ich halte mich an Gottes Gebote! Dafür muss ich gar nicht erst meinen Gebetsriemen anlegen: DU SOLLST NICHT TÖTEN!«

»Ich?! Keine Sorge, ich töte nicht. Aber Sie haben es getan.«

»Platon!« Francis schwitzt vor Aufregung fast so viel wie Hanif. »Das reicht jetzt! Du gehst zu weit!«

»Lass, Bruder …« Hanif legt Francis eine bebende Hand

auf die Schulter und atmet heftig. Er vermeidet auch weiterhin krampfhaft jeden Blick nach draußen. »Schluck!«

Ich gönne ihm eine kleine Pause und betrachte die beeindruckende Aussicht. Wir müssten inzwischen auf halber Auge-Gottes-Höhe angekommen sein. Also bei etwa 80 Metern. Links macht sich der Pazifik breit, rechts von uns wächst die Stadt in die Höhe, wuchert als Häusermosaik über den immer steiler werdenden Hang, der schließlich zur Felswand wird. Ganz oben auf dem Fels ragt das Kirchen-Synagogen-Moschee-Ensemble in den Himmel. Wenn ich mich ein Stück aus dem Gondelfenster lehne, kann ich die Pyramide von unten sehen. Ihr Boden ist milchig. Man erkennt nicht, ob sich jemand im Inneren aufhält. Die rechteckige Luke, aus der an Feiertagen der gläserne Balkon ausgefahren wird, ist geschlossen. Vielleicht sitzen gerade drei aufgelöste Typen in diesem schwebenden Grabmal, jammern ihren Programmierern was vor und vermissen Nummer vier. Oder sie feiern da oben. Schauen mit einem Fernglas zu uns runter, essen Currywürste und lachen sich schlapp. Oder der katholische Greis amüsiert sich just in diesem Moment mit ein paar süßen Knaben, die der Evangelikale für ihn festhält. Und danach andersrum. Vielleicht steht die Mörderin ihnen auch gerade gegenüber, richtet eine großkalibrige Waffe auf die vernebelten Köpfe und lässt einen Schädel nach dem anderen platzen, ballert respektable Löcher in die currywurstgefüllten Körper und versaut den ganzen Prayground mit einem fulminanten Blutfeuerwerk. Alles ist möglich.

Tief unter uns, in dem gigantischen, bunten Partyschlund, geht die Big-Band-Probe jetzt richtig los. Engagierte Streicher legen einen melodiösen Auftakt hin, dann tritt ein weißhaariger, braungebrannter Zwerg im Retro-Anzug ans Mikro und singt: L'important, c'est la rose. Nach drei Takten bricht das Lied ab, der Sänger spricht mit einem Techniker, dann bekommen die Streicher erneut ihren Einsatz. L'important, c'est immer noch la rose. Der Wind trägt die Klänge zu uns hoch und haucht sie mir salzig ins Gesicht. Das französische Lied ist fröhlich und traurig, melancholisch und beschwingt zugleich. Es ist der perfekte Klangteppich für ein knallhartes Freiluftverhör.

Hanif hat sich wieder gefangen. Er ist immer noch blass, sieht aber nicht mehr nach sofortigem Krepieren aus. Vielleicht entpuppt sich unser Zwangsvergnügen ja sogar noch als gelungene Therapie.

»Darf ich Ihnen einen Vorschlag machen, Inspector?«

Er spricht mit geschlossenen Augen zu mir. Offenbar mobilisiert er seine letzten Reserven für einen Gegenangriff.

»Zu gerne.«

»Sie sind vermutlich in der undankbarsten Situation, in die ein Ermittler überhaupt geraten kann.«

Ich nicke. Er scheint zu spüren, dass ich nicke.

»Sie haben keine Leiche, keine Zeugen, keine Verdächtigen, keine Motive, keine Spurensicherung, keine Spuren, keinen Glauben, keinen Alkohol, nicht mal wirksame Kompetenzen, hier auf Gondwana.«

Ich nicke.

»Es würde mich wundern, wenn ein Polizist im Laufe der Kriminalgeschichte schon mal unter so miesen Bedingungen arbeiten musste.«

Ich nicke.

»Mein Vorschlag: Geben Sie auf. Sie sind ja auch nicht mehr der Jüngste. Legen Sie sich ein paar Tage an den Strand. Erholen Sie sich. Streicheln Sie unsere zahmen Gürteltiere.

Essen Sie Obst, genießen Sie den Verzicht auf Getränke mit Alkoholaroma. Das meine ich ernst. Wird Ihnen guttun. Sagen Sie Herrn Gaarder einfach die Wahrheit: Das hier ist eine Nummer zu groß für Sie. Vielleicht sogar zwei Nummern.«

»Ich erwähnte ja schon, dass Sie offensichtlich kein Interesse an der Aufklärung dieses Mordes haben, Hanif.«

»Im Gegenteil. Ich habe das allergrößte Interesse daran. Aber ich sehe, dass Sie das unmöglich leisten können.«

»Vielen Dank.«

Jetzt lacht er. »Es ist noch nicht mal als Beleidigung gemeint, obwohl Sie das verdient hätten. Egal, wer an Ihrer Stelle stünde, unter diesen Bedingungen kann man kein Ergebnis erzielen! Wie auch?«

»Und warum seid ihr dann so wild darauf, dass Gaarder kommt? Was soll der denn hier machen? In der Kirmeskristallkugel nachgucken, wer's war?«

»Wir brauchen Herrn Gaarder, um die politischen Konsequenzen der Affäre zu besprechen. Eine weltstaatstragende Angelegenheit wie diese beplaudert man nicht mal eben am Telefon.«

»Ach was. Und wer kümmert sich um den Mörder, während ich am Strand liege und Sie mit Gaarder konferieren?«

Hanif beugt sich nach vorn, reißt die Augen auf und starrt mich an. In seinem Blick haust eine irre Begeisterung für sich selbst. »Gott wird den Fall klären! Er wird den Mörder finden und zur Rechenschaft ziehen!«

»Tolle Wurst«, sage ich, »hat nur einen Haken.«

»Nämlich?«

»Stellen Sie sich vor, das klappt.«

»Es wird klappen!«

»Dann bin ich arbeitslos. Genau wie Sie.«

Hanifs dunkle Augen werden schmaler. Vor lauter Wut scheint er sogar seine Höhenangst vergessen zu haben. »Sie nehmen mich nicht ernst, Inspector.«

»Das ist ja auch völlig unmöglich.«

»Sie sind ein …«

»Was tun Sie eigentlich den ganzen Tag, Hanif? Wenn Sie nicht gerade Papayaschnitze mümmeln und Nachbarn von Freunden einäschern?«

»Mein Tagwerk ist das Leben nach Gottes Wort! Daran arbeite ich härter als viele, die in der weltlichen Welt einem sogenannten Job nachgehen!«

»Sind Sie dafür, dass Frauen und Männer in der Öffentlichkeit Händchen halten dürfen?«

»Was?!«

»Frauen und Männer! Händchen! Öffentlichkeit!«

»Natürlich nicht!«

»Okay. Zärtlichkeit verboten. Aber dafür müssen Frauen ihren Männern ausnahmslos in Demut ergeben sein, richtig?«

»Das sagt das Weltkirchengesetz. Danach leben wir und …«

»… bei Ungehorsam darf der Mann züchtigen.«

»Das ist sein Recht.«

»Mit wie vielen Frauen darf ein Mann gleichzeitig verheiratet sein?«

»Ich verstehe nicht, was das soll.«

»Drei?«

»Vier.«

»Heidewitzka. Dürfen die vier Frauen denn mal ihre Parras ablegen, in der Öffentlichkeit? Damit ihr Mann sie unterscheiden kann?«

»Nein! Sünde!«

»Frauen, die Auto fahren?«

»Sünde! Außerdem sind die Eierstöcke … «

»Fahrrad fahren?«

»Sünde!«

»Autoscooter fahren?«

»Auf gar keinen Fall! Die Eierstöcke …«

»Tanzen?«

»Nein! Sind Sie verrückt?! Warum …«

»Gut. Sind Sie wenigstens dafür, dass Frauen im Bus neben Männern sitzen dürfen? Dass sie die gleichen Bürgersteige benutzen dürfen? Die gleichen Supermarktkassen? Das gleiche Schwimmbad? Den gleichen Strandabschnitt?«

»Nein! Was soll diese …«

»Sind Sie dafür, dass vergewaltigte Teenagermädchen wegen außerehelichem Sex bestraft werden?«

»Nein! Äh … ja!«

»Dass sie abtreiben dürfen?«

»Niemals!«

»Auch nicht, wenn es ihr Leben retten würde?«

»NIEMALS!«

»Sex vor der Ehe?«

»Widerwärtige Sünde!«

»Haben Sie schon mal von einer Religion gehört, in der Frauen mehr Rechte haben als Männer?«

»Ahorn, lassen Sie mich in Ruhe!«

»Das hier ist ein offizielles Verhör, Freundchen. Von Herrn Gaarder persönlich genehmigt. Beantworten Sie meine Frage.«

»Nein.«

»War das die Antwort?«

»Ja!«

»Und woran mag das wohl liegen?«

»So ist unsere Welt nun mal.«

»Da macht sich's aber einer leicht. Männer stehen also von Natur aus über Frauen.«

»Selbstverständlich.«

»Gut. Was ist eine Frau wert?«

»Das kann man nicht sagen ohne eine Relation.«

»Im Verhältnis zum Mann.«

»Nun ... die Hälfte.«

»Frauen sind die Hälfte wert?«

»Ja.«

»Zwei Frauen gleich ein Mann.«

»Ja.«

»Wenn ich Trenks Mörder habe, wie lange wandert er nach eurem Weltkirchengesetz in den Bau?«

»30 Jahre.«

»Und wenn er eine Frau umgebracht hätte?«

»15 Jahre.«

»Sie haben recht, Hanif, ich nehme Sie nicht ernst. Sie sind ein verkommenes mittelalterliches Faultier. Ein privilegierter Ignorant inmitten einer Sekte radikaler Egoisten. Sie lassen sich Ihre religiöse Rente von der arbeitenden Bevölkerung finanzieren und bilden sich auch noch ein, was Sinnvolles zu tun. Sie sind ein selbst ernannter Adliger der Neuzeit.«

»So?« Hanif wird jetzt höhnisch. »Und was sollte man Ihrer Meinung nach mit Leuten wie mir machen?«

Francis vergräbt seinen Bumskopf in den Händen und wiegt sich hin und her wie ein besoffener Parkinsonpatient.

»Wenn es nach mir ginge«, sage ich, »würde man Leuten wie Ihnen das Strandhandtuch unterm Hintern wegziehen und das Malochen beibringen, meinetwegen als Lagerarbeiter.«

»Arbeitslager! Arbeitslager!«, keift Hanif, »das hatten wir alles schon, diese Argumente kenne ich! Die Denkart auch!«

»Vorsicht, Sie klischieren sich gerade um Kopf und Kragen.«

Der Typ sieht aus, als würde er mich gleich anspringen. Plötzlich kommt die Farbe zurück in sein Gesicht. »Ist schön einfach, von anderen eine Haltung zu verlangen, ohne ihr Leid erfahren zu haben, was?«

»Ihnen tropft da gerade ein bisschen Hass aus der Stimme.«

»Unaufgeregtheit zu fordern, weil man selbst von der Maßlosigkeit eines Verbrechens verschont wurde! Weil man um keinen Stammbaum trauern muss, der in Buchenwald abgesägt wurde!«

»Sie waren nie in Buchenwald, sondern nur im Palmenwald. Sie hocken mit Ihrem Arsch unter der tropischen Sonne, trinken frisch gepressten Saft, schikanieren Frauen, liegen der Welt auf der Tasche und tragen Ihre Familiengeschichte wie einen Orden. Sie klauen Ihren Verwandten das Leid, um Ihr Dasein als Profimimose damit auszustaffieren.«

Hanif ist jetzt granatapfelrot.

»Wenn Sie Täter und Opfer nicht auseinanderhalten können, ist es kein Wunder, dass Sie in Ihrem Beruf vollkommen versagen, Herr *Inspector* Platon Ahorn!«

»Ach, richtig, Sie besitzen ja ein Erbrecht auf Opferrolle, das hatte ich ganz vergessen.«

»Wissen Sie, was Sie sind?«, schreit Hanif und verschluckt sich plötzlich an seinem Geifer, spuckt, hustet, krampft, »… Sie sind …«

»Seien wir ehrlich«, sage ich mitten in seine Sprotzgeräusche. »Die Amis haben ihre Nigger im Bus hinten sitzen lassen, ihr extremistischen Empathiekrüppel lasst die Weiber hinten sitzen.«

»WÜRG!«

»Hanif, Sie sind ein mieser kleiner Rassist, ein Geschlechts-Nazi ersten Ranges. Besser, Sie finden sich langsam damit ab und begeben sich in Therapie, Sie Gebärmuttergottesanbeter!«

»Züchtigkeit …«, jault Hanif und hustet, »… es … geht um …«

Francis zuckt zusammen.

»Ach ja, Züchtigkeit.« Ich lache, so laut ich kann. »Wer nicht mal neben ner verkleideten Frau im Bus sitzen kann, ohne sich psychisch vollzuspritzen, sollte vielleicht seiner eigenen Kastration zustimmen. Hab gehört, das wird auf Gondwana neuerdings kostenlos gemacht.«

»Das werden … ungläubige Unmenschen wie Sie … nie verstehen! Wir wollen keine unzüchtigen Gedanken! Wir wollen uns auf … Gott … konzentrieren, auf das Reine, auf die Erlösung!«

»Wenn Sie unbedingt Erlösung suchen, holen Sie sich öfter mal einen runter. Dann verschwinden auch die unzüchtigen Gedanken.«

»SIE SATAN!«

Ich muss laut lachen. »Satan trifft es ganz gut, Freundchen.«

Ich ziehe kräftig an dem roten Notstoppgriff unter der Kabinendecke und das Riesenrad hält mit einem unschönen Knirschen an. Unsere Gondel schwingt heftig vor und zurück, Francis rutscht quiekend von der Bank, Hanif klammert sich mit einem panischen Munch-Gesicht an den Seitenholm.

»HABEN SIE TRENK BENEDICT UMGEBRACHT, HANIF?«

Der Typ holt Luft, pumpt sich auf, tickt jetzt vollkommen aus und brüllt wie am Spieß: »NEIN! ICH HABE ÜBERHAUPT NIEMANDEN UMGEBRACHT! ABER ICH BRINGE SIE UM, WENN SIE NOCH EINEN EINZIGEN SATZ SAGEN!«

Francis krabbelt langsam wieder auf die Bank und weint hemmungslos. Hanif hat wieder die Augen geschlossen und den Kopf in den Nacken gelegt, er starrt blind unter die Decke, keucht, betet um Unterstützung von oben, die wie immer niemals kommen wird. Er versucht, sich nicht von seinem Hass auf mich vergiften zu lassen, während ich mich darüber schwarz ärgere, dass ich diesem eingebildeten Arschloch glaube. Genau wie ich Chenpo und Francis glaube, weil ich mich trotz meiner rekordverdächtigen Aversion gegen so viel wichtigtuerische Nichtsnutzigkeit auf meine Berufserfahrung verlassen kann. Weil ich spüre, dass diese Narren keinen Menschen auf dem Gewissen haben. Weil ich weiß, dass bei so viel pausenloser Provokation Fehler passieren würden. Fehler, die diese Typen nicht gemacht haben. Tick, Trick und Track sind unschuldig. Scheiße.

Das Schaukeln der Gondel lässt zum Glück langsam nach. Mein Magen ist noch immer nicht der alte. Er gluckert fröhlich weiter. Auch ich spüre jetzt den Schweiß auf meiner Stirn. Wische ihn mit dem Hemdsärmel weg und staune, wie nass der Stoff ist.

Ich atme tief ein und aus und versuche, mein bisheriges Ergebnis angesichts dieser bekackten Situation wenigstens ein kleines bisschen gut zu finden. Professionelle Polizeiarbeit, denke ich, ist hier nur maximale Provokation plus Subtraktionsprinzip. Drei von achtzigtausend Gondwanesen sind es schon mal nicht gewesen. Aber in dieser Erkenntnis sieht meine Stimmung keinen Grund, sich ein wenig zu heben. Im Gegenteil. Wäre es einer dieser gutgläubigen Südsee-Pensionäre gewesen, hätte ich ihn auch drangekriegt. Dann wäre mein erstes echtes Verdachtsmoment sein Untergang gewesen. Selbst an einem grundgereinigten Tatort lässt sich noch allerhand finden, wenn sich die Förderstaaten auf eine offizielle Ermittlung einigen und die Spurensicherung anrücken darf, wenn man den Verdächtigen isoliert und hart rannimmt, bei tagelangen Verhören in einer schmutzigen Polizeiwache auf dem Kontinent. Aber Francis, Hanif und Chenpo sind keine Mörder, das würde ich, so leid es mir tut, bezeugen, und wenn ich gläubig wäre, dann könnte ich es sogar auf die Bibel oder eine andere Märchensammlung schwören.

Das Auge Gottes setzt sich langsam wieder in Bewegung.

Mir fällt plötzlich ein, dass ich vorhin die 15:00-Uhr-Pille nicht genommen habe.

VERFLUCHTE SCHEISSE!

Was ist mit dir los, Platon!? Du hast sie einfach vergessen!

Und die 11:00-Uhr-Pille hast du ausgekotzt!

Ich checke die Zeit. Fast 17:00 Uhr.

Meine Hände ballen sich zu Fäusten. Ich könnte mir selber eine reinschlagen für diesen dämlichen Dilettantismus. Ein Plan ist immer nur so gut wie seine absolut detaillierte Ausführung! Das ist dein persönliches Credo auf diesem Affenfelsen! Und deine Jacke mit der Tablettenschachtel liegt im Volkswagen. Herzlichen Glückwunsch. Nur gut, dass Gaarder keine Möglichkeit hat, die Medikamentierung von Lyon aus zu überprüfen.

Der Schreck ebbt langsam ab.

Ich gebe mir Mühe, gleichmäßig zu atmen.

Die Big-Band unter uns übt immer noch den gleichen Titel, vielleicht kann sie keinen anderen. Ein Saxofonist zieht sein Solo künstlich in die Länge. Das Lied lässt mir den weinenden Francis, den schockierten Hanif und mich selbst wie ein suizidales Terzett am Ende eines französischen Film-Noir-Dramas der siebziger Jahre vorkommen. Ich stelle überrascht fest, dass ich mitsinge, dass ich jede Textzeile kenne. Wir hätten alle ausreichend Grund, uns gemeinsam aus der Gondelkabine zu stürzen, um zu den freundlichen Harmonien der Blasinstrumente vor der Bühne einzuschlagen.

Aber wir springen nicht.

Statt mich weiter über die Tablettenpanne zu ärgern, fühle ich mich plötzlich einfach gut. Zu gut. Platon kann nicht aufhören mit diesem grundlosen Gutfühlen, was er auch versucht. Er trällert die Melodie und sieht plötzlich, dass Hanifs Fuß zu wippen beginnt. Francis hört auf zu weinen, sein Fett zuckt im Takt. Vielleicht hat der da oben den beiden verraten, dass sie offiziell aus dem Schneider sind.

Die Gondel trägt uns langsam aus dem Himmel zurück auf die Erde. Der Wind ist angenehm kühl. Die Wirklichkeit ist ein friedliches Fest glücklicher Menschen am Meer. Sie duftet wie tausend gebratene Tofuwürstchen. Die Nachmittagssonne reflektiert in der gläsernen, entspiegelten Rückwand der Gondel, zielt genau auf meine Pupillen, lässt alles in Tränenflüssigkeit verschwimmen und ballert mir für eine Millisekunde die gleißende Erkenntnis ins Hirn, dass Charles Darwin unmöglich recht haben kann. Dass dieses duftende, begeisterte, endlos andauernde Fühlen und Ackern und Grübeln und Erfinden und Kampfexistieren dort unten, das seit ungezählten Generationen von Aberbillionen zeitgleich in Perfektion ablaufenden Prozessen in Schwung gehalten wird, von unaufhaltsamer Herzmuskeltätigkeit, von zahllosen durchschauten und zahllosen nicht durchschauten physikalischen, chemischen, biologischen, statischen Codexen, von hundertprozentig zuverlässig reagierenden Molekülen, Botenstoffen, Hormonen, Mitochondrien und dem unbeschreiblichen Klang genial gedachter und konstruierter Instrumente aus uraltem Holz, von Farben und Reflexen, Lichtspektren und Galgenhumor, Sprache und Schwerkraft, Ketzerei und Tapferkeit, Malerei und Zellteilung, Atomphysik und Metaphysik, Fotosynthese und Liebe, Hass und Gravitation, Rache und Altruismus, Eifersucht und Mitleid und Heimweh und Fantasie, dass dieser unbegreifliche und trotzdem funktionierende Reichtum simultanen Lebens und Sterbens, der in diesem Inselkarneval exemplarisch aufglüht, unmöglich als purer Zufall denkbar ist. Dass er sich ohne gestaltendes Prinzip nicht in dieser komplexoiden Überfülle zeitlos immer weiter entfalten kann, dass rein rechnerisch einfach niemals so viel exaktes Funktionieren zusammenfällt und dass, wenn es doch passiert sein sollte, wenigstens unzählige gescheiterte Sterne durchs All trudeln müssten, voller Mutanten, ohne Wasser, Gefühle, Sauerstoff und Schmand. Lauter untilgbare, misslungene Beispiele, die unseren Planeten als überglücklichsten Endrundenhauptpreis der Super-Sonder-Millenium-Schaltjahrsziehung, als das im x-ten Anlauf wohlgeratene, lottogewinnmäßige Naturprodukt erscheinen lassen. Aber diese Fehlversuche, Derivate, Unfälle, Missgeburten, diese unzähligen schwebenden Scheiternhaufen aus Stein gibt es nicht. Es gibt nur den einen, unglaublichen absoluten Volltreffer *Erde*. Also gibt es, so leid mir das tut, mein lieber Darwin : Gott.

Dann ist der Sonnenlaserstrahl weg und mit ihm dieser schwache Schwachsinnsmoment. Ich sitze versteinert auf der Gondelbank.

»Kleiner Erkenntnisschock, Herr Inspector?« Hanif scheint ein verdammter Gedankenleser zu sein. »Manchmal reicht es, drei Minuten lang den Mund zu halten, und schon sieht man die Dinge klarer, nicht wahr?«

Francis lächelt still in sich hinein.

Mir fällt keine Antwort ein, also tue ich so, als hätte ich ihn nicht gehört. Schwebe sprachlos auf die Erde zu.

Der Arsch grinst mich stur an.

Ich schwitze und schweige.

Ich bin heilfroh, wieder unten zu sein.

Nachdem wir ausgestiegen sind, stehen wir für einen langen Moment ratlos in dem Gewusel aus bauenden, streichenden, dekorierenden, übenden, unübersehbar *guten* Menschen, bis Hanif sich wortlos abwendet und losmarschiert. Er verschwindet hinter dem Gebäude der Geisterbahn, und fast sieht es aus, als wäre er hineingegangen. Vielleicht hat er einen Spuknebenjob als Gefahr im Anzug.

Mit jedem Schritt, den er sich entfernt, kehrt meine Kraft zurück.

»Seine Ururgroßeltern haben als Einzige in der Familie den Holocaust überlebt«, sagt Francis, »fünfzehn seiner Verwandten sind damals im Gas ums Leben gekommen. Bist du sicher, dass Herr Gaarder solche Verhöre dulden würde, wenn er hier wäre? Glaubst du wirklich, eine Mordermittlung rechtfertigt es, einen Menschen so zu behandeln, Platon? Nur, um seine Unschuld zu überprüfen?«

»Lass mich kurz nachdenken«, sage ich. »Ja.«

Auf dem Weg zum Wagen geht Francis voraus, macht einen

kurzen Abstecher in Richtung Fressbuden, holt sich eine XXL-Zuckerwatte Vanille-Blaubeergeschmack, zwei gesegnete Paradiesäpfel und vier koschere Schoko-Bananen. Er dreht sich nicht ein einziges Mal zu mir um und fängt noch im Gehen an zu essen. Sein Riesenhintern wackelt voller Wut und dadurch absurderweise zum ersten Mal auch voller Würde.

*

Ich schreibe die abschließenden Sätze des Tagesberichts aufs Papier, verschließe den Füller, drücke das Löschpapier fest auf die feuchte Tinte, nehme es wieder weg und betrachte das letzte Wort der letzten Zeile: Präambelfall? Ich reiße mir ein Haar aus und klebe es mit etwas Spucke zwischen die Seiten des Berichts. Dann lege ich den Bericht zu meiner Revolvermunition in den doppelten Boden des Aktenkoffers und verschließe ihn. Die Dossiers lege ich in die Protokollmappe, reiße mir noch ein Haar aus, lege es vorsichtig zwischen die Dossiers in die Protokollmappe, schließe die Mappe und lege sie in den Aktenkoffer. Den Koffer schließe ich ab. Den Schlüssel lege ich oben auf den Schrank.

Die alten Tricks sind die besten.

Im Kopf gehe ich den Bericht noch mal durch und stelle fest, dass ich ihm leider nichts hinzuzufügen habe, denn er kommt zu dem äußerst ernüchternden und realistischen Ergebnis, dass man in einer Situation, in der klassische Ermittlerarbeit unmöglich ist, nur auf Glück oder die Bereitschaft des Täters setzen kann, eine weitere Tat zu begehen. Die üblichen Techniken von Logik bis Ausschlussprinzip führen in diesem Fall nirgendwohin. Wenn es Francis, Hanif und Chenpo nicht waren, dann ist es jemand anderes gewesen.

Wenn Trenk ein Mitglied der Quadriga war, sind die anderen Mitglieder der Quadriga in Gefahr. Wenn sie inkognito bleiben, kann ich sie nicht schützen. Wenn kein Fremder auf die Insel kommen konnte, muss der Mörder ein Mitglied der Gemeinde sein. Also ein Gesinnungsgewinner, der mit sämtlichen zur Verfügung stehenden Methoden eine halbe Ewigkeit auf seine Paradieseignung überprüft wurde und in dem plötzlich der Penismetzger von Gondwana erwacht. Da das Paradies keinen Notausgang hat, muss er noch hier sein. Als Ansatz für eine Ermittlung nicht unspannend, als Endpunkt ziemlich frustrierend.

Ich hole mein Handy aus der Jackentasche und öffne eine neue Textnachricht. *Die Zeugen sind unschuldig. Zu Andrea nichts Neues. Ich empfehle, ausnahmsweise sofort offiziellen Kontakt zur Quadriga aufzunehmen und die Mitglieder zu informieren. Geheimhaltung an dieser Stelle unangebracht, zu gefährlich. P.*

Es klopft an meine Zimmertür.

»Herein!« Ich habe eine Sekunde lang die Hoffnung, dass es Jane ist, die im Négligé mein Schlafzimmer betritt, mich schüchtern ansieht und sagt, sie könne und wolle nicht alleine schlafen, solange ein dermaßen bewaffneter, haariger Beschützer namens Platon Ahorn auf der Insel weile, und die dann, um jedes Gegenargument im Keim zu ersticken, den Stoff abstreift, sich präsentiert wie Gott oder wer auch immer sie schuf, We had joy, we had fun, und die sich dann …

»Platon?«

Francis steht in einem karierten Nachthemd vor mir, unter seinem gestickten Namen grinst mich ein Randy-der-Wombat-Aufnäher an, seine Füße stecken in übergroßen Kinderhausschuhen, die wie Mandy und Sandy aussehen.

»Und wo ist Wendy?«, frage ich. »Auf deiner Unterhose?«

Francis läuft rot an und überreicht mir ein Blatt Papier mit einer Bleistiftskizze. »Die Wegbeschreibung, um die du mich gebeten hast. Trenks Haus ist nicht zu verfehlen. Die Wagenschlüssel lege ich dir morgen früh in die Küche, bevor ich zur Gemeinderatssitzung abgeholt werde.«

»Merci beaucoup.«

»Und fahr bitte anständig!« Francis wendet, bleibt stehen, dreht sich wieder um. »Wir haben Trenk nicht umgebracht, Platon, das verspreche ich dir.«

»Ich weiß.«

»Du glaubst uns?«

»Aber erst seit dem Riesenrad.«

»Okay.« Grübel, grübel. »Hab eine gesegnete Nachtruhe.« Francis geht aus dem Zimmer und zieht die Tür hinter sich ins Schloss.

Ich nehme die 23:00-Uhr-Pille auf die Sekunde pünktlich. Lege mich ins Bett. Decke mich zu. Knipse die Nachttischlampe aus. In der Millisekunde, in der das Licht erlischt, in der das winzige, gleißende Glühdrähtchen im Glasbirnenball keinen Saft mehr bekommt und ins Nichts kippt, als sei es nie wahr gewesen, in dieser undenkbaren Zeitkleinheit blitzt ein Miniaturmoment auf, während dessen nicht messbarer Dauer ich das ganze verdammte Spiel durchschaue.

Doch schon ist es dunkel.

III

Die Augen öffnen sich, als hätte gerade jemand einen gut geölten Mechanismus bedient: schnell und ohne jeden inneren Befehl.

Zwei fremde Hände liegen auf meiner Decke.

Platon zuckt zurück.

Die Hände sind zum Gebet gefaltet. Männliche Hände.

Meine sind das nicht.

?!

Ich spüre die Adrenalinsonderausschüttung bis in die Kopfhaut, Filmbilder von abgeschlagenen Pferdeköpfen in Mafiosibetten ploppen auf, dazu die Erinnerung an amputierte Körperteile lange zurückliegender Mordfälle: Der Täter bedroht mich, ich soll von der Insel verschwinden, wenn ich nicht will, dass die abgeschnittenen Hände das nächste Mal mir gehören – vielleicht haben sie Trenk gar nicht vollständig verheizt, sondern vorher noch eine Trophäe gesichert …

Die Finger bewegen sich. Ich bewege die Finger.

Wieder bewegen sie sich, und zwar so, wie ich es will.

Diese Hände gehören zu mir.

?!?!

Ich ziehe sie vorsichtig auseinander und spiele in der Luft Klavier. Funktioniert. Ich lasse die Hände langsam auf mein Gesicht zuschweben. Drehe und wende sie. Die Dinger gehorchen einwandfrei, aber meine sind es trotzdem nicht. Die Nagelbetten kommen mir seltsam länglich vor, die Finger zu schmal. Diese Hände waren regelmäßig bei der Maniküre. Ich nicht. Außerdem sind die Handrücken unbehaart. Dicke Adern, die ich mir nicht erklären kann.

In der Gedankenblase über meinem Kopf steht in Großbuchstaben: ICH BIN MIR JETZT SICHER, DASS ICH NICHT MEHR SCHLAFE.

Sehe mich um. Francis' Gästezimmer ist im Morgenlicht besonders hübsch. Die Sonne scheint durchs Fenster auf mein Bett. Blauer Himmel. Roter Teppich. Weit entferntes Glockengeläut. Jesus hängt friedlich am Kreuz ab. Auf dem Nachttisch liegt die Plastikbox mit den Tabletten. Jedes Abteil ist mit Datum und Uhrzeit versehen. Was für ein kluges System. Im Abschnitt für die Nacht vom 26. auf den 27. steckt eine Pille. Ich überlege. VERDAMMTE SCHEISSE. Der Wecker hat heute Nacht nicht geklingelt. Wie kann …

Die Fremdhände grapschen nach der Tablettenbox, die Box fällt auf die Kardinalsauslegeware, die Hände heben sie auf, drücken zwei Tabletten heraus und legen sie mir auf die Zunge, heben die halbvolle Flasche Wasser an meinen Mund: Gluck, gluck, gluck! Ich trinke sie mit einem Zug leer.

Blick aufs Handy. Eine neue Nachricht. *Kontaktaufnahme zur Quadriga ist kongregationsrechtlich und rein praktisch nicht möglich. Finde Andrea, wir müssen endlich weiterkommen! G.*

Ich schicke ein müdes *verstanden* zurück, dann lasse ich mich in die Kissen zurücksinken, schließe die Augen und warte. Mein Herz rast. Der Adrenalinspiegel geht nur langsam zurück. Ich sage mir Dinge, die man sich in solchen Momenten sagt. Dass Ärzte gern ein bisschen übertreiben, um sicherzustellen, dass der Patient sich an die Anweisungen hält. Dass die Gefahr von Nebenwirkungen nicht so groß sein kann, weil das Medikament sonst nicht freigegeben wäre. Dass ich ein verdammt harter Hund bin, der seinen Körper frühzeitig darauf trainiert hat, mit illegalen Giftstoffen in wechselnden Mengen zurechtzukommen. Dass ich bislang nur zwei Pillen vergessen habe und dass mir das garantiert kein drittes Mal passieren wird.

Meine Augen öffnen sich. Auf der Bettdecke liegen zwei Hände. Sie sind zu Fäusten geballt.

Das sind meine, eindeutig.

Na bitte.

*

Der Dicke sorgt für mich wie eine Ehefrau: Auf dem Frühstückstisch steht ein Korb mit Croissants, außerdem Marmelade, Butter, Orangensaft, Milch und eine Thermoskanne mit heißem Kaffee. Daneben liegt die aktuelle Ausgabe der *Better Times*. Auf einen kleinen Zettel, der am Marmeladenglas lehnt, hat Francis in akkurater Mädchenhandschrift geschrieben:

> *Einen gesegneten guten Morgen, Platon!*
> *Bin mit Hanif zur Gemeinderatssitzung, komme gegen 13:00 Uhr zurück. Gesegneten Appetit!*

Nachdem ich die drei gesegneten Croissants gegessen habe, entdecke ich auf der Küchenanrichte einen Eierkocher, einen Eierkarton und einen weiteren Zettel:

Lieber Platon, genieße deine Eier!

Genau das habe ich vor, sage ich laut zu mir selbst und muss schon wieder an Jane denken. Ein weiterer, verschwendeter Morgen ihres endlichen Lebens ist angebrochen, noch ein Tag, an dem die verschlafene Schönheit des Janeaufwachens von keinem Mann gewürdigt wird, sondern schnöde und unbewundert in skandinavischer Bettwäsche verblüht. Die wahren Tragödien meines begrenzten Daseins, das war mir immer bewusst, sind nicht die Dinge, die mir widerfahren, sondern die Dinge, die mir nicht widerfahren.

Auf dem Esstisch liegt der Autoschlüssel neben Zettel Nummer drei:

Lieber Platon, bitte denk dran: Hier auf Gondwana herrscht Anschnallpflicht! Bitte fahre nicht schneller als 50 km/h (bzw. 30 km/h in Wohngebieten), das sind die zulässigen Höchstgeschwindigkeiten! Ich verlasse mich auf dich! Bis später!

Ich kurve unangeschnallt aus der Einfahrt, aus der Sackgasse, aus der Siedlung und beschleunige auf der Umgehungsstraße sofort auf 120, nur, damit ich es meiner besorgten, Zettel schreibenden Teilzeitehefrau Francesca später genüsslich aufs Abendbrot schmieren kann.

Gottes weltweite Deckenlampe hängt bereits hoch am Himmel, obwohl es gerade mal 9:00 Uhr ist. Mein Gesicht lächelt. Es genießt dieses verfluchte Ah, toll. Seine Temperaturen. Seine Abgelegenheit inmitten von Unmengen Wasser.

Seine friedliche Stille, seine Bikini-Aleas mit Kokossperma am Kinn, sogar seine ganzen besserwissersischen Baumschüler, schließlich haben die Typen einen nicht zu leugnenden Unterhaltungswert.

Ich kenne diese lächelnde Platon-Ahorn-Visage genau. Hinter ihr verbirgt sich ein verdammt großer Haufen Sympathie für Janes Parradisitentheorie.

Wenn es nach meinem Gesicht ginge, würde der ganze Platon für immer hierbleiben, vom Atheismus zum Konformismus konvertieren, sich mit Südseewasser taufen lassen, bei der schönen, scharfsinnigen J. einziehen und sein ganzes restliches Leben in der Sonne braten und gebraten werden, Avocados fressen und baden. Tolle Idee, du dämliches Lächelgesicht, sage ich zu mir, sagt das dämlich lächelnde Gesicht zu sich selbst, so leicht lässt du dich also ködern, mehr als gutes Wetter, Strand, Weiber und Unmengen Butter vom Baum brauchst du nicht, um deine Überzeugung zu verraten, umzufallen, überzulaufen. Du bist kein bisschen besser als sämtliche Diesseitsopportunisten hier auf der Insel, die sich auch allesamt für den einfachen Weg entschieden haben, für eine Instant-Existenz, die nur kurz mit warmen Worten aufgegossen werden muss, schon saugt sich das staubtrockene Denkmodell voll wie ein Schwamm, gibt Rahmen und Regeln vor, macht eigenständiges Reflektieren überflüssig. Die sprechenden Tiere leben halt gern bequem, Platon. Kein Wunder, dass dich ein Dasein als betender Bademeister in Versuchung führt. Statt dich vom Bösen zu erlösen, willst du lieber mit jungen Mösen in der Sonne dösen, das liegt in deiner Natur, schließlich gehörst du zur Gattung der haarigen Faulpelze. Dieser Felsklotz von Insel wird also zwangsläufig eine Art viel zu groß geratener Prüfstein für dich werden. Denn alles dreht sich am Ende um eine einzige Frage: Kopf oder Zahltag?

Bevor ich mir antworten kann, zieht plötzlich ein weißer G-Liner von einem Feldweg auf die Straße. Ich trete hart auf die Bremse, merke, wie der Karmann Ghia schlingert, höre mich fluchen, höre, wie die blockierenden Reifen über den Asphalt reiben, sehe vor meinem inneren Auge, wie James Deans Porsche auf einem trostlosen Highway, der von staubgrauen Feldern gesäumt wird, zeitlupenbrutal in einen alten Ford schreddert, dazu höre ich Francis' Stimme so spitz aufheulen, als würde Alea ihm zum ersten Mal an seine Titten fassen: 50 km/h Höchstgeschwindigkeit!

QUIIIIIIIIETSCH!!!

Dann steht alles still. Der Karmann Ghia, die Welt, der Bus. Die Explosionswolke in meinem Schädel verzieht sich.

Der Busfahrer sieht mich an, schüttelt den Kopf, fährt langsam los.

Mein Herz hämmert.

Los, bedank dich bei Gott, sagt Platon zu mir.

Den Teufel werd ich tun.

Er hat dir gerade den Kragen gerettet. Das war knapp.

Me, myself and I sowie die Ingenieure von Volkswagen – und zwar die von 1960 – haben mir den Kragen gerettet. Sonst niemand.

Du glaubst lieber an Volkswagen als an deinen Herrn?

Statt zu antworten, gebe ich Gas. Die Straße ist schnurgerade, rechts Strand plus Riesenschildkröten, links blühende Oleanderbüsche, dahinter Hügel-Hänge-Himmel. Die Büsche verschwimmen. Ich ziehe auf die Gegenfahrbahn und überhole den G-Liner, der sich natürlich exakt an die Geschwindigkeitsbegrenzung hält. Im hinteren Teil des Busses hocken die obligatorischen schwatzenden Vollverschleierten alle auf einem Haufen. Sie sehen aus wie eine galaktische Bankräuberinnenbande, die gerade in den interstellaren Knast gekarrt wird.

Vorne sitzen Männer mit und ohne Bart, mit und ohne Hut, mit und ohne Zöpfe, sie lesen Zeitung, hören Musik über Kopfhörer, der Busfahrer sieht mich überholen, schüttelt schon wieder oder immer noch den Kopf, dann bin ich vorbei, trete das Gaspedal durch, fliege durch die warme Luft davon. Der Karmann schafft 140 Stundenkilometer Spitze. Rechts entfernt sich der Strand, die Fahrbahn krümmt sich leicht landeinwärts, schmiegt sich in die Natur, steigt an, führt in die seichten Hügel. Aus dem Oleanderbuschuniversum wird wilde Wiese. Ich halte das Gaspedal so lange durchgetreten, bis der Bus hinter mir nicht mehr zu sehen ist.

Dann bremse ich, lenke den Wagen vorsichtig auf den Randstreifen, rumpele durch das hohe Gras, umkurve eine Riesenschildkröte und parke in einer Senke. Die Schildkröte sieht mich freundlich an. Ich komme mir vor wie ferngesteuert.

Sirren. Surren. Flirren.

Ich nicke der Schildkröte zu und frage mich, wie dieses redselige Vieh an die Akten vom Fall Guzmán gekommen ist. Keine Ahnung, was hier passiert. Hirn will es so. Hirn meint es ernst. Das Reptil auch. Also stecke ich zwei Global-Air-Plastiktüten sowie das Wasserstoffperoxid ein und gehe zurück zur Straße. Janes Eulenbrosche glaubt, die Situation ebenfalls kommentieren zu müssen.

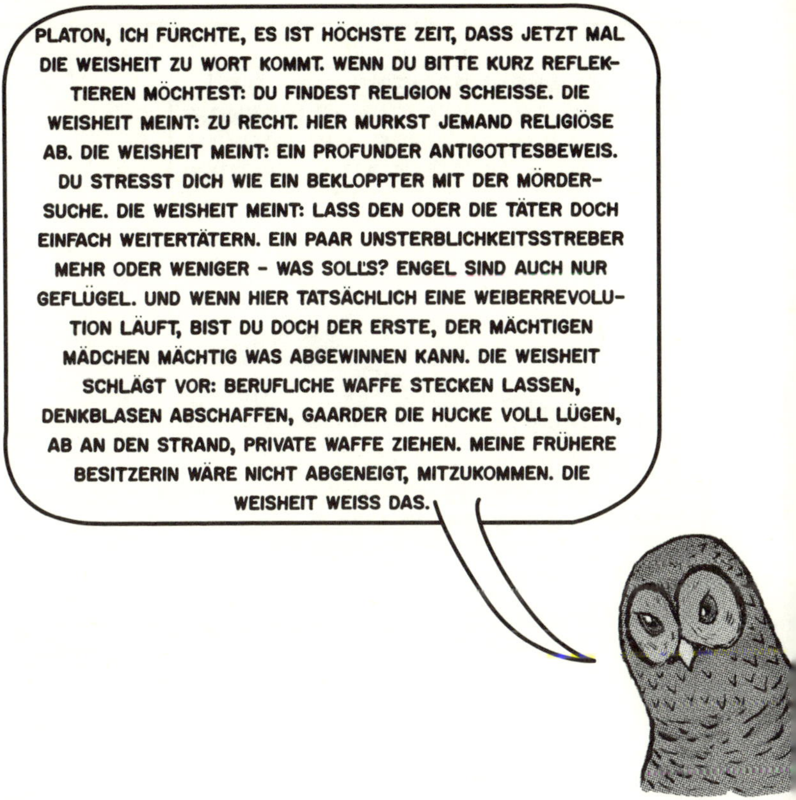

Flirren. Surren. Sirren.

Die Brosche hat nicht Unrecht. Aber die Kröte auch nicht. Ich bin wankelmütig und beschließe, Hirn einfach machen zu lassen. Dafür wird es schließlich bezahlt. Auf dem heißen Asphalt bildet sich die Sonne glänzende Wasserspiegelungen ein. Ein Karnickel hockt bewegungslos in der Hitze. Sein schwarzes Auge hat mich im Blick. Ich schlendere in die Richtung, aus der ich gerade mit dem Wagen gekommen bin. Das Karnickel flieht nicht. Es wirkt wie ausgestopft.

DIE WASSERSPIEGELUNG, DIE ICH FIXIERE, IST EINE FLIRRENDE QUECKSILBERPFÜTZE. SIE SCHEINT ÜBER DEM ASPHALT ZU SCHWEBEN.
ALS ICH NÄHER KOMME, WIRD SIE KLEINER, DURCHSICHTIGER.
ALS ICH NOCH NÄHER KOMME, LÖST SIE SICH IN LUFT AUF.

DAS IST EUER GOTT. ÜBERALL GLAUBT IHR IHN ZU ERKENNEN, IMMER WIEDER SEID IHR SICHER, IHN GESEHEN ZU HABEN.
ABER DA IST NICHTS ALS NICHTS.

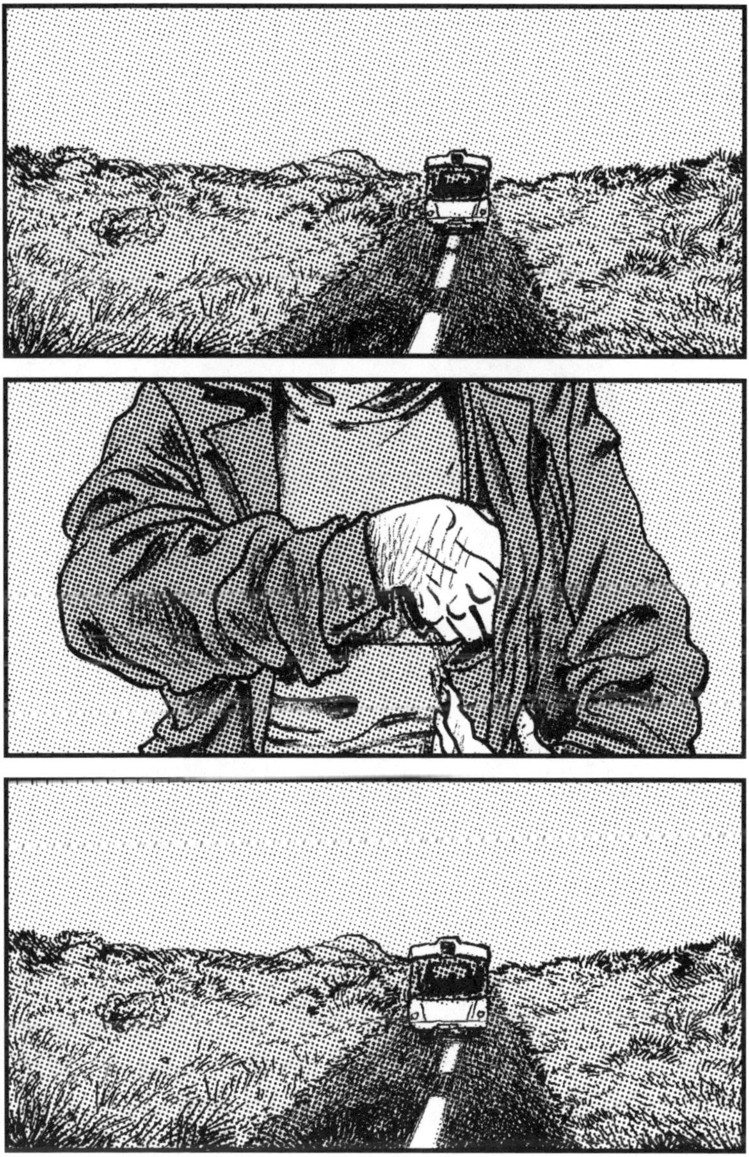

ALLAHU AKBAR
HEAVEN HELP!
JESUS, MARIA UND JOSEF!
הַלְלוּיָה
PLATON?
?
ACH DU HEILIGE...

....SCHEISSE!
BANG!
SQUEEK

Platons rechtes Ohr fiept. Der Knall wummert immer noch durch meinen Kopf. Ich rieche den stechend-würzigen Schmauch. Der Gleichgewichtssinn will sich abschalten.

Ich bin zu alt für diesen Job, denkt es in der Blase über Platons Kopf.

Er schwitzt sehr stark. Die Tropfen kitzeln mich im Gesicht. Der Mann ist am Ende und glaubt, am Anfang zu sein. Für einen Moment kann er sich kaum auf den Beinen halten, droht in die Knie zu gehen, aber Hirn verweigert jeden Zusammenbruch. Hirn verlangt: noch mehr Konfrontation. Denn nur Konfrontation klärt die Fronten. Also reißt Platon sich zusammen und geht auf den Bus zu. Weiß, dass dem vollklimatisierten Fahrerarschloch jetzt ebenfalls der Schweiß ausbricht, dass er sein eigenes Hirn inständig bittet, der grimmige Amokläufer mit der Kanone da draußen möge doch bittebitte auch eine dieser Illusionen sein, die der Zellklumpen zwischen seinen Ohren regelmäßig heraufbeschwört, aber heute bleibt der Klumpen stumm, kann kein harmonisches Wunschbild generieren, setzt aus, wo seine maßlose Fantasie einmal wirklich gefragt wäre.

Dann bin ich da: Der Lauf meiner Waffe klopft freundlich an die Scheibe. Die Tür faltet sich mit einem kaum hörbaren Zischen zusammen.

Ich steige ein.

Das Gesicht des Fahrers ist so weiß wie sein Bus. Die männlichen Passagiere starren mich ungläubig an, die weiblichen vermutlich auch. Es ist so still, dass ich hören kann, wie der Kehlkopf eines bärtigen Alten auf dem Behindertensitz einen hilflosen Sprung macht und in die Ausgangsposition zurück sackt: SCHLUCK! Weiter hinten knistert das Papier einer *Better Times*, die in Zeitlupe zu Boden sinkt.

»Gott hat Burnout«, sage ich und präsentiere meine Waffe. »Deshalb kommt heute die Vertretung.«

Die Busbesatzung bricht nicht in Jubel aus.

»Männer! Ihr seid doch alle erleuchtet. Erfüllt vom Geist der Gerechtigkeit und der Menschlichkeit. Ihr wollt doch alle Frieden und Glück und Gleichheit und so weiter. Ihr wollt doch: das Gute!« Ich schlendere durch den Bus und lasse die Smith & Wesson wirken. »Und jetzt guckt euch an. Ihr thront unverhüllt in den vorderen Reihen, aber eure Frauen hocken hinten, müssen sich als Silberfische verkleiden und haben den ganzen Tag Sauna. Also, ich weiß ja nicht, wie es euch geht, aber auf mich wirkt das ein bisschen wie eine kindische, anachronistische Sauerei. So, als würdet ihr zwar wirklich das Gute wollen. Allerdings – nur für euch.«

Ein Greis hat seine zitternden Hände zum Gebet gefaltet.

»Was ich mich immer schon gefragt habe«, sage ich und drehe mich um die eigene Achse, »warum in Gottes Namen merkt ihr nicht, wie unglaublich albern ihr *ausseht*? Wie auf einer Pennäler-Klassenfahrt anno 1920. Warum denkt ihr, wenn ihr selbst mal so einen geschlechtsgetrennten, maskulinen Omnipotenzbus an euch vorbeifahren seht, nicht: Um Himmels willen, was sind wir Kerle doch für mittelalterliche, eitle Sklaventreiber, dass wir es einfach nicht lassen können, uns immer wieder eine gesellschaftlich geschwächte Gruppe zu suchen, die wir klein halten, um selber größer zu wirken? Schaut euch mal um! Warum wird euch so ein groteskes Busbild nicht zum Symbol eurer exorbitanten Beschränktheit?«

Niemand hat Lust auf eine konstruktive Unterhaltung.

»Ich will es mal anders formulieren, plakativer, eindringlicher, unwiderlegbarer: Wie kommt ihr nur darauf, dass die vertrockneten, haarigen Würstchen zwischen euren welken Schenkeln irgendwas zu bedeuten hätten, außer dass ihr immer pissen und manchmal ficken könnt? Oder ist auf euren Fleischzeptern eine gottgegebene Vollmacht eingraviert, die euch als Cäsaren ausweist? *Der Rechts- bzw. Linksträger dieses Gliedes hat die Lizenz, Menschen ohne Glied das zu verbieten, was er für sich selbst in Anspruch nimmt. Gezeichnet (vom fortwährenden Stress mit meiner unseligen Schöpfung): Ach Gottchen.*«

Keine Antwort.

»Euren Angebeteten geht dieses Gehabe auch ganz schön auf die Klötze, und zwar schon ziemlich lange. Das Stecker-Dose-Prinzip haben sie damals entworfen, damit ihr ihnen die andauernde Schöpfungsmaloche abnehmt. Und nicht, um per Weibsvolk eine Herrenrasse zu legitimieren.«

Ein Vollbart senkt den Kopf.

Ich staune genauso über das, was ich sage, wie diese Angsthasen. Eine eiskalte Wut wohnt plötzlich in mir. »Götter sind faul, müsst ihr wissen, deshalb kommen sie auch nicht persönlich, sondern schicken mich. Vor 42 Jahren haben da oben mal alle zusammen eine ordentliche Orgie gefeiert, Halligalli im Jenseits, mit Marilyn Monroe in der Hauptrolle, und danach war die Gute schwanger. Vor euch steht das Produkt dieser heilig-geilen Nacht. Welcher Gott mein Vater ist, weiß niemand. Ist auch egal, denn am Ende hat jeder Allmächtige das gleiche unlösbare Problem: den charakterlich minderwertigen Amüsierclub Sapiens-Sackgesichter – das seid ihr –, der alle Ideen, Worte und Regeln seiner Erschaffer permanent missbraucht, um seinem Sadismus zu huldigen. Für meine Erziehung haben meine diversen Väter zusammengelegt. Ich bin gottesstaatlich ausgebildeter Diplomerlöser, meine Freunde, das war eine sehr lange Zeit des Lernens, eine sehr lange Zeit des Geduldens, Wasser und Brot, ora et labora, Enthaltsamkeit, harte Pritschen, Wichsverbot, das kann ich euch sagen. Ihr seid mein erster offizieller Job, also freuet euch gefälligst ein bisschen.«

Meine Stimme hebt sich gefällig in die Höhe und singsangt im unerträglichen Kastratenmonoton eines katholischen Durchschnittspfaffen: »Der Tag der Erkenntnis ist gekooooоommeeeeeen!«

Ich kann die Furcht der Männer riechen. Ein junger Typ mit schwarzem Schnurrbart starrt mich hasserfüllt an.

Ich starre hasserfüllter zurück und drücke ihm den Lauf meiner Smith & Wesson gegen die Schläfe. Seine weit aufgerissenen Augen sind dunkelbraun. Ich sehe so unerschrocken in sie hinein wie in eine gut gefüllte Klosterlatrine und sage laut: »Hosen runter.«

Stille. Niemand scheint diese beiden einfachen Worte zu begreifen. Also wiederhole ich: »Hosen runter!«

Ein greller Aufschrei geht durch den Bus, ich reiße die Waffe hoch, ballere zwei Kugeln in die Blechdecke und bringe die Kanone wieder an der Schläfe des Nachwuchspatriarchen in Stellung.

Augenblicklich ist es mucksmäuschenstill.

Meine beiden Argumente überzeugen. Der Mann steht auf. Mit zitternden Händen löst er seinen Gürtel und lässt den Stoff rutschen.

»Unterhose auch.«

Er wendet sich ab. Ich drücke mit meiner Kanone noch fester zu. Seine Hände streifen gehorsam die Shorts ab und präsentieren einen kalkweißen, buschigen Unterleib.

Im hinteren Teil des Busses unterdrücken die Weiber nur

mühsam ein Kreischen. Ich vermute, nicht unbedingt vor Erregung.

Der Hosenlose versteckt sein Gesicht in den Händen.

»Wie ihr alle seht«, rufe ich, »ist menschliche Nacktheit zwar nicht unbedingt schön, aber auch nicht tödlich. Und jetzt: alle Männer alles runter! Zeigt eure Fleischmeißel, Fanatiker! Aber dalli!«

Schwerfällig erheben sich die Bärtigen und Nichtbärtigen, Hutträger und Kopfhörerträger von ihren Sitzen, lösen Gürtel, knöpfen Knopfleisten auf, öffnen Reißverschlüsse, flüstern Gebete und Flüche vor sich hin, töten mich mit ihren Zornesblicken voller menschenmöglichem Abscheu. Helle und dunkle Hosen fallen, bunte und schwarze Unterhosen kommen zum Vorschein, Shorts gleiten nach unten, kümmerliche und üppige Gehänge präsentieren sich, leuchten blass bis knallrot in der Vormittagssonne von Gondwana, glotzen hilflos-einäugig in die Tiefe, können ihre plötzliche Freiheit nicht fassen.

»Nun verteilt euch mal gleichmäßig auf die Vierersitze, aber so, dass der Platz gegenüber immer schön frei bleibt.«

In stiller Verachtung befolgt meine widerborstige Therapiegruppe den Befehl.

»Zu Ihnen, verehrte Damen.«

Die Bankräuberbande rührt sich nicht. Dicht aneinandergedrängte Kutten. Vielleicht habe ich mit meinem Auftritt die Besprechung der neuesten Parra-Kollektion gestört.

»Sie mussten in der Vergangenheit schon viel Elend ertragen, Ladies, und mir ist bewusst, dass mit dieser Schniedelparade noch eine ganze Menge neues Elend dazugekommen ist. Trotzdem bitte ich Sie höflich, sich nun in den vorderen Teil des Busses zu bewegen und sich einem Nacktmull Ihrer

Wahl gegenüberzusetzen. Und ich bitte Sie um noch etwas: Nehmen Sie, wenn Sie wollen, Ihre Schleier ab, zeigen Sie freiwillig Visagencourage, machen Sie sich für diese historische Busfahrt zu gleichberechtigten Menschen. Treten Sie dem allgegenwärtigen globalen Schwanzträgerunterdrückersystem mit Anlauf in die Eier!«

Die Frauen zögern.

Sie besprechen sich leise untereinander, bevor eine Entscheidung fällt. Dann entschließen sie sich, eine nach der anderen, lösen Knoten, wickeln Stoff von ihren Köpfen, befreien sich. Alte und junge Gesichter kommen zum Vorschein, helle und dunkle. Schüchtern nehmen die Frauen ihre Plätze ein und wissen nicht, wohin mit ihren Blicken. Nur eine einzige bleibt verhüllt und sitzt bewegungslos auf der Rückbank.

Ich betrachte mein Werk. Die unfreiwillig Entblößten und die freiwillig Entblößten gehen zahlenmäßig fast auf, nur drei Männer haben das große Glück, gleich zwei Frauen gegenüberzusitzen.

Der Busfahrer versteht meinen Wink mit der Waffe und fährt los.

»Als Sie vorhin hier eingestiegen sind, meine Damen, da waren Sie noch Opfer eines jahrtausendealten Gefälles: der Herrschaft des Mannes über die Frau, möglich gemacht durch ein Mehr an Hormonen und Muskelsträngen, zementiert durch absurde Gesellschaftsunordnungen und – in Ihrem Fall – sogenannte Religionen, ausgeübt auf der Grundlage eines festen Glaubens, nämlich des festen Glaubens daran, dass ein Mensch mehr wert sein kann als ein anderer. Begründet gleichermaßen in dem dringenden männlichen Wunsch, von einer Hierarchie privilegiert zu werden, sowie durch die permanente versteckte Angst, zu versagen. Um es kurz zu machen, Sie waren Opfer einer Dauerdiktatur, quer durch die Systeme, Kulturen, Epochen. Jeder der entblößten Knilche hier ist ein kleiner Pimmel-Adolf. Deshalb haben mich Marilyn und meine zahlreichen Väter auf die Erde geschickt, um ein Exempel zu statuieren. Begreifen Sie unsere Busfahrt als Konfrontationstherapie. Typen wie diese Pimmel-Adölfe verstehen leider keine andere Sprache und mein schizophrener, äußerst geladener Freund hier, der auf die beiden hübschen Namen Smith & Wesson hört, ist ein wirklich ausgezeichneter Dolmetscher für solche Fälle.«

Die Frauen beobachten mich tiefgekühlt, die Männer glotzen paralysiert ins Nichts.

»Nehmen Sie diese Figuren, die Ihnen gegenübersitzen, jetzt genau unter die Lupe. Sehen Sie ihnen in die Augen. Sehen Sie ihnen in den Schritt. Sie werden nichts entdecken außer maßloser Ignoranz, pathologischer Selbstüberschätzung und ein paar trostlosen Hautzipfeln. Verinnerlichen Sie, dass die Machtstrukturen, unter denen Sie leiden, keineswegs ein gottgewolltes Regelwerk sind, wie man Ihnen immer weismachen wollte, sondern eine aus sehr irdischen Motiven inszenierte Tragikomödie. Machen Sie sich die Lächerlichkeit Ihrer Beherrscher bewusst. Sehen Sie hinter die scheinheiligen Bärte, hinter die würdevolle Verkleidung, das noble Tuch, die faltige Würde, hinter die instrumentalisierten Traditionen und entdecken Sie den egoistischen Clownsclub, der im Backstagebereich des Alltagstheaters seit Jahrhunderten einen florierenden Selbstbedienungsladen für Hodenbesitzer betreibt. Lenken Sie Ihre Blicke jetzt bitte noch einmal konzentriert auf die in jeder Hinsicht sekundären Geschlechtsorgane Ihres Gegenübers. Schauen Sie sich die zitternden Schwänzchen an und begreifen Sie, wie wenig auf dieser Welt nötig ist, um alles zu erreichen. Werden Sie sich der Tatsache bewusst, dass jedes menschenverachtende System in kürzester Zeit genauso zusammenschrumpeln kann wie dieses fahle Gekröse, das Sie gerade im Blick haben – denn alles, meine Damen, wirklich alles ist Wille. Begreifen Sie den Wahnwitz menschlicher Bosheit. Und dann: Lachen Sie! Lachen Sie diesen Halunken ins Gesicht, lachen Sie ihnen in den Schritt, lachen Sie sie aus, lachen Sie über ihre auf immer verlorene Ehre, über die Schmach mit Schmaucharoma!« – ich ballere noch zwei Kugeln durch die Busdecke –, »darüber, dass diese Tyrannen therapeutisch-symbolisch entmannt wurden, lachen Sie lauthals, meine Damen! Denn es gibt auf dieser Erde keine gelungenere Pointe als impotente Potentaten!«

Als ich an der nächsten Haltestelle mit den gesammelten Hosen und Unterhosen der Ex-Männer aussteige und der Bus, meinem Befehl folgend, seinen Weg in Richtung Endhaltestelle fortsetzt, klingt das helle, noch etwas gezwungene Lachen der Frauenstimmen durch die sonnige Einsamkeit von Gondwana wie ein sehr säkulares Glockenspiel.

*

Der Weg ist mit Kies bedeckt, meine Schritte knirschen rhythmisch. Mannshohe Büsche wuchern von rechts und links ins Bild, dicke Baumstämme stehen in stummen Gruppen herum, über meinem Kopf ein Blätterbaldachin. Harzduft und Grillenzirpen. Dann öffnet sich der grüne Tunnel, wird zu einem Rondell, ich gehe auf eine weiße Jugendstilvilla zu. Bunte Glasfenster, verschnörkelter Fassadenstuck, rote Biberschwanzdachziegel. Eine Keramikkübelarmee mit exotischen Pflanzenfrisuren bewacht die Idylle.

Trenk hat Geschmack. Gehabt. Das muss man ihm lassen.

Sein Haus leuchtet in der Sonne. Es will ein kleines Schloss in einem zugewachsenen Park sein, und das gelingt. Als ich näher komme, sehe ich, dass die Villa trotz ihres Alters so makellos ist, als hätte man sie gerade erst gebaut.

Die Holzstufen der Veranda ächzen, wenn man sie mit dem Gewicht eines vierschrötigen Detective Inspectors belastet. Zwei weiße Katzen flüchten aus einer Hollywoodschaukel und sind für immer verschwunden. Die Schaukel schwingt leicht nach. Dort, wo die Katzen gelegen haben, bleiben zwei Kreise aus hellem Fell auf dem dunkelblauen Polster zurück.

Der runde Messingknauf der Haustür lässt sich drehen, die Tür schwingt auf und präsentiert eine kleine Halle. Ich ziehe die Global-Air-Plastiktüten aus meinen Trenchcoattaschen, steige mit den Füßen hinein und fixiere die Tüten mit Gummibändern in Wadenhöhe. Passend zum bescheuertsten Spurensicherungsersatzoutfit der Südhalbkugel ziehe ich Francis' gelbe Spülhandschuhe an. Sicher ist sicher.

Als raschelnder Freak betrete ich das Haus von Trenk Benedict. Den Ort des ersten Mordes auf Gondwana. Das Setting, in dem vor fünfzig Jahren noch reiche Familien mit behinderten Kindern Freizeitpark-Urlaub gemacht haben, das dann zum Wohnsitz eines verwöhnten Religionsrentners wurde, kürzlich zum Schauplatz seiner viehischen Kastration und gleich darauf zum Schauplatz einer hirnlosen Säuberungsaktion. Diese Hütte ist nicht nur der schönste Tatort meines Lebens, stelle ich fest, sie ist auch mit Abstand der sauberste.

Trenk, oder wer immer dieses Schlösschen eingerichtet hat, wollte sich offenbar mit aller Macht vom Retrostil der Architektur absetzen. Die Standuhr in der Halle ist ein Designmonstrum aus Acryl, ihre metallischen Organe sind in knalligem Türkis lackiert. Die beiden roten Plüschsessel daneben zitieren die Form gefalteter Hände. An der Wand des Treppenhauses wurde ein meterhohes Bild mit Ölfarbe direkt auf den Putz gemalt. Es zeigt einen kleinen Mann in Uniform, der unter einem gigantischen Pilz kniet und nach etwas Unsichtbarem Ausschau hält. Unter der Hallendecke hängt ein Fischernetz, prall gefüllt mit künstlichen Fischen, aus dem Netz baumeln unterschiedlich lange, lilafarbene Spiralkabel heraus, die in kreuzförmige Energiesparglühbirnen münden. Ich drücke auf den Wandschalter und die Lampenkreuze erstrahlen, werden von geschickt platzierten Messingblechen vervielfacht, die mir vorher nicht aufgefallen sind, und tauchen die Halle in melancholische Abendsonnenstimmung. Die Bleche bündeln das Licht, leiten es um und lassen ein modernes Kreuzigungsgemälde über der Haustür erstrahlen. Mein alkoholherbeizaubernder Kumpel Jesus sieht aus wie das Opfer eines Alien-Schlachtfestes. Sein weit aufgerissener Mund spaltet den langhaarigen Kopf in zwei Splatterhälften.

Ich mache das Licht wieder aus und gehe durch die hohe Flügeltür in den Salon. Vom Esstisch über die Stühle bis zu einem langen Sideboard sind sämtliche Möbel aus hellgrauem Beton; Sitzkissen, Tischsets, Teppiche und Vorhänge aus fliederfarbenem Stoff. Die Stirnseite des Raums wird von einem deckenhohen Mosaik mit dem unübersehbaren Titel *Götterspeise* bedeckt: Die vier fröhlichen Tiere Randy, Mandy, Sandy und Wendy sitzen in Raumfahrerkostümen auf einer mehrstöckigen Torte (Beschriftung: *foie gras truffé au champagne*), über ihren Astronautenhelmen strotzen Heiligenscheine (offensichtlich sollen sie aufgehängt wirken, selbst angedeutete Nylonfäden aus schmalen Mosaiksteinchen wurden nicht vergessen), an den Ärmeln ihrer gepolsterten Anzüge rote Armbinden mit schwarzem Fragezeichen auf weißem Kreis, in einer gemeinsamen Sprechblase formen sich goldene Steinchen zu den kursiven Versalien: *MAST HAVE*!

Während meines Rundgangs durch großzügige, keimfreie, modern bis absurd eingerichtete Räume frage ich mich, welche Dimensionen des Schmerzes und der Hilflosigkeit Trenk Benedict aushalten musste, als er hier hockte, entmannt, einsam, unrettbar und im Angesicht eines leider ziemlich gewieften Folterknechts, den er aller Wahrscheinlichkeit nach auch noch gekannt hat.

Ganz oben unter dem Dach finde ich das Badezimmer. Es ist hell und geräumig. Kein Spiegel, Dielen statt Fliesen, zwei Waschbecken im Taufbeckendesign, eine Dusche und eine antike Löwenfußwanne in der Mitte des Raums. Über dem Miele Toplader Lavamat 2090 hängt ein Zitat im goldenen Rahmen. *Und der Herr sprach zu Mose: Geh hin zum Volk und heilige sie heute und morgen, dass sie ihre Kleider waschen. (Ex 19,3)*

Meine Finger finden das Fläschchen Wasserstoffperoxid in der Innentasche des Trenchcoats, holen es heraus, schrauben es auf, halten es so weit wie möglich von meiner Nase weg und kippen den Inhalt langsam in den Wannenausguss. Es brutzelt leise im Rohr. Es zischt so gehässig, als ob ich einem haarigen Tierchen, das dort unten wohnt, gerade den Pelz gebleicht hätte. Kleine Bläschen steigen aus dem Abfluss, ihre rote Färbung ist schwach, aber erkennbar. Das musste geklärt werden.

Plötzlich platzt die Stille.

Schritte dringen ein, weit entfernt und trotzdem eindeutig: Kies knirscht. Ich gehe zum Fenster und schiebe vorsichtig zwei Aluminiumlamellen der Jalousie auseinander. Ein Schatten betritt gerade die Veranda und verschwindet aus meinem Blickfeld.

Die Türklingel läutet.

Eine Minute vergeht.

Die Türklingel läutet noch mal, diesmal länger.

Nichts passiert.

Dann höre ich, wie die Haustür geöffnet wird und sofort wieder ins Schloss fällt.

Ich ziehe meinen Revolver aus dem Halfter und lasse mich geräuschlos auf den Toilettensitz sinken. Unten verteilen sich die Schritte im Haus. Mein Besuch entscheidet sich offenbar ziemlich genau für die Route, die ich auch genommen habe: nach links ins Betonmöbelesszimmer, von dort aus ins Plastikmöbelwohnzimmer und durch den Wintergarten in die futuristische Küche mit ihren tausend Kupferpfannen und -töpfen, die unter der Decke hängen wie eine Horde rötlich schimmernden Getiers, das Trenk Benedict noch in der Bronzezeit erlegt haben muss. Ich höre, wie Schranktüren geöffnet und Schubladen herausgezogen werden. Wie eine schwere Tür, die ich übersehen haben muss, mit Knirschen aufschwingt.

Minutenlange Stille. Die trügerische Illusion des Alleinseins.

Dann sind die Schritte wieder da, knarzen in den ersten Stock hinauf, wandern durch das gläserne Arbeitszimmer, das karge Schlafzimmer aus Filz und die beiden in mattem Chrom und Plüsch möblierten Gästezimmer.

Ich erinnere mich aus heiterem Himmel an die NYPD-Observationsregel Nummer 8, sich nie in die Rolle des noch unentdeckten Beobachters zurückzuziehen, sich nie als den uneingeschränkt Überlegenen zu betrachten, auch wenn alles danach aussieht – sondern immer die Situation des Beobachteten mitzudenken. Sich selbst als Beobachteten einzukalkulieren. Was also, denke ich, wenn hier oben vorhin auch schon einer war und meine Hausdurchsuchung genauso mitgehört hat, wie ich jetzt das Hausdurchsuchen da unten mithöre? Was, wenn ich gar nicht der Beobachter, sondern der beobachtete Beobachter bin? Wohin hätte ich mich an Stelle meines eigenen Beobachters zurückgezogen? Wohin würde ich mich zurückziehen, wenn gleich die Schritte des Besuchers hoch kommen?

Mein Blick fällt auf die Duschkabine.

Der olivgrüne Plastikvorhang ist zugezogen, er reicht bis ganz unten. Man kann nicht sehen, was dahinter ist.

Ich stehe auf.

Meine Waffe schnellt in Schusshaltung.

Ich atme ein. Atme aus.

Ein.

Aus.

Mache einen Schritt auf die Duschkabine zu.

Die Global-Air-Tüten an meinen Füßen rascheln. Ich gehe schneller, die Smith & Wesson schwebt in meinem Gesichtsfeld auf den Vorhang zu, ein flügelloser Metallvogel, der augenblicklich auf Angriff geschaltet hat.

Meine linke Hand reißt das Plastik zur Seite.

Leer.

Ich taste nach der Tablettenschachtel in meiner Hosentasche, drücke mir die 11:00-Uhr-Pille in den Mund und würge sie trocken runter, merke, wie sie gegen ihren Willen von meiner Schluckmuskulatur langsam in Richtung Magen durchgereicht wird.

Dann höre ich, wie die Schritte kommen.

Sie lassen sich Zeit: zwei Sekunden für jede Stufe.

Die Treppe scheint sich ins Unendliche zu verlängern.

Ich sehe einen Mann, der Stufe für Stufe in den Himmel aufsteigt. Und sich darüber beschwert, dass er laufen muss. Dabei hieß es doch immer, man würde auffahren! Was mag er vorfinden, wenn er oben ankommt? Einen sichschlapplachenden Lebensveranstalter, der ihm einen billigen Pokal überreicht: Made in China.

Irgendwann sind die Schritte am Ziel.

Verharren für einen Moment.

Sie scheinen zu wissen, wo ich bin.

Dann setzen sie sich wieder in Bewegung. Sie klingen: entschlossen.

Ich steige in die Duschkabine und ziehe den Vorhang fast ganz zu, drücke meinen Kopf gegen die kalten Kacheln, atme flach, behalte das Badezimmer durch einen sehr schmalen Spalt zwischen Vorhang und Kabinenwand im Blick.

Die Gestalt betritt den Raum.

Eine Frau, stelle ich fest, im silbernen Parra. Andrea. Möglich, falls sie eine Stunde zu früh gekommen sein sollte. Ihr Blick huscht herum, bleibt genauso wenig an der geschlossenen Duschkabine hängen wie mein eigener vorhin, beruhigt sich. Die Frau geht zum Fenster, drückt zwei Lamellen der Aluminiumjalousie auseinander und sieht hinaus. So bleibt sie für eine Weile stehen.

Ich entscheide mich gegen einen Auftritt als Plastiktüten-Cop.

Die Frau geht unschlüssig zur Wanne und starrt hinein, als würde der tote Trenk dort immer noch in seinem Blut baden. Plötzlich zieht sie sich mit einer kräftigen Bewegung die Kopfbedeckung herunter.

Ich halte in meiner Duschkabine die Luft an, muss aufpassen, dass ich nicht das Gleichgewicht verliere und wie ein Slapstickschauspieler mit dem Vorhang ins Badezimmer krache, so sehr staune ich über Janes schweißnasses Gesicht, über die blonden Haare, die auf ihrer Stirn kleben, darüber, dass sie jetzt den Parra aufknöpft, abstreift, ihr T-Shirt auszieht, einen gewickelten Rock löst und nur noch mit Cowboystiefeln bekleidet zur Toilette geht, den Deckel hochklappt, sich hinsetzt.

Der Täter kehrt immer an den Tatort zurück, hätte Harry gesagt, die Täterin kehrt immer den Tatort.

Dann platzt der Urin in einem harten Strahl aus ihr heraus, schießt so konzentriert in die Kloschüssel, als käme er aus einer Kärcherdüse, hält für eine atemberaubende Dauer seinen Druck und wird dann nur langsam schwächer.

Jane hat die Augen geschlossen. Ich betrachte ihr entspanntes, verschwitztes, scheinbar schlafendes Gesicht und stelle mir vor, dass dieses Gesicht heute morgen exakt so ausgesehen hat, erhitzt von der frühen Sonne, mit verklebten Wimpern, wirrem Frisurnest, glücklich über das Abklingen abwegiger Träume, die gerade noch durch ihre Hirnrinde geflimmert sind, ab jetzt: Friede, Ende der Dunkelheit, Auftauchen in die irreale Realität von Gondwana. BLUBB!

Jane trocknet sich mit Klopapier den Schritt, steht auf

und drückt die Spülung. Sie geht zurück zur Badewanne, presst den Stöpsel in den Wannenabfluss und dreht das Wasser auf. In aller Ruhe betrachtet sie die übertrieben große Auswahl an Badezusätzen auf einem Regal neben dem Waschbecken, wählt eine schlanke Glasflasche und kippt einen Schwall giftgrünen Sirups ins rauschende Wasser. Dann setzt sie sich auf den Wannenrand, zieht ihre schweren Stiefel aus und testet mit einem nackten Fuß die Wassertemperatur. Langsam lässt sie sich in den aufsteigenden Schaum sinken.

Die halbe Stunde, die wir gemeinsam in Trenk Benedicts Badezimmer verbringen, kommt mir vor wie eine Woche zuckerwattesüßer Hades, wie Lukulls persönliche Folterspeisekammer, deren Versuchungen ich nicht nachgeben kann, weil mir die Hände gebunden sind. Ich kann mich nicht entscheiden, ob ich aus der Deckung kommen soll oder nicht, ich ahne, dass es dafür zu spät ist, ich würde sie liebend gerne zur Rede stellen, aber ich beherrsche mich und rede mir ein, dass mein Versteckbleiben mir irgendeinen Vorteil sichern könnte, den ich jetzt noch nicht kenne. Meine Spülhandschuhfinger kleben als fünfbeinige, gelbe Gummi-Geckos an den Kacheln. Meine außerirdischen Plastiktütenfüße drohen jederzeit den Geist aufzugeben. In meinem Kopf kochen die Wünsche über, und als Jane schließlich aus der Wanne steigt, vergisst, das Wasser abzulassen, sich anzieht, weg ist, sind Platon und ich uns sofort einig. Wir entblößen uns in rekordverdächtigem Tempo, steigen in das immer noch lauwarme Janebad, tauchen darin ab und bilden uns mit aller universal absorbierbaren Fantasie ein, sie sei nie gegangen.

*

Um 11:55 Uhr sitze ich frisch gebadet auf Trenks Hollywoodschaukel, starre in Richtung Kiesauffahrt und denke, dass ich nachdenken sollte. Jane hat sich Benedicts Namen gemerkt. Sie könnte seine Adresse recherchiert haben. Sie könnte sich vorgenommen haben, heimlich nachzuforschen, was ich hier mache. Eine spannende kleine Abwechslung im eintönigen Parradisitendasein. Langsam sickert ein Gefühl unendlicher Erleichterung in mich ein, denn ich verstehe: Jane hat sich durch ihren Überraschungsbesuch nicht verdächtig gemacht, sondern unverdächtig. Sie scheidet als Mörderin aus, als geheimnisvolle Abgesandte einer feministischen Revolutionsgarde, als grandiose Schauspielerin, die mich mit der Mär vom irren Vater in die Irre führen wollte. So unsicher, wie sie sich im Badezimmer umgesehen hat, war sie garantiert nie zuvor in diesem Raum. Und bei aller Bereitschaft, der menschlichen Gattung jeden halbgaren Wahnsinn zuzutrauen – eine Mörderin nimmt kein spontanes Entspannungsbad in einer Wanne, in der vor wenigen Tagen noch ein von ihr persönlich Verstümmelter saß. Jane hat nichts mit Trenk Benedicts Tod zu tun, genauso wenig wie Hanif, Chenpo und Francis. Der Unterschied ist, dass ich mich in ihrem Fall darüber freue. Der Nachteil ist, dass nur noch Kalender-Andrea als real existierende Spur übrig bleibt.

Ein Wagen nähert sich langsam auf dem knirschenden Kies. Als er zwischen den Büschen erscheint, kann ich nicht erkennen, wer am Steuer sitzt. Die Windschutzscheibe reflektiert die Sonne. Ein alter Lancia. Oberklassemodell.

Der Lancia stoppt am Rand des Rondells.

Ich greife nach Smith & Wesson, die sich neben mir auf der Hollywoodschaukel ausgeruht haben, lasse sie in die Trenchcoattasche gleiten und gehe langsam auf den Wagen zu. Gedämpfte italienische Schlagermusik dringt aus dem Lancia-Inneren und verstummt abrupt. Wenn Andrea jetzt flüchten will, habe ich sämtliche vier Reifen zerschossen, bevor sie auch nur wenden kann. Das war's dann wohl, Baby.

Die Fahrertür wird von innen geöffnet, ein Kopf schiebt sich heraus. Lange schwarze Haare. Eine hünenhafte Frau steigt aus, greift sich die Haare aus dem Gesicht und knotet sie weiter hinten mit einem Zopfgummi zusammen. Vorhang auf:

Die hünenhafte Frau ist in Wirklichkeit ein schmieriger Mann mit langen Haaren, dünnem Oberlippenbart, dicker Goldkette. Typ Zuhälter. Guckt mich kariert an. »Ich möchte zu Signore Benedict.«

»Hab ich mir schon gedacht. Und warum?«

»Naja ...« Der Zuhälter grinst, als wäre ich ein Vollidiot und er nicht. Walkt mit seinen riesigen Pranken die Luft. »Massage ...?«

»Massage ...?«, äffe ich ihn nach, »oder doch lieber sexuelle Abenteuer mit jungen Nutten unter gleichbleibendem Tarnnamen vermitteln?«

»Was?!« Dem Hünen quellen die Augen über. »Ich bin Masseur! Wer sind Sie überhaupt?«

»Erzähl mir keinen Scheiß. Trenk Benedict war für 12:00 Uhr mit Andrea verabredet. Und du bist ja wohl kaum Andrea.«

Die fleischige Gesichtslandschaft des Hünen befriedet sich augenblicklich. Er fängt an, laut zu lachen, schlendert lachend zum Kofferraum und winkt mir, ihm zu folgen. Ich folge ihm. Auf der Heckscheibe des Lancias klebt eine Werbebeschriftung:

Massagesalon Andrea Cardone – auch Hausbesuche! G.-C. 55721

Lachend öffnet der Hüne den Kofferraum und holt einen Korb voller unterschiedlicher Massageöle heraus. »Glauben Sie mir, es gab schon einige andere ältere Herren, die sehr überrascht waren, was für eine groß gewachsene Andrea da zum Massieren kommt!«

Ich schließe die Augen und versuche, meine Wut auf mich nicht überkochen zu lassen. »Pack den Scheiß wieder ein, groß gewachsene Andrea«, sage ich so ruhig wie möglich. »Und fahr mich zu meinem Wagen.«

Auf dem Beifahrersitz des Lancias schließe ich die Augen. Beinahe ist es schön, gar keine Spur mehr zu haben. Diese Klarheit. Diese Ruhe. Eine weite weiße Fläche. Der absolute detektivische Nullpunkt. Ein ermittlungstechnisches Nirwana.

*

»Irgendwo hier habe ich es …« Francis kramt in seiner Aktenmappe. »Da. Schau mal.« Er legt einen Ausdruck auf den Gartentisch. Oben rechts erkenne ich das Logo des Gondwana Airports, unten links einen sehr offiziell aussehenden Stempel.

»Was ist das?«

»Du hattest mich doch gebeten, mal nachzufragen, wann diese … naja, Bekannte von dir, wann die bei uns angekommen ist.« Francis schielt auf den Ausdruck. »Jane Marie Lund. Das war am letzten Immigration Day. Dienstag, der Siebzehnte. Der Flughafen und das Einwohneramt haben es offiziell bestätigt.« Jetzt merkt der Dicke was. »Ist die Frau etwa verdächtig, Platon?!«

»Hat sich erledigt.« Platon muss plötzlich an den Piloten der Celebration denken. Daran, wie der mich zum Abschied angelächelt hat. Wissend. Mit höhnisch blitzendem Goldzahn.

Grillenzirpen. Stumpfes Starren. Im Gebüsch knackt ein Ast. Ich drehe mich um. Lausche in die Dunkelheit. Aber da ist nichts.

»Du steckst fest.« Francis ist vermutlich der einzige Mensch, der Sätze mit vorwurfsvollem Inhalt wie eine schonungslose Selbstanklage klingen lassen kann. »Stimmt doch, oder?«

»Stimmt genau.«

Francis senkt den Blick. Mit so viel Zustimmung hat er nicht gerechnet. Jetzt greift eine seiner speckigen Hände nach dem Feuerzeug, zündet das Windlicht auf dem Gartentisch an und schenkt uns beiden noch einen großen Schluck kalten Fastentee aus der geblümten Karaffe nach.

»Und jetzt, Platon?«

Wieder knackt ein Ast.

Platon hebt eine Hand. »Pssssst.« Dann löse ich den Druckknopf von meinem Holster und berühre den kühlen Griff von Smith & Wesson.

Francis kriegt große Augen.

In der Dunkelheit scheinen die Geräusche auf der Insel lauter zu werden. Alles ist jetzt ganz genau zu hören.

DAS MEER RAUSCHT, DIE PALMEN RASCHELN IM WIND, EIN STAMM ÄCHZT.
ÄCHZ!
DA IST DOCH WAS ...
WO?
... IM BUSCH ...

HEY!
WER IST DA?!..

RASCHEL
SOFORT RAUSKOMMEN!
HIER SPRICHT DIE POLIZEI!

OH, DIE POLIZEI...MIR SCHLOTTERN SCHON DIE KNIE!
SCHLOTTER! SCHLOTTER!
ICH ZÄHL BIS DREI, DANN WIRD SCHARF GESCHOSSEN, DU POTTMOLCH! EINS,...
...ZWEI,...
DANN SOLLTEN SIE ABER AUCH IN DIE RICHTIGE RICHTUNG SCHIESSEN, POLIZEI!

SATAN...!

AHORN...!

GULP!
NA?
WISSEN SIE JETZT, WER TRENK BENEDICT UMGEBRACHT HAT, HERR DETECTIVE INSPECTOR?

PLATON! NICHT SCHIESSEN! ER IST MEIN FREUND!
DU... EIN SATANIST...?!

FWOOOSH

HANIF!
ERSCHROCKEN, AHORN?
WAS DACHTEN SIE DENN, WER ABENDS BEI FRANCIS ZU BESUCH KOMMT?
DRACULA?!

MEIN GOTT... JETZT DREHT ER VÖLLIG DURCH...
HAHA!

Ich wische mir den Schweiß von der Stirn, stecke Smith & Wesson zurück ins Holster und unterdrücke den dringenden Wunsch, diesem Hampelmann mit seinen zum Zopf gebundenen Schläfenlocken die Scheiße aus dem Leib zu prügeln.

»Etwas schreckhaft heute?«

»Fresse halten, sonst knallt's.«

»Antisemit und dann noch ordinär. Also: Wissen Sie jetzt endlich, wer Trenk Benedict umgebracht hat?«

»Nein!«

»Und was ist mit dieser Andrea?«

»Vergessen Sie's.«

»Warum das?«

»Andrea war Trenks Masseur.«

»Andrea ist ein Mann?«

»Wie man's nimmt. Zumindest ein Italiener.«

»Und hat mit dem Fall nichts zu tun?«

Ich winke ab.

Hanif zieht den schwarzen Umhang aus. Ich habe sofort wieder sein Gewürzregalaroma in der Nase. Er drapiert das Cape ordentlich gefaltet auf einem Stuhl, dreht sich um, sieht mich an. Für einen Moment stehen wir uns gegenüber wie zwei hypothetische Duellanten mitten in einem Kräutergarten.

»Noch jemand Fastentee?«, fragt Francis schüchtern.

Hanif nimmt umständlich Platz und betrachtet mich nachdenklich. »Sie stecken fest.«

Ich könnte dem Arsch in den Fuß schießen. Einfach so. Zum Spaß.

»Um ganz ehrlich zu sein, Detective Inspector Ahorn – wir fragen uns alle, warum wir immer noch nichts aus Lyon hören. Wir dachten immer, dieses Theaterstück hieße Warten auf Godot. Und nicht Warten auf Gaarder.«

»Sie sollten Komiker werden, Sie Komiker.« Ich lehne mich zurück und gönne mir 30 Sekunden Durchatmen. »José Gaarder ist der oberste Religionswächter dieser Welt. Er ist zuständig für die globale Achtung der World Rules. Seiner Autorität unterstehen 1,8 Milliarden Katholiken, 2,5 Milliarden Moslems, 1,7 Milliarden Evangelikale und rund 985 Millionen Juden – und Sie fragen sich, warum der Mann wenig Zeit hat? Glauben Sie etwa, seine Prioritäten besser einschätzen zu können als er selbst?«

Hanifs braunes Gesicht ist noch eine Spur brauner geworden. Vermutlich läuft er gerade rot an. »Verstehen Sie mich nicht falsch, Detective Inspector Ahorn, aber warum schickt Herr Gaarder uns ausgerechnet Sie? Einen ... zügellosen ... Atheisten, der keinen Hehl aus seiner plumpen Ungläubigkeit macht? Der permanent unsere Gefühle verletzt, indem er seine tiefe Verachtung für jede Form von Frömmigkeit offen zur Schau trägt?«

»Tja, warum bloß?« Ich spiele den nachdenklichen Bullen, dem plötzlich eine tolle Idee kommt: »Haben Sie mal darüber nachgedacht, Hanif, dass es vielleicht gerade bei Ermittlungen auf Gondwana, immerhin der Intensivstation für die weltweit schwersten Fälle von Aufklärungsbehinderung, taktisch und strategisch äußerst hilfreich sein kann, wenn man mit keiner der hier praktizierten Krankheiten infiziert ist? Und dass man sich trotz aller interkonfessionellen Liebesschwüre schnell in die Nesseln setzen dürfte, wenn man hier als Moslempolizist einen Judentäter verhaftet oder andersrum? Und dass es eventuell ein Geniestreich von Herrn Gaarder gewesen sein könnte, einen unverbesserlichen Ungläubigen in diese bekackte Bredouille zu entsenden und noch dazu einen, der seinen Posten handfesten beruflichen Erfolgen zu verdanken hat und nicht der schnellsten Arschkriecherei in den Hintern, der gerade am vielversprechendsten duftet? Jemanden, der sich nur für eine einzige Sache interessiert: Whodunit?«

Hanif schaut genervt in den Himmel. Der Himmel schweigt.

»Darf ich dich was fragen?« Francis will die Stimmung retten.

Ich nicke gönnerhaft.

»Wozu hast du das Zeug gebraucht?«

»Das Wasserstoffperoxid.«

»Ja, genau.«

»Als Indikator.«

»Für was?«

»Es reagiert auf Blut.«

»Auf Blut?«

»Auf Blut.«

»Was heißt das? Es reagiert?«

»Es schäumt.«

Francis schlürft einen Schluck Tee und bekleckert dabei sein Poloshirt. »Hanif hat doch alles sauber gemacht.«

»Wenn einer stundenlang in seiner Wanne ausläuft, trocknet im Abflussrohr einiges fest. Das löst sich auch nicht dadurch, dass man einen Tag später mal heißes Wasser aufdreht.«

»Und?«

»Ob es geschäumt hat?«

»Ja.«

»Es hat geschäumt.«

Stille.

Hanif wendet sich vom Himmel ab und sieht mich an. »Sie haben geglaubt, dass es gar keine Leiche gegeben hat?«

»Ich habe nie eine gesehen.«

»Und warum sollten wir, bitteschön, einen Mord melden, den es gar nicht gab? Noch dazu einen so … bestialischen?«

»Das wäre die Frage gewesen, wenn es nicht geschäumt hätte.«

Hanif schüttelt den Kopf. »Also, bestimmt nicht, um möglichst viel Zeit mit einer verlorenen Seele wie Ihnen zu verbringen, Ahorn.«

»Du hast uns doch nicht geglaubt«, sagt Francis leise.

»Ich bin die Polizei, Francis. Das solltest du lieber nicht vergessen, auch wenn wir hier wie ein schwules Rentnerterzett auf der Veranda von deinem Gartencottage hocken.«

»Aber du hast mir gestern Abend gesagt, dass du uns glaubst.«

»Ich habe dir gesagt: Ich glaube euch, dass ihr Trenk nicht umgebracht habt. Ich habe nicht gesagt: Ich glaube euch, dass Trenk umgebracht wurde.«

Francis verschluckt sich und fängt an zu husten. Ich klopfe ihm kräftig auf seinen fleischigen Rücken und habe das seltsame Gefühl, ein frigides Walross zu tätscheln, das Jeff Koons vor mehr als einem halben Jahrhundert mit zwei Flaschen Superhelium zu einer sprechenden Fettskulptur aufgeblasen hat.

Hanif nickt bedächtig. »Zumindest glauben Sie jetzt überhaupt irgendwas, Inspector. Das war bestimmt ein gewaltiger Schritt für Sie. Aber wenden wir uns doch zur Abwechslung mal den Fakten zu. Die ominöse Andrea scheidet aus. Die Präambelfall-Theorie ist vollkommen unbewiesen. Die

Spekulation über eine Gruppierung weiblicher Terroristen – nun ja, wenn ich das richtig sehe, können diese Frauen Gondwana unmöglich erreicht haben, oder? Falls es sie überhaupt gibt. Jedes Flugzeug, jedes Boot wäre vom Radar des Airports erfasst worden. Beim letzten Immigration Day kamen zwar drei neue Frauen zu uns, aber das war drei Tage nach dem Mord. Ich frage mich ernsthaft, wie Sie jetzt weiter vorgehen wollen, Ahorn. Für einen Mann, der angeblich alles kann, was man können muss, oder wie auch immer Ihr naives Selbstbeweihräucherungsmotto korrekt heißt, können Sie gerade ganz schön wenig vorweisen.«

Die Fledermäuse formieren sich am Himmel zu einem flatternden Knäuel, das für ein paar Sekunden wild herumwimmelt, um dann geräuschlos zu explodieren.

Das kann doch nicht wahr sein!

Für einen Moment habe ich das Gefühl, auf einem elektrischen Stuhl zu sitzen: die 19:00-Uhr-Pille. Vergessen. Schon wieder. Und ich habe nicht mal die Box dabei. Sie müsste noch auf dem Nachttisch liegen.

»Die Erkenntnis Ihres Misserfolges scheint Sie selber zu schockieren. Absolut verständlich.«

»Ich … kann …«

»Ja, ja, das wissen wir schon.«

Okay, ganz ruhig. Von Muskelschmerzen keine Spur. Nicht ein einziger Krampf. Ich fühle mich fantastisch, sagt Platon. Wirklich fantastisch. Nur mit einem Glas Southern on the Rocks könnte es noch besser sein. Was soll also dieser ganze Scheiß mit den Zeiten, die um jeden Preis eingehalten werden müssen? Das ist doch nichts als die ewige Übervorsicht von Leuten, die im unwahrscheinlichsten Fall der Fälle ihren Arsch retten wollen!

»Wenn Sie so ein Alleskönner sind, dann sehen Sie zu, dass Herr Gaarder endlich erscheint.«

Ich zögere kurz. Dann ist mir eine Antwort wichtiger als der schwächliche Eindruck, den meine Frage hinterlassen könnte.

»Kennt ihr Leute, die keine Denguefieber-Prophylaxe genommen haben und krank geworden sind?«

Francis kratzt sich an den Hängebacken und überlegt. »Ich kann mich nur an Besucher erinnern, die das Zeug einfach irgendwann eigenmächtig abgesetzt haben.«

»Und?«

»Haben Sie etwa Angst, Ahorn?« Hanif jetzt süffisant. »Das passt gar nicht zu einem Revolverhelden wie Ihnen.«

»Ich muss hier einen haarigen Job erledigen und bin darauf angewiesen, körperlich hundertprozentig fit zu sein. Also?«

»Wie schon gesagt. Schwindelattacken, Übelkeit. In seltenen Fällen Halluzinationen. Nichts Tödliches.«

»Okay. Zurück zum Wesentlichen.«

»Ach, Sie sagen uns endlich, wann Herr Gaarder kommt?«

»Für euch wiederhole ich mich immer wieder gerne: Es geht nach wie vor um's Motiv. Ein Mann wurde kastriert. Das ist nicht nur eine Tat, das ist vor allem ein Symbol.«

Francis betrachtet seine Finger. Zwei Würstchenteams, die miteinander Fangen spielen.

»Deshalb gibt es zwei grundsätzliche Möglichkeiten. Er wurde wegen seines Jobs erledigt. Oder aus privaten Gründen. Und zwar wegen etwas, das er persönlich getan oder gerade nicht getan hat.«

Francis trennt die beiden Würstchenmannschaften voneinander. »Wer einen unschuldigen Menschen auf diese Weise umbringt, Platon, der ist wahnsinnig. Krank. Dieser Mörder wollte morden, der brauchte kein Motiv. Deshalb findest du ihn auch nicht.«

»Lange Jahre Polizeidienst sagen mir, dass du ziemlich schief liegst. Serienmörder, die aus Spaß an der Freude irgendwelche Todsünden zitieren, gibt es nur im Kino. Wer im echten Leben einen Mord als Symbol benutzt, hat sich das gut überlegt. Ist Kastration nicht irgendeine biblische Strafe?«

Hanif wird wieder pampig. »Unsere Götter sind voller Liebe.«

»Ja klar, sie lieben. Mord, Totschlag, Leid aller Art. Hauptsache grausam. Das stimmt.« Ich trinke meinen Fastentee aus und stelle die leere Tasse auf den Tisch. »Ihr solltet ganz dringend damit anfangen, euch von eurer Verrückter-Mörder-Theorie zu verabschieden und diese Scheiße hier als das betrachten, was sie ist: ein gezielter Angriff auf euer patriarchalisches Larifari-Luxusleben.«

Beide Würstchenteams greifen jetzt gemeinsam ins Francis-Gesicht, kneten es wie einen Teig, walken es mit aller Kraft durch, aber Nase, Lippen, Augen verschwinden nicht in der blassen Hautmasse, sondern bleiben grobschlächtige Zutaten im zähen Brei dieser fetten Fresse. Mein Blick wendet sich ab, wandert durch die Dunkelheit des Gartens, hat schon wieder irgendetwas entdeckt. Eine minimale Bewegung wahrgenommen, von der jetzt nichts mehr zu sehen ist.

Ich stehe auf. »Kann man als gläubiger Mensch morden?«

Francis stoppt seinen Knetvorgang.

Hanif braucht ein paar Sekunden. »Ist das ernst gemeint? Natürlich nicht!«

»Jede Form der Gewalt ist vor jedem Gott Sünde!« Der Dicke klingt pathetisch-pastoral. »Glauben ist das Streben nach vollendeter Nächstenliebe.«

»Dann lassen wir Inquisitionsfolter, Hexenverbrennungen, Kreuzzüge, Missionierungen und andere katholische Mega-Genozide mal weg und nehmen diese Behauptung ganz kurz ganz ernst. Wir suchen also einen Inselbewohner, der in jüngerer Vergangenheit seinen Glauben verloren hat. Vielleicht unter dem Eindruck von Drogen oder Depressionen oder Erkenntnissen oder allem zusammen oder was auch immer. Auf jeden Fall jemanden, der sein Absolutionsabo beim lieben Schrott gekündigt hat und jetzt für den Teufel tätig ist. Im Außendienst. Abteilung Abtrennung.«

Hanif und Francis spielen Anstarren.

»Habt ihr darüber schon mal nachgedacht?«

»Nein.«

»Fällt euch wer ein?«

»Nein.«

Pause.

Hanif sackt immer weiter in sich zusammen. Von seiner Satanhaftigkeit ist nicht mehr viel übrig. Er fummelt nervös am obersten Hemdknopf herum. »Vermutlich fällt es uns sehr schwer, einen Glaubensverlust auf Gondwana tatsächlich für möglich zu halten. Einerseits muss ich einräumen, dass Ihnen da ein einigermaßen logischer Gedanke gelungen ist. Andererseits ist es absurd anzunehmen, dass so etwas tatsächlich passieren könnte. Deshalb haben wir wohl bislang nicht selbst daran gedacht … Verstehen Sie mich?«

»Platon Ahorn wird Sie nie verstehen, Freundchen, auch wenn Sie ihn tausend Jahre in Hanif-Kunde unterrichten.« Ich verlasse die Veranda in Richtung Strand. »Denkt darüber nach, wer euch einfällt! Aber ein bisschen pronto!«

*

Ein unvorhersehbares Funkeln verteilt sich über den ganzen Pazifik. Darüber hängt das konstante Leuchten hunderter stecknadelkopfgroßer Sterne. Ein weltumspannendes Sargtuch, in das jemand immer wieder voller Wut hineingestochen hat, ohne es zerstören zu können. Meine Existenz ist nichts als eine gigantische Finsternis, stelle ich fest, in die ein paar längst verstorbene Lichter stürzen. Es fällt mir schwer zu glauben, dass ich erst vorgestern in einer fliegenden Kapsel durch diese sternenklare Leere hierher gesaust bin. Es fällt mir noch schwerer zu glauben, dass irgendwo da draußen, Hunderte Kilometer entfernt, gigantische Landmassen im Wasser liegen, auf denen in diesem Moment Milliarden organgefüllter Hautbeutel atmen, essen, schlafen, verdauen, glücklich und unglücklich sind, geboren und gestorben werden, genau das Gleiche denken wie ich und darüber lächeln, dass jemand irgendwo genau das Gleiche denken könnte wie sie. Ich lächle.

Mein Handy brummt. Ich ignoriere es. Keine Lust auf Fragen nach Präambelfällen oder Sündenfällen oder Niagarafällen.

Der Sand unter meinen nackten Füßen ist kühl. Ich setze mich hin und lasse die dunkle Wucht des Wassers auf mich zurauschen, von mir wegrauschen, ich genieße die Einsamkeit, die Abwesenheit von Hanif, die Abwesenheit von allen Dingen, außer exakt denen, die mich jetzt gerade umgeben. Ich kann alles wunderbar finden, was wunderbar gefunden werden muss.

Schleifende Geräusche links.

Ein kleiner Berg kriecht zwanzig Meter entfernt durch die Nacht. Sein Miniaturkopf hebt sich schwarz vom blauen Nachthimmel ab. Der Berg schiebt sich Stück für Stück voran. Dann wird klar, wohin er will: Ein zweiter Berg wartet. Uuuh! Uuuh! Die Berge treffen sich, der erste schiebt sich auf den zweiten. Stures Verharren. UUUH! UUUH! Das immer gleiche Programm. Der immer gleiche Mechanismus. Die verrückten Schildkröten machen Lärm wie BSE-Rinder. Sie brüllen ihren Trieb größenwahnsinnig und bassbetont in die Nacht. Sie verkünden der Welt selbstberauscht, dass ihre genetische Fernsteuerung einwandfrei funktioniert. Egal, wie weitläufig die Strände sind und wie düster die Nächte. Man sieht sich.

Ich lächle immer noch. Selig.

Das kommt mir zwar total behämmert vor, aber gleichzeitig auch unglaublich passend. Ich muss mir eingestehen, dass diese Reptilien eine milde Melancholie in mir heraufbeschwören, gegen die kein Kraut gewachsen ist. Die Viecher haben mit ihrem banalen Gegrunze einen gut versteckten Knopf in meinem Kopf gefunden und ihn kräftig gedrückt. Jetzt strömen die Erkenntnisse ein, und ich merke, dass Platon sich aufrichtig darüber freut.

Er hört den Tieren zu, lässt sich nach hinten kippen, drückt seine Wange in den kühlen Sand und weiß, wenn ich mal schonungslos ehrlich zu mir selbst sein will, ganz genau, dass ich nicht von lauter erfolgreichen Zufallsprodukten umgeben bin, sondern von unzähligen großen und kleinen, simplen und grandiosen, überraschenden und wahnwitzigen: Ideen. Von einzigartigen Einfällen, die liebevoll-exakt aufeinander abgestimmt wurden und nun perfekt zusammenwirken, von einer Überfülle fantastisch-kreativer Lebensmöglichkeiten, die sich untereinander als Arten bekämpfen müssen, um das Immerweiterfortbestehen aller zu gewährleisten. Ich weiß genau, dass ein *von oben nach unten* als dominantes Prinzip bewusst gesetzt wurde, ein durchschaubares *Ernähren und Ernährtwerden*, *Masse versus Einzelne*. Ich verstehe das alles, als hätte ich es gerade selber losgetreten. Als wäre ich nach Tagen der Arbeit vor wenigen Minuten mit diesem Meisterwerk fertig geworden. Es ist *in* mir.

Ich glaube alles, was geglaubt werden muss.

Ich sehe das Konzept, das hinter der Weltbühne steht, elektronenmikroskopisch genau. Ich sehe die intelligente Struktur für ewig vorhandene Vielfalt, die brillant austarierten Gefüge, die sämtliches Uralte immer wieder brandneu in Gang zu bringen gezwungen sind. Die Millionen bereits entdeckte Wunder zu bieten haben und wer weiß schon wie viele unentdeckte. Und die nur mit einem einzigen Wort in ihrer unermesslichen Monstrosität erfasst werden können: Schöpfung.

IV

Ich bin im Himmel. Der Himmel ist oben in künstlich leuchtendem Babyblau gehalten, das nach unten heller wird, fast weiß. Das Weiß geht in eine bucklige Wolkenlandschaft über, die sich bis zum Horizont aufbläht. Ich stelle fest: Der Himmel sieht aus, wie ich ihn mir immer gedacht habe. Ich stelle fest: Der Himmel ist auch genauso, wie ich ihn mir immer gedacht habe. Ganz hübsch, aber stinklangweilig.

Ein Glück, dass ich mich gerade im freien Fall befinde. Auf dem besten Weg bin, diese beschissene Einöde für immer zu verlassen. Dass ich mit dem Hintern voran in die Tiefe rausche, genau in diesem Moment in die Wolkendecke einschlage, eine Sekunde lang tatsächlich glaube, in ein Glas heiße Honigmilch gefallen zu sein, so grellweiß-warm wird plötzlich die ganze Geschichte, aber die Milch-und-Honig-Theorie ist unhaltbar: Meine Beine strampeln ins Leere, blendendes Licht trifft sein Ziel, mein Kopf ist eine depressive, hochschwangere Seekuh, die gerade von einer üppigen Betäubungsgewehrsalve getroffen wurde. Platon, denkt es in diesem Kopf, du halluzinierst so einen Stuss, demnach wird es Zeit, dass du endlich SIEHST, was Sache ist. Nimm alle Kraft zusammen, stemm dich gegen die schaufelradbaggerschwere Müdigkeit und sichere dir den heutigen Weltmeistertitel im Augensynchronöffnen: kardinalsroter Teppich, antike Möbel, Francis' Gästezimmer. Sicherheit, Schweiß, Sonne, Südstaatenatmosphäre, Siegesgewissheit. Ein typischer S-Morgen. Der Handy-Wecker springt an und klingelt erbarmungslos. Ich würge das Ding genauso erbarmungslos ab.

Eine neue Nachricht. *Ahorn! Was ist da los? Sind Sie in Ordnung? G.*

Mir fällt was ein.

Ich hole den Schlüssel vom Schrank, schließe den Koffer auf, krame die Protokollmappe aus dem Koffer und sehe: kein Haar mehr zu finden. Da war also eindeutig irgendjemand dran. Ich öffne den doppelten Boden und nehme den Bericht heraus. Das Haar klemmt noch zwischen den Seiten. Sämtliche Munition ist noch vorhanden. Die alten Tricks sind die besten.

Als ich die Treppe runterkomme, sitzt Jane in einem weißen Kleid auf dem Sofa, bemerkt mich gar nicht, sondern liest mit dem gleichen Konzentrationsgesicht, das sie beim Pinkeln aufsetzt, in einer *Better Times*. Ich bleibe stehen und kann nicht wegsehen. Ich denke nach und komme trotzdem nicht darauf, was sie hier macht. Ich zwinkere. Mehrmals. Sie besteht auf ihrer Anwesenheit. Ich verharre, und irgendwann entdeckt sie mich.

»Überraschung.« Jane grinst.

»Geglückt.« Ich gehe die letzten Treppenstufen runter.

»Picknick?«

Ich muss lachen. »Gut. Picknick.«

»Schön. Francis meinte, für mich hättest du bestimmt Zeit.«

»Wenn Francis das sagt.«

»Es gibt übrigens nur einen Francis auf Gondwana. Falls du dich fragst, wie ich dich gefunden habe.«

»Ich frage mich momentan ganz andere Dinge.«

»Aha. Kannst du reiten?«

»Klar«, sage ich, obwohl mein letzter Ausflug auf einem Pferd sehr lange zurückliegt. »Ich reite wie der Teufel.«

Jane steht auf, faltet die Zeitung zusammen, sieht mich mit dem gleichen Konzentrationsgesicht an, das sie beim Pinkeln und beim Zeitungslesen aufsetzt und sagt: »Platon Ahorn, ich will, dass du Folgendes weißt: Normalerweise erzähle ich fremden Männern nicht beim zweiten Treffen meine Familiengeschichte, normalerweise lade ich fremde Männer nicht spontan zum Picknick ein und normalerweise frage ich auch nicht, ob fremde Männer reiten können.«

»Bin ich dir so fremd?«

»Überhaupt nicht. Und genau das macht mich misstrauisch, wenn du es unbedingt wissen willst.«

»Und obwohl dich das misstrauisch macht, lädst du mich spontan zum Picknick ein und fragst auch noch, ob ich reite.«

»So sieht's aus.«

»Worauf reite ich?«

»Worauf möchtest du reiten?«

»Worauf darf ich reiten?«

»Worauf du willst.«

»Meine Antwort steht.«

»Ich höre.«

»Auf der schönsten Reitmöglichkeit der Insel.«

»War klar.« Jane steht auf und schlendert lässig zur offenen Terrassentür: »Voilà.«

Ich gehe mit ihr in den Garten und sehe zwei prächtigen Schimmeln in ihre vier treu-braunen Augen. Die beiden sind an einer Palme festgebunden und versuchen vergeblich, sich Francis' kurzgemähten Spießerrasen einzuverleiben. Ich gehe zu ihnen und berühre das warme, glatte Fell, spüre die kräftigen Muskeln, die darunter zucken.

Jane strahlt mich an, als hätte sie gerade eine Woche Parraverbot gewonnen. »Ich war sicher, dass ich richtig rate.«

»Noch ein Gondwana-Vorteil«, sage ich, »der inseleigene Pferdeverleih.«

»Am Ende willst du gar nicht mehr weg.«

»Wenn eine Stute überzeugt, ist alles möglich.«

»Wenn ein Hengst überzeugt, auch.«

Die Pferde schnauben.

Jane wickelt sich in ihre silberne Verhüllung, zieht die Schleier-Kapuzen-Kombination über den Kopf und zupft sie gerade. Ku-Klux-Klan auf Tropenurlaub. Ihre blauen Augen leuchten in der engen Aussparung, auf die der Spacestoff ihre Schönheit reduziert. Sie löst die Zügel vom Palmenstamm, stellt einen Stiefel in den Steigbügel des rechten Schimmels und schwingt sich formvollendet in den Sattel. Dann zückt sie eine kleine Videokamera, schaltet das Ding ein und nimmt mich ins Visier.

»Sind private Kameras hier nicht illegal?«

»Sogar das Illegalste überhaupt. Deshalb hab ich sie auch nicht bei der Verwaltung gemeldet, sondern einfach eingeschmuggelt. Und zur Belohnung kann ich jetzt ein paar hübsche Aufnahmen von dir machen.«

»Muss das sein?«

»Klar. Das soll schließlich ein Ausflug für die Ewigkeit werden.«

»Solange er nicht ewig dauert …« Ich versuche, genauso elegant aufzusteigen, und ernte Szenenapplaus.

»Respekt, Monsieur Ahorn!« Jane rammt ihrem Pferd die Stiefelabsätze kräftig in die Flanken. »On y va!« Weg ist sie.

Die halbe Tonne Tier, auf der ich throne, macht einen Satz nach vorn und galoppiert hinterher.

Meine Hände, meine Beine, mein Gleichgewichtszentrum wissen überraschend gut, wie viel Zug auf welchem Zügel was bewirkt, wie viel Schenkeldruck was zur Folge hat. Intuitiv kann ich Tempo und Richtung beeinflussen. Meine Reflexe funktionieren wie geschmiert und halten mich so sicher im Sattel, als säße ich angeschnallt in meinem Fernsehsessel. Keine bewussten Entscheidungen, keine Unsicherheit, keine Angst, und das, obwohl ich mich nicht erinnern kann, jemals zuvor auf einem dermaßen hyperaktiven Gaul über einen Traumstrand geflitzt zu sein. Irgendjemand reitet in der Tat wie der Teufel, und anscheinend muss es Platon Ahorn sein, da in meinem Sattel sonst niemand sitzt. Ich überlasse mich voll und ganz Platons vierschrötigem Polizistenkörpergefühl und rausche berauscht am rauschenden Meer entlang, werde mutiger, stelle mich in die Steigbügel, die Luft weht unter mein flatterndes weißes Hemd, ich spüre Janes blauäugigen Blick auf meiner muskulösen Brust, auf meinem angespannten Bauch, auf meinen kräftigen, behaarten Unterarmen, ich bin längst eins geworden mit dem fliehenden Pferd, das mich trägt, ein schwitzendes Tier reitet ein schwitzendes Tier, ich kann die Ausdünstungen des hart arbeitenden Leibes unter mir riechen, der nichts anderes im Sinn hat, als seine Pflicht zu erfüllen, der sich für jemanden abrackert, den er vor einer Viertelstunde noch gar nicht kannte. Schimmel und ich sind längst ein eingeschworenes Testosteronteam, wir werden in Janes strahlenden Augen gerade zum archaischen Sexsymbol für sämtliche Jäger, die sich in grauer Vorzeit auf ihr Pferdefleisch geschwungen haben, um im Galopp der täglichen Nahrungsbeschaffung nachzugehen, sie filmt unseren wilden Ritt mit wackelnder Kamera, streckt jetzt einen Arm nach mir aus und wir düsen Hand in Hand weiter, Kilometer um Kilometer, peitschen unsere Gäule auf synchrones Vollgas, mein rechtes und ihr linkes Bein berühren sich, dann stößt sie sich plötzlich wieder ab und zieht das Tempo noch einmal an, kann eine allerletzte Powerstufe an ihrer Stute zünden, hängt mich mit flatterndem Parra ab wie einen greisen Beduinen auf Kiff, der siebzehn Kilo Datteln im Rucksack hat und am Ende seiner Säfte angekommen ist. Vielleicht hat sie sich ein Rennpferd ausgeliehen. Vielleicht ist sie Olympiasiegerin im Davonreiten. Vermutlich wiegen meine Eier einfach zu viel.

Ein paar Kilometer weiter wartet sie auf mich. Lächelt das Lächeln einer Siegerin, deren Sieg nie in Gefahr war. Als ich näher komme, wirft sie mir eine Kusshand zu und streckt mir die Zunge raus.

»Wann sind wir da?«

»Jetzt.« Jane schwingt sich vom Pferd, streift die Kapuze ab und schüttelt ihre Haare wie ein nasser Hund. »Hier kommt kein Schwanz vorbei, der mich anzeigen könnte. Und Kameras gibt es garantiert auch keine.«

»Außer deiner.«

»Außer meiner.«

Ich sehe mich um: die einsamste Bucht der Welt. In dem feinen weißen Sand liegen kleine Steine, die das Salzwasser im Laufe der Jahrtausende geduldig rund gelutscht hat. Die grüne Wand hinter uns wächst dreißig Meter in die Höhe und wird am oberen Ende von einem prächtigen Felskragen gesäumt. Mitten im Dschungel die Ruine einer verlassenen

Villa. Das flache, wellenlose Meer leuchtet im hellen Türkis von Chenpos Pool. Man kann Schwärme von schwarzen Miniaturfischen sehen, die durchs Wasser zucken, ohne Anlass die Richtung ändern, ziellos, und vermutlich gerade deshalb glücklich. Die Küste ist in beide Richtungen einsehbar. Nur unsere Bucht zieht sich ein Stück ins Landesinnere zurück, macht einen Buckel, bietet Schutz. Kein Segelboot, kein Mensch, keine Schildkröte, kein Gürteltier. Kein unbemerktes Entkommen. Jane hat mich an den perfekten Strand gebracht. Perfekt, um ungestört zu lieben. Perfekt, um ungestört zu töten.

»Perfekt, um ungestört etwas maximal Verbotenes zu tun«, sagt Jane und zieht eine Plastiktüte aus ihrer Satteltasche, die am oberen Ende bombenfest mit Paketband verschnürt ist. Sie macht sich nicht die Mühe, den Knoten zu lösen, stattdessen reißt sie die Tüte einfach auf und hält sie mir stolz hin: Inmitten halb geschmolzener Eiswürfel liegt eine Flasche Real Southern Comfort.

»Heirate mich«, sage ich.

Jane lacht und zaubert zwei Gläser hervor. »Damit ich mein Leben lang Schnaps für dich besorgen darf. Nein, danke!« Sie fischt eine Handvoll Eiswürfel aus der Tüte, lässt sie in die Gläser klirren, der Whiskey gluckert hinterher wie in meiner Fantasie, die Eiswürfel knacken wie in meiner Fantasie, Jane zieht den Rest ihrer Ganzkörperverhüllung samt ihrem weißen Kleid aus wie in meiner Fantasie. Unter dem Kleid trägt sie einen knappen weißen Bikini. Jetzt reicht sie mir ein gut gefülltes Glas, nimmt den Camcorder in die frei gewordene Hand, zwinkert und sagt mit dem verheißungsvollsten Gesichtsausdruck seit der Erfindung des Gesichtsausdrucks: »Du reitest wie der Teufel, Platon Ahorn.«

»Und du hast ein höllisches Tempo drauf.«

»Santé!«

»A la vôtre!«

Wir stoßen an und trinken beide auf ex. Ich liebe diesen Geschmack. Jane nicht. Sie überspielt ihre offensichtliche Abneigung gegen harten Alkohol, indem sie unsere Gläser sofort wieder auffüllt. Dann platziert sie den Camcorder auf einem Felsen und breitet eine karierte Picknickdecke aus. Ich nutze die vier unbeobachteten Sekunden und gieße meinen zweiten Whiskey in den Sand.

Jane ist wieder da und zieht die Augenbrauen hoch, als ich mein leeres Glas präsentiere. Sie ist tapfer genug, nicht in Rückstand geraten zu wollen, und kippt ihren zweiten Southern auf ex. Versucht, den aufsteigenden Würgereiz hinter einem gekünstelten Niesen zu verstecken. Greift sich die Pulle und schenkt uns beiden nach.

Ich nippe.

Sie nippt.

Die Pferde sehen uns mitleidig an.

»Hunger?«

»Immer.«

Mit fahrigen Fingern verteilt Jane Pfirsiche, Avocados, Baguette, Käse und Tofusalami auf zwei Holzbretter. Sie ist zu beschäftigt, um zu merken, dass ich meinen dritten Whiskey ebenfalls wegkippe.

Als sie sich aufrichtet, gieße ich mir gerade Nummer vier ein.

»Los, runter damit.« Ich deute auf ihr Glas. »Oder schwächelst du schon?«

Jane staunt.

Jane trinkt.

Jane schwankt.

Jane schwitzt.

Ich gieße nach.

Jane entschuldigt sich mit schwächlicher Stimme in Richtung »Toilette«, kraxelt einen Felsen hoch und bleibt für eine Viertelstunde verschwunden. Ich frage mich, ob sie das Kotzen eingeplant hat, schneide eine der Avocados auf und esse sie mit mehreren Scheiben Baguette, dazu zwei Pfirsiche, dann noch ein bisschen Käse. Als sie zurückkommt, wirkt ihr Gesicht grünlich. Das vierte Glas Whiskey kann ich beiläufig neben mich gießen, es fällt ihr nicht mehr auf. Sie hätte sich auch einen Weggießtrick einfallen lassen sollen. Ein Plan ist immer nur so gut wie seine absolut detaillierte Ausführung. Das fünfte Glas trinkt sie alleine und bemerkt es gar nicht.

»Plaaaahatoon«, ruft Jane, fällt in den Sand und rafft sich mühsam wieder auf, »Plaaaahatoon!«

»Das ist mein Name, Schätzchen«, sage ich und gieße ihr noch einen Doppelten ein. »Durst?«

»Duhuhu...«

»Ich weiß genau, was das hier werden sollte: Ahorn abfüllen und ausquetschen. Und jetzt erzähl mir keinen Scheiß.«

Jane kichert albern.

»Aber irgendwie hast du deine Trinkfestigkeit ziemlich falsch eingeschätzt. Blöd gelaufen.«

Jane klopft sich vor Lachen auf die Schenkel. Jetzt wird sie schlagartig ernst und trinkt noch einen großen Schluck. Dann fängt sie wieder an, lauthals zu lachen. Vollkommen außer Kontrolle, das Weib.

»Du kommst noch an den Suff, wenn du so weitermachst.«

»An den Suff, jawoll!«

»Wäre aber nicht so praktisch auf Gondwana.«

Sie sieht mich mit großen Augen an.

»Es mangelt hier an gut sortierten Schnapsläden.«

»So isses!«

»Wer hat dich beauftragt, mich abzufüllen und auszuhorchen?«

»Beauftragt ...?!«

»Beauftragt.«

»Ha!«

»Wer hat dir gesagt, was du tun sollst?«

Jane ist tödlich beleidigt. »Daswarganzalleinemeine...«

»Idee?«

»Idee!« Der Stolz kehrt augenblicklich in ihre durcheinander geratene Mimik zurück. »Meineidee!«

»Okay, das mit dem Abfüllen war deine Idee. Aber wer hat dich beauftragt, mich auszuhorchen?«

»Pfffffffffffff ...«

»Jane. Wer.«

»Pfffffffffffff ...«

»Sag es mir.«

»Baden-Baden! Ba ...«

»Erst sagst du es mir.«

»Religion war ... immer schon ... mehr Tumor als Humor ...«

»Richtig. Und jetzt beantworte meine Frage, dann baden wir.«

»Mein lieber Herr ... Gesangverein ... bist du ruppig ...«

Ich merke, dass der liebe Herr Gesangverein ihr am liebsten eine reinhauen würde, aber das kann ich seltsamerweise nicht. Stattdessen stolpert sie in meine Arme und schmiegt den Kopf an meine Brust. Ich rieche den Duft ihrer Haare. Blonde Strähnen wehen mir ins Gesicht und kitzeln überall. Ich drücke sie fest an mich. Sie hält sich mit beiden Armen an meiner Hüfte fest. Wir sitzen ein paar Minuten still und unbequem. Wir umklammern uns, als wüssten wir, dass dieser Planet, auf den uns irgendein Zufall gekegelt hat, in der nächsten Minute auseinanderbricht. Als hätten wir den waghalsigen Plan, einander auch beim Planetenauseinanderbrechen nicht loszulassen, unter keinen Umständen. Eher gemeinsam ins All zu fallen, ein ineinander verkrampfter Zwilling, der Richtung Unendlichkeit treibt, Andreas Jähn hinterher, bis dass der Tod uns endgültig vereint.

Jane schnauft. Jane rülpst.

Ich stecke meine Nase in ihre Mähne. Ich habe das Gefühl, diesen Geruch besser zu kennen als jeden anderen Geruch auf der Welt. Oder: Ich habe diesen Geruch einfach nur mein Leben lang vermisst. Irgendwann macht sie sich los, will aufstehen, fällt wieder hin.

»Baden?«, frage ich.

»Baden«, flüstert sie und kriecht Richtung Meer.

Ich hebe sie auf, Jane verknotet ihre Hände hinter meinem Hals, presst ihren Kopf an mich, stöhnt. Ich trage sie in den Pazifik, als wäre sie eine bewegungsunfähige Schwangere auf dem Weg zur Wassergeburt. Ich halte sie so fest ich kann, spüre ihren Atem an meiner Wange, ich höre nicht auf, an ihr zu riechen. Whiskey, Sonnenmilch, Jane-Aroma. Sie schwimmt in meinen Armen. Ein wunderschönes, seliges Paket. Gedanken, die ich nicht erraten kann. Das Meer ist angenehm kühl, die Sonne brennt.

»Warum warst du bei Trenk Benedict?«

Jane öffnet die Augen, sieht mich an, schließt die Augen.

»Hast du mich verstanden?«
»Verstanden. Rülps!«
»Dann sag, warum!«
»Warum!«
»Warum du bei Trenk zu Hause warst!«
»Warum fragst du so viel, Plahaaaaton ...«
»Warum antwortest du nicht, Jahaaaaane?«
»Ach ... leck mich doch, du Nachgeburt ...«

Ich ziehe meine Arme weg und Jane sackt ins Meer, strampelt, reißt die Augen auf, ich packe sie und ziehe sie wieder hoch. Sie hustet, würgt, will sich aus meiner Umarmung lösen, aber ich lasse sie nicht. Der Kampf dauert eine halbe Minute, dann beruhigt sie sich wieder. Die dunkelblonden Haare kleben ihr am Kopf, Wasserperlen auf Stirn und Nase. Sie blinzelt mich an. Sie hält still. Sie öffnet den Mund: »Küss mich!«

»Wenn du meine Fragen beantwortest.«
»Küss mich!«
»Sag mal, hast du was in den Ohren?«
»Wasser.«
»Was ist mit Trenk Benedict?«
»Wassoll mit dem sein ...«
»Jane. Sag mir, was du weißt.«
»Wassichweiß? Das ganze Leben ist Lernen.« Sie lacht.
»Korrekt. Weiter.«
»Was hat ... Jesus unter seinen ... Fußballschuhen?«
»Häh?«
»Na, Christstollen ...«
»Sehr witzig. Jane – was weißt du noch?!«
»Le bœuf: der Ochs. La vache: die Kuh. Fermez la porte: die Tür mach zu!«

»Na, vielen Dank.«

»Gern geschehen.«

Ich fluche lautstark. Platon, du dämlicher Vollidiot, ein Glas Southern hätte vollkommen ausgereicht, um die Kleine abzufüllen! Das Mädchen hat noch nie in seinem Leben echten Stoff getrunken und jetzt gleich ne halbe Flasche, die ist wahrscheinlich kurz vor ner Alkoholvergiftung! Da kommt doch die nächsten 24 Stunden kein sinnvoller Satz mehr raus!

»Ich kenn den ja gar nicht …«

»Wen?«

Jane schmiegt sich an mich. »Diesen … Trink …«

»Trenk.«

»Ja, den.«

»Ach, und warum warst du dann gestern in seinem Haus?«

»Seinem Haus«, singt Jane, »erst rein, dann raus …«

»Du warst in seinem Haus. Wenn du ihn nicht kennst, was hattest du dann dort zu suchen? Woher kanntest du die Adresse?«

»Telefon …«

»Telefonbuch?«

»Mmmm.«

»Und warum warst du da?«

»Neu…«

»Neu?«

»Gierig!«

»Neugierig?« Ich schüttele Jane ein bisschen hin und her, ihre Augen klappen auf wie bei einer Puppe. »Hey! Sprich mit mir!«

LE BŒUF: DER OCHS.
LA VACHE...

Ich lasse Jane ein zweites Mal absaufen, wieder zappelt sie wie wild, wieder will sie weg von mir, wieder lasse ich sie nicht. Diesmal scheint die Mischung aus Schreck und kaltem Wasser geholfen zu haben. Sie schüttelt sich und sieht für einen Moment aus, als würde sie gleich noch mal kotzen.

»Also? Ich höre.«

»Uaaaaaar … du hast geschossen … du Cowboy!«

»Ich hab geschossen?«

»Im Bus. Die ganzen kleinen Schwänzchen …« Jane lacht lauthals. »Wi-der-lich!«

»Du warst die Frau im Bus? Ganz hinten? Die den Schleier nicht abgenommen hat!«

»Schlauberger.«

Sofort kommt die Wut zurück und schiebt die Verblüffung beiseite. »Wer hat dir gesagt, du sollst mich beobachten?«

»Küss mich.«

Die Pferde starren uns an.

»Warst du in meinem Zimmer?«

?!?

»Heute morgen, als ich noch geschlafen habe. Hast du meinen Koffer durchsucht?«

»Nee … aber …«

»Aber?«

»… ich liebe dich!«

Ich versuche, diese Antwort einzuordnen, mein plötzliches Herzrasen zu verstehen, Janes Gebrabbel in irgendeinen sinnvollen Zusammenhang zu bringen, aber es gelingt mir nicht. Etwas leuchtet in mir auf, hell und klar, unzweideutig wie eine völlig selbstverständliche Gewissheit, etwas, das man nie in Frage stellen würde. Zwischen mir und dieser Erkenntnis ist nichts als eine hauchdünne Glasscheibe. Zum

Greifen nah. Vollkommene Offensichtlichkeit. Der Link zu dem Zaunpfahl. Und trotzdem gelingt es mir nicht, zu verstehen, was ich schon weiß.

»Jane. Hat dich jemand beauftragt, mich zu beschatten?«

»Nein.«

»Aber du hast mich beschattet.«

»... weil ich dich doch liebe ...«

»Ja, klar. Du liebst mich.«

ICH FRAGE NICHT WEITER. ES IST SINNLOS.
ICH STEHE IM WASSER, HALTE SIE, WIR SCHWEIGEN. DIE WAHRHEIT SCHWIMMT DIREKT VOR MIR, ABER SIE IST AUS GLAS. JANE SCHMIEGT SICH AN MEINEN HALS.
TUT MIR LEID, PLATON...
HICKS
SCHON GUT.

ABER DA IST NOCH WAS.
?
WOHER IN GOTTES NAMEN HAST DU DEN WHISKEY?
!

PLATON ...

JETZT FICK MICH DOCH ENDLICH.

*

Als ich sie in ihr Bett lege, ausziehe, zudecke, schläft sie bereits. Den ganzen Rückweg über hat sie vor mir auf dem Pferd gehangen wie ein whiskeygetränkter nasser Sack, der sich nur unter äußerster Kraftanstrengung festhalten ließ, der sich dreimal in hohem Bogen übergeben musste und viermal in hohem Bogen vom Gaul geflogen wäre, wenn ich nicht wie wild an ihrem Parra gerissen hätte. Der über Kopfschmerzen klagte, grunzte, fluchte und irgendwann einschlief. Die beiden Schimmel wirken in jeder Hinsicht angekotzt und warten hinter dem Haus auf einen gnädigen Regen.

Ich drücke Jane einen Kuss auf die verschwitzte Stirn und beginne in aller Ruhe, ihre Bude zu durchsuchen. Zuerst das Schlafzimmer. Zwei Schränke voller Wäsche. Kleider, Röcke, Strickjacken, Regenjacken, Hosen, Pullover, Westen, Oberteile. Ich greife in sämtliche Taschen. Ich finde zerknüllte Tempos, ein Pfefferminzbonbon, Münzen. Schubladen voller Höschen und BHs. Von Spitze bis schlicht. Von schwarz bis weiß. Eine Schublade voller bunter Socken, schwarzer Socken, weißer Socken. Noch zwei Paar Stiefel, Turnschuhe, Laufschuhe, Schuhe mit hohen Absätzen, Schuhe mit flachen Absätzen. Ich greife in sämtliche Schuhe, schüttele sie aus, untersuche die Sohlen. Ich steige auf einen Stuhl und sehe auf dem Schrank nach. Ich kippe ihre Handtasche aus. Schaue in die Nachttischchen, krieche durch den Staub unter ihrem Bett, komme als Dreckschwein wieder heraus, ich finde nichts. Im Badezimmerschrank, im Badmülleimer, in ihrem Kulturbeutel nur das, was in einen Badezimmerschrank, in einen Badmülleimer, in einen Kulturbeutel gehört. Vor der Waschmaschine: ein Berg Dreckwäsche. In der Dreckwäsche: nichts. In der Waschmaschine: nichts. Ich durchsuche sämtliche Küchenschränke inklusive Kühlschrank inklusive Eisfach inklusive Eisfachinhalt. Den Mülleimer. Den Bio-Mülleimer. Den Papier-Mülleimer. Den Recycling-Mülleimer. Das Wohnzimmer mit seinen Umzugskartons voller Krempel, Bücher und noch mehr Klamotten kostet mich fast eine geschlagene Stunde. Nichts. Dann habe ich plötzlich eine Idee: ihr Camcorder! Ich finde das Ding, schalte es ein, spule zurück, drücke auf Start, setze eine verwackelte Galoppaufnahme, Platon reitet sehr weit entfernt in Richtung Kamera – aus. Akku leer. Und nirgendwo ein Ladegerät zu sehen. Verdammte Scheiße. Der Camcorder wird trotzdem konfisziert.

Draußen bricht der Höllenlärm des Gemeinschaftsgebets los. Ich halte mir die Ohren zu. Nach zwei Minuten ist der Spuk vorbei.

Ich gehe ins Schlafzimmer und sehe nach Jane. Sie liegt nackt auf dem Bauch, schnarcht mit offenem Mund, hat ihr Kopfkissen vollgesabbert, sie träumt den unmöglichen Traum. Selbst der Gebetskrach konnte sie nicht aufwecken. Morgen wird sie den Schädel ihres Lebens haben. Ich gehe ins Bad, hole eine Familienpackung Kopfschmerztabletten aus ihrem Kulturbeutel, fülle ein Glas mit Leitungswasser und setze mich auf ihren Bettrand. Streichele die blonden Haare, bis sie halb aufwacht, drehe sie vorsichtig auf den Rücken, öffne die Packung Kopfschmerztabletten, schüttele den Inhalt heraus, stecke ihr vier Tabletten in den Mund und kippe einen großen Schluck Wasser hinterher. Dann decke ich sie wieder zu und sehe sie an. Immer weiter. Lege mich neben sie und betrachte ihr Gesicht. Flöße ihr Wasser ein. Betrachte ihr

Gesicht. Flöße ihr Wasser ein. Eine Stunde. Zwei Stunden. Als sie plötzlich mitten im Traum die Augen öffnet, mich verblüfft ansieht, ächzt, nehme ich sie in den Arm und flüstere in ihr Ohr, dass ich sie auch liebe. Doch da schnarcht sie schon wieder.

Irgendwann klingelt mein Handy.

»Wo bist du, Platon? Wir suchen dich überall.« Francis' Stimme klingt anders als sonst.

»Warum? Gibt's was Neues?«

»Ja. Wir sind auf was gestoßen. Das würden wir gerne persönlich mit dir besprechen. Bei Chenpo.«

»Hol mich ab. Du weißt, wo.« Ich drücke das Gespräch weg. Mein Blick fällt auf Janes Telefonbuch. Es liegt neben dem Bett. Ich schlage es auf und blättere bis B.

Trenk Benedict ist nicht eingetragen.

*

Zum ersten Mal, seit ich Francis kenne, ist dem fetten Gesicht das chronisch milde und hoffnungsfrohe Gutgläubigenlächeln abhandengekommen. Kein gnädiges Mitleid mehr für den verlorenen Sohn, der ich bin, keine verzärtelten Seitenblicke, kein aufdringlicher Plattitüdenoptimismus. Auch sein salbungsvolles Gottgelaber ist versiegt. Die wulstigen Francis-Lippen pressen sich aufeinander, als hätte ihm gestern jemand sämtliche Zähne rausgeschlagen. Er wirkt zerknirscht, gestresst, ratlos. Er wirkt zum ersten Mal wie ein normaler Mensch. In seinem Ballonkörper gärt etwas, das ihn bald zum Platzen bringen wird. Noch hat er sich unter Kontrolle, fährt den Karmann Ghia mit exakt 50 Stundenkilometern durch die blutrot verreckende Abendsonne, klammert seine speckigen Hände an das weiße Lenkrad, schaltet, kuppelt, funktioniert.

Schweigend erreichen wir Chenpos Villa und halten neben dem erleuchteten Swimmingpool. Francis stellt den Motor ab, bleibt ein paar Sekunden sitzen, während der Weihrauchduftbaum noch schaukelt, atmet tief ein und aus. Ich deute sein Verhalten als Vorboten unbequemer Erkenntnis. Offenbar ist dem Dicken endlich aufgegangen, dass tatsächlich einer seiner Inselkumpels als *le castrateur* in Frage kommt. Ich steige aus und warte. Francis quält sich aus dem Sitz, schlägt die Wagentür zu und sieht wehmütig aufs Meer hinaus.

»Zu viel Nietzsche gelesen?«

»Gott ist nicht tot, Platon. Er ist nur manchmal schwer zu verstehen.«

»So sind sie, die Alleinherrscher. Unergründliche Wege. Übergeordnete Pläne. Das große Ganze. Bei Hitler dachten ja auch alle: Polen? Warum will der Mann unbedingt in Polen einmarschieren? Da klauen sie uns höchstens die Ketten von den Panzern, und …«

Francis hat sich schon umgedreht, stapft in Richtung Haus.

»… mit den Katholiken ist es sowieso ein Kreuz.«

Der Hintern wackelt um eine Ecke. Ich folge ihm lächelnd.

Falls Chenpo jemals Mordopfer sein sollte, steht das Motiv bereits fest. Sein Einrichtungsstil ist eine tödliche Beleidigung für jedes sehende Auge, und wer dieses barbarische Sammelsurium von Möbelschrott einmal erblicken musste, hat allerbeste Gründe, den Besitzer abzumurksen. Ausladende Kitschmonster und barocke Brutalitäten an überbordendem Kissensalat, mehr Gold geht nicht, alles billig nachproduziert und auf Effekthascherei getrimmt – der Palast eines Seifenopersultans. Zehn Doktorarbeiten über Chenpos Psyche wären weniger aufschlussreich als ein kurzer Blick in dieses Wohnzimmer des Grauens. Der Hausherr breitet seine Wülste auf einem Thronimitat in Übergröße aus, Hanif residiert eine Nummer kleiner, für Francis ist auch noch ein Regentensessel übrig. Ich nehme die güldene Chaiselongue.

Die Stimmung ist ernst.

»Wusste gar nicht, dass Michael Jackson auch als Inneneinrichter gearbeitet hat«, sage ich.

Die Stimmung bleibt ernst.

»Darf ich Ihnen etwas anbieten, Detective Inspector?« Chenpo klatscht in die Hände. Alea erscheint. Leider trägt sie heute ein erschreckend langes Kleid. »Saft? Wasser? Tee?«

»Tee klingt gut. Einen Long Island Icetea bitte.«

»Alea, haben wir so was?«

Black Beauty verzieht keine Miene. »Ist leider aus.«

Chenpo macht ein untröstliches Gesicht.

»Dann Icetea ohne Long Island.«

Alea deutet eine Verbeugung an und verschwindet.

Ich betrachte die drei Fragezeichen. »War gestern jemand von euch unerlaubterweise in meinem Zimmer?«

»Oh Gott, nein!« Francis wirkt glaubhaft erschrocken. »Wie kommst du denn darauf?«

»Sagen wir einfach: Ich weiß, dass jemand drin war.«

»Aber ganz sicher niemand von uns. Wurde dir was geklaut?«

»Es wurden ein paar harmlose Dokumente durchgeblättert.«

»Ein Einbrecher?« Francis kapiert langsam. »Oder der … in meinem Haus?!«

»Die Polizei rät: Ihr solltet mal lernen, wie man Haustüren abschließt.«

Francis nickt langsam vor sich hin.

Ich wische die Diskussion mit einer Handbewegung aus dem Raum. »Dann kommen wir mal zu eurem Eilanliegen. Was gibt's denn so Wichtiges?«

Betretenes Schweigen.

Chenpo schlürft einen Schluck Tee und betrachtet mich nachdenklich. »Wie fange ich das jetzt an, Inspector. Vielleicht so: Der Glaube beschert einem Menschen mitunter finstere Dilemmata. Man hat eindeutige Gesetze, nach denen man handeln soll. Man möchte unbedingt nach diesen Gesetzen handeln, und zwar aufrichtig, loyal, treu, eindeutig. Was aber, wenn zwei dieser Gesetze in einen unlösbaren Konflikt miteinander geraten? Wenn man das erste Gesetz brechen muss, um das zweite zu erfüllen – oder andersrum?«

»Sehen Sie, Chenpo«, sage ich, »das ist nur einer der ungefähr sieben Milliarden Gründe, warum ich mich lieber auf meinen gesunden Menschenverstand verlasse als auf prähistorisches Geschmiere, das uns irgendwelche ungewaschenen Fanatiker mit gehässigem Kichern auf Steintafeln und Pergamentrollen hinterlassen haben, um diesen Planeten für alle Zeit ins Chaos zu stürzen. Frei nach dem Motto: Wir erleben Mikrowelle und HD-Fernsehen zwar nicht mehr, aber ihr Zukunfts-Zombies werdet auch nicht viel davon haben, denn wir versalzen euch jeden menschenmöglichen Fortschritt, jedes denkbare Glück auf ewig mit dem fröhlich wuchernden Gesinnungskrebs Religion. Und das Allerbeste daran ist, dass …«

Plötzlich weiß ich nicht mehr weiter. Der Rest der Tirade ist verpufft.

»Was also«, sagt Chenpo unbeeindruckt, »wenn Sie als gläubiger Mensch vor der Entscheidung stehen, entweder die Unwahrheit sagen zu müssen oder aber Gefahr laufen, einen Unschuldigen auszuliefern? Man soll nicht lügen *und* man soll kein falsches Zeugnis ablegen wider seinen Nächsten, heißt es in Ihrer christlich geprägten Heimat. Die Vorwürfe, das Leid, die Schuld, die sich aus so einem falschen Zeugnis zwangsläufig ergeben, wenn die komplizierten Mühlen zwischenmenschlicher Emotionen, gegenläufiger Interessen und zwingender Gesetzeslagen erst mal anfangen, unwiderruflich zu mahlen, wenn …«

»Machen wir's kurz. Sie haben mich angelogen.«

»Nein.«

»Sie haben mir etwas verschwiegen, von dem Sie annehmen mussten, dass es mich sehr interessiert.«

»Schwersten Herzens.«

»Natürlich.«

»Ich bitte Gott seitdem jeden Tag um Verzeihung.«

»Wie wär's, wenn Sie Gott mal in Ruhe seinen Rausch ausschlafen lassen und stattdessen mich um Verzeihung bitten.«

»Sie sind ein blasphemischer Provokateur!« Hanif ist aufgesprungen.

»Und Sie sind eine bigotte Witzfigur.«

»Argh!« Hanif plustert sich auf.

»Bitte.« Chenpos Hände massieren sanft einen unsichtbaren Rücken. »In der Ruhe liegt die Kraft.«

»Er hat mich eine Witzfigur genannt!«, ruft Hanif.

»Er hat mich eine Witzfigur genannt!«, äffe ich Hanif

nach. »Bleiben Sie gefälligst sachlich, Witzfigur: Ich habe Sie eine *bigotte* Witzfigur genannt.«

Hanif will sich auf mich stürzen, aber Francis bugsiert sein Fett als unüberwindbare Barrikade zwischen uns. Ächz! Stöhn! Die beiden Plautzen rangeln. Francis hat die größere und gewinnt.

»Ich will ja nichts sagen, Hanif«, sage ich, »aber das sieht irgendwie schwul aus, was Sie da machen.«

Chenpo senkt den Blick. »Bitte. Bitte. Bitte.«

Hanif wird sich seiner Lächerlichkeit bewusst, lässt irritiert von Francis ab und sieht mich an, als wäre ich ein Schwein, das sich mitten auf dem Holy Hill in frischer Bio-Milch gewälzt hat. Dann setzt er sich wieder hin und hält sein Maul.

»Sie haben mir bewusst wichtige Informationen vorenthalten«, stelle ich fest. »Weiter.«

»Nochmal: Ich war in einer Notlage«, sagt Chenpo.

»Auch eine Kunst der vermeintlich Gläubigen: sich alles immer so auslegen, dass es gerade passt. Sie hatten also von Anfang an jemanden in Verdacht.«

»Ich hatte niemanden in Verdacht. Aber Sie, Inspector, haben gestern Abend, wenn man so möchte, die richtige Frage gestellt.«

»Danke. Nämlich?«

»Ob es auf Gondwana jemanden gibt, der zweifelt.«

»Richtig, das ist eine äußerst richtige Frage.«

»Nun, so jemanden gibt es. Ich wusste davon, Hanif und Francis wussten es nicht. Als die beiden mich heute Morgen fragten, wurde mir klar, dass ich diese Tatsache nicht länger leugnen darf.«

»Das ist ja spannend«, sage ich.

»Einmal Icetea ohne Long Island.« Alea stellt das Glas auf den Tisch, zwinkert mir zu und ist schon wieder weg. Ihr Parfum bleibt. Es riecht verdammt gut.

»Sie haben mir offensichtlich den einzigen Tatverdächtigen verschwiegen und dadurch mehrere Menschenleben riskiert, Chenpo. Falls es bereits ein zweites Opfer geben sollte, können Sie schon mal Ihr Altes Testament machen und Ihr Neues gleich dazu, das verspreche ich Ihnen.«

»Ich kann nur wiederholen: Es tut mir leid.«

»Wie äußert sich denn dieser Zweifel, wenn ich fragen darf?«

»Nun.« Chenpo schließt die Augen. »Edgar ist in die Giordano-Bruno-Stiftung eingetreten. Das ist eine internationale Ungläubigen-Organisation. Als Bewohner von Gondwana! Stellen Sie sich das vor! Und diese ... Atheisten wollen ihm jetzt sogar die Matussek-Medaille verleihen. Das ist eine Auszeichnung für sogenannte Glaubensbekehrte, die, ich zitiere, *die Rückständigkeit religiöser Prinzipien endlich erkannt haben und ihre Kräfte von nun an der Aufklärung widmen.*«

»Klingt doch, als wäre unser Tatverdächtiger kerngesund.«

»Edgar mag für dich vor allem ein Tatverdächtiger sein, Platon. Für uns ist er der ärmste Mensch, den wir kennen.« Francis sieht Chenpo an, als brauche er in diesem Kitschsalon eine Sondererlaubnis zum Reden. »Edgar hat ohne Schuld seinen Glauben verloren – du kannst nicht nachvollziehen, was das bedeutet. Es bedeutet den Verlust aller Gewissheiten. Es bedeutet im Grunde, dass man stirbt und trotzdem weiterleben muss.«

»Is ja irre. Und wo wohnt unser im Grunde verstorbener quicklebendiger Freund?«

Francis starrt Chenpo an, Chenpo Hanif, Hanif seine Schläfenlocken.

Ich gähne und lasse mich tiefer in die Chaiselongue sacken.

Das Schweigen dauert noch eine Minute, dann ist es ausgerechnet die bigotte Witzfigur, die sich zu einer Antwort aufrafft: »In den Hügeln hinter Trenks Haus.«

Ich stelle fest, dass Platon in lautes Lachen ausgebrochen ist. Drei Schlaumeier sehen ihm jetzt bierernst dabei zu, wie er vor Heiterkeit fast auf den Boden plumpst, sich kräftig die Schenkel klopft und dabei den Eistee ohne Long Island umwirft. Ein hellgelbes Wechseltierchen kriecht über die gläserne Tischplatte.

»Haben wir's jetzt?«, fragt Chenpo kalt.

»Gleich«, sage ich und lache noch ein bisschen vor mich hin. »Lasst mich raten, Kinder: Trenk und dieser Edgar hatten einen veritablen Konflikt zum ewigen, leidigen, madigen Reizthema Glauben, der eine Dogmatiker, der andere abgekommen vom rechten Weg, gemeinsam einsam am Arsch der Heide, ständige Streitereien und Diskurse, Gekabbel, Gemeinheiten, Fisimatenten, hartnäckige, gegenseitige Vorwürfe in gesteigerter Intensität und am Ende die immer gleiche Duellsackgasse: Einer muss sich durchsetzen, unentschieden gilt nicht, nur die finale Entscheidung zählt. Gewinner ist, wer als erster zur Waffe greift. Und ihr sagt keinen Ton, weil euch der einzige Aufgewachte in diesem subventionierten Dauerdelirium peinlich ist.«

»Gott wird meine Entscheidung verstehen«, murmelt Chenpo.

Die beiden anderen nicken ihm aufmunternd zu.

»Herr im Himmel, ihr habt euch wirklich die Hirne weich

gebetet, Jungs.« Ich stehe auf. »Ausflug zu Edgar. Wer kommt mit?«

*

»Jauchzet! Frohlocket!«

Chenpo hat antike Musik in den CD-Player seines Jeeps geschoben und lächelt zu den entzückten Ausbrüchen des Chors vor sich hin. Der Trip nach Gondwana hätte sich schon gelohnt, um den Weihnachtsmann ein einziges Mal hinter dem Steuer zu erleben: Das erste Gebirge, das Auto fährt. Ein Massiv auf Tour. Dagegen wirkt sogar Francis beinahe zierlich und muss sich mit dem verbleibenden Platz auf dem Beifahrersitz arrangieren, so gut er kann. Die gigantischen Wänste der beiden, mit unendlichen Tranreserven so prächtig gepolstert, dass sie notfalls ein ganzes Jahrhundert des Hungers ohne jedes Magenknurren überstehen könnten, fließen in ihren Ausläufern nahtlos ineinander, stopfen den vorderen Teil des Wagens vollständig aus, werden zu einer warmen Wand aus Speck. Oben drauf zwei Köpfchen.

Die bigotte Witzfigur neben mir auf der Rückbank sieht stur aus dem Seitenfenster und vermeidet jeden Blickkontakt.

Mit exakt 50 km/h gleiten wir die Peter-Hahne-Allee entlang. Der enthusiastische Gesangverein in den Bose-Boxen lobpreiset in voller Lautstärke den *Höchsten*. Ich stelle fest, dass es tatsächlich gute Gründe zum Jauchzen, Frohlocken gibt. Der Nebel lichtet sich. Endlich. Die Mördersuche geht in die entscheidende Runde.

Platon betrachtet gedankenverloren die vorbeiziehenden

Villen in ihren großzügigen Gärten. Malerische Brutstätten der sakralen Elite seiner Zeit, heillos heile Welt, schon seit langer Zeit in Schönheit versteinert, vor unerträglicher Perfektion strotzendes Idyll: das widerwärtig makellose Gondwana. Kein Grundstück ohne Fackeln, Lichterketten oder Lampions in den Bäumen, überall Festtagsschmuck, Kerzenschein von siebenarmigen Leuchtern, die von den zweibeinigen Armleuchtern überall aufgestellt werden. Wirre Linien aus Leuchtdioden winden sich durch das Geäst alter Eichen, Mangobäume, Ginkgos und Lärchen. Farbige Flecken der Papierlaternen im Nirgendwo, rote und blaue Kugeln, längliche grüne und orangefarbene Wülste, die ihr Licht an die Hauswände und auf saftige Rasenflächen werfen wie bunte Schatten. Glückliche Kinder glücklicher Muslime, Juden, Katholiken und Evangelikaler, die ausnahmsweise auch um diese Uhrzeit noch Ball spielen, sich täglich lieben und respektieren, loben und helfen, bewundern und begreifen, die keine Konflikte kennen und keine Freiheit, keine Steaks und keine besoffenen Eltern, keine Wurst-Würstchen vom Grill, keine Schimpfworte, keine bösen Witze, kein Schwänzen von Madrasa oder Sonntagsschule, keine inkorrekten Bemerkungen, kein Fummeln hinter der Gartenhütte, kein schlechtes Gewissen, keinen Stachel im eigenen Fleisch und keinen im Fleisch der anderen. Keine Feinde, keine Freunde, keine Prügelei, keine Versöhnung, kein Lernen aus Fehlern. Die ein in Watte gepacktes Leben der höchsten Sicherheitsstufe führen, weit abseits von Bestimmung und Natur, zahnlose Laborratten mit Kuschelsyndrom, isoliert und verzogen von einem zynischen, inzestuösen Modell, das zum Himmel stinkt, nach gebratenem Tofu, frittiertem Tofu, blanchiertem Tofu, Tofucarpaccio.

Lachend und schreiend federn die Kinder durch die milde Abendluft, wilde Vorfreude auf den Day of Faith, nur noch eine Nacht schlafen und dann: endlich komplette Kostüme, endlich Rollenrausch, endlich das gedengelte Ich verkleiden, maskieren, überschminken, wenigstens eine Woche im Jahr offiziell zum Tier werden dürfen. Ihre Mütter stehen an den Straßenecken in artigen Gruppen zusammen und reden. Noch nie ist Platon diese religiös kastrierte Welt voller unbändigem, unbegrenztem Glück so fehlgeleitet vorgekommen wie heute, mitten in ihrem internationalen Zentrum, im Vorüberziehen an der weltfremden Fototapete namens Gondwana. Noch nie war ihm so sehr bewusst, dass es Utopien gibt, die keine sind, weil sie sich nicht als *wünschenswert, aber unrealisierbar*, sondern als *nicht wünschenswert und leider doch realisierbar* erweisen. Noch nie war ihm so sehr bewusst, dass der göttliche Mensch, für den sich insgeheim ja doch jeder hält, genetisch zu einem diffusen Prozentsatz Hass und Desaster, Feldzug und Inhumanismus verdammt ist. Und dass dieser Prozentsatz Naturgewalt sich nur erhöht, wenn man ihn mit Gewalt ganz abschaffen will. Dass es abgrundtiefe Wahrheiten gibt, die heute weniger denn je ausgesprochen werden dürfen. Dass der ideologische Konflikt der Herzschrittmacher unserer Weltgeschichte ist, von der man halten kann, was man will, aber immerhin: Sie läuft und läuft und läuft.

Das Paradies, sagt Platon zu mir, ist pure Lebensverweigerung. Das Paradies ist friedlich, also ist es nicht lebendig. Es ist perfekt. Also ist es tot. So tot wie Trenk Benedict. Ich halte mein Handy ans Fenster und mache ein Foto. Es gibt Ideen, die sollte man veranschaulichen. Es gibt Erkenntnisse, die sollte man immer bei sich tragen. Es gibt Handys, die bessere Bilder machen als meins, denn auf dem Display erscheint nun ein Warnhinweis: *Sie befinden sich auf dem Territorium der internationalen Gemeinde von Gondwana. Jede Form von privaten Bildaufnahmen ist nach den Gesetzen der Religionsordnung strengstens untersagt. Die Kamera Ihres Mobiltelefons wurde bereits deaktiviert. Dennoch wird jede weitere versuchte Aufnahme automatisch der Inselverwaltung gemeldet. Wir wünschen Ihnen einen gesegneten Tag.*

Diese behämmerten Fotofaschisten haben doch nicht mehr alle Gräle im Schrank, denkt Platon, dann gähnt etwas, in mir. Es kann diesen ganzen stumpfen Sermon nicht mehr hören.

Chenpo biegt von der Heinrich-Heine-Straße ab, jetzt rumpeln wir über einen Feldweg. Unter uns erkenne ich Trenks Haus. Die Silhouetten der Türmchen und Erker vor dem Schwarzblau des Meeres. Chenpo gibt Gas. Chenpo schaltet in den zweiten Gang runter und nimmt mit Schwung eine nicht enden wollende Steigung. Chenpo tritt das Gaspedal durch, der Weg wird steiler. Links und rechts Urwald, animalische Schreie, lebende Nacht. Die grellen Scheinwerfer des Jeeps wischen über die chaotische Oberfläche der Wildnis. Die Augen eines Tiers glühen auf und sind sofort wieder erloschen. Giftgrüne Hölle. Irgendwann endet der Weg abrupt, wir schießen mit zu viel Schwung über eine Art Rampe hinaus, ich habe das Gefühl, dass Chenpo abheben will, himmelwärts, endlich einen unwiderlegbaren Gottesbeweis antreten: hoch hinauf und selber nachschauen, ob irgendeiner zu Hause ist, dann landen wir schon auf einem kleinen Plateau, bremsen, schliddern, stoppen. Erleuchtete Holzhütte auf nächtlicher Lichtung. Verwilderter Garten. In der Gedankenblase über Platons Kopf drei Pünktchen.

Chenpo stellt den Motor ab. Die Musik stoppt abrupt: »Frohlo!«

Beinahestille. Durch das heruntergelassene Beifahrerfenster dringt müdes Grillenzirpen.

Ich steige aus. »Danke fürs Bringen, den Rest macht die Polizei allein.«

»Wie Sie wollen.« Chenpo räkelt sich. »Wir warten hier.«

Francis und Hanif nicken brav. Es kommt mir vor, als würden sich die Gondwahnsinnigen auf eine famose Show freuen.

Können sie haben, denken Platon & ich, werfen die Wagentür zu und berühren den gemeinsamen Kolben der Kollegen Smith & Wesson, die neugierig aus ihrem Halfter schauen. Zu viert kriegen wir alles hin, was Krieg werden muss. Endlich Action.

Wir gehen auf die Hütte zu. Absurderweise habe ich ein vollkommenes Gottvertrauen in die Lösung sämtlicher Eventualitäten. Ich fühle mich absolut beschützt. Ich spüre, dass ich mich vor nichts fürchten muss. Der Herr hält zu mir. Ob ich will oder nicht. Weil seine grenzenlose Liebe ihm die Kraft gibt, meinen kleinmütigen Hass zu verzeihen. Wir zitieren, ohne zu wissen, was es ist: »Wenn man nun einen Gott begehrt, der zu helfen vermag – und das ist doch die Hauptsache –, so muss man auch seine Persönlichkeit, seine Außerweltlichkeit und seine heiligen Attribute, die Allgüte, die Allweisheit, die Allgerechtigkeit annehmen. Die Unsterblichkeit der Seele, unsre Fortdauer nach dem Tode, wird uns alsdann gleichsam mit in den Kauf gegeben, wie der schöne Markknochen, den der Fleischer, wenn er mit seinen Kunden zufrieden ist, ihnen unentgeltlich in den Korb schiebt ...«

Stopp.

Ich muss mich auf meinen Job konzentrieren. Der schwache Lichtschein lässt vermooste Gehwegplatten erahnen. Unkraut, Steine, eine verrostete Schubkarre samt verrosteter Schaufel und Harke. Einen grünen Daumen hat Edgar nicht. Seine Hütte ist aus groben Baumstämmen gezimmert und sieht aus wie eine überdimensionale finnische Sauna. Zugezogene Gardinen. Keine Klingel, kein Klopfer, kein Schloss. Dafür ein Kreuz. Wir hämmern zweimal kräftig mit meiner Faust gegen die massive Tür und öffnen sie im gleichen Moment.

Das Holzhaus besteht aus einem großen Raum. Kamin, Bett, Küchenzeile, eine Truhe, Jesus an der Wand. Kein Klo. Aber ein Hinterausgang. Spartanisch bis nichtssagend eingerichtet. In der Mitte ein massiver Tisch mit zwei Stühlen. Auf einem der Stühle sitzt ein alter, feister, weißblonder Mann. Er ist nicht überrascht. Vor ihm eine Flasche Real Southern Comfort und zwei Gläser. Rote Augen. Dazu diese Haare. Ein Albino.

»Grüß Gott«, sage ich.

»Bestimmt nicht«, sagt der Albino.

Mann mustert sich.

»Willkommen, Detective Inspector Ahorn.«

»Sagen Sie Platon zu mir. Wir sind schließlich kein Baum.«

»Nehmen Sie Platz, Platon.« Knorrige Stimme.

Wir setzen uns. Sehen den Typen an. »Chenpo hat also Bescheid gesagt, dass ich komme. Wie fair von ihm. So konnten Sie sich in aller Ruhe überlegen, ob Sie fliehen wollen oder nicht.«

Der Albino schweigt und schenkt uns zwei doppelte Southern ein. Wir sehen uns um. Keine Chance, mein Glas unbemerkt auszugießen.

Es wird angestoßen und auf ex getrunken.

Wir müssen aufpassen, dass ich nicht kotze, so kräftig kratzt der Alkohol durch unsere Speiseröhre, flammt als Spiritusspur in den Magen, knipst etwas in mir an, das bislang ausgeschaltet war, putscht uns auf den Puls eines Ironman-Gewinners. Das Zeug schmeckt ganz anders als der Southern, den Jane mir am Strand eingegossen hat. Es schmeckt unglaublich *authentisch* und *geil*.

»Edgar«, stellen wir fest. Belegte Stimme.

»Edgar«, bestätigt der Albino.

»Manche Fragen erledigen sich, wenn man weiß, was ein Mann trinkt.«

»Es wird ohnehin zu viel geredet.«

Platon nickt.

Der Albino schenkt nach und stößt an. Wir kippen runter. Ich schaffe es irgendwie, mein monumentales Würgen zu unterdrücken. Gleichzeitig merke ich, dass wir ab sofort nicht mehr nein zu diesem Stoff sagen können. Der haut mich um und küsst mich wach. Wir brauchen einen Plan. Dringend. Wir brauchen mehr Whiskey.

»Aber ein bisschen reden müssen wir schon«, sage ich. Uns wird heiß und kalt. »Ganz ohne … geht auch nicht.«

Leichtes Lächeln auf dem feisten Gesicht. »Es dauert nicht lang, Herr Detective Inspector.« Voller Zuversicht. Eine Drohung oder ein Versprechen. Keine Ahnung.

»Warum hängt denn Jesus noch bei Ihnen rum, wenn Sie ihm schon längst die Freundschaft gekündigt haben?«

»Weil man seinen schlimmsten Feind niemals aus dem Auge verlieren sollte.«

»Kruzifix no amoi! Ganz schön schlau. Aber Jesus war doch immerhin Alkoholproduzent, das ist doch nicht so schlecht.«

»Jesus ist die fiktive Ikone einer historischen Massenmordorganisation. Ein Religionsrambo, dessen Erfindung Millionen Menschenleben gekostet hat. Aber lassen wir das.«

Gluckgluckgluck.

Der Albino schenkt schon wieder nach. »Sie kommen wegen Trenk.«

»Allerdings.«

»Prost.«

Du musst die Augenhöhe wahren, sagt Platon, kneifen geht jetzt nicht mehr, kipp das Zeug in dich rein, so viel du kannst, und mach schnell. Mach sehr schnell. Sonst verlierst du.

Wir trinken. Ich fühle mich plötzlich federleicht.

»Sind Sie ein vernünftiger Mann, Detective Inspector?«

Platon braucht ein paar Sekunden, um sich von dem dritten Schub zu erholen. »Wenn Sie die Clowns fragen, die da draußen warten: auf gar keinen Fall.« Unsauber ausgesprochen. Im Ansatz gelallt.

Edgar lächelt. »Dann sind Sie einer.«

»Was?«

»Ich meine: Dann sind Sie offenbar ein vernünftiger Mann.«

»Aha. Ändert das was?«

»Sehr viel sogar.«

Gluckgluckgluck. Er gießt ein, wir trinken.

Ich merke, dass der Southern bei mir genauso schnell wirkt, wie gestern bei Jane. Er tröpfelt von oben direkt in mein Hirn. Unaufhörlich. Plopp. Plopp. Plopp. Er macht mich mutig und stumpf. Direkt ins Sprachzentrum, Denkzentrum, Kombinierzentrum. Oder Kombinationszentrum? Wie auch immer. Die weißblonde Perücke des Albinos hebt gerade von seiner Kopfhaut ab und schwebt jetzt ein paar Zentimeter über dem kahlen Schädel. Lustig: ein haariger Heiligenschein. Die Hütte schwimmt. In meinem Oberstübchen eine deutlich verbesserte Neuauflage des Milleniumfeuerwerks. Randy, Mandy, Sandy und Wendy tanzen ihren schönsten Cancan, winken und verdünnisieren sich durch eine größere Ritze im Wandholz. Der Haarheiligenschein dreht sich um sich selbst wie ein Ventilator und fächelt seinem Eigentümer frische Luft ins schwammige Gesicht, dann landet er wieder. So ein Ding will ich auch.

»Morgen Mittag kommt die Celebration mit den ersten Tagesgästen«, stellt der Albino fest. »Ankunft: 12:00 Uhr. Punkt 13:00 Uhr geht der Rückflug, um die nächste Ladung zu holen. Sie, Platon Ahorn, werden an Bord der Maschine sein, die zurückfliegt. Es ist ein Platz für Sie reserviert.«

»Ach was.«

»Sie können bis 11:30 Uhr einchecken. Und kurz darauf sind Sie für immer von dieser Insel verschwunden.«

»Dassaber…«, sage ich und muss laut über meine eigene Aussprache lachen, »dassaberganzschönvielverlangtjetzt!« HICKS.

»Finden Sie?«

»Voll!«

Der Albino gießt ein. Stößt an. Ich muss trinken.

»Warum …«, sage ich. Der Rest des Satzes detoniert plötzlich.

»Warum Sie sich darauf einlassen sollten?«

Ich nicke übertrieben heftig.

»Weil Sie besser nicht hier sind, wenn die Bombe hochgeht.« Und wieder werden die Gläser aufgefüllt.

»Die … B … B … Bombe?«

»Richtig. Bombe. BOOM! Kennen Sie doch.«

»Kenn ich. Versteh ich aber nich.«

»Müssen Sie auch gar nicht. Sagen wir einfach: Sie hauen ab, weil das ein für Sie sehr vorteilhafter Deal ist. Sie sind auf Gondwana ohnehin nicht sonderlich beliebt.«

»Aber Jesus liebt mich …«

Der Albino grölt. »Du blöder Lachsack. »… Du kannst uns und meinen Kumpel Jesus mal kreuzweise …«

»Haha! Prost, Platon! Hoch die Tassen! Immer schön runter

INSPECTOR, ICH BIN ENTTÄUSCHT. MAN HAT MIR ERZÄHLT, SIE SEIEN EIN AUFGEKLÄRTER MANN.
EIN HART-GESOTTENER, RATIONALER KRIMINALIST, DER JEDE FORM VON RELIGION ZUTIEFST VERACHTET.
UND JETZT KOMMEN SIE MIR MIT SO EINEM JESUSSTUSS? HAT MAN IHNEN DAS HIRN ZU HEISS GEBADET?
WAS DENN NU FÜR NE ...B-- B...BOMBE?
PROST!

FÜLL
SCHON WIEDER LEER.
KLONK
DA LASS ICH UNS DOCH GLEICH NOCH MAL DIE LUFT AUS DEN GLÄSERN.

GLUK
GLUK
GLUK
SIE SIND NEUGIERIG AUF DIE BOMBE? KEINE SORGE, WENN DIE HOCHGEHT, WIRD MAN AUF DER GANZEN WELT ÜBER NICHTS ANDERES MEHR REDEN.

ICH KENN AUCH NE BOMBE IM BASTROCK...
KLONK
DIE HEISST ALEA...

SEHEN SIE ZU, DASS GAARDER ENDLICH KOMMT.
UND ICH SORGE DAFÜR, DASS SIE IHRE ERMITTLUNG IN REKORDZEIT ERFOLGREICH ABSCHLIESSEN.
NA, WIE KLINGT DAS, AHORN?
SAG PLATIN ZU MIR...
MEINETWEGEN. ALSO, WIE KLINGT DAS, PLATIN?
DEAL?

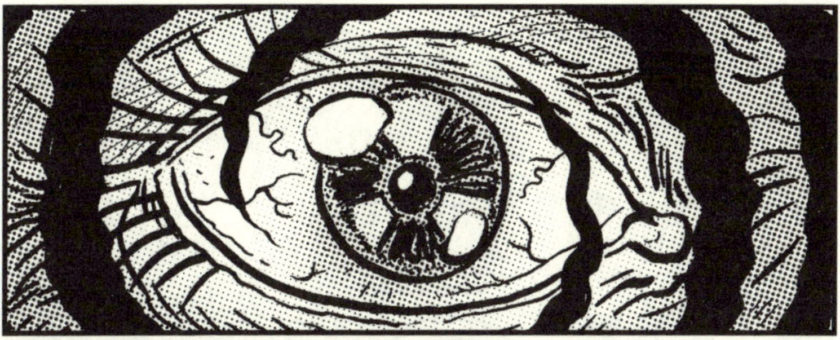

JAUCHZET!
FROH-
LOCKET!

GLEICH KNALLT'S!
EET EET
BOINK
KLOK
PLATON, KOMM ZU DEINER SEXBOMBE.
HERR INSPECTOR, GEHEN SIE DOCH BITTE NICHT IMMER SO SCHNELL IN DIE LUFT!

WOK
DAS MITTELALTER IST KEINE EPOCHE,...
POOF!
...SONDERN DER NAME DER MENSCHLICHEN NATUR. DESHALB WIRD DIESE WELT JETZT ZUR HÖLLE FAHREN!?
EIN TEUFLISCHER PLAN... HIMMEL, HILF!
HARR HARR HARR!
WER ZULETZT WIEHERT, WIEHERT AM BESTEN ...

WER NICHT GLAUBEN WILL, MUSS FÜHLEN!
INRI

MIT HÖLLISCHEN SCHMERZEN MÜSSTEN SIE DOCH VERTRAUT SEIN.
VOILÀ!
BONK
WIE SCHÖN DAS KAPUTTGEHEN IST...
UMPF!
JAUCHZET!
FROHLOCKET!

ICH KANN ABBALLERN, WAS ABGEBALLERT WERDEN MUSS!
SCHOCKSCHWERENOT!
HASTA LA VISTA, LADIES!
BALLA
BRATT
BRATT
BRIT

ICH KÖNNTE EIGENTLICH MAL VERSUCHEN, WASSER IN SOUTHERN COMFORT ZU VERWANDELN...

NEEIIINNN!

STERBET!
ZER-
FETZET!

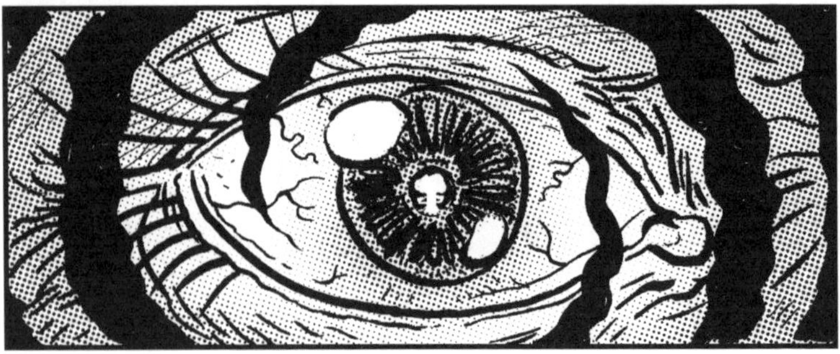

...WICHTIG, DASS JOSÉ GAARDER MORGEN HIER EINTRIFFT UND SIE ...?
HEY! PLATIN!
HÖREN SIE MIR ÜBERHAUPT ZU?
JA.. ICH...
HIER WIRD NICHT GESCHLAFEN!
...BIN HELLWACH...

»Was hab ich zuletzt gesagt?«

»Gaarder kommt … ich verschwinde.«

»Richtig. Sie lösen den Fall. Eine Beförderung ist Ihnen sicher. Aber auch noch etwas viel Besseres. Sie sind für immer der Detective Inspector, der den ersten Mord von Gondwana aufgeklärt hat. Sie werden eine lebende Legende im Polizeidienst sein.«

»Wie … wie willst du das denn machen …«

»Indem ich mich stelle. Jetzt und hier.« Albinolächeln. »Ich habe Trenk Benedict ermordet. Das ist ein Geständnis. Der Mörder sitzt vor Ihnen, Platin. Aber über die Hintergründe möchte ich gern mit Herrn Gaarder persönlich reden.«

»Gaarder, Gaarder, immer nur Gaarder … Gemeinheit …«

Der Mörder gießt ein, wir trinken. Die zwei Southern-Flaschen vor mir sind halb leer.

»Einverstanden?«

Gaardersee … ich hier nirgendwo …«

»Einverstanden oder nicht?«

»Wir glauben Ihnen kein Wort.«

»Gut, dann beweise ich es. Ich habe Trenk in seiner Badewanne kastriert und verbluten lassen. Seine Hände habe ich mit einem schwarzen Kabelbinder des Herstellers Hama auf dem Rücken zusammengebunden. Mit genau so einem hier.« Er greift in eine Schublade und legt einen Kabelbinder des Herstellers Hama auf den Tisch. »Stecken Sie ein.«

Wir stecken den Kabelbinder des Herstellers Hama ein.

»Sie werden feststellen, dass er identisch mit dem Kabelbinder an Trenks Handgelenken ist. Diese Informationen dürfte außer Ihnen und dem Täter niemand besitzen.«

»Den hama aber nicht mehr.«

»Wen haben Sie nicht mehr?«

»Trenk. Und das Dings. Kabeldings. Binder.«

Der Albino starrt mich ungläubig an.

»Jetztmalehrlich. Warum hastdu … den denn überhaupt kalt gemacht, Monsieur?«

»Das bespreche ich mit Herrn Gaarder.«

»Nö.«

Der Albino ist langsam aber sicher genervt. Er atmet tief durch. »Okay, Ahorn.«

»Sag gefälligst Platin zu mir, du …«

»Eine Information schenke ich Ihnen, damit können Sie sich dann zufriedengeben oder nicht. Das liegt bei Ihnen. Mehr wird nicht kommen. Trenk Benedict war ein Mitglied der Quadriga. Deshalb habe ich ihn beseitigt.« Der Albino greift in seine Zauberschublade und legt ein blutverschmiertes Skalpell auf den Tisch. »Hiermit.«

»Ist das auch von … Hama?«

»Holen Sie Gaarder und werden Sie ein Held. Oder lehnen Sie meinen Deal ab.«

»Und wennich nein …«

»Dann geht die Bombe hoch. Ihre Entscheidung.«

»Du Miss … Geburt.«

Der Typ steht auf. »Ich muss mal.«

»Hmpf.«

»Darf ich?«

»Achmachdochwasduwillstdu …«

»Sie können ja solange in sich gehen. Obwohl Sie da nicht viel finden dürften.« Der Albino gießt noch zwei Doppelte ein, grinst und steht auf. Mann, hat der ne Wampe. Er nimmt sich Smith samt Wesson aus dem Holster, holt sämtliche Patronen aus der Trommel und steckt sie ein. Die Waffe legt er auf den Tisch. Dann verlässt er die Hütte durch die Hintertür.

Ich starre ins Nichts.

Das blöde Stück Scheiße hat mich abgefüllt und mir meine kleinen Freunde geklaut. Säuft sich hier jeden Abend den Buckel rund, trainiert seine Leber und lässt mich auflaufen, aussaufen, so eine Drecksau, das sag ich dir, Platon, ein ganz fieser Möpp ist das. Und nu? Mein Sichtfeld verschummert, das Gleichgewicht setzt aus. Ich falte die Hände zum Gebet. Alle Energie auf einen Punkt. Allez, hopp. Es muss dringend eine Idee gefunden werden, wie man den Typen zum Verlierer machen kann. Die Polizeischule weiß keinen Rat. Kennt wie immer nur Warnungen. Obacht: begrenzte Bordmittel. Stark eingeschränkte motorische und verbale Fähigkeiten. Reizüberflutung. Drohender Kontrollverlust. Fröhlichste Unzurechnungsfähigkeit. Trotzdem soll jetzt gehandelt werden. Was sind die Optionen? Erschießen geht nicht, die Patronen hat er. Abführen geht nicht mehr. Wohin auch. Die ganze Insel ist ja schon ein verdammter Knast. Meine Hände arbeiten in den Jackentaschen. Aha. Das wäre doch. Das ist doch. Na, also. Wollen mal sehen, ob du dem ollen Ahorn nicht heute noch dein Herz ausschüttest, du Hilfs-Arier. Gerülpst.

Wir holen die Pillenbox aus der Innentasche des Jacketts und spendieren Edgar dem Schrecklichen ein, zwei, drei, vier, fünf, sechs, sieben Tabletten ins Glas. Rühren kräftig mit dem Finger um. Zum Glück löst sich das Zeug auf. Sprudelt ganz schön, aber beruhigt sich auch wieder. Finger abgelutscht. Leicht bitter, fällt kaum auf. Der pinkelt ne halbe Ewigkeit. Bei so viel Southern kein Wunder. Sein Whiskey sieht wieder aus wie vorher. Genialer Einfall. Schwein gehabt. Blödes Schwein, das.

Dann geht die Tür auf. Heino kommt zurück.

»Auf ex-ex-ex!«, rufe ich.

Der grinst immer noch. »Sie kriegen ja den Hals nicht voll, Inspector.«

Wir trinken.

Jetzt grinse ich.

Der Alte setzt sich hin und starrt mich an. »Also?«

»Was, also?« Plötzlich kommt er mir gefährlich vor.

»Haben wir einen Deal?«

»Weiß nicht. Du Knalltüte.«

»Wenn ich geahnt hätte, dass Sie so wenig vertragen, wären wir auch mit der Hälfte des Whiskeys hingekommen. Denken Sie nach, Mann.«

»Denkste …«

»Sie haben alle Zeit der Welt.«

Wir schweigen. Ich versuche, nicht einzuschlafen. Die Frisur des Albinos hat wieder auf seiner Glatze Platz genommen und streckt mir die Zunge raus. Freche Perücke, asoziale. Das ganze Haus steht schief. Nur der Typ sitzt kerzengerade. Wie der das macht. Ich schiele ihn an. Das Zeug muss doch langsam mal wirken. Irgendwie. Sieben Dinger. Nichts passiert. Ewigkeiten machen sich auf den Weg in die Ferien, haben alles dabei: Kamm, Gebiss, Gebetbuch. Aufnimmerwiedersehen, ihr Wichser!

Stille.

Der betrachtet uns ohne jeden Gesichtsausdruck. Die reinste Verhaltensforschung. Sind wir denn hier im Zoo. Scheißgreis. Feiste Fresse, nichtssagende. Gerötet, unschön, grobporig. Geplatzte Äderchen. Säufer. Immer noch nichts.

Kann es sein. Sieben Dinger. Sind das etwa Placebos. Platon-Placebos. Das wäre ja noch schöner. Die ganze Zeit selbst verarscht. Oder wie. Uns wird schlecht und schlechter. Abersowasvon. Dämlicher Whiskey. Dreckszeug. Nie wieder Alkohol! Immer noch nichts. Hui!

Wir rutschen.

Meine Hände reißen alles mit. Glas klirrt, Kopfnuss vom Fußboden, merci beaucoup. Überall Whiskey.

Der Albino lacht laut und abgehackt wie ein Cartoon-Bösewicht, harrr-harrr-harrr. So ein Affe.

Ich liege, er steht. Nicht gut. Die Wampe über mir wie ein Vordach aus Speck.

»Also?«

Ich kratze den Rest von mir zusammen. Gaarder wird zufrieden sein. Den Mörder habe ich. Wenn auch nicht hinter Gittern. Auftrag trotzdem ausgeführt.

»Deal«, keucht Platon.

»Wie stehen Sie mit Gaarder in Kontakt?«

»Sms.«

»Gut. Schreiben Sie ihm eine Nachricht, dass er sofort kommen soll.«

»Hosentasche …«

Der Typ greift mir in die Hosentasche und holt mein Handy raus. Flucht laut. »Das Ding ist aus, Ahorn!«

»Sag Plankton zu mir, du …«

»Jetzt ist Schluss mit dem albernen Mist! Warum ist das Ding aus?«

»Akku …«

»Haben Sie das Ladekabel dabei?«

»Mm-Mm.«

Er beugt sich über mich. Packt mich am Kragen. »Sobald

es an der Steckdose hängt, schreiben Sie Gaarder, dass er *sofort* kommen soll. Er muss morgen hier sein. Um jeden Preis. Verstanden?«

Ich nicke.

»Sicher?«

Ich nicke.

»Und Sie reisen morgen ab.«

Ich nicke.

»Ich überwache das.«

Ich nicke.

»Gut. Danke, Inspector. Richtige Entscheidung.«

Er lässt meinen Kragen los, Platons Kopf donnert auf den Fußboden.

Chenpo, Francis und Hanif kommen rein, tragen mich raus, legen mich auf die mit einem Gebetsteppich bedeckte Rückbank des pistaziengrünen Jeeps. Verdammte Fallensteller. Surensöhne, elendige. Mein Kopf auf Hanifs Schoß. Strafe muss sein. Gewürzdufttrauma.

Der Chor wird wieder eingeschaltet. Jauchzet! Frohlocket! Hanif lacht. Der hat plötzlich die allerbeste Laune. Ein Pazifik voller Oberwasser. Spaßvogel. Und was für einer. Kannste mal sehen. Macht sich über den guten alten Platon lustig. »Wer sein Maul zu weit aufreißt, dem fließt auch mal was rein!« Alle lachen mit. Chenpo gibt Gas. Rumpeldipumpel. Wie brettern über Stock und Stein. »Wenigstens kann er alles austrinken, was ausgetrunken werden muss!« Gelächter. Auf und ab. Vor allem ab. Thymian, Rosmarin, Salbei. Zentrifugenfeeling. Der Penner stinkt wie ein Kräuterbraten. Dem Kräuterbraten laufen die Tränen über die Wangen, dermaßen viel Spaß bereitet ihm ein besoffener Detective Inspector. Kaum zu glauben. So kann man schon mit kleinen Sachen

Beamtenkindern Freude machen. »Wer sich als echter Kotzbrocken erweist, der darf sich auch nicht wundern, wenn er sich übergibt!« Allgemeine Heiterkeit.

Grummel, Grummel.

Dann spritzt mein Magen dem grinsenden Hanif einen harten Strahl Magensäurewhiskeyavocadobrot in die jauchzendfrohlockende Visage und kippt ihm unter säuischem Grunzen den restlichen Inhalt in drei schnellen Schüben auf die Kaftanwampe. Plauzet! Frohlocket!

Schwarzvoraugen.

*

Ich wache auf. Wüste. Hitze. Sand. Mein Hals ein versteinerter Kaktus. Mein Kopf ein führendes Versuchslabor für die Erzeugung von ultimativem Weltschmerz. Ich drehe mich um mich selbst und verliere das Gleichgewicht, falle blind, schlage hart auf. Aua. Dann kracht etwas mit Verspätung auf mich herunter und geht zu Bruch. Doppelaua. Eine Stimme, die mir ins Gewissen redet. Sanft. Freundlich. Francis. Noch jemand. Ich schlafe wieder ein.

Aufwachen. Tasten. Scherben. Stöhnen. Einschlafen.

Alles ein Brei. Kopfmatsche. Der Schmerz sticht jetzt. Ich zwinge mich. Augen auf! Klappt nicht. Gewichte an den Lidern. Noch mal. Jetzt aber. Ein bisschen Hellgrau. Weich. Immer noch Scherben. Eine sehr dünne, sehr weiße Schlange, die sich um meinen Hals windet. Francis' Dünndarm! Igitt! Nein. Aha. Das Kabel der Nachttischlampe. Roter Teppich. Der Lampenfuß ein Trümmerhaufen. Mein Gästezimmer in der Morgendämmerung. Ich reiße die Schlange aus der Steckdose, befreie mich, krieche grunzend aufs Bett. Jesus leidet mit mir. Unendlicher Durst versus unendliche Müdigkeit. Das Duell der Giganten. Schiedsrichter: unendlicher Kopfschmerz. Jahrelanges Abwägen von Für und Wider. Der Durst gewinnt. Ich stehe unter größten Qualen auf. Schleiche gebückt durch die Tür ins Badezimmer, knie vor der Toilette nieder wie vor einem Schrein und kotze daneben. Es hört nicht auf. Irgendwann nur noch leeres Aufbäumen. Dann nichts mehr. Herr im Himmel! Bitte nimm dieses widerliche Befinden so schnell wie möglich von mir! Der Herr verweist mich an Aspirin.

Ich finde die Schmerztabletten im Badezimmerschrank. Nehme fünf Stück und saufe sechs Gläser Wasser dazu. Einatmen. Ausatmen. Setze mich auf den Rand der Badewanne. Sehe Hanifs lachendes Gesicht. Dann Hanifs schreiendes Gesicht. Moorleiche. Zugekleistert mit Halbverdautem. Immerhin etwas. Ich versuche mich zu erinnern. Zwölf, dreizehn Stunden. Weiter komme ich nicht. Ich versuche es noch mal. Mit aller Kraft. Delete. Rückblick unmöglich. Keine Ahnung, was ich vor vierundzwanzig Stunden gemacht habe. Nicht gut.

Als ich zurück ins Zimmer schleiche: Überraschung. Beide Koffer sind schon längst gepackt. Picobello. Alles drin. Frische Sachen für heute ordentlich rausgelegt. Wasser und Obst, Reiseproviant. Francis, du Mutti. Ein großes Blatt Papier, das an die Innenseite der Zimmertür geklebt ist:

Einen gesegneten Morgen, Platon!
Zur Erinnerung: die Celebration fliegt um 13:00 Uhr. Bis spätestens 11:30 Uhr solltest du eingecheckt haben. Am Flughafen weiß man Bescheid. Du kannst

den Wagen nehmen, um zum Airport zu fahren. Bitte sei sehr vorsichtig – Restalkohol unterschätzt man leicht! Lass das Auto einfach auf den Besucherparkplätzen stehen, es wird dann später abgeholt. Frühstück ist vorbereitet. Wir erwarten José Gaarder noch heute. Mach es gut. Es grüßen dich herzlich,
C., H., E., F.

Leckt mich doch am Arsch, C. H. E. F., sage ich und sehe, dass um mein Bett herum eine Armada von Weckern platziert ist. Zwölf Stück. Die Typen wollen mich wirklich loswerden.

Auf dem Nachttisch liegen Smith & Wesson. Keine Patronen in der Trommel. Ein Blick in den Koffer genügt. Die Ersatzpatronen sind auch weg. Meine Berichte ebenfalls. Verfluchte Scheiße.

Ich gehe in Francis' Schlafzimmer: leer. Unten ist niemand. Auf dem Küchentisch Toastbrot, Marmelade, Eier, Tofuwurst, Honig. Die Kaffeemaschine ist vorbereitet. Ich drücke den Startknopf. Gluckern und Sprotzen. Duft und Dampf. Die Schmerztabletten beginnen zu wirken. Der Magen lehnt festes Frühstück trotzdem ab. Wir setzen uns mit einem heißen Milchkaffee in den Garten und beobachten unseren finalen Gondwana-Sonnenaufgang, als wäre er eine angemessene Erklärung für alles, was in den letzten Tagen passiert ist. Blick aufs Handy. Anscheinend habe ich gestern Nacht noch eine SMS an Gaarder geschrieben, obwohl der Gesendet-Ordner leer ist. Aber im Posteingang wartet die Antwort: *Ich komme. G.*

Wir spüren unendliche Erleichterung. Tränen schießen mir in die Augen, und meine Lippen sprechen endlich aus, was mir schon die ganze Zeit auf der Zunge lag: Danke, Gott! Danke, Gott! Danke, Gott! Ich falte die Hände und beginne zu beten.

Oben springen zwölf Wecker gleichzeitig an.

V

Das Ankunftsterminal: ein überdimensioniertes Gewächshaus. Haushohe Sprossenfensterwände, darüber ein geschwungenes, gläsernes Endlosdach. Prächtige Palmen, die es niemals bis zur Decke schaffen werden. Überall Kameras. Schritt für Schritt gehe ich der sonnigen Weite dieser Begrüßungskathedrale entgegen, die den gerade gelandeten Tagesgästen unmissverständlich klar macht, dass sie ab sofort vierundzwanzig Stunden lang Auserwählte sind, Glückskinder Gottes, lauter grandiose Unwahrscheinlichkeiten.

Auf meinem Weg zum Check-in muss ich an sämtlichen frisch gelieferten Religionstouristen vorbei: Araber, Inder, Europäer, Chinesen, Amerikaner. Manche beten, fast alle haben sich schon verkleidet, stehen in bunten Fantasiekostümen geduldig vor den Kontrollschaltern Schlange. Müde, aber selig. Ein Lächeln auf den Lippen, das während dieses Kurzurlaubs nicht mehr nachlassen wird, Halleluja! Der schönste Day of Faith ihres Lebens liegt direkt vor ihnen. Jetzt soll er sich bitteschön bilderbuchmäßig erfüllen. Eine Gruppe Dogmenabhängiger auf dem größten aller denkbaren Trips. Vollgedröhnt mit Glaube und Erwartung. Gnade ihnen Gott.

Von einer Sekunde auf die andere schäme ich mich in Grund und Flughafenboden. Diese Menschen haben sich vermutlich ihr Leben lang auf den Trip zur Peace Party gefreut. Es gibt überhaupt keinen Grund, ihnen gegenüber so feindselig eingestellt zu sein. Es ist nur mein Unvermögen, ihre Beweggründe zu verstehen, das mich andauernd so knüppelhart sein lässt. Friedlicher als diese Männer, Frauen und Kinder kann man nicht sein, ich glaub, ich spinne, dass ich plötzlich nachsichtig werde mit den abergläubischen Schweinepriestern! Diese vollindoktrinierten Jasager sind doch daran schuld, dass dein Planet das universelle Zentrum für Tiefkultur und kolossalen Wahnsinn ist! Was geht denn bitteschön mit uns ab, Platon?! Die verfluchte Irreninsel weicht dir ja langsam aber sicher meine Birne auf!

Letzter Blick zurück: die vier Kirchen des Holy Hill in strahlendem Weiß. Das Dreieck der Gebetspyramide reflektiert die Sonne und blendet mich mit einem gleißenden Lichtstrahl. Genau jetzt habe ich das absurde Bedürfnis, den Global Prayground zu betreten und mich mit dem Herrn im Hause auszusprechen. Ganz offen. Über mich. Über alles, was hier unten schiefläuft. Über alles, was ich nicht kapiere. Könnte eine längere Unterhaltung werden. Obwohl ich natürlich verstehe, dass er sich nicht permanent einmischen kann in das Leben seiner Schöpfung. Dass er sonst vom Kleinsten bis zum Größten alles regeln müsste, hier unten, dass er sich diese Welt auch hätte sparen können, wenn er danach bei jedem Ameisenkampf Jury spielen soll. Dass wir uns selbst beweisen müssen, als Menschen, vor ihm. Dass wir lernen müssen, seine Gebote zu befolgen und auf ihn zu vertrauen. Dass der Glaube damit beginnt, auf rationale Belege für seine Existenz verzichten zu können. Als ob er uns schnöde Beweismittel hinterlassen würde, wenn er uns doch gerade dazu auffordern will, unsere *Hoffnung* in ihn zu setzen! Ich verstehe doch, dass wir keine Rundumbetreuung erwarten können und auch nicht, dass immer alles gut geht! Er hat ja immerhin eine lebendige Welt geschaffen und keinen gepolsterten Schutzraum. Wichtig ist doch nicht, was uns hier widerfährt, im großen Testlauf. Wichtig ist, dass wir auf ein Leben nach dem Tod hoffen dürfen. Wenn wir uns bewährt haben. Selig ist der Mann, der die Anfechtung erduldet; denn nachdem er bewährt ist, wird er die Krone des Lebens empfangen, welche Gott verheißen hat denen, die ihn liebhaben. Als Platon einfällt, dass es diesen tollwütigen Tausendsassa gar nicht gibt, wende ich mich lachend ab.

Was ist los, Junge? Sag mir, was los ist mit uns!

Keine Ahnung! Das muss an den Scheißpillen liegen! Amen!

Noch rund vierzig Minuten bis zum Schließen des Check-in-Schalters. In anderthalb Stunden hebt die Celebration ab.

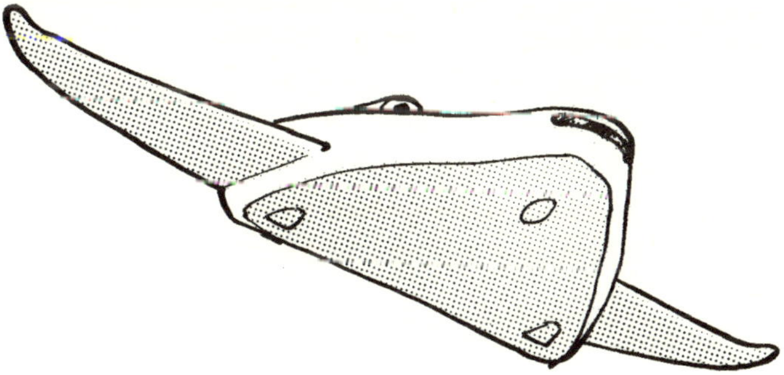

Wehmut und Vorfreude haben mittlerweile ein Gleichgewicht in mir gefunden. Ich spüre, dass Platon vollkommen mit mir im Reinen ist. Dass es für Gaarder höchste Zeit wird, jetzt endlich zu übernehmen. Unergründliche Wege. Übergeordnete Pläne. Das große Ganze. Zum Mäusemelken.

Dann entdecke ich ihn.

Er steht hinter einer Säule und liest die *Better Times*. Sonnenbrille. Pilotenuniform. Etwas löst sich ab, knallt mit voller Wucht gegen meine innere Glasscheibe, reißt das kleine Loch, das Jane geschlagen hat, weiter auf. Fenstergroß. Und die Ränder bröckeln. Unaufhaltsam.

Das ist er.

Jetzt sieht er mich. Kommt eilig auf mich zu.

Instinktiv drehe ich mich um.

Hinter mir ist niemand.

Seine Eile gilt mir. Mein Puls schießt schlagartig in die Höhe.

Ich versuche, möglichst locker zu wirken. Gehe auf ihn zu. Er rennt fast. Dann ist er da. Setzt die Sonnenbrille ab. Wir stehen voreinander und sehen uns in die Augen.

Mir bricht der Schweiß aus.

Immer mehr Teile der Glasscheibe verabschieden sich. Immer mehr frische Luft weht mir ins Hirn. Und, so dämlich das auch klingt, ins: Herz. Ich fühle mich frisch belüftet. Gleich wird Platon – verstehen.

»Da sind Sie ja endlich«, sagt ich. Der Satz kommt längst nicht so selbstbewusst, wie geplant.

»Wir sollten uns unterhalten.« Dunkle Stimme.

»Äh … hier?«

»Die Zeit ist ein Dauerläufer. Manchmal sprintet sie sogar.«

»Weiß ich selber.«

»Kommen Sie mit.« Coole Sau. Er nickt mit dem Kopf Richtung Check-in und geht mit schnellen Schritten voraus. Ich habe Mühe, ihm mit meinen beiden Koffern zu folgen. Er joggt beinahe. Kurz glaube ich, er will mich abhängen.

Dann biegt er in einen Flur ab, gelbe Schilder, Personalbereich, zwei Global-Air-Stewardessen an einer Kontrollschranke. Er grinst, zwinkert, präsentiert seinen Goldzahn, zeigt einen Airline-Ausweis, deutet auf mich. Die beiden Uniform-Parras nicken. Ich merke, dass ich schwitze wie ein Schwein. Dass etwas äußerst Unschönes bevorsteht. Erste Zeugnisvergabe mal einhunderttausend.

Er hält mir die Tür zu einem kleinen Besprechungsraum auf. Wir gehen hinein. Er schließt ab. Wir setzen uns an den gläsernen Tisch.

Mein Herz pumpt wie verrückt. Plötzliche Unsicherheit. Vortasten. »Sie haben mich hierher geflogen«, sage ich, obwohl ich es eigentlich fragen wollte.

Er nickt.

»Platon Ahorn«, sage ich.

»Ob Sie's glauben oder nicht, das ist mir durchaus bekannt. Wie zur Hölle haben Sie es geschafft, alleine runterzukommen?«

»Runterzukommen?«

»Von dem Teufelszeug.«

»Teufelszeug?«

Er glotzt mich an. »Was ist schiefgelaufen?«

Ich stutze. »Das weiß ich nicht. Ist was schiefgelaufen?«

»Wenn Sie mich erkennen, haben wir ein Problem! Und zwar ein massives! Wie geht es Ihnen? Wie fühlen Sie sich?«

»Schwierige Frage. Mal so, mal so. Eigentlich ganz gut.«

»Okay. Okay. Langsam. Eins nach dem anderen. Was machen Sie hier?«

»Ich soll abfliegen.« Blick auf meine Uhr. »In 90 Minuten.«

»Sie sollen abfliegen. Kontrollfrage: Wer sagt das?«

Ich teste ihn. »C. H. E. F.«

Er kratzt sich sein Kinn und sieht mich an, als hätte ich mir auf dem Weg zum Flughafen ein 1000-Liter-Fass Southern reingekippt. Offenbar besitzt das Kürzel für ihn keine Bedeutung. Ich werde misstrauisch.

»Scheiße«, sagt er. »Wer zur Hölle ist *Chef*?«

»Wer zum Teufel sind Sie?« Meine Skepsis wächst jetzt mit jeder Sekunde. Er kommt mir nicht mehr sympathisch vor. Auch nicht wie ein Pilot. Vielleicht hat Edgar der Fettbäuchige mich beschissen und er hier ist der echte Mörder von Trenk. Oder aber ... Das Abbrechen der Glasscheibe kommt zum Stillstand. Am liebsten würde ich sie wieder zusammenflicken. Ich hänge halb drinnen, halb draußen. Ein widerliches Gefühl. Brrrrr.

»Sagen Sie mal, haben Sie getrunken?« Er schnuppert.

»Gestern. Warum?«

»Scheiße. Verfluchte Scheiße. *Was* ist passiert?!«

»Was soll passiert sein? Auftrag ausgeführt. Sie dürfen mich nach Hause fliegen.«

Jetzt fällt bei ihm der Groschen. Pfennigweise. »Sie erkennen mich also doch nicht?«

»Natürlich«, sage ich. »Sie sind der Pilot der Celebration.«

Er atmet durch. »Okay, Sie sind noch drauf.«

»Ganz bisschen Restalkohol. Nicht so wild.«

»Das meine ich nicht.« Ächz. »Eins nach dem anderen. *Wann* haben Sie die letzten Tabletten genommen?«

»Heute Morgen. Fünf Aspirin.«

»Konzentrieren Sie sich, Ahorn! Ich meine Ihre Prophylaxe!«

»Sagen Sie Platon zu mir, ich ...«

»Wir haben keine Zeit für Spielchen! *Wann*?«

»Ach so. Die Scheiß-Placebos.« Ich denke nach, so scharf ich kann.

Der Pilot packt mich am Kragen. »Wann haben Sie die letzte genommen?!« Echte Aufregung. »Sagen Sie schon, verdammte Scheiße! Los!« Sein Goldzahn blitzt mich bedrohlich an.

Ich kann micht nicht erinnern. »Ich kann mich nicht erinnern …«

»WAS?! SCHEISSE!«

»Ich mag ja das Wort Scheiße, aber …«

»KACKE!«

Ich setze jetzt alles auf eine Karte. »Sie sind José Gaarder, oder?«

Gleich bricht er zusammen. Sieht mich so kariert an, als müssten wir den Holy Hill in zehn Minuten regenbogenfarben gestrichen haben, um die Welt zu retten.

»Ich wusste es!«, ruft er, »ich hab's Ihnen gleich gesagt! Das kann nicht klappen!« Schlägt auf den Tisch, dass es kracht. Denkt nach. »Okay. Erzählen Sie mir, was passiert ist. Von Anfang an.«

Ich verstehe kein Wort. Mir fällt nur eine einzige Frage ein, auch wenn ich mir dabei vorkomme wie ein Haushaltsroboter mit Kabelbrand: »Woher weiß ich, dass ich Ihnen trauen kann?«

Er springt auf. »Sie haben doch am Anfang dieser defekten Unterhaltung selber meinen Namen gesagt! Ist das nicht Beweis genug?!«

»Am Anfang dieser Unterhaltung …?«

»Ja. Ganz am Anfang.«

Stille.

Die Stille wird zu einem backofenheißen Kokon, der die exakten Ausmaße meiner Haut hat. Ich sitze in diesem Kokon und kann nirgendwohin.

Blut rauscht in meinen Ohren.

Ich lache laut. Aus meinem Mund kommt ein Krächzen. »Freundchen, was haben *Sie* denn gestern getrunken?« Durchschaubar gespieltes Amüsement. Nervöses Zucken. »Ich habe am Anfang dieser Unterhaltung *meinen* Namen gesagt. Nicht *Ihren*.«

»Drauf geschissen«, sagt er und beugt sich ein Stück vor. »Hör jetzt mal gut zu. ICH …«, er betont jedes Wort, zieht es in die Länge wie gut gebutterten österreichischen Strudelteig, blickt mir kalt in die Augen, »… bin Platon Ahorn.«

Mein Kopf verstummt. Die Frage, die ihn augenblicklich ausfüllt, darf nicht hinaus. Meine Angst ist zu groß. Ich will nichts mehr hören. Nie wieder. Verstummen, erblinden. Meinetwegen ab in den Himmel. Auffahren, untergehen. Für immer in Watte weggepackt. Elendig begraben. Hauptsache, nicht hinhören müssen, nichts verstehen. Aber er kennt kein Erbarmen.

»SIE«, sagt er genauso langsam, »sind José Gaarder.«

Das Glasstück, das sich jetzt verabschiedet, zeigt mir, wie groß die Scheibe war. Wie groß sie immer noch ist. Wie sehr ich mich verrechnet habe. Schweißtropfen kitzeln auf meiner Wange. Puls im Infarktbereich. Ich zittere. Mein Hirn summt wie Wespenlaub.

»Das kann nicht sein …«

»Ach ja? Warum denn nicht?«

»Gaarder hat mir SMS geschrieben!«

»Sie dürfen dreimal raten, wer das war.«

Pause.

»Ich bin Polizist! Ich habe einen Ausweis!«

»Von mir persönlich gefälscht.«

»Ich bin doch … genau wie Sie! Ich bin ein zweiundvierzigjähriger, muskulöser, gut aussehender Detective Ins …«

»In Ihrer berauschten Einbildung vielleicht. Sie haben wohl länger nicht in den Spiegel gesehen! Sie sind ein alter Sack, Gaarder!«

»Ich habe eine Waffe!«

»Schreckschusspistole.«

»Das kann …«

»… unmöglich sein. Ja, ja, ich weiß.«

Meine Stimme ein verzweifeltes Fiepen: »Ich habe damit Löcher in die Decke eines Busses geschossen!«

»Sie haben nur abgedrückt. Oder haben Sie die Löcher gesehen?«

Stille.

»Wir geben Ihnen doch keine scharfe Waffe, wenn Sie bis oben hin vollgepumpt sind mit diesem Dreck.« Er hat sich das Telefon gegriffen, das auf dem Tisch steht und tippt eine lange Nummer in die Telefontasten. Wartet.

Ich höre das monotone Freizeichen. Ich friere plötzlich.

Jetzt nimmt am anderen Ende jemand ab. »Frau Doktor Amann? Platon Ahorn hier.« Ich zucke zusammen. »Geht nicht anders, kein Empfang. Nein. Wir müssen jetzt auf eine verschlüsselte Leitung verzichten. Hören Sie mir zu: Super-GAU. … Dafür hab ich keine Zeit. Ich musste identifizieren. Moment. Moment! Ich weiß … ich kann das erklären … das ist jetzt nicht zu ändern, ich sage doch: SUPERGAU! Weiß ich. Weiß ich alles. Ja, ja. Ja! Verfluchte Scheiße, der taucht hier plötzlich am Airport auf und erzählt mir, er würde gleich abfliegen! Hat die Abstände nicht eingehalten! Was? Nein, er kann sich angeblich nicht erinnern!«

»Mindestens vierzehn«, flüstert José Gaarder.

»Mindestens vierzehn, sagt er … Ja, ist mir klar, ist mir absolut klar. Und jetzt kommt das Beste: Er stinkt nach echtem ALKOHOL, und zwar nicht zu knapp. Das weiß ich doch nicht! Vielleicht hat er vergorene Früchte gefressen, der Vollidiot!«

Gaarder schüttelt den Kopf.

»Was jetzt? Gut, ich höre zu. Keine Sorge … Moment, das können wir sofort klären.« Ich sehe Gaarder an. »An was genau können Sie sich erinnern? Erzählen Sie mir die letzten vier Tage! Los!«

»Heute morgen. Bei Francis …«

»Weiter!«

»Gestern Abend … in der Hütte …«

»Gestern Abend in der Hütte. Gut. Weiter. Was war gestern Mittag?«

»Kein Ahnung.«

»Wie viele Tabletten haben Sie noch?«

»Ich verpasse meinen Flieger …«

»GAARDER! WIE VIELE? ZÄHLEN! SCHNELL!«

»Keine.«

Stille.

»Das ist nicht Ihr Ernst. Wo sind die Dinger?«

»Ich fürchte …«

»Was fürchten Sie?!«

»… in Edgars Hirn.«

Stille.

Ich lasse den Hörer sinken und schaue mir diesen jämmerlichen Wurm an, der die Ehre hatte, sich vier Tage lang für mich halten zu dürfen. Und der dabei nur Scheiße gebaut hat. Ich bin nicht sicher, ob ich richtig gehört habe. »Edgar?! Trenk Edgar Benedict?!«

Gaarder weint. Und wie. Vor ihm pladdert es nur so auf die Tischplatte. Lächerlich. Unwürdig. Unglaublich. Wenn ich das jemandem im Palast erzähle, lassen die mich einweisen.

»Hören Sie auf zu heulen, Gaarder! Benedict lebt? Hab ich das gerade richtig verstanden?!«

»Ich kenn den Typen doch nicht!« Gaarder brüllt jetzt, seine Stimme überschlägt sich, wird spitz und hoch und hässlich. »Albino! Haare wie Heino! Augen wie ein Kaninchen! Säuft jeden untern Tisch!«

»Frau Doktor Amann? Haben Sie mitgehört?

»Ja ... Wie konnte er denn bloß ...«

»Schauen Sie in der Kartei nach. Schnell.«

Das Klickern einer Computertastatur.

»Das ist er.« Frau Doktor kommt so atemlos aus dem Hörer, als hätte man sie gerade ordentlich rangenommen: »Trenk Edgar Benedict. Siebenundsiebzig Jahre. Ein Albino. Und Herr Gaarder hat ihm wirklich seine Psychodeutika verabreicht? Wie viele waren das denn?!«

»Wie viele von den Dingern hat Benedict gefressen?«

Gaarder hält heulend sieben Finger hoch.

»Scheiße. SIEBEN.«

Amann im Nonnentonfall: »Der Herr sei mit ihm.«

»Mit wem? Mit Benedict oder Gaarder?«

Frau Doktor heult jetzt auch. Ich stelle mir vor, wie sie mit ihrem schwarzen Dutt in ihrem schwarzen Kostümchen an dem von unten beleuchteten Schreibtisch sitzt, auf den sie so gerne spontane Gedanken mit wegwischbaren Aromafilzstiften notiert, weil sie das für futuristisch-kreativ hält. Ich sehe vor mir, wie die Tränen ihre Schminke verschmieren, wie ihre Riesenbrüste vor Kummer beben. »Mit beiden!«, schluchzt sie. »Mein Gott!«

Ja, dein Gott, denke ich, und was macht der so, während wir hier bis zum Hals in der verfluchten RIESENSCHEISSE stecken? All-Inclusive-Urlaub auf Lesbos?

Amann keucht jetzt in die Leitung. Klingt gar nicht schlecht. »Sie müssen Benedict suchen, Platon! Sofort!«

Die nun wieder. Seelenretterin, verpeilte.

»Frau Doktor, wie stellen Sie sich das denn vor?« Ich gebe mir Mühe, einen freundlichen, überlegten Tonfall hinzukriegen. »Schauen Sie, das hier …«

»Siebenhundert Milligramm Idalin, ohne Einstellung! Sie müssen Benedict die Spritze geben, Platon! So schnell wie möglich!«

»Welche Spritze? Ich hab hier an die dreißig Spritzen!«

»Das Mesaglobin! Nicht zu verwechseln, steht drauf, intravenös! Das ist, warten Sie … das ist die zwölfte Spritze unten links im Tableau.«

»Ich weiß doch überhaupt nicht, wo der Vogel steckt! Vor zwei Minuten waren wir uns alle sicher, dass der im himmlischen Kastratenchor als Tenor auftritt!«

»Ahorn. Hören Sie mir zu. Fragen Sie Herrn Gaarder, ob er ein Auto am Airport hat. Oder ob es da Taxis gibt.«

»Ach, Scheiße ist das doch alles! Gaarder, haben Sie ein Auto hier?«

Der heult immer noch. »Karmann Ghia …«

»Carmen soundso, sagt der. Völlig durchgeknallt.«

»Was für eine Carmen?!«

»Weiß ich doch nicht! Ne Italienerin wahrscheinlich!«

»Oh Gott!« Amanns Stimme wird brüchig. »Hoffentlich hat er sich nicht mit Damen eingelassen …!«

»Gaarder! Ob Sie ein AUTO hier haben, Mann! Ja oder nein?«

»Ja …«

»Na, bitte.« Frau Doktor hat jetzt Mut gefasst. Ich könnte kotzen. »Platon. Sie gehen sofort zum Schließfach und holen den Notfallkoffer. Dann geben Sie Herrn Gaarder ein Beruhigungsmittel und den ersten Identifikationstransmitter. Mit viel Wasser. Genau wie wir es in den Schulungen gemacht haben. Verstanden?«

Ich grunze etwas, das ein Ja sein könnte.

»Gut. Dann versuchen Sie, Benedict zu finden. Er wird vermutlich sechs bis acht Stunden nach der Einnahme kollabiert sein. Wann und wo hat er die Tabletten eingenommen?«

»Gaarder«, sage ich, »wann und wo haben Sie Benedict das Zeug verabreicht?«

Der sieht mich mit leerem Blick an. Komplett erloschen. Unter Schock. Verloren in der Ich-Spaltung.

»Haaallooo!«

»Gestern Abend. Bei ihm zu Hause.«

»Finden Sie da hin?«

Er nickt.

»Okay, Frau Doktor«, sage ich, »wir versuchen das jetzt meinetwegen, aber eins zur Klarstellung. In meinem Vertrag steht von solchen Einsätzen nichts drin. Ich bin kein Arzt. Wenn da was schiefgeht, kann Gaarder sich aussuchen, welche seiner Persönlichkeiten am Ende die Verantwortung übernimmt, der echte Platon Ahorn ist es jedenfalls nicht. Klar?«

»Jetzt beeilen Sie sich doch!«

»Moment noch. Benedict spritze ich das Zeug, was mache ich mit Gaarder? Gebe ich ihm noch Idalin, oder was?«

»Um Himmels Willen, Platon! Herr Gaarder darf jetzt auf gar keinen Fall noch mehr Psychodeutika einnehmen! Eventuell fällt er dann irreversibel in Ihre Identität zurück. Also bitte: Halten Sie Ihren Idalin-Vorrat unbedingt unter Verschluss!«

»Okay. Was mache ich dann mit ihm?«

»Geben Sie ihm nur das Beruhigungsmittel und den Transmitter, sonst erst mal *gar nichts*. Beobachten Sie ihn. Der Alkoholabusus, die nachhaltig verletzten Distanzen, eventuelle emotionale Ausnahmezustände wegen dieser ... Carmen, der Schock einer nicht vorbereiteten Identifizierung – Herr Gaarder steckt jetzt zwischen den Persönlichkeiten. Eine schwere Egolepsie, die sich vermutlich stark in seiner Mimik widerspiegelt. Wohin sein Identitätsbewusstsein sich in den nächsten Stunden verlagert, lässt sich von hier aus unmöglich sagen. Behalten Sie ihn im Auge. Melden Sie sich bei stark abweichenden Auffälligkeiten. Heute Abend schließen Sie ihn an den W-LAN-Gehirnstrommesser an, dann entscheide ich, welchen Wirkstoff Sie ihm verabreichen.«

»Okay.«

»Können Sie das alles behalten?«

»Ich kann alles, was gekonnt werden muss.«

»Gut. Viel Glück!«

»Und wenn der Mist hier vorbei ist, Schätzchen, dann lassen wir beiden Hübschen mal die Puppen tanzen. Abgemacht?«

»Also, das ...«

»Ja oder nein.«

»Ja.«

»Versprochen?«

»Sie sind unmöglich, Ahorn!«

»Sagen Sie Platon zu mir, ich bin schließlich kein Baum.«

»Sie sind unmöglich, Platon!«

»Ach komm, du willst es doch auch. Also: versprochen?«

»Versprochen. Gott steh' Ihnen bei!«

»Bloß das nicht.« Ich drücke das Gespräch weg und knete mein Gesicht mit den Händen. Ein Wunschbild ploppt vor mir auf: die türkische Therme in Harlem, Dampfbad, Frau Doktor massiert mich, Golden Goal inklusive, zwei Echtfleisch-Quarterpounder mit Chilicheese und Trüffel-Mayonnaise plus eine eisgekühlte Flasche Real Southern Comfort. Schlafen. Wie weit ist das alles gerade von mir weg. Wie nah sind José und sein dämlicher Religionskrieg an mir dran. Ein Plan ist immer nur so gut wie seine absolut detaillierte Ausführung. Tausendmal habe ich dem Typen das gepredigt. Aber der feine Herr kramt immer nur sein arrogantes Grinsen raus und behauptet, der Einzige, der einen Plan absolut detailgetreu ausführen könne, sei Gott. Na, bitte, das hat der Heckenpenner jetzt davon.

»Los geht's«, sage ich.

Gaarders Kopf sinkt auf die Tischplatte.

*

Wir zuckeln durch die Mittagshitze von Gondwana wie zwei Raumpiloten, die sich mit ihrem museumsreifen Schiff in die zähflüssigen Ausläufer einer zugedröhnten Galaxie verirrt haben. Auf den Palmenwipfeln keifen weibliche Vögel ihre Lebensabschnittsgefiederten an. Die Außerirdischen und ihre Kinder latschen mitten über die Milchstraße, tragen vereinzelt schon haarige Helme, Flossen, Flügel oder stecken zu zweit unter einer karierten Decke mit Pappmachépferdekopf und borstigem Schweif. Sie haben sich durch schweißtreibende Metamorphose zu Randy, Sandy, Mandy und Wendy verpuppt, ziehen in Scharen zur Universal Peace Party, sie singen behindert, tanzen behindert und behindern den Verkehr. Ich fluche. Immer wieder müssen wir anhalten, abergläubische Schafherden passieren lassen, Schrittgeschwindigkeit fahren. Wenn ich laut hupe, verstehen die Glückseligen in ihrer triumphierenden Entrücktheit das noch als Anfeuerung, tanzen wie wild um die Karre, jubilieren und preisen ihre Götzen. Mein rechter Fuß würde am liebsten das Gaspedal durchtreten, und ich kann ihn nur mit sehr viel Mühe davon abhalten, sämtlichen Göttern dieser Welt eine große Portion frischen Homo-Sapiens-Hackepeter als fulminantes Blutopfer zu kredenzen.

Gaarder ist auf dem Beifahrersitz in sich zusammengesackt, seine Hände sind zum Gebet gefaltet. Er flüstert tonlose Worte vor sich hin, die Lippen immer in Bewegung. Wenigstens heult er nicht mehr, seit er die Beruhigungsspritze gekriegt hat. Der Identifikationstransmitter braucht Stunden, um eine vorbereitende Wirkung zu entfalten, das wurde in den Schulungen oft genug erwähnt. Wie das Zeug auf eine so unregelmäßige Idalin-Einnahme plus echten Alkohol reagiert, weiß kein Mensch. Neben mir hockt also ein schizophrenes Versuchskaninchen, in dessen Schädel Himmel und Hölle jetzt ihr Miniatur-Armageddon ausfechten. Amann blättert vermutlich gerade verzweifelt sämtliche Testreihen, Grafiken und Zahlenkolonnen durch und versucht herauszufinden, ob Cheffe überhaupt noch mal als Cheffe zurückkommt, oder ob sie in Zukunft einer verwirrten Platon-Ahorn-Kopie unterstellt ist, die ihr ab und zu kräftig auf den perfekten Arsch haut und sofort danach Gott um Verzeihung bittet. Ich stelle fest, dass ich bei diesem Gedanken sehr lange sehr breit grinsen muss. Würde dieser fromm verschnürten Trockenmauerblume mit den Riesenduddeln nur guttun.

»Da vorne rechts«, flüstert Gaarder. Kaum zu verstehen, der Mann.

»Jetzt bloß nicht einschlafen.«

»Hier.«

Ich biege rechts ab. Umgehungsstraße. Auf der einen Seite das Meer, auf der anderen ein Oleanderbuschuniversum. Kein Karnevalschaos mehr. Endlich freie Fahrt. Ich trete das Gaspedal der alten Kiste durch und bringe sie immerhin auf 120 Stundenkilometer.

»Höchstgeschwindigkeit 50.«

»Der Kopf funktioniert ja doch noch.«

»Was wollte ich hier?«

»Auf Gondwana? Sie wollten einen Mordfall aufklären, wie Sie vielleicht noch wissen. Aber den hat es ja offenbar nicht gegeben.«

»Warum wurde das veranlasst?«

»Die Frage lautet: Warum haben SIE das veranlasst, Gaarder. Das ist alles auf Ihrem Mist gewachsen. Ihre Idee, Ihre Planung, Ihre Verantwortung, um das an dieser Stelle gleich mal zu betonen. Ich war lange genug bei den Cops, ich hab mir von Ihnen alles schriftlich geben lassen, absolut wasserdicht. Nur falls Sie denken, dass …«

»WARUM?!« Gaarder reißt die Augen abwechselnd auf und kneift sie wieder zusammen. Synapsenflimmern allererster Güte. Ein kunterbunter Körperstrom-Tsunami tobt durch seine Birne.

»Ganz ruhig, Mann. Sie haben medizinisch betrachtet alles falsch gemacht. Normalerweise müssten Sie jetzt 48 Stunden flach liegen.«

»Sagen Sie mir, warum.« Der lethargisch-weinerliche Tonfall ist plötzlich wie weggeblasen. Aus dem Nichts die alte Gaarder-Stimme. Ruhig, überlegen, maßlos arrogant. »Offenbar habe ich Sie engagiert, Ahorn. Also erzählen Sie mir jetzt sofort, was ich wissen will.«

»Stopp. Sie befinden sich in einer ziemlich krassen Situation, Sie Evolutionsbremse.«

»Ach, hab ich noch gar nicht bemerkt, Sie Evolutionsbremse!« Jetzt wieder in meiner eigenen Stimme. Der Typ schwimmt total.

»Sie stecken zwischen zwei Persönlichkeiten. Sie sind gerade nicht Fisch, nicht Fleisch. Heute Abend kriegen Sie den ersten Psycho-Böller, erst dann wird langsam aufgearbeitet. So sind die Regeln. Ich *darf* Ihnen gar nichts sagen.«

»Ich bin Ihr Auftraggeber, Ahorn!« Gaarder wieder Gaarder. Voller Hass. Mit der Wut ist das Leben in den Typ zurückgekehrt. Na, vielen Dank.

»Und ich lasse mich nicht verklagen, weil Sie mit irgendwelchen Folgeschäden zu Hause antanzen! Sie besaufen sich, schießen um sich, versuchen mich zu Vertragsverletzungen ...«

»Wollen Sie Benedict finden oder nicht?« Eiskalter Blick.

»Wie meinen Sie das?«

»Ich meine das so: Sie kennen den Weg nicht.«

Mein rechter Fuß latscht mit voller Kraft auf die Bremse. Zugegeben, ein Wutreflex. Wir nicken synchron nach vorne, Gaarder kracht mit der Stirn aufs Armaturenbrett, ich aufs Lenkrad, der Oldtimer bricht hinten aus, schleudert, gerät sofort außer Kontrolle. Der Versuch gegenzulenken scheitert, und schon werden wir von der Straße gewischt, drehen uns auf einer Wiese um uns selbst, kreiselnder blauer Himmel, Wenn-ihr-nicht-werdet-wie-die-Kinder-Karussell, ein kräftiger Schub, der uns nach links reißt, etwas knackt, bricht, rasselt.

Stille.

Die aufgewirbelte Dreckwolke legt sich über uns wie eine erdfarbene Decke, die diesen ganzen Schizophrenie-Scheiß ab sofort vor der Welt verbergen möchte.

Ich sehe: nichts. Hitze. Jemand ächzt. Gaarder. Nein, ich. Wir husten beide. Alles voller Erde und Staub. Irgendwas kitzelt mich an der Stirn. Ich schiebe es weg, es kommt zurück. Noch mal. Dann fallen mir die Spritzen ein. Im Koffer. Der Koffer im Kofferraum. Gut gepolstert, aber vielleicht nicht gut genug. Verdammte Scheiße.

Neben mir das staubtrockene Lachen eines Mannes, der weiß, dass er aktuell die besseren Karten hat.

Als sich der Dreck langsam verzieht, klebt mir ein Oleanderzweig im Gesicht. Der Wagen hat den halben Busch weggesäbelt, der Rest hängt über uns wie ein grünes Dach. Smith und Wesson sind aus dem Schulterholster geflogen und liegen im Beifahrerfußraum. Ich greife schnell zu, bevor der Irre auf dumme Gedanken kommt, schiebe sie zurück in den Holster und schließe zur Sicherheit den Druckknopf.

»Tolle Aktion, Ahorn.« Gaarder reibt sich die Augen, blutet an der Stirn, die Suppe läuft ihm übers Gesicht. Aber grinsen geht. »Einer Ihrer typischen unkontrollierten Ausbrüche. Nur: hilft Ihnen auch nicht weiter. Wenn ich Sie zu Benedict führen soll, antworten Sie mir auf jede Frage, und zwar subito. Ansonsten: unterlassene Hilfeleistung.«

»Sie waren immer schon ein Scheißhaufen auf Beinen.«

»Falls der Wagen jetzt kaputt ist, haben Sie vermutlich einen Mann auf dem Gewissen. Wie fühlt sich das an?«

Ich packe Gaarder am Kragen und ziehe sein blutiges, dreckiges Grinsekatzegesicht ganz nah an mich heran. »SIE haben dem Typen ein hochkonzentriertes Nervengift verabreicht! Nicht ich!«

»Schon wieder eine Minute weniger«, flüstert Gaarder. »Die Zeit ist ein Dauerläufer, manchmal sprintet sie sogar.«

Ich könnte dem Arsch in den Fuß schießen. Einfach so. Zum Spaß.

»Komm, Cop. Sei brav.«

Ich lasse ihn los und versuche, den Motor zu starten. Er springt an.

»Schwein gehabt, Platin.«

Knirschend schälen wir uns aus dem Busch. Rumpeln über die Wiese.

»Von vorne, wenn ich bitten darf.«

Später mach ich ihn dafür fertig. Wenn dieser Albtraum vorbei ist. Richtig fertig. Trotzdem bleibt mir nichts anderes übrig, als ihm zu sagen, was er wissen will. Vielleicht bringen die Informationen ihn ja wenigstens um.

»Ich höre!«

»Sie wollten den Mord an Trenk Benedict aufklären. Aber nicht als José Gaarder. Ihre Identität ist die geheimste des Planeten, das muss zu Ihrer eigenen Sicherheit so sein. Für die übrig gebliebenen Atheisten dieser Welt sind Sie der Freiheitsfeind Nummer 1. Jeder weiß, dass es Sie gibt, aber niemand weiß, wer Sie sind. Sie konnten den Job nicht selbst machen, aber Sie mussten es in diesem Fall selbst machen. Das haben Sie mir in unserer ersten Besprechung gesagt.«

Gaarder starrt vor sich hin. Vielleicht erinnert er sich gerade, vielleicht träumt er. Vielleicht gerinnt sein Hirn in genau dieser Sekunde zu einer klumpigen Wasser-Fett-Mixtur.

Ich fahre auf die Umgehungsstraße und beschleunige. Wir nähern uns einer Bushaltestelle. Hinten schleift irgendwas am Radkasten. Ich gebe Gas. Das Schleifgeräusch wird lauter. Egal.

»Also wollte ich es als jemand anderes machen?«

»Volltreffer.«

»Und das war meine Idee. Passen Sie auf!«

Ein Karnickel hockt mitten auf der Straße, aber ich riskiere lieber keinen weiteren Busch-Crash. Drump-drump, ich drehe mich um: weißroter Matsch auf dem Asphalt.

»Wessen Idee denn sonst? Sie spielen gerne Gott, Gaarder.«

»Was wurde mit mir gemacht?«

»Sagt Ihnen der Name Dr. Amann was?«

Kopfschütteln.

»Die ist so was wie Ihre Leibärztin. Turnt dauernd im Palast rum. Sie bereden alles mit ihr. Wissen Sie überhaupt, was für einen Apparat Sie unter sich haben? Sie sind der Geheimrat der Kongregation. Chef einer verdeckt arbeitenden Kontrollinstanz für den globalen Aberglauben. Heißt Secreditas. Alle Mittel, alle Rechte. Das ist ungefähr so, als hätten sämtliche Weiber dieser Welt einen Hormonchip implantiert, der auf mein Kommando aktiviert wird, und wenn ich irgendeine von denen richtig scharf finde, muss ich nur ...«

»Ich wurde also medizinisch manipuliert. Mittels dieses Idalins.«

»Sie haben sich auf Wunsch medizinisch manipulieren lassen.«

»Wie genau?« Gaarder sieht mich an. Das ganze Gesicht krampft jetzt, spielt im wilden Wechsel sämtliche Emotionen durch, die er in seinem Originalleben irgendwann mal benutzt hat: Gaarder beleidigt. Gaarder gelangweilt. Gaarder arrogant.

»Merken Sie sich dieses Gesicht. Das brauchen Sie am häufigsten.«

»Wie genau?« Gaarder zieht eine alberne Fratze.

»Ich hatte nur drei Schulungen bei Amann, das musste alles schnell gehen, ich kann Ihnen das nicht erklären. Es ist eine Mischung aus Tiefenhypnose und Chemie.«

»Weiter.«

»Rufen Sie Amann an!«

»Kennen Sie den Weg?«

Lauter werdendes Schleifgeräusch hinten rechts.

»Lange hält die Karre nicht mehr durch, Ahorn. Und Benedict wahrscheinlich auch nicht.«

Ich könnte die Wegbeschreibung aus ihm rausprügeln. Würde dauern, aber es wäre möglich. Meine Fäuste schließen sich so fest um das Lenkrad, dass die Knöchel weiß werden.

Lautes Scheppern hinter uns. Ich drehe mich um. Ein größeres Blechteil der Karosserie hat sich verabschiedet und hüpft über die Straße. Das Schleifgeräusch bleibt.

»Tiefenhypnose und Chemie. Weiter.«

»Das ist alles total unerforscht. Man macht eine Persönlichkeit zu einer anderen. Natürlich nicht vollständig. Zeitlich eingeschränkt. Viel wird einfach nur ausgeblendet. Man vergisst das Eigene, so entsteht Platz für Fremdes. Darauf läuft es hinaus. Die Hypnose dauert rund zwei Tage, die Medikamente sind hammerhartes Zeug, das in exakten Abständen eingenommen werden muss, um die Trance unter allen Umständen aufrechtzuerhalten. Um Halluzinationen, Krämpfe, Ausraster zu vermeiden. Die Persönlichkeiten dürfen sich nicht mischen. Der Übergang muss exakt kontrolliert werden. Mehr weiß ich nicht. Sie hatten natürlich keine Angst vor diesem Wahnsinn, weil der liebe Gott ja persönlich auf Sie aufpasst.«

»Was passiert, wenn man die Abstände nicht einhält?«

»Alles Mögliche. Das ist individuell unterschiedlich. Schizophrenie. Sinnlose Ausraster. Plötzliche Lust auf Gewalttätigkeit. Wirre Aggression. Vor allem Wahrnehmungsstörungen. Visuelle.«

»Man hat mich zu Ihnen gemacht.« Gaarder klingt fast euphorisch.

»Schön, oder?«

»Warum ausgerechnet zu Ihnen?«

»Das war Ihr Wunsch. Sie wollten halt auch mal wissen, wie es ist, ein echter Mann zu sein.«

»Bleiben Sie sachlich!«

»Nicht so empfindlich, Freundchen. Es ging Ihnen darum, ein erfahrener Cop zu werden. Fehlte nur der passende Transfercharakter.«

»Wie hat man Sie gefunden?«

»Jetzt bin ich aber ein bisschen enttäuscht. Mich haben Sie auch vergessen.«

»Heißt?«

»Ich hatte nach dreizehn Jahren Mord-Department keine Lust mehr auf Polizeidienst. Also hab ich gekündigt. Und Sie haben mich als Leibwächter eingestellt. Ging ne ganze

Weile gut. Vor drei Jahren wurde unser Arbeitsverhältnis in gegenseitigem Einvernehmen aufgelöst.«

Grübel, grübel.

»Von wegen einvernehmlich. Ich hab Sie rausgeschmissen!«

»Ein bisschen Erinnerung ist ja doch noch da.«

»Ich habe mich nicht erinnert. Das weiß man, wenn man ein paar Tage Sie war, Ahorn: von allen guten Geistern verlassen.«

»Das sagt der Richtige.«

»Großkotzig. Eindimensional. Machohaft. Angeberisch. Unflätig. Respektlos. Eitel. Ein Neandertaler ohne Werte und Normen. Ohne jeden Glauben, ohne jede spirituelle Inspiration. Das sind Sie.«

»Und genau so wollten Sie gerne sein, Gaarder.«

»Wer hat den Mord an mich gemeldet?«

»Die Leute, die Benedict gefunden haben. Einer von denen hat Ihr Büro kontaktiert, soweit ich weiß. Er wurde als absolut glaubwürdig eingestuft.«

»Hat man die Quadriga informiert?«

»Nein. Das wollten Sie nicht.«

Das Charakterpotpourri starrt mit wechselnden Gesichtsausdrücken vor sich hin. Krampfhafte Egorecherche. Kratzt sich so heftig am Kopf, als könnte er den Abbau der Chemikalien dadurch beschleunigen. Sieht mich irgendwann mit undurchdringlichem Blick an: »Fahren Sie langsamer. Da vorne, der Feldweg.«

Ich nehme den Fuß vom Gas, das Schleifgeräusch wird leiser. Wir biegen ab. Der Weg ist uneben, links Urwald, rechts Urwald, dazwischen tiefe Schlaglöcher. Gaarder und ich schaukeln hin und her wie in einem Wildwasserkajak. Plötzlich geht es steil bergauf. Unter uns eine nagelneu aussehende Südstaatenvilla, die mitten im Knallgrün prangt, als wäre sie erst heute Morgen aus Amerika rübergeschossen worden. Ich schalte in den zweiten Gang und gebe Gas. Versuche nachzudenken. Benedict kann tot sein. Benedict kann gelähmt sein. Er kann depressiv sein, verschwunden sein, schwachsinnig sein. Nur eins kann er nach sieben Idalin ohne Einstellung garantiert nicht: gesund und munter an seinem Küchentisch sitzen, sich eine Tofu-Leberwurst-Stulle schmieren und uns beruhigt nach Hause schicken, in Richtung Harlem, in Richtung Dampfbad, in Richtung Massage, in Richtung Freiheit. Keine Ahnung, woher Amann per Ferndiagnose wissen will, welche Spritze in Benedicts Fall die richtige ist. Mit dieser hirnrissigen Aktion haben sich ein paar Leute ganz schön tief ins eigene Fleisch geschnitten, stelle ich fest. Und Platon Ahorn gehört definitiv nicht dazu.

Der Weg endet nach zweihundert buckligen Metern auf einer mittelgroßen Lichtung. Edgars Hütte ist aus groben Baumstämmen gezimmert und sieht aus wie eine überdimensionale finnische Sauna. Unkraut, Steine, eine verrostete Schubkarre samt verrosteter Schaufel und Harke. Einen grünen Daumen hat Edgar nicht.

Ich fahre so weit es geht und halte vor einem Baumstumpf an.

Wir steigen aus, werfen gleichzeitig einen Blick auf das Heck des Oldtimers, sehen uns an. Der rechte hintere Kotflügel hat sich verabschiedet, der linke schleift zerfetzt am Rad. Weit kommt man mit der Karre nicht mehr. Gaarder wendet sich kommentarlos ab und läuft los. Rennt beinahe auf die offene Tür zu.

Ich hole Amanns Spritzenkollektion aus dem Kofferraum,

prüfe jede Glasampulle einzeln: alles heil. Dann greife ich mir den Koffer und laufe Gaarder hinterher.

Das Holzhaus besteht aus einem großen Raum. Kamin, Sitzecke, Sofa, Bett, Küchenzeile. Kein Klo. Aber ein Hinterausgang. Puritanisch bis nichtssagend eingerichtet. In der Mitte ein massiver Tisch mit vier Stühlen. Kein Benedict. Ein Quadrat aus helleren Dielen zeigt an, wo der Teppich normalerweise liegt. Mitten in das helle Quadrat ist ein Eisenring eingelassen.

Gaarders Gesicht schmilzt zu einer höhnischen Grimasse. Er bückt sich. Zieht an dem Ring. Ächzt. Versucht es noch mal mit ganzer Kraft. Eine Falltür hebt sich langsam aus dem Boden. Er stemmt sie auf und lässt die schwere Klappe nach hinten umkippen. Das Ding donnert mir direkt vor die Füße. Es staubt. Holzstufen führen in ein schwarzes Loch. Gaarder atmet heftig.

»Nach Ihnen«, sage ich, bevor dieser Idalin-Zombie noch auf die Idee kommt, mich da unten einzusperren. Er überlegt kurz, steigt grinsend in die Tiefe und verschwindet in der Dunkelheit.

Ich höre Schritte auf Steinboden. Angekommen.

Er schlurft eine Minute herum. In dem Loch geht das Licht an: Gaarder steht rund drei Meter unter mir. Ein Schacht. Balken stützen die Decke ab. Betonierter Boden. An der Wand eine Grubenlampe.

»Kommen Sie runter, Ahorn.«

»Sie wissen, dass ich eine scharfe Waffe habe, Gaarder.«

»Angst, Supercop?«

»Sie waren doch lang genug ich, um zu wissen, dass ich vor nichts Angst habe.«

»Außer vor Whiskeylosigkeit.«

Ich gehe zur Haustür und schließe von innen ab. Ich gehe zur Hintertür und schließe von innen ab. Falls der wahnsinnige Benedict draußen im Gebüsch lauert, kann er jetzt bleiben, wo er ist. Ein Plan ist immer nur so gut wie seine absolut detaillierte Ausführung. Ich öffne den Druckknopf am Schulterholster und steige die Treppe hinunter.

Es riecht muffig. Spinnweben. Der Generalsekretär der globalen Glaubenskongregation schmachtet mich an. Rechts eine Tür, links ein erleuchteter Gang, der sich nach ungefähr zehn Metern um eine Ecke krümmt.

Gaarder deutet auf die Tür. »Sie sind der Mann mit der scharfen Waffe. Man weiß ja nie.«

Ich drücke ihm den Spritzenkoffer in die Hand, ziehe Smith & Wesson aus dem Holster und drehe den Schlüssel um. Die Tür ist schwer. Eisen. Mit leichtem Quietschen schwingt sie auf. Ich halte die Waffe mit der rechten Hand im Anschlag, taste mit der linken nach einem Lichtschalter und finde ihn. Weniger als zehn spartanische Quadratmeter erhellen sich. Holzboden. Festgeschraubtes Bett, Toilette, Dusche ohne Vorhang, festgeschraubter Tisch. Die Wände sind schallgedämmt, die Innenseite der Tür auch.

»Eine Zelle«, stellt Gaarder fest.

»Kannten Sie das?«

Er schüttelt den Kopf. »Gestern Abend lag der Teppich drüber. Benedict muss den Gang lang sein.«

»Vermutlich.«

Ich habe kein gutes Gefühl dabei, gemeinsam mit einem labilen Schizo Gondwanas Unterwelt zu erkunden. Aber mir fällt keine Alternative ein.

»On y va, Ahorn.«

»Sie gehen voraus. Und egal, was Ihr Hirn Ihnen gerade in

die Rübe furzt, José – ich schieße auch Auftraggeber nieder, wenn sie durchdrehen. Nur, damit das klar ist.«

Gaarder sieht mich an wie ein Kind, dem man gerade stundenlang zu Unrecht den Arsch versohlt hat, und stiefelt los. Physisch scheint der Transmitter ihn nicht zu beeinträchtigen. Leider.

Ich, Smith & Wesson gehen hinterher.

Der Gang stammt offenbar aus dem letzten Jahrhundert. Er ist so hoch, dass wir uns nicht bücken müssen. Schwarze, wurmstichige Balken stützen Wände und Decke. Die Konstruktion wurde vor Urzeiten mit Holznägeln zusammengezimmert und wirkt trotzdem, als würde sie noch stehen, wenn das Jüngste Gericht längst seine letzte Verhandlung geschlossen hat und zum Saufen in die Abendmahlklause weitergezogen ist. Immer wieder kommen wir an verrosteten Emailleplaketten mit unleserlicher Beschriftung vorbei, die für irgendwen irgendwann mal eine Orientierungshilfe gewesen sein müssen. Das einzig Neue in diesem Tunnel ist die Elektrik. Schwarze Kabel kriechen an den zerklüfteten Steinwänden entlang, alle zwanzig Meter hängen rechts und links Grubenlampen. Nach mehreren Krümmungen geht es schnurgerade und steil bergab: in den Fels geschlagene Stufen, ein Seil als Handlauf, kühler werdende Luft.

Gaarder sieht sich nicht um. Er folgt der Treppe, als wäre am anderen Ende des Tunnels etwas, das ihn ansaugt. Als könne er es nicht erwarten, mit eigenen Augen hinzuschauen, endlich Gewissheit zu haben über etwas, das ihm längst schwant. Sein Kopf macht gerade mit jeder Menge welkem Gedankensalat kurzen Prozess, das spüre ich. Was ihn antreibt, ist eine unselige Mischung aus Ahnung und Intuition, aus bröckelnder Platon-Ahorn-Fassade und der glimmenden Erkenntnis, warum zum Teufel José Gaarder dieses Himmelfahrtskommando überhaupt riskiert hat, was ihn dazu gebracht haben könnte, sich solchen Gefahren auszusetzen, statt in seinem Palast hocken zu bleiben und einfach eine ordentliche Ermittlung seiner Secreditaslakaien anzuordnen.

Mitten auf der Treppe dreht er sich um. »Warum ausgerechnet Platon Ahorn?« Gaarder jetzt melancholisch.

»Was meinen Sie?«

»Warum ein blasphemischer Bulle?« Plötzlich wieder ich. »Da stimmt doch was nicht.«

»Erfahrung mit Mordermittlungen, das war Ihr Kriterium. Deshalb haben Sie mich als Transfercharakter ausgesucht.«

»Und was noch?«

»Ob Sie es glauben oder nicht: Ihr Vertrauen in meine Loyalität.«

»Noch was?«

Die Diskussion hätte ich mir gerne erspart. Aber ich kenne diese Evolutionsbremse. Er riecht langsam Lunte und wird nicht mehr locker lassen. »Erfahrung in Mordermittlungen, Loyalität und gesunder Atheismus.«

»Sie meinen wohl: radikaler Atheismus.«

»Meinetwegen auch das.«

»Warum wurden Sie *damals* als Leibwächter von mir eingestellt, Ahorn?«

»Das war vor sieben Jahren. Lassen wir die Vergangenheit ruhen.« Ich werfe einen Blick auf die Uhr. »Wenn Kollege Benedict noch was von seiner Rente haben soll, müssen wir uns beeilen.«

»*Warum?*«

»Weil man jemanden wie mich niemals in Ihrer Truppe vermuten würde, deshalb! Einen Göttergegner, der auf sämtliche Religionen dieser Erde dicke Haufen scheißt, und das mitten im finsteren Herz der Glaubenskontrolle, betraut mit dem Schutz des obersten Wächters. Absolut unwahrscheinlich. Das war der Grund. Der Vorteil der Unberechenbarkeit. Das Gegenteil des Erwartbaren. Den Überraschungseffekt nutzen. Vom Denken des Feindes profitieren et cetera, et cetera.«

»Und warum habe ich Sie rausgeworfen?«

»Gucken Sie in die Akten, wenn Sie wieder in Ihrem Froschfotzenledersessel sitzen.«

»Sagen Sie es mir.«

»Kein Kommentar. Diesen Ärger hatte ich schon vor drei Jahren. Den hol ich mir garantiert nicht noch mal ab, nur weil Sie mit Ihrem Gedächtnis Doktorspiele veranstalten.«

»Ist auch nicht so wichtig.« Gaarder wringt seinen medikamentös vergewaltigten Hirnschwamm mit aller Kraft aus. »Aber warum ich ausgerechnet *hier* einen gottlosen Ermittler brauchte und mich ein zweites Mal mit einer Aushilfsamöbe wie Ihnen eingelassen habe – was ist damit?«

»Mir haben Sie es nicht erklärt. Amann bestimmt.«

Gaarder lächelt mich an. Das Lächeln verzerrt sich zu einem überraschend glaubwürdigen Machogrinsen. »Denken Sie doch mal nach, Ahorn. Sie sind ein Ungläubiger der allermiesesten Sorte, Sie haben nicht mal vom Atheismus Ahnung. Warum sollte ich wohl freiwillig eine Woche lang auf Gondwana mit Ihrem zum Himmel stinkenden Gedankenmüll hausieren gehen?«

»Vielleicht waren Sie es einfach leid, sich sämtliches Vergnügen für eine Zeit aufheben zu müssen, in der Sie nur noch Wurmfutter sind.«

»Schutz! Kapieren Sie das nicht? Wie damals! Ihre glaubwürdige spirituelle und intellektuelle Beschränktheit kann für mich nur eine einzige Verwendung haben: Sie bietet Schutz! Die perfekte Deckung!«

Ich betrachte den Mann. Ich denke.

»José Gaarder muss auf Gondwana Todfeinde haben! *Ich* habe Todfeinde auf Gondwana! Wissen Sie irgendwas davon?«

»Nein.«

»Sondern?«

»Bei dieser Stümpermission ging es immer nur darum, den Mord aufzuklären und Ihre Anonymität zu wahren.«

»Dann hätte ich auch einfach unter falschem Namen herkommen können.« Gaarders Gesicht verfällt in zärtliches Mitleid. »Aber offenbar musste ich damit rechnen, dass man mich auf Herz und Nieren prüft, dass man ahnen könnte, ich sei José Gaarder, nur unter falschem Namen, dass ein falscher Name nicht ausreichte: Mangelndes schauspielerisches Talent, Reden im Schlaf, Drogen, Trunkenheit, falsches Vertrauen, man kann sich auf vielfältige Weise verraten, auch oder gerade, wenn man es unbedingt verhindern möchte. Ich durfte mich aber nicht verraten! Weil das mein Ende bedeutet hätte! Ihre sogenannte Persönlichkeit war die perfekte Tarnung! Nicht mal Sherlock Holmes würde hinter dem banalen Humbug und den dreisten Plattitüden, die sich den ganzen Tag lang absolut authentisch aus Ihrem Schandmaul ergießen, José Gaarder vermuten! Ich war nur sicher, solange ich nicht wusste, wer ich war!«

»Wer soll Ihnen denn hier an den Kragen wollen? Im Welthauptquartier der senilen Sensibelchen?«

»Ich weiß es nicht.«

»Heute Abend kriegen Sie den ersten Böller, dann stehen die Chancen gut, dass Sie sich an alles erinnern.«

»Diese Gefängniszelle hier unten. Die ist doch nagelneu.«

»Sieht so aus.«

»Fangen Sie an zu arbeiten, Ahorn. Für irgendwas wollen Sie doch bezahlt werden, wenn das hier vorbei ist.«

So ein Arschloch. Aber bezahlt werden will ich. Und zwar inklusive der netten Gefahrenzulage im Kleingedruckten.

»Angenommen, das Kellergefängnis war wirklich für Sie. Dann ist Benedict wohl derjenige, der Sie da unten einsperren wollte. Der Mann, der angeblich ermordet wurde. Das wäre ein ziemlich seltsamer Zufall.«

»Weiter.«

»Diejenigen, die angeblich Benedicts Leiche gefunden haben, wollten unbedingt, dass Sie hierherkommen. Persönlich. José Gaarder auf der Insel, ganz offiziell.«

»Weiter.«

»Eigentlich unmöglich. Sie reisen nirgendwohin. Sie wohnen in einer uneinnehmbaren Festung in der Aberglaubenswelthauptstadt Lyon und treffen Entscheidungen. Die einzige Chance: ein Super-Glaubens-GAU mit unabsehbaren Folgen. Etwas, das *alles* gefährdet. Nur das könnte den Geheimrat der Kongregation eventuell aus der Deckung locken.«

»Der erste Mord auf Gondwana«, sagt Gaarder. »Das war die Falle. Und ich habe sie gerochen. Warum auch immer.«

Wir sehen uns ein paar Sekunden lang in die Augen. Ich frage mich, wen ich da gerade anschaue, Gaarder oder Ahorn, Platon oder José, mich selbst oder den Gralshüter der versammelten Angstmenschen, die sich diktatorischen Systemen verschreiben, um nicht selber nachdenken zu müssen. Ich stelle fest, dass ich mein Gegenüber nicht durchschaue. Dass ich nicht weiß, wer er gerade ist. Geschweige denn, was dieser Wesenszwitter im Schilde führt.

Meine Hand schließt sich fester um die Waffe. »Gehen wir.«

Gaarder dreht sich um und macht sich auf den Weg. Steigt die Stufen nicht mehr ganz so schnell hinunter. Schweigend kraxeln wir weiter in die Tiefe. Nach zehn Minuten lässt sich erahnen, wo die Grubenlampen enden. Irgendwie riecht es nach Fleischersatz.

Ein leises Summen in meinen Ohren.

Das Summen wird langsam lauter.

STOP!, funkt meine Nasenschleimhaut in panischen Signalen an sämtliche Hirnzellen: Alarm, Trommelwirbel, Salutschüsse, Schockschwerenot – das ist gar kein Fleischersatz, es duftet hier tatsächlich nach *Fleisch*!

Potztausend. Mein Herz brennt.

Je näher wir den letzten Lampen kommen, desto lauter wird das Summen. Ein bekiffter Schwarm Bienen. Harrys schwuler A-capella-Chor auf Putins elektrischen Stühlen. Tausend buddhistische Mönche auf Hometrainern. Mir fällt einfach nicht ein, woher ich dieses Geräusch kenne. Der Fleischduft ist jetzt so intensiv, dass sich mein Mund mit Wasser füllt. Jede einzelne Drüse spürt die untrügliche Nähe zum Paradies und sprudelt los. Jede will die erste sein, die nach Jahren erzwungener Abstinenz echtes Rind, Schwein, Kalb, Lamm, Huhn aufweicht, fürs Runterwürgen präpariert, jede Geschmacksknospe weitet sich, dehnt sich in vorfreudiger Erwartung auf die unvergleichliche Intensität realer Röststoffe, meine Kaumuskeln bekommen einen epileptischen Anfall, mein Raubtiermagen knurrt. Ich schmatze. Ich geifere. Ich sabbere. SCHLUCK!

Keine Stufen mehr. Die Wände des Gangs erweitern sich zu einem höhlenartigen Raum, den wir betreten, in dem wir stumm und staunend stehen, fassungslos und irritiert, ehrfürchtig und geschrumpft, am Eingang eines monströsen Speisekammerdoms. Im Halbdunkel zeichnen sich endlose Regale voller Weinflaschen, Schnapsflaschen, Bierflaschen ab. Die Decke ist ein dunkelbrauner Stalaktitenhimmel aus Würsten und Schinken. Beine, Knochen, Hufe, ganze Herden wachsen über uns aus dem Stein. Das Aroma sehr toter, sehr gut gewürzter Tiere sinkt zärtlich auf mich herab, umschwebt mich, wickelt mich ein, liegt mir rauchig auf der Zunge, schnürt mir die Luft ab und löst einen wunderbar herzhaften Schwindel aus.

In gläsernen Sarkophagen reifen mächtige dunkelrote Rindstrümmer an schweren Messinghaken, bereits leicht mit weißem Schimmelpilz überzogen. Ich öffne eine der Glastüren wie in Trance. Meine Hände berühren das kalte Fleisch. Fühlen die anmutige Textur. Streicheln den weichen Pilzpelz. Ich bin ein Blutwünschelrutengänger inmitten meiner persönlichen Umami-Utopie. Spüre die konzentrierten Säfte, die durch den abgestorbenen, elegant marmorierten Muskelkörper ziehen. Die jede einzelne Faser tagtäglich zarter und zarter werden lassen. Die einmal das Wunder des Lebens gewährleistet haben und jetzt das Wunder des Labens gewährleisten sollen. Die es in akribischer Geduldsarbeit kunstvoll aus Hüfthälften, Torsoteilen und Bugbatzen herausmodellieren.

Mein Herz brennt lichterloh.

Ich lasse die Waffe sinken und schreite die Regale ab. Versuche, diesen unermesslichen Vorratssaal zu erfassen. Zahllose Eistruhen und Kühlschränke summen, teils aufeinandergestapelt, teils auf massiven Brettern an den Höhlenwänden befestigt. Ich klappe einen Truhendeckel hoch: Rinderfilets. In der nächsten Truhe: Rinderfilets. In der nächsten Truhe: Rinderfilets. Nach dreizehn Truhen ändert sich das Angebot: Kalbsfilets. Nach fünf weiteren Truhen mit Kalbsfilets gebe ich auf. Kühlschränkeweise französische Foie gras: Stopfleber mit Champagner, Stopfleber mit weißen Alba-Trüffeln, Stopfleber mit Steinpilzen, Stopfleber mit Pineau, Calvados, Birnenbrand. Chateauneuf du Pape, sämtliche Jahrgänge der letzten vier Dekaden, rot und weiß, Kartons voller Dessertweine, Monbazillac, Muskateller, Port, Beerenauslese, Eisweine, sämtliche Whiskeysorten dieser Erde. Ein ganzes Regal voller Southern. Mein Mund ist eine Speichelsprinkleranlage. Mir wird schlecht vor Lust.

Der grimassierende Generalsekretär stolpert durch den verbotenen Reichtum wie ein zugedröhnter Heiliger durch einen Harem, ist mal er selbst und mal Platon Ahorn, abgestoßen und angezogen von der Delikatessenmasse. Er bleibt vor einer der gläsernen Kammern stehen, in denen das Rind reift. Starrt die getrockneten Blutpfützen auf dem Glasboden an und kriegt seinen Blick nicht mehr weg.

»Was ist los, Gaarder?«

»Schweine!«

»Das ist Rind.«

»Diese verfluchten Schweine! Damit haben sie den Abfluss der Wanne präpariert …«

»Häh?«

Der Typ starrt mich an. Dann schlägt ein Geistesblitz in seiner Rübe ein. Er flüchtet in Richtung einer halb offenen Tür, durch die ich ihm allerschwersten Herzens folge.

Wir stehen benommen in einem modern eingerichteten Esszimmer. Vom Tisch über die Stühle bis zu einem langen Sideboard sind sämtliche Möbel aus hellgrauem Beton; Sitzkissen, Tischsets, Teppiche und Vorhänge aus fliederfarbenem Stoff. Die Stirnseite des Raums wird von einem deckenhohen Mosaik mit dem unübersehbaren Titel *Götterspeise* bedeckt: Die vier fröhlichen Tiere Randy, Mandy, Sandy und Wendy sitzen in Raumfahrerkostümen auf einer mehrstöckigen Torte (Beschriftung: *foie gras truffé au champagne*), über ihren Astronautenhelmen strotzen Heiligenscheine (offensichtlich sollen sie aufgehängt wirken, selbst angedeutete Nylonfäden aus schmalen Mosaiksteinchen wurden nicht vergessen), an den Ärmeln ihrer gepolsterten Anzüge rote Armbinden mit schwarzem Fragezeichen auf weißem Kreis, in einer gemeinsamen Sprechblase formen sich goldene Steinchen zu den kursiven Versalien: *MAST HAVE*!

Gaarder hat die nächste Erleuchtung. Er rennt aus dem Zimmer, als wäre er vom Heiligen Geist höchstpersönlich in den Allahwertesten getreten worden.

Ich laufe hinterher und kollidiere in der Halle mit einem riesigen, weichen Monster, wir stürzen beide auf den Boden, Gaarder stürmt im Hintergrund die Treppe hoch, ich wälze mich von dem Plüschberg herunter, schraube mich in die Hocke und richte im gleichen Moment die Waffe auf: ein lebensgroßes Kostüm von Randy dem Wombat. Randys abnehmbarer Kopf liegt ein paar Meter weiter. Ich hetze Gaarder hinterher. Ich rufe ihn, aber er antwortet nicht. Ich höre seine Schritte weiter oben auf der Treppe, verfolge keuchend das laute Poltern auf den alten Holzstufen bis in den dritten Stock. Und bin alleine.

»Gaarder?«

Stille.

Ich betrete einen Raum, der offenbar als Atelier dient. Ein langer Glasschreibtisch, auf dem ein ausgestopfter Wombat mit Cowboyhut steht. Bodentiefe Fenster, die das beeindruckendste Pazifik-Privatpanorama präsentieren, das mir seit Langem untergekommen ist. Obwohl ich keine Zeit zu verlieren habe, bleibe ich stehen und betrachte aufrichtig ergriffen die stille Weite des Meeres. Endloses Dunkelblau im Sonnenschein. Kein Vogel, keine Wolke, kein Schiff stört diese glitzernde Einöde.

Ich wende mich ab und gehe den Flur entlang. Die Dielen knarzen, wenn ich sie mit dem Gewicht eines vierschrötigen Detective Inspectors belaste. Der nächste Raum ist ein überdimensioniertes Badezimmer, in dem Gaarder mit Amanns Ampullenkoffer steht wie ein verzagter Reisender, für den gerade der allerletzte Zug abgefahren ist. Er hat seinen nüchternen Blick auf das grausame Gemetzel gesenkt. Jetzt dreht er sich zu mir um, grinst mich mit meinem dreckigsten Grinsen an und sagt mit meiner Stimme: »Am Arsch, der Heide.«

Ein alter Mann mit weißblonden Haaren sitzt nackt in einer leeren Badewanne. Das Skalpell in seiner verkrampften rechten Hand glänzt rot. Überall Blut auf der prallen Speckplauze. Die Szene wirkt wie eine missglückte Geburt. Aus seinem Mund hängt etwas Undefinierbares, das Gesicht wurde im Ausdruck bestialischsten Schmerzes eingefroren. Zwei glasige rote Augen starren uns derart hasserfüllt an, dass ich für einen Moment glaube, sie müssten noch leben. Aber Trenk Edgar Benedict ist tot. Diesmal so richtig.

*

Ich kratze den letzten Rest getrüffelte Champagnerstopfleber in dem kleinen Einmachglas zusammen, stecke mir das goldene Löffelchen in den Mund und habe immer noch dieses unvergleichliche Gefühl butterweicher Fleischeisberge, die an meinem Gaumen zerschmelzen und als hochkonzentrierte Farce sämtliche Geschmacksknospen aufblühen lassen, bevor das sämig-zarte Flüssigfleisch meine Speiseröhre hinabkriecht und ich nur noch seinen milden Abglanz schmecke, die Ahnung einer perfekten *Foie gras mi-cuit*, der man schon im Moment des Leiderrunterschluckenmüssens sprachlos nachtrauert.

Gaarder hockt auf einem der Betonstühle, hat die Beine übereinandergeschlagen und glotzt die Wand an.

Ich schiebe das leere Einmachglas zu den beiden anderen Gläsern, die ich in der letzten Stunde vernichtet habe, und trinke einen großen Schluck Chateauneuf: Erde, Brombeere, Rauch, Rosen, Barrique. 32 Jahre alt, kein Hauch von Kork. Genial.

Mein Handy klingelt: *Jeanne Amann Büro.* Na, endlich.

»Frau Doktor.«

»Ich habe Vincent Burcier von der Flugaufsicht erreicht, die Celebration kommt heute Abend noch mal zurück. Sie fliegen um 19:00 Uhr, Platon.«

»Okay. Hoffen wir, dass die Karre hält.«

»Sie müssen nicht zum Check-in. Sprechen Sie direkt mit den Leuten an der Information, die wissen Bescheid. Wie geht es ihm?«

»Er starrt die Wand an und verschmäht das beste Essen der Welt: getrüffelte Champagnerstopfleber aus dem Elsass.«

»Platon, das ist Sünde!«

»Ich hab ihm auch gesagt, dass er in die Hölle kommt, wenn er nicht wenigstens mal probiert. Aber: keine Chance.«

»Sie sind schrecklich.«

»Sie nicht.«

»Wie beurteilen Sie seinen Zustand?«

»Kann ich nicht sagen. Er zieht Grimassen. Er spricht mal wie ich, mal wie er selbst. Zwischendurch klingt er ganz vernünftig. Dann sagt er eine Stunde lang kein Wort und sieht aus, als wäre er aus der Spastikerepoche dieser Insel übrig geblieben.«

»Ich glaube, wir dürfen optimistisch sein. Alles in allem hält er sich für die Umstände erstaunlich gut. Können Sie dafür sorgen, dass er möglichst viel Ruhe bekommt?«

»Ich kann alles, was gekonnt werden muss.«

»Das ist mir bekannt. Haben Sie den Notfallkoffer bei sich?«

»Yes, Madame. Ihr Boss achtet höchstpersönlich auf's Köfferchen.«

Benedicts Festnetztelefon auf der Betonanrichte klingelt.

»Vielleicht wäre es besser, wenn Sie persönlich den Koffer …«

»Rufen Sie gleich noch mal an, Frau Doktor.« Ich drücke sie weg.

Der Apparat klingelt immer noch.

Gaarder und ich sehen uns an.

Der Anrufbeantworter schaltet sich ein, rattert, blinkt, rattert: *Das ist der Anschluss 0-9-1-2-1-9-7-5, bitte hinterlassen Sie eine Nachricht nach dem Signalton. Ich wünsche Ihnen noch einen gesegneten Tag!* Schrilles Pfeifen. Dann eine männliche Blechbüchsenstimme: »Ich bin's, es bleibt bei 15:00 Uhr Ecke Abrahamstraße / Haddschstraße in voller

Montur. Ahorn müsste weg sein. Von Gaarder noch keine Spur. Aber ich schätze, der meldet sich heute Abend von alleine.« Trockenes Husten. »Bis gleich, Randy!« Aufgelegt. Zwei Freizeichen, dann schaltet sich der Anrufbeantworter ab.

»Randy?« Gaarders Blick wandert langsam vom Anrufbeantworter zum Wandmosaik.

»Randy der Wombat«, singe ich, »wer ihn geseh'n hat, ist garantiert platt: was für ein Kerl! Randy der Wombat, wer ihn gehört hat …«

»Halten Sie Ihr Maul, Ahorn! Das war eine Nachricht für Benedict!«

»Ist mir nicht entgangen.«

»Und jetzt?«

»Steigen wir in den Schrotthaufen, der oben parkt«, sage ich, »und fahren zum Airport. Die Celebration wartet. Heute Nacht sind Sie in New York, morgen Abend in Lyon. Und übermorgen sind Sie vielleicht wieder in Ihrer eigenen Hirnschale zu Hause.«

Gaarder grinst. »Den Teufel werden wir tun.«

»Klingt gut, kommt aber nicht in Frage. Ab zum Airport.«

»Falsch, Ahorn. Wir finden jetzt heraus, was hier gespielt wird.«

»Das kann ich Ihnen sagen. Benedict hat Selbstmord begangen und zwar zweifelsfrei. Der Säbel klemmt in seiner Hand. Autokastration im Idalin-Rausch. Amann hat bestimmt noch einen schöneren Begriff dafür. Ich war lange genug beim Morddezernat. Lupenrainers Suizid. Für sein zugedröhntes Hirn ist die Lügengeschichte, mit der er Sie auf die Insel gelockt hat, vermutlich zur Anweisung geworden.

Daraufhin hat sich das arme Schwein eigenhändig seine Eggs Benedict abgeschnitten und ist verblutet. Es gibt keinen Mörder auf Gondwana. Außer Ihnen.«

»Schon mal von Notwehr gehört? Ich habe ihm die Pillen nur …«

»Das kann Ihr Gewissen ja dann mit dem Staatsanwalt ausdiskutieren.«

»Sie sind mal Cop gewesen, Ahorn! Sie haben eine Pflicht, diese Sache vollständig aufzuklären!«

»Ganz billiger Trick.«

»Benedict muss Komplizen gehabt haben. Kapieren Sie das nicht?«

»Fliegen Sie nach Hause und schicken Sie die Kavallerie. Hier schwimmt Ihnen niemand weg.«

»Okay, was wollen Sie? Ich hole Sie zurück in meine Leibgarde.«

»Bloß das nicht.«

»Sie können im Secreditas Karriere machen!«

»Reden Sie ruhig weiter, dann kotz ich die Foie gras gleich wieder aus.«

»Foie gras!« Gaarder steht auf und kommt langsam auf mich zu. Seine Fuchsäuglein funkeln. »Wie groß ist Ihre Wohnung?«

»Was?!«

»Wie groß ist Ihre Wohnung?«

»Sie haben doch nicht mehr alle Latten am Zaun.«

»Wie groß, Ahorn? Beantworten Sie meine Frage.«

»Um die 90 Quadratmeter. Und jetzt?«

»Da geht ne Menge rein.«

»Häh?«

»Der Inhalt von Benedicts Lasterhöhle. Das, was hier

lagert. Ich lasse so viel davon zu Ihnen schaffen, wie in Ihre Bude reinpasst. Wein, Bier, Schnaps, Fleisch, Pasteten, Schinken, Kühlschränke, Eistruhen. Was Sie wollen. Dafür sorge ich persönlich. Ihr privater Schatz, Ahorn – da drüben summt er fröhlich vor sich hin. Hören Sie ihn?«

SUMMMMMMMMMMMMMMMMMMMMMMMMMMM.

Ich höre ihn. Es klingt wunderschön.

»Das sind illegale Nahrungsmittel für mindestens zehn Jahre. Sie können fressen, bis Sie platzen. Vorausgesetzt, Sie ziehen das mit mir durch.«

»Sie liefern mir das *alles*?«

»Alles, was Sie unterbringen können. Meinetwegen mieten Sie noch eine Wohnung an. Die Stromrechnung wird übernommen.«

Gaarders Augen glühen jetzt. Der Typ war schon immer gut für unkonventionelle Ideen, wenn es darum ging, seinen Willen durchzusetzen. Glaubhaft ist er, im Positiven wie im Negativen. Ich stelle mir vor, dass ich drei dicke Stücke Rinderfilet kurz und scharf anbrate, sie im Ofen zehn Minuten bei 100 Grad rosé ziehen lasse und mit drei fetten Scheiben Stopfleber serviere. Tournedos Rossini. 365 Tage im Jahr. 366 Tage im Schaltjahr. Ich stelle mir vor, wie ich junge, fleischfressende Frauen, die wirklich *alles* für ein echtes Rindersteak tun würden, mit diesem Kompanievorrat an Delikatessen gefügig mache. Wie sie ihre Freundinnen mitbringen. Ihre Brieffreundinnen. Die jüngeren Schwestern ihrer Brieffreundinnen und deren Nichten. Wie mein Leben ein einziger einhundertprozentiger erotisch-kulinarischer Hochgenuss wird. Fleischeslust pur. Sex satt.

Ich stehe wortlos auf, verlasse den Raum, benutze Trenks

Jugendstil-Gästetoilette und stelle pinkelnderweise fest, dass Gaarder mir gerade ein Angebot gemacht hat, das ich nicht ablehnen kann. Als ich zurück ins Esszimmer komme, sehe ich ihm an, dass er mir meine Entscheidung ansieht.

»Okay. Abgemacht.« Ich proste José mit meinem Chateauneuf du Pape zu. »Auf Klärung!«

»Auf – naja, von mir aus.« Gaarder greift sich sein Glas stilles Wasser und lächelt diabolisch-dämlich. »Auf die Aufklärung!«

PING!

Der Wein schmeckt mir plötzlich nicht mehr. Leicht säuerliche Note. Vielleicht eine erste Kostprobe meines schlechten Gewissens, das offenbar kein großer Fan von Platons Fressalien-Deal ist.

»Sie können ja doch alles, was gekonnt werden muss, Ahorn.«

»So ist es. Deshalb werde ich Sie in Lyon auch der Staatsanwaltschaft übergeben müssen, José. Trenks Suizid ist das einwandfreie Resultat Ihrer hinterfotzigen Giftmischerei.«

»Tun Sie, was Sie nicht lassen können.«

Ich kippe den Rest Chateauneuf runter und betrachte meine Armbanduhr.

»Dann legen wir mal los. Wir haben 14:02 Uhr. In einer Stunde warten Benedicts Kumpane an der Straßenecke. Der Anrufer hat ihn Randy genannt. Es war von voller Montur die Rede. In der Halle steht dieses Stoffmonster.«

»Die Vögel treffen sich verkleidet.«

»Das glaube ich auch.«

»Dann probieren Sie doch schon mal Ihr Kostüm an.« Gaarder grinst mir unverschämt ins Gesicht. »*Randy*.«

VI

Vielleicht war die Entstehung des Gedankens *Gott* eine unvermeidliche Folge der Entwicklung spezialisierter Zellen. Vielleicht musste die Alleinherrscherin Mutti Natur in Kauf nehmen, dass ihr mit dem ersten Wesen, das denken konnte, auch das erste Wesen unterlaufen war, das die Alleinherrscherin Mutti Natur in Frage stellen würde. Vielleicht hatte sich Mutti damit ihre eigene Grube gegraben. Vielleicht war besonders intelligentes Leben zwangsläufig besonders irrationales Leben, weil es verstand, dass seine Spezialisierung den Tod bedeutete. Weil es sein Dasein in der permanenten Furcht fristete, dieses Dasein wieder zu verlieren. Weil so viel Schlauheit ohne einen völlig überteuerten Preis nicht zu haben war: lebenslange Sterbensangst. Daraus resultierend: der Glaube, glauben zu können und zu müssen. Plus das ganze ausufernde Zinspaket, das an dem Geschäft mit der hellsichtigen Existenz dranhing. Pathologische Risikofreude, pathologische Verblendung, pathologischer Egozentrismus. Unvermeidbarer Ballast, wenn vergängliche Individuen um ihre Vergänglichkeit wissen. Der Wunsch, wenigstens durch Taten zu überdauern. Wenn der Körper schon nicht für die Ewigkeit gemacht ist, müssen eben die Werke herhalten. Egal, ob mit Kopf oder Hand verbrochen. Das Endziel: den eigenen Namen in die Geschichte einschreiben. Durch individuelle Leistung so weit wie möglich aufsteigen. Zur Goldkrone der Schöpfung werden. Angetrieben von hungriger Sorge um die eigene Bedeutung. Vom durstigen Verlangen danach, dass etwas bleibt. Es möge doch irgendetwas Bestand haben. Was auch immer. Warum auch immer. Hauptsache: immer.

Vielleicht war sogenanntes intelligentes Leben also gar nicht so intelligent. Vielleicht standen der Gewinn an Verstand und der Preis, den dieser Verstand kostete, in keiner Relation. Vielleicht entwertete sich ein dermaßen großes Reflexionsvermögen automatisch selbst. Eiskalte Progression: doof vor lauter Schläue. Gescheit, gescheiter, gescheitert. Vielleicht schnitt sich der Mensch fortwährend und tödlich an seiner eigenen Scharfsinnigkeit. Vielleicht stellte das schlaudumme Pack, das sich den *Planet Untertan* gemacht hatte, nichts als eine vollkommen außer Kontrolle geratene Irrsinnsmutation dar, etwas, das in der Evolutionsbremsengeschichte niemals vorgesehen war. Etwas, das niemals hätte passieren dürfen. Eine trügerische Illusion von Weisheit und Einsichtsfähigkeit, die so massiv ausfiel, dass sich ihre Träger daran berauschen konnten.

Vielleicht hatte sich Mutti Natur gerade Affen mit angewachsenem Hammer, Kühe mit Feuersteinhufen und Katzen mit aufspannbaren Hautregenschirmen am Schwanz ausgedacht, als ihr eine verunglückte Zellteilung im Muttileib einer afrikanischen Homa Erecta den denkbar undankbarsten Strich durch ihre liebevoll ausbaldowerte Rechnung machte – Homo Hybris Sapiens, die größte Nervensäge der Weltallgeschichte, wurde geboren. Und es sollte noch schlimmer kommen. Damit hatte Mutti natürlich nicht rechnen können, sonst hätte sie dieser schicksalhaft-trächtigen

Afrikanerin sicher sofort ein Rudel hungriger Löwen auf den Hals gehetzt: Die plötzlich untilgbare physische Mutation Mensch bildete eine ureigene, plötzlich untilgbare psychische Mutation Gott aus. Der Irrsinn in Potenz. Ein Quantensprung ins Verderben. Das Rudel schwatzhafter Biester töpfert sich einen Züchter. Was sagt man dazu. Mutti war jedenfalls erst mal bedient. Nicht nur, dass sie von heute auf morgen keine Zeit mehr für die Entwicklung ihrer Regenschirmschwanzkatze hatte, weil sie nur noch damit beschäftig war, die Populationsdetonation dieser überall hin sprießenden Mutantenmenschen durch Krankheiten, Seuchen und Pandemien so gut es ging einzudämmen, nein, jetzt musste sie sich auch noch mit einer handfesten Konkurrenz herumschlagen. Statt Mutti dafür zu danken, dass ihr in einem gnädigen Moment genetischer Ablenkung die Dünkelrasse Erdenbürger durchs feine Netz der Lebenswerdung geschlüpft war, wurde die jahrtausendelange Evolutionsmaloche plötzlich bizarren Fantasten zugeschrieben, die nun die ganze Ehre einfuhren. Diese erlogenen Nichtsnutze hatten keinen Finger gerührt, aber jetzt bekamen sie den kompletten Dank. Und Mutti? Die konnte schon von Glück sagen, wenn nicht tagtäglich wesentliche Teile ihres mühevoll dem Garnichts abgerungenen Lebenswerks geleugnet, ausgebeutet, aufgefressen oder ausgestorben wurden.

Angesichts eines solchen Tempos blieb ihr nichts anderes übrig, als kopfschüttelnd zuzuschauen. Sapiens annektiert 510 000 000 Quadratkilometer in erdgeschichtlicher Blitzkriegsgeschwindigkeit. Der Platz wird eng. Die Geburtenraten steigen. Die Rohstoffe schwinden. Die Katastrophe klingelt an der Gartenpforte. Sapiens hört nichts, weil er gerade betet oder bumst. Vermutlich, denke ich, existiert intelligentes Leben also gar nicht. Vermutlich ist die Behauptung, es gebe intelligentes Leben, nur ein schlechter Witz, über den niemand lachen kann. Niemand außer Mutti. Vermutlich ist alles, was Menschen jemals zugestoßen ist, zustößt oder zustoßen wird, ausnahmslos gerechtfertigt. Weil wir überhebliche Parasiten sind, die in ihrem Wahn, eine für sich selbst sehr positive Erkenntnis hinter der rabiaten Realität entdecken zu müssen, lauter sedierende Sapienssinnsysteme konstruieren, in denen sich letztlich immer nur das redundante, lächerlich-durchschaubare Wunschdenken naiver Schwächlinge spiegelt.

Und vielleicht ist diese Autofahrt in einem knallheißen Ganzkörper-Wombat-Kostüm über eine Insel namens Gondwana meine ganz persönliche Strafe dafür, Teil der Geschichte zu sein, Teil dieser Geschichte zu sein, die auch nichts anderes ist als ein weiteres triviales Ereignissplittermolekül im osmotischen Kosmos der Ahnungslosen. Vielleicht, denke ich, ist diese Fahrt zur Ecke Abrahamstraße / Haddschstraße der Anfang meines persönlichen, von Mutti Natur gewollten und geduldeten Sapiensschicksals, dem ich als langsam absterbendes Stück unintelligentes Fleisch einfach nicht ausweichen kann. Vielleicht ist die Hitze, die dieses beschissene Wombat-Kostüm speichert, aber auch einfach so elendig brutal, dass in meinem Hirn nur noch Scheiße kocht.

Inzwischen rollen wir mit müder Schrittgeschwindigkeit, stecken fest in der zähen Masse bizarrer Karnevalsfiguren. Ihr sakraler Singsang dringt bis in meinen gut gepolsterten 100-Grad-Stoffkopf. Durch die Augenschlitze sehe ich die Knechte tanzen, sie loben ihre Herren, mal den einen, mal den anderen, dann alle zusammen. Sie halten Händchen und grinsen debil. Es fällt mir schwer zu glauben, dass ich der einzige Angetrunkene auf diesem Ah, toll! sein soll.

Gaarder stoppt unsere Schrottkiste und faltet die Karte auseinander, die er in Benedicts Büro gefunden hat.

Ein paar Kinder entdecken mich und singen so laut sie können. In der Gemeinschaftssprechblase über ihren Köpfen steht *Randy, der Wombat, wer ihn geseh'n hat, ist garantiert platt: was für ein Kerl!* Ich winke ihnen mitleidig zu, während mir der Schweiß in lauen Bachläufen aus dem Gesicht fließt.

Gaarders Stirn glüht. Seine Hände zittern so stark, dass es aussieht, als wolle er sich mit dem Stadtplan Luft zufächeln. »Ich versteh dieses beschissene Ding nicht …«

»Ein Plan ist immer nur so gut wie seine absolut detaillierte Ausführung«, sagt mein Wombat-Kopf dumpf.

Zwei athletische Muslime betrachten erst unseren demolierten Wagen, dann den zitternden Plan, dann das riesige Plüschmonster auf dem Beifahrersitz, das ich bin. Einer kommt rüber. »Alles in Ordnung, Brüder?«

»Alles bestens.« Gaarder schafft es, ausnahmsweise mal keine Grimasse zu ziehen. »Wir suchen die Ecke Abrahamstraße / Haddschstraße.«

Freundliches Lächeln. »Hier hoch und die Dritte links – da ist aber heute alles gesperrt wegen des Umzugs.«

»Was für ein Umzug?«

»Die Peace-Party-Parade.« Der Mann staunt über unser Unwissen. »Zum Holy Hill. In einer Stunde beginnt doch das Gemeinschaftsgebet der Quadriga.«

»Merci!« Gaarder lächelt süßsauer, lässt den Wagen ein paar Meter nach vorne rollen und parkt ihn halb auf dem Gehweg. »Ahorn, es geht zu Fuß weiter.«

Die Muslime werfen noch einen irritierten Blick auf das verwüstete Hinterteil unseres Wagens und verschwinden im Gewimmel.

Randy stöhnt.

»Das können nicht mehr als fünfhundert Meter sein. Los, kommen Sie!«

»Ich kann nicht ...«

»Ha! Dass ich das noch erleben darf – der weltgrößte Alleskönner Platon Ahorn kann nicht.«

»Blöder Penner ...«

»Los jetzt! Fleisch! Fleisch! Fleisch! Fleisch!«

Ich schaffe es irgendwie, auszusteigen, indem ich erst die eine Tatze auf den Asphalt setze, dann die andere. Lahmes Aufrichten. Für einen Moment muss ich mich am Wagen festhalten, so kräftig haut mir der Schwindel in die Fresse. Mein Schädel pocht. Meine Knie sind weich wie frische Stopfleber in der 90-Grad-Sauna.

»Wir haben noch zehn Minuten.« Gaarder will abgebrüht wirken, aber er klingt nervös. »Reißen Sie sich zusammen, Mann! Dann können Sie ab nächster Woche alles vertilgen, was vertilgt werden muss!«

Ich stoße mich vom Wagen ab und taumele dem Grimassenschneider hinterher, durch die Herde der Glücksbetäubten, eine viel zu lange Straße in Richtung Holy Hill hinauf, die jetzt auch noch steiler wird. Ich weiß nicht, warum ich mich auf diesen Mist eingelassen habe. Ich weiß nicht, warum Mutti das alles duldet. Sie hätte strenger sein sollen mit uns. Viel strenger. Von Anfang an.

Gaarder bahnt sich einen Weg durch die Menge.

In meinen Ohren lautes Keuchen.

Unter meinem Fell Klatschnässe.

Der funktionierende Teil meines Hirns imaginiert die summenden Gefriertruhen und Kühlschränke in Benedicts Kalorienverlies. 90 Quadratmeter voller gekühlter Köstlichkeiten. Der einzige Himmel, den es wirklich gibt, ist der Himmel auf Erden. Das einzig real existierende Paradies ist meine Mundhöhle.

Irgendwann bleibt Gaarder stehen, stellt sich direkt neben mich und flüstert mir mit irrem Unterton in mein pelziges Ohr: »Ein Plan ist immer nur so gut wie seine absolut detaillierte Ausführung.«

Ich nicke. Wenn ich den Typen reden höre, bin ich froh, dass ich mich bei der Kostümanprobe doch noch dazu entschlossen habe, Smith & Wesson in Trenks Haus zu verstecken. Falls der Penner darauf spekuliert, dass hier eine scharfe Waffe im Spiel ist, hat er sich verkalkuliert. Denn sein Plan ist immer nur so gut wie meine absolut detaillierte Ausführung.

»Los geht's, Ahorn! Ab hier wie besprochen.«

Ich nicke wieder, raffe mich auf und schleppe mich alleine weiter durch das trällernde Gedränge. Gebe mir Mühe, kraftvoll und beschwingt zu gehen. Stelle fest, dass Benedict in dieser Plüschernen Jungfrau vermutlich genauso erschöpft wäre wie ich, und lasse mich wieder ein bisschen mehr hängen. Drehe mich nicht nach Gaarder um, der mir in sicherem Abstand folgt. Schaue nur nach vorne und sehe irgendwann zwei Straßenschilder.

Abrahamstraße. Haddschstraße.

Über den Hausdächern wachsen die vier Kirchen zu einer weißen Schlossspitze in den Himmel. Vögel umkreisen sie. Die Gebetspyramide schwebt als gläsernes Ufo zwischen den vier Türmen.

Plötzlich ist mir kotzübel.

Ich habe das Gefühl, die Pyramide will mir was sagen. Obwohl Pyramiden nicht sprechen können. Aber diese hier scheint eine Ausnahme zu sein. Sie will mich warnen. Ich versuche, ihre Warnung zu verstehen. Ich habe keine Chance.

Inselbewohner und Touristen können ihre Blicke nicht von diesem Ding abwenden. Sie laufen blind weiter, schieben sich gegenseitig sanft die Straße hinauf, halten sich aneinander fest, um sämtliche Köpfe in sämtliche Nacken legen zu können, um nicht auf den Boden sehen zu müssen, um den glitzernden Global Prayground bloß jede Sekunde anzuhimmeln. Männliche Gesichter schalten von Verzückung auf Zuckung um. Jeder dieser Typen ist schlank und durchtrainiert, alle scheinen hier die gleiche perfekte Figur zu haben. Trotz der Hitze läuft es mir kalt den Rücken runter. Ich stehe mitten in einem Tropen-Klon-Horrorfilm, angetrunken, unbewaffnet, eine Pyramide quatscht mich an, ich bin der größte Plumpbeutler weit und breit. Ich hasse sie alle.

Dann sehe ich meine Kollegen.

Sandy die Seekuh walzt die Haddschstraße hinunter. Der Stoffberg kommt genau auf mich zu. Ein Monster, das gefangen genommen wurde und jetzt von jubilierenden Sandalenfilmstatisten zu seiner öffentlichen Hinrichtung geleitet wird. Der freundlich lächelnde Kostümkopf ragt aus der Menge. Eine vollverhüllte Frau rempelt mich aus Versehen an, unter ihrem Parra schauen die Spitzen von Cowboystiefeln heraus. Ich nehme mir vor, mich über gar nichts mehr zu wundern, bis ich aus diesem Tollhaus raus bin.

Von schräg rechts, aus der Spaemann-Gasse, nähern sich Mandy, die üppige Flugeidechse, und Wendy, das karierte Pferd.

Ich suche das Getümmel unauffällig nach Gaarder ab, kann ihn aber nicht entdecken. Aus dem Nichts bricht ein höllischer Lärm los: Metall schlägt gegen Metall, vibriert dunkel und hell, lässt die heiße Luft summen, dazu ertönen menschliche Schreie, Gesänge, ein lang gezogener Lautbrei über dem unerträglichen Geklöppel, Finkenschwärme fliehen aus Büschen und Palmen, steigen panisch in den Himmel, sprenkeln das Blau, irgendwo müssen tausend Kirchenglocken angesprungen sein, tausend Muezzine, die zu dem Rekordläuten ihr Allahu akbar brüllen, Gott ist größer, größer als was, frage ich mich und halte mir die Ohren zu, größer als wer, egal, Hauptsache größer, was für ein hinterfotziger Komparativ, der in seiner Beliebigkeit ganz selbstverständlich alles und jeden verkleinert, das millionste Indiz für den unerbittlichen Größer-Wahn der geistlich Verblendeten. Um mich herum sind bärtige Männer auf die Knie gefallen, buckeln in Richtung Mekka, alle anderen haben die Hände zum Gebet gefaltet, einige tanzen wie in Trance – dann verstummt der Lärm so abrupt, wie er losgebrochen ist. Ich habe weder Zeit noch Kraft, darüber nachzudenken, was das war. Ich konzentriere meine Gedanken lieber auf die Belohnung: Alkohol en masse. Fleisch ohne Ende. Sprechender französischer Schinken.

Mandy und Wendy erreichen mich zuerst. Sie geben mir zur Begrüßung die Klauen und Hufe. Ihre Köpfe nicken leicht. Ich nicke ebenfalls.

Gemeinsam sehen wir der Seekuh entgegen, die gemächlich herantreibt. Als sie ankommt, tätschelt sie jeden von uns kurz mit ihrer gewaltigen Flosse, dann schiebt sie sich Schritt für Schritt die Abrahamstraße hinauf. Mandy und Wendy folgen ihr. Auch ich schließe mich an.

Die Passanten bilden eine Gasse für uns, sie johlen, klatschen und singen die alten Vergnügungsparklieder. Sandy wippt im Takt und muss für ein Foto zwei Kleinkinder auf den Arm nehmen. Die Kinder werden weitergereicht. Dann gibt es noch ein Gruppenbild. Wir strecken vier pelzige Daumen in die Höhe. Tschakka!

Unter dem Jubel der Masse setzen wir unseren Weg fort.

Stiefeln als träge Plüschformation an einer überdimensionierten Kupfer-Büste mit Kupfer-Heiligenschein vorbei, die laut Inschrift einen Typen namens *M. Mosebach* darstellt, weiter in Richtung Holy Hill. Die Passanten rufen und singen hinter uns her. Wir winken und bleiben an Sandy dran. Niemand folgt uns.

Von der Seitenstraße geht es in die winzige Thierse-Gasse. Plötzlich ist vom Hauptstraßenlärm nichts mehr zu hören. Die Hauswände sind jetzt an beiden Seiten so hoch, dass wir im Halbdunkel laufen. Ein massives 3-Meter-Tor, das die Seekuh aufschließt. Nachdem ich das Tor passiert habe, lasse ich es schwungvoll ins Schloss fallen und drücke es dann mit der Klinke sofort wieder auf. Sandy, Wendy und Mandy drehen sich nicht um.

Keine Spur von Gaarder.

Ein kleiner überdachter Hof. Leer und blickdicht. Die Seekuh schließt die Hintertür zu einem gedrungenen Backsteinhaus auf. Wir gehen hinein. Ich verschiebe die Fußmatte mit einer Tatze so, dass die Tür nicht wieder ins Schloss fallen kann. Obwohl jeder Raum des Hauses komplett eingerichtet ist, scheint hier niemand zu wohnen. Alles nagelneu. Plastikpflanzen. Möbelhausstimmung. Fehlen nur noch die Preisschilder. Hinter dem Wandteppich im Wohnzimmer eine Feuerschutztür. Außen nur ein Knauf, keine Klinke. Als wir durchgegangen sind, schließe ich sie von innen lautstark, öffne sie leise wieder, lehne sie an. Ein Raum mit unverputztem Mauerwerk. Das schwarze Loch in der Stirnwand erhellt sich, als die Seekuh auf einen Schalter drückt.

Mein zweiter Tunnel an diesem Tag. Wir trotten hinein. Schwindel, plötzliche Kälte, Chateauneuf, Tierkostüme, Beklopptenfasching, offene Fragen und ein weiterer Gang in die Unterwelt lassen in meinem Empfinden eine sentimentale Beliebigkeitsstimmung hochschwappen, die mir suggeriert, Teil eines Rollenspiels zu sein, das der Realität immer einen Schritt voraus ist. Das automatisch seinem Ende entgegenträufelt, ob ich mitmache oder nicht.

Die einzige Chance, auf diese bizarre Situation zu reagieren, ist ein möglichst formvollendetes Schulterzucken, das meinen Schultern nicht gelingen will. We had joy, we had fun.

Stumm wandern wir durch den Tunnelschlauch, stupide Tiere in ihrem Bau, die tagein, tagaus graben, ohne Sinn und Verstand, die keine Fragen stellen und immer weiterbuddeln, Gänge schaffen, die niemand braucht, ein Röhrensystem entwickeln, das niemals einem Zweck dienen wird, das einfach nur da ist, weil es uns gibt. Weil wir nicht anders können, als uns permanent zu beschäftigen. Weil wir seit Jahrtausenden daran scheitern, Dasein in Dasinn zu verwandeln.

Dann geht alles ganz schnell.

Am Tunnelende ein geräumiger Fahrstuhl. Wir steigen ein. Summen nach oben. Die Seekuh kratzt sich mit beiden Flossen am dicken Bauch. Sonnenstrahlen fallen durch die gläserne Decke der Kabine und lassen unsere Felle leuchten. Orange, mintgrün, violett, blau-gelb-kariert. Immer mehr Höhe. Immer mehr Helligkeit. Ein Aufzug zum Himmel. Eine Rakete ins Weltall. Mein Magen will sich übergeben. Meine Ohren unter Druck. Dann werden wir langsamer und schweben sanft in eine lichtdurchflutete Halle ein, sind der knallbunte Mittelpunkt eines voll verglasten Rondells mit Blick auf den ausufernden Spiegel des Pazifiks, die grünen Hügelblasen der Insel, das Miniaturmodell einer Welt voller Häuschen, Swimmingpoolpfützen, Bonsaibäume, Spielzeugautos und das pointillistische Gewühl der aufgekratzten Götterkinder im Abgrund tief unter uns.

Die Aufzugtüren weichen mit hellem Dingdong zurück.

Wir steigen aus.

Hinter uns versinkt die Kabine wieder in ihrem Schacht.

Der Duft von klerikalem Raumerfrischer. Ich verstehe, wo ich bin, was ich bin, wer die anderen sein müssen. Ich weiß alles. Aber die Erkenntnis lähmt mich. Sie schwimmt in einem siedenden Chateauneuf-du-Pape-Sud. Sie hält meiner Verwirrung nicht stand und löst sich sekündlich schneller auf. Schon bin ich nicht mehr sicher, ob ich verstanden habe, was ich verstanden habe. Wir schreiten in die Helligkeit hinein. Eine breite gläserne Schleuse öffnet sich mit zaghaftem Zischen. Die anderen drei Tiere passieren die Schleuse würdevoll. Ich imitiere sie und versuche, durch meine runden Augenlöcher zu erkennen, wie diese Schiebetür funktioniert. Offenbar mit einer speziellen Lichtschranke. Während ich noch darüber nachdenke, ob ich den Mechanismus manipulieren kann, ziehen wir schon in die funkelnde, unerträglich warme Pyramide ein, laufen über transparentes Nichts wie Jesus über seinen Quecksilbersee, tapsen auf dem Glasboden in die Mitte des Global Praygrounds. Ich sehe mich um. Drehe mich um mich selbst.

Nichts.

Gar nichts.

Das Allerheiligste der vereinigten Weltreligionen ist eine leere Sauna. Kein Altar, keine Symbole, keine Bilder, kein Schmuck, keine Sitzgelegenheit, keine Minibar. Nur heiße Luft.

Die Seekuh nimmt ihren Kopf ab. Ich muss aufpassen, dass ich nicht laut lache. Was darunter zum Vorschein kommt, sieht aus wie das Gesicht eines Ayatollahs. Für einen Moment bin ich mir sicher, dass auch der Ayatollah gleich sein Haupt abschraubt und darunter die Jungfrau Maria zum Vorschein kommt, dass aus der Jungfrau der Heilige Geist schlüpft und aus dem Heiligen Geist Ezekiel, dass ich es hier mit lauter religiösen Matrjoschkapuppen zu tun habe, die sich so lange aus immer anderen Ikonenkostümen schälen, bis nur noch kleinste Persönchen übrig bleiben, die sich durch unendliches Weiterentpuppen schließlich vollständig auflösen. Unter Mandys Eidechsenschädel erscheint jetzt eine braun gebrannte Adler-Visage. Unter dem Pferdekopf von Wendy ein pausbäckiger Rothaariger. Damit ist der Verwandlungsprozess offenbar beendet.

Die grotesken Gestalten sehen mich an.

Mir fällt auf, dass draußen alle Vögel verschwunden sind. Mir fällt auf, dass die stählerne Aufhängung des eingeklappten Glasbalkons viel massiver ist, als sie auf den TV-Bildschirmen wirkt. Ich habe keine Ahnung, was ich tun soll. Über meinem Kopf schweben drei Fragezeichen.

Dann hören wir das leise Dingdong der Aufzugtüren.

Obwohl die drei sich in den letzten Sekunden nicht bewegt haben, scheinen sie jetzt in ihren Kostümkörpern zu erstarren.

Schritte nähern sich.

Ich muss mich gar nicht umdrehen. In sechs fassungslosen Augen sehe ich einen selbstsicheren José Gaarder, der langsam durch die geöffnete Schleuse schlendert, blasiert lächelt, für den dieser Auftritt ein höchstpersönlicher Reichsparteitag mit Fackelzug und Führerrede sein muss, der jetzt hinter mir stehen bleibt, meine Pfoten nimmt und sie, bevor ich begreife, was passiert, mit irgendetwas sehr fest zusammenbindet.

Ich grunze in die Stille. Ich versuche, meine Arme loszureißen, aber sie sind plötzlich am Rücken festbetoniert. Kabelbinder. Ich fluche. Schweiß läuft mir in die Augen. Mein Grunzen klingt so jämmerlich, dass ich vor Wut laut brülle.

»Darf ich vorstellen, meine Herren«, sagt Gaarder und nimmt mir den glühenden Wombat-Kopf ab, »Platon Ahorn.«

Ich keuche einsam vor mich hin. Schweißtropfen fallen auf den Glasboden und zerplatzen.

Die drei Typen starren mich verständnislos an.

»Oder vielleicht so: der echte Platon Ahorn.«

»Machen Sie mich los, Gaarder«, sage ich mit so viel Autorität wie möglich in der Stimme, »ABER SOFORT!«

»Zack, schon wisst ihr Bescheid, wer ich bin, gell?« Gaarder schlendert ein paar Schritte in Richtung Pyramidenmitte. »Aber Ihnen, Ahorn, möchte ich gerne diese ungewöhnlich verstummten Herrschaften vorstellen. Von links nach rechts: Sandy alias Chenpo, Mandy alias Hanif, Wendy alias Francis. Die legendäre Quadriga, die irgendwann mal das Gerücht gestreut hat, sie bestünde nur aus alten Männern, um sich vor Tagen wie diesem zu schützen. Und die bedauerlicherweise heute dezimiert wurde und jetzt als Trio Infernale weiterwirken muss.«

Der Rothaarige wird pampig. »Wo ist Edgar?!«

»Sitzt in der Badewanne und kaut Klötenragout.«

Gaarder hat Spaß. Die anderen nicht so.

»Nein, nein …« Francis schüttelt den Kopf. »Das war doch nur … Das haben wir nur erfunden, damit Sie auf die Insel …«

»Kennst du das Prinzip der selbsterfüllenden Prophezeiung, Francis?« Gaarder grinst. »In diesem Fall eine durch Selbstmord selbsterfüllte Prophezeiung. Euer Freund Trenk alias Edgar alias Benedict hält justamente Einzug in der Hölle. Wie alle Selbstmörder. Er hat sich entschlossen, exakt den rustikalen Suizid zu sterben, den ihr ihm ohnehin erfunden hattet. Es gibt also keinen Grund zur Klage.«

Jemand scheint allen drei Vergnügungsparkfiguren gleichzeitig die Luft abzulassen. Sie sacken synchron in sich zusammen. Ätherisches Ächzen. Tränende Augen.

»Ihr wolltet, dass ich persönlich herkomme und mit euch über euren kastrierten Kumpel rede.« Gaarder breitet die Arme aus. »Hier bin ich, ihr kleinen Pisser. Was jetzt?«

Es entsteht eine unangenehme, stickige Pause.

»Machen Sie mich los, Gaarder!« Offenbar schreie ich.

Der Irre hört mich gar nicht. Er dreht sich nicht mal um.

»Die Welt wird heute die Wahrheit erfahren«, sagt Hanif mit fester Stimme, »die Wahrheit und nichts als die Wahrheit.«

»Is ja doll!« Gaarder macht ein erstauntes Gesicht. »Was für eine Wahrheit entdecken denn drei, pardon, vier religiöse Führer, während sie jeden Abend zusammen Papayaschnitze mümmeln?«

»In zwanzig Minuten beginnt unsere Ansprache«, sagt Chenpo. Er schafft es gerade so, Haltung zu bewahren. »Hören Sie zu oder lassen Sie es sein. Die Auswirkungen bekommen Sie in jedem Fall zu spüren.«

»Eure Ansprache beginnt genau jetzt. Sagt mir sofort, was für einen Mist ihr da verkünden wollt!«

»Papayaschnitze! Sie hirnrissiger Wicht!« Chenpos Stimme ist nur noch Hass und Spott. »Sie wollen wissen, was wir gleich verkünden, Gaarder? Bitte sehr. Ich habe nichts gegen eine exklusive Generalsekretärprobe.«

Ich reiße an dem Kabelbinder herum, aber er sitzt zu fest.

»Wir haben gebetet. Jeden Abend«, sagt Hanif. »Und zwar gemeinsam. Wir haben geredet. Wir haben uns unseren Glauben, unsere Traditionen, unsere Geschichte erklärt. Geduldig und voller aufrichtigem Interesse. Wir haben *zugehört.*«

Gaarder guckt irritiert.

»Zugehört und verstanden«, fährt Francis fort. »Unsere Vorfahren waren jahrhundertelang darauf konzentriert, ihre Religion um jeden Preis von anderen Religionen abzugrenzen. Gläubige, die unseren Glauben nicht teilten, haben wir nicht Andersgläubige, sondern Ungläubige genannt. Geht es nach dem Koran, müssen sie in Eiterfluss und Jauche baden, siedendes Wasser trinken, das ihnen die Eingeweide zerreißt, sich mit eisernen Keulen schlagen lassen und Kleidungsstücke aus flüssigem Kupfer und Teer tragen. Die Bibel droht allen, die sie nicht lesen wollen, das Gleiche an, nur etwas fantasieloser. Die Idee ist immer identisch: Wer *unseren* Gott nicht anhimmelt, muss sterben. Wer nicht für uns ist, ist gegen uns. Die anmaßende, aggressive Arroganz von Menschen, die sich einbilden, als Einzige das einzig Wahre erkannt zu haben. Die sich im Leben nichts sehnlicher wünschen, als über anderen zu stehen, auf andere herabblicken zu können. Als einer esoterischen Herrenrasse anzugehören. Und zwar der Herrenrasse mit dem einzig wahren Herrn, dem einzig wahren Führer, der bestraft und gönnt, selbstherrlich entscheidet und allmächtig ist, dem alles erlaubt wird und den man unter keinen Umständen kritisieren darf. Es kann nur einen geben. Sagen die Glaubensnazis.«

»Es gibt aber nicht nur einen.« Jetzt ist Chenpo dran. »Es gibt viele. Das weiß man, klar. Aber man versteht es nicht, in der Welt da draußen. Man versteht es erst hier, auf Gondwana. Wenn man andere religiöse Menschen mit anderen Göttern und anderen tiefen Überzeugungen trifft, wenn man sie kennen und schätzen lernt und ihnen vertraut, ihnen sehr viel Zeit gibt zu reden. Wenn man ihnen ohne Vorurteile begegnet.«

»Ohne den subtilen Dünkel, insgeheim doch was Besseres zu sein, während man die anderen stillschweigend als Gläubige zweiter Klasse betrachtet.« Hanif schaut uns nachdenklich an. »Ohne den Hochmut der überlegenen Toleranz, ohne das selbstgefällig gezüchtete Bewusstsein, die Anhänger anderer Religionen seien nur schlechte Kopien von wahren Gläubigen, verlorene Trittbrettfahrerseelen, deren abenteuerliche Götzen dem eigenen Gott nicht annähernd das Weihwasser reichen können. Ohne die halb empfundene, halb gespielte Verständigkeit, die immer freundlich duldet, aber niemals den Willen aufbringt, wirklich zu kapieren, wirklich zu nivellieren.«

»Erst wir«, sagt Francis, »haben auf Gondwana eine wahre Augenhöhe unter Andersgläubigen gefunden. In der Quadriga. Nie zuvor haben zwei Christen, ein Moslem und ein Jude so viel Zeit miteinander verbracht und sich einfach nur angehört, wie die anderen denken und fühlen.«

»So kamen plötzlich auch unsere Götter auf Augenhöhe.« Wieder Hanif. »Götter, die bislang immer nur als absolute Unikate gehandelt worden waren, wurden schlagartig absolut ebenbürtig. Weil ihre Anhänger schlagartig absolut ebenbürtig wurden.«

»Götter, die ihren Fans seit Urzeiten ängstlich und eifersüchtig wie räudige Teenagermädchen einflüsterten: Du sollst keinen anderen neben mir haben!« Chenpo klingt amüsiert.

»Die unter Strafandrohung auf ihre unbedingte Einzigartigkeit, ihren unfehlbaren Allmachtsanspruch, ihre chronische Überlegenheit pochten. Aber nehmen die Menschen ihnen ihr primitives Primat weg, dann sind diese Götter plötzlich alle dasselbe: Ausdruck menschlicher Ängste, Hoffnungen, Sorgen und Wünsche. Keiner steht mehr über dem anderen, wenn man erst mal verinnerlicht hat, dass sie gleich sind. Das Gleiche darstellen. Das Gleiche leisten sollen. Weil sie alle aus den gleichen Gründen existieren. In der Vorstellung von Menschen.«

Francis: »Wissen Sie, was das bedeutet, Herr Gaarder?«

Mir wird schwindelig. José hat eine feindselige Haltung eingenommen. Er steht angespannt. Leicht zusammengekauert. Wie auf dem Sprung. Er sieht von Sandy zu Mandy zu Wendy und sagt kein Wort. Offenbar wartet er ab, weil er nicht die geringste Ahnung hat, worauf dieser unerbittliche Kanon hinausläuft, der aus drei schadenfrohlockenden Mündern auf ihn einprasselt.

»Falls es die jeweiligen Götter gäbe, hätten sie zu Recht Angst vor Gondwana haben müssen«, sagt Francis, »vor der ersten Weltkirche, vor dem Global Prayground, vor modernen, friedliebenden Geistlichen, die neugierig sind und tolerant …«

»Was soll das Gelaber?!« Gaarder schreit. Er sieht sich gehetzt nach mir um, als könnte ihm ein angetrunkener, unbewaffneter, gefesselter, mit Foie gras gestopfter Detective Inspector im Wombatkostüm jetzt noch helfen. »Ihr seid ja besessen! Fahrt nach Polen und sucht euch ein paar erstklassige Exorzisten!«

»… die dazu fähig sind, das Fundament für eine vollständige, dauerhafte Versöhnung untereinander zu schaffen, indem sie den Anspruch auf das Primat ihres persönlichen Gottes fallen lassen.«

»Eine folgenreiche Entscheidung«, sagt Hanif. »Was einmal gedacht wurde, kann nicht mehr zurückgenommen werden.«

»Sünder ...« Gaarder flüstert. Schwitzt. »Elende Sünder ...«

Ich spüre, dass der Oberpatriarch bald am Ende ist. Die Typen machen ihn allein mit Worten fertig. Rache für Edgar.

»Wir müssen es ihm erklären.«

»Sonst kapiert er es nicht.«

»Okay. Chenpo, fang an.«

»Gaarder, hören Sie zu!«

»WAS WOLLT IHR EIGENTLICH VON MIR?!«

»Jeder Gläubige glaubt unbedingt an seinen Gott.«

»Dieser Gott ist für den Gläubigen der einzig wahre Gott.«

»Zwangsläufig.«

»Denn dieser Gott hat ja in den Augen des Gläubigen *alles* erschaffen.«

»Er ist der Schöpfer des Universums.«

»Der unbewegte Beweger.«

»Der Herr über Leben und Tod.«

»Es gibt nichts, was er nicht gemacht hat.«

»Es gibt niemanden, der nicht durch ihn erschaffen wurde.«

»Es kann also keine anderen Schöpfer geben.«

»Für andere Götter ist kein Platz.«

»Nun wird aber an andere Götter geglaubt, stellt der Gläubige fest.«

»Es gibt unzählige Gläubige anderer Religionen.«

»Die genauso unbedingt an ihre Götter glauben, wie er an seinen.«

»Die identische Überzeugungen teilen.«
»Mit identischer Intensität.«
»Die ihren Göttern zuschreiben, was er seinem Gott zuschreibt.«
»Die ihrem Gott danken, wie er seinem dankt.«
»Die ihren Gott für den einzig Wahren halten.«
»So wie er seinen für den einzig Wahren hält.«
»Die so tief und aufrichtig empfinden, wie er selbst.«
»Die glauben, wie er glaubt.«
»Aus tiefstem Herzen …«
»… bis in den Tod …«
»… stellt er fest, nachdem er die anderen Gläubigen kennengelernt hat.«
»Stellen sie alle fest, nachdem sie sich kennengelernt haben.«
»Sie stehen sich in *nichts* nach.«
»Sie gleichen sich in ihrem Glauben so exakt wie in ihrer Anatomie.«
»Kein kleinster Unterschied.«
»Das sehen sie plötzlich.«
»Und verstehen es.«
»Und akzeptieren es.«
»Und dann begreifen sie etwas.«
»Etwas Unerhörtes.«
»Sie werden zum ersten Mal in ihrem Leben wirklich erleuchtet.«
»Denn wenn es Menschen gibt, die an ihre Götter so sehr glauben, …«
»… wie ich an meinen Gott glaube, …«
»… dann glauben vier gleiche Menschen …«
»… gleichermaßen glaubhaft an vier unterschiedliche Götter.«

»Es kann aber keine vier Götter geben.«
»Denn es gibt nur eine Welt.«
»Also kann es auch höchstens einen Gott geben.«
»Den einzig Wahren.«
»Den einzig Wahren gibt es aber nicht.«
»Weil es angeblich vier einzig Wahre gibt.«
»Aber wenn es den einzig Wahren nicht gibt, …«
»… dann gibt es …«
»… keinen!«
Die drei strahlen. Das letzte Wort haben sie gemeinsam gesprochen.

Vögel tauchen plötzlich hinter dem schrägen Glas der Pyramidenwände auf, segeln durch das sonnige Hellblau und umkreisen uns, sacken leicht ab, schlagen mit den Flügeln, steigen wieder nach oben. Finken. Mein Blick folgt ihnen. Die Pyramide scheint sich um sich selbst zu drehen. Die Finken scheinen gegen die Fliehkräfte anzuflattern, ohne von der Stelle zu kommen. Alles im Leben und Sterben scheint immer etwas zu sein, das es in Wahrheit niemals ist. Und die Wahrheit ist nur deshalb so schwer zu finden, weil sie ganz offen vor uns auf dem Tisch liegt.

Gaarders irrer Blick fliegt den Finken hinterher. Offenbar hat er keine Kraft mehr. Er sackt halb zusammen, halb setzt er sich. Jetzt hockt er auf dem Glasboden wie ein Scheißhäuflein Elend. »Ihr Kanaillen … ihr ungläubigen …«

»Es wird Zeit, dass die Welt aufwacht.«

»Es ist unsere Aufgabe, endlich die Wahrheit zu verkünden.«

»Wir dachten immer, es sei das Beste, Sie in diesen Tagen einzusperren, Gaarder. Hier auf der Insel. Bei Edgar im Keller. Damit Sie uns nicht von Lyon aus dazwischenfunken, wenn die Welt in eine bessere Phase eintritt. Wir wollten Sie und Ihren Apparat lahmlegen, um des Friedens willen. Nun gut, wir haben Sie immerhin hierherlocken können.« Hanif schließt die Augen. »Auch wenn unser Bruder Edgar dadurch zum Märtyrer wurde. Ich weiß, dass es die Sache für ihn hundertmal wert war. Und deshalb finde ich es schön, dass Sie jetzt live dabei sind, Gaarder. Das gönne ich Ihnen. Edgar hätte es gefallen.«

Gaarder keucht hilflos vor sich hin. Ich kann spüren, wie es in seinem Hirnkasten rappelt. Er versucht, wieder hochzukommen, aber es klappt nicht.

»Es gibt keinen Gott«, sagt Chenpo, »und es gibt keinen Zusammenschluss der Götter. Glauben Sie mir, Gaarder, für niemanden war es schwerer, sich das einzugestehen, als für uns. Wir haben lange dafür gebraucht, fast drei Jahre. Eine quälende Zeit voller Unsicherheit und Angst, die wir nur überstehen konnten, weil wir uns gegenseitig gestützt haben. Nicht im Vertrauen auf eine höhere Macht, sondern auf unsere eigenen Stärken. Die selbstverständliche, tiefe Gewissheit, die wir ein Leben lang in uns trugen, war uns plötzlich abhandengekommen. Und trotzdem mussten wir sie öffentlich zur Schau stellen. Tag für Tag. Eine kostümierte Lebenslüge auffuhren, die man irgendwann nicht mehr erträgt. Ich erspare Ihnen Einzelheiten. Nur so viel: Wir waren und sind uns unserer Verantwortung bewusst. Wir wissen, was Milliarden Gläubige weltweit in uns sehen. Aber dürfen wir sie anlügen, damit sie glücklich bleiben? Dürfen wir sie für alle Zeit in ihren illusorischen Kokons einsperren und mit einer endlosen Jenseitsmöhre locken, für die sie ihr endliches Diesseits wegwerfen? Für die sie das kleine bisschen richtiges Leben, das sie besitzen, im falschen fristen? Dürfen wir ihnen eine Hoffnung vorgaukeln, die nie existierte? Obwohl es eine andere, viel größere Hoffnung gibt? Vor zwei Monaten sind wir zu dem Ergebnis gekommen: nein. Das dürfen wir nicht. Denn die Quadriga kann auch in einer säkularen Weltordnung das Symbol sein, für das man uns immer noch hält. Wir haben jetzt eine neue, eine viel größere Hoffnung anzubieten: die Hoffnung darauf, dass die Menschheit auch ohne jede Form von Religion existieren kann. Dass sie reif genug ist, die Diktatur des Glaubens hinter sich zu lassen, sich endlich ihrer Freiheit vollkommen bewusst zu werden und diese Freiheit positiv zu nutzen. Dass sie in der Lage ist, unseren fragilen Frieden auch ohne spirituelle Droge aufrechtzuerhalten, ohne Entmündigung, sakrale Eliten, filzigmaskuline Pfründe-Bünde und vorgekautes Denken – und ihn auf diese Weise nachhaltig zu stärken. Deshalb ist die Zeit der Wahrheit gekommen. Wir werden der Weltgemeinde heute sagen, dass ihre Götter nicht existieren. Dass Götter Totgeburten menschlichen Wunschdenkens sind und immer schon waren. Dass sie auf dieser Welt noch nie die Lösung, sondern immer nur die Keimzelle von Konflikten darstellten. Dass der Glaube keine Rettung ist, sondern eine tückische, gut getarnte, hoch ansteckende Krankheit. Seelenaids, das eine Generation nach der anderen infiziert und unsere Weltgesellschaft für immer in den Abgrund drücken möchte, aus dem wir in Wahrheit doch alle entkommen wollen. Seit Jahrhunderten reden wir über die gleichen Probleme. In Endlosschleife. Und auch wenn es nie eine problemlose, konfliktfreie Welt geben wird, sind wir jetzt absolut sicher: Religion ist die mit Abstand fatalste Ideologie, die der Mensch jemals hervorgebracht hat. In ihrem Namen wurde grausamer terrorisiert als durch sämtliche blutrünstigen weltlichen

Schreckensherrschaften zusammen. Das wissen Sie selbst. Jeder weiß es. Es geht lediglich um die Schlüsse, die man daraus zieht. Die friedlichste und freieste Möglichkeit menschlichen Zusammenlebens, Herr Gaarder, ist nicht der brüchige Religionsfriede unserer Tage. Die friedlichste Möglichkeit menschlichen Zusammenlebens, das allergrößte Glück der allergrößten Zahl, ist eine pragmatisch-hedonistische Menschheit ohne jede Form von Religion. Eine Menschheit, die sich hemmungslos den weltlichen Genüssen hingibt, den kulturellen wie den kulinarischen. Die sich nicht durch vergebliche Sinnsuche und Unsterblichkeitswahn wild und roh vergisst, sondern die das Wunder ihres Daseins tatsächlich würdigt, jede Stunde, jede Sekunde. Die ihre sehr begrenzte Zeit auf dieser Erde nach Kräften auskostet. Ohne sich fortwährende Indoktrinierung gefallen zu lassen und diese Indoktrinierung immer und immer wieder an die nächste Generation zu vererben wie einen fatalen genetischen Defekt. Die ihre Freude nicht im Leid anderer sucht, sondern in der Erfüllung naturgegebener Wünsche. Die im Vertrauen lebt auf Freiheit, Humanismus, Humor, Bildung, Aufklärung, Demokratie, Ironie, Rechtsstaatlichkeit, Toleranz, echte Liberalität – und den gesunden Menschenverstand.«

Gaarders Keuchen ist wilder geworden. Gleich kollabiert er. Ein dumpfes, unehrliches Lachen kommt aus seinem Mund. »Das könnt ihr nicht machen … das könnt ihr nicht …«

»Und ob wir das können.« Chenpos Lächeln wird gehässig. »Die großen TV-Sender übertragen unsere Eröffnungsrede live in 142 Ländern. Wir nehmen gleich zu Beginn die Kapuzen ab. Drei Sekunden später hängt der ganze Planet vor den Geräten. Wir zeigen uns, Gaarder. Wir legen unsere Kutten ab. Wir tragen T-Shirts, auf die wir die Kernbotschaft der Menschlichkeit gedruckt haben: I ♥ SAPERE AUDE.«

Gaarder schluchzt lachend. Er sieht mich verblüfft an.

»Im Anschluss feiern wir eine Party für den Sieg über den Glauben. Übrigens mit einem ziemlich säkularen Buffet.« Francis reibt sich die Hände. »Sie sind natürlich herzlich eingeladen, Herr Gaarder. In den Kirchen ist schon alles aufgebaut. Es gibt Rindfleisch, Schweinefleisch, Schalentiere und Alkohol en masse. Unter jedem unserer vier Privathäuser befindet sich eine Höhle voller Vorräte. Kulinarische Katakomben. Und heute geben wir einen aus. Dieses Festmahl wird die Leute sehr schnell auf weltlichen Geschmack bringen. Wir genießen das alles schon ein bisschen länger. Zwei Jahre, vier Monate und dreizehn Tage, um genau zu sein.«

»Deshalb seid ihr als Einzige so … fett …«

»Die ganze Welt wird dabei zusehen, wenn wir der gläubigen Elite mit nur einer historischen Rede die Augen öffnen. Und sie wird dabei zusehen, wenn diese ungläubige Elite sich danach betrinkt. Und Fleisch frisst. Stundenlang. Live im Fernsehen. Glauben Sie uns, Herr Ex-Geheimrat der exweltweiten Ex-Glaubenskongregation, danach können auch Sie nichts mehr retten. Diese Orgie ist ein Fanal, das alles verändert. In einer halben Stunde ist Ihre Allmacht Geschichte.«

Die letzten Worte scheinen Gaarder ins Herz zu treffen. Sein Keuchen verstummt abrupt. Wie abgestellt. Sein Blick ist frosthart geworden. Er will hochkommen und diesmal klappt es. Wie ein Roboter rappelt er sich auf. Zieht voller Verzweiflung seine Spielzeugpistole aus dem Halfter und tut so, als wäre er immer noch Platon Ahorn.

Die drei Typen weichen zurück. Der dicke Rothaarige stolpert gegen die Pyramidenwand und wird von dem Superdicken festgehalten. Einer von ihnen muss an einen versteckten Schalter gekommen sein. Lautsprecher knacken. Klaviermusik setzt ein.

»Die Mondscheinsonate!« Gaarder freut sich. »Wie hübsch.« Er geht mit der Waffe im Anschlag langsam auf das Trio zu.

»Keine Sorge, der Revolver ist nicht echt«, rufe ich und spüre, wie mir vor lauter Hitze endgültig schwindelig wird. »Er glaubt nur, das Ding sei echt. Er glaubt ja ohnehin alles, was …«

»Der Gedichtband in deinem Wohnzimmer, Hanif …« Gaarder gluckst, als ob er gleich einen Lachanfall bekommt. »Na?«

Hanif ist irritiert. »Was für ein Gedichtband?«

»Auf dem Notenständer.«

»Von Dénes Krusovszky?!«

»Sag uns den Titel.«

»Warum?«

»Sag ihn uns einfach.«

»*Wie schön das Kaputtgehen ist.*«

BÄNG!

Chenpos Kopf platzt, als meine Knie nachgeben.

BÄNG!

Die Musik wird lauter. Das melancholische Klavierspiel drosselt jede Wahrnehmung auf Zeitlupengeschwindigkeit. Ich sacke zur Seite weg und versuche gar nicht mehr, den Sturz aufzuhalten, befinde mich längst im freien Fall, sehe die dickflüssige Blut-Hirn-Suppe noch als riesigen, hellroten Explosionsfleck von der Glaswand triefen, dann schlägt mein pelziger Leib hart auf den Boden, ich höre ein verzweifeltes Brüllen, *GAARDER! NEIN!*, aber das wummernde Trommelfeuer aus seiner Waffe wird zum monotonen Rhythmus meines Kopfschmerzes, seine gezielten Schüsse knallen wie die schnellen, gleichmäßigen Taktschläge, BÄNG! BÄNG!, mit denen unerbittliche Aufseher monströser Galeeren auf ihre Pauken hämmern, selbstsicher und lustvoll, denn die gequälten Sklaven vor ihnen haben sich auch in Jahrhunderten noch nicht von der Knute befreit, die sie tagtäglich zu spüren bekommen, BÄNG! BÄNG!, noch die Urenkel ihrer Ururenkel werden schon als Kinder an die Ruderbank gewöhnt, mit süßen Heilsversprechen auf ihren Sitzen festgeklebt, halten diese Bänke für den einzig möglichen Ort, weil sie keinen anderen kennen, BÄNG! BÄNG!, können nicht aus ihrer Haut, wollen auch gar nicht aus ihrer Haut und fügen sich lustvoll der lähmenden Macht vergewaltigender Tradition.

Die Musik scheint jetzt alle Opfer zu betrauern, die Religionen im Laufe der Weltgeschichte jemals gefordert haben. Trübsinnig und mutlos schleppt sie sich von Akkord zu Akkord, löst ihren Kummer kurzzeitig in deprimierten Harmonien auf und trägt ihr Thema dann belämmert weiter. Sie leidet aufrichtig mit uns, denke ich, als Chenpos enthaupteter Fesselballonleib plump nach vorne kippt, lautlos hinschlägt, im Takt nachschwabbelt, still liegt. Eines seiner Augen schwimmt in einer Pfütze aus rotbraunem Schleim und starrt mich hellblau an. Hanifs Gesicht ist ein grausamer Munch-Schrei, sein Körper wird von den einschlagenden Treffern wild hin und her gerissen, aus seiner zerfetzten Plauze sprudelt es, die Löcher in seinem grünen Fell färben sich dunkel. Er sackt in die Knie.

BÄNG!

Francis fehlt plötzlich die rechte Wange. Sein freigelegtes Gebiss grinst mich an. Er hat massives Zahnfleischbluten. Als Gaarder kurz aufhört zu schießen, um sich für ein neues Ziel zu entscheiden, schallt das Gebrüll der Getroffenen plötzlich so roh und perplex zu der todtraurigen Sonate durch die Pyramide, dass ich mir mit meinen Tatzen am liebsten die Ohren zuhalten würde, dass ich die Frage verdränge, wie dieser kranke Wichser es bloß geschafft hat, nach unserem Busch-Crash so schnell die Waffen zu vertauschen, und schon setzt der Rhythmus des gnadenlosen Abknallens wieder ein, Gaarder schlendert seelenruhig durch den Raum, nimmt Francis ins Visier und reißt ihm – BÄNG! – mit einer gezielten Kugel die Schädeldecke weg, legt eine unappetitliche Knochensplitterhirnmischung frei, unter der die übrig gebliebene Francis-Visage Blut spuckt, aus unsichtbaren Boxen perlt ein bedächtiger Lauf, der Pianist lässt seine Finger auf den Tasten erst nach oben, dann nach unten wandern, findet zu seiner Melodie zurück, Gaarder sprengt Francis mit einem dritten Schuss – BÄNG! – die letzten Gesichtstrümmer in die Luft und lässt nur noch einen Haufen fein durchgedrehtes Christmett übrig, richtet den fassungslos kreischenden Hanif mit einem aufgesetzten Stirnschuss endgültig hin – BÄNG! – und pumpt ihm – BÄNG! BÄNG! BÄNG! – die restlichen Kugeln in den grützigen Brei, der von seinem Hinterkopf übrig ist.

Das Klavier spielt noch ein paar sehr langsame, sehr tiefe Töne. Noch einen allerletzten Akkord. Dann verstummt es.

KLICK.

VII

Der Erste Geheimrat der weltweiten Glaubenskongregation sieht kräftiger aus, als ich vermutet hätte: Bizepsbeulen, breites Kreuz, üppige Waden. Offenbar hat er sein privates Fitnessstudio im Palast in letzter Zeit öfter benutzt.

»Wir müssen mit Amann telefonieren.« Ich sitze im Sand und klinge wenig überzeugend. Meine Handgelenke schmerzen immer noch von dem Kabelbinder, obwohl der Mörder persönlich mich schon vor einer halben Stunde befreit hat.

»Warum? Ich fühle mich wie neugeboren.« Gaarder ist nackt bis auf die Boxershorts. Sein blutverschmiertes Gesicht betrachtet mich spöttisch von oben herab, dann watet er ins Wasser. Der Typ kommt mir vor wie eine lebende Leiche auf Badeurlaub. »Das sind mindestens 25 Grad. An Ihrer Stelle würde ich auch ne Runde schwimmen, Ahorn!«

»Sie haben mich benutzt.«

»Ich habe Smith & Wesson benutzt.«

»Wie fühlt sich das an, vom Gutmenschen zum Amokläufer zu mutieren?«

»Wie fühlt sich das an, nichts zu können, was gekonnt werden muss?«

»Abwarten. Hinten sind die Stopfgänse fett.«

»Sie sind ein Weichei, das immer nur hart gekocht getan hat, Ahorn. Das wissen Sie, das weiß ich. Ich hingegen bin wirklich hart. Ich erzähle nicht nur rum, dass ich alles kann.« Dämliches Gelächter. »Ich kann es tatsächlich!«

Der Strand ist menschenleer. Das Komplettvolk harrt weit oben seiner Führer, hält feuchte Händchen, wartet sehnsüchtig auf frische Befeuerung hochgezüchteter Illusionitis. Bei meinem letzten Blick aus der Pyramide bejubelte die Menge den nahen Beginn der Peace Party mit unermüdlichen Sprechchören. Niemand vermutete hinter der Verzögerung des Gemeinschaftsgebets ein Massaker. Die Bewohner dieser Insel waren immer schon ahnungslos. Aber noch nie so ahnungslos wie heute.

»Was ist? Jetzt kommen Sie schon rein.« Gaarder schöpft sich mit beiden Händen Wasser ins Gesicht, es blutet hellrot an seinem Körper herunter. Ich bilde mir ein, dass sich das Meer um ihn färbt.

Seit drei Jahren bin ich kein Cop mehr, steht in der Riesengedankenblase über meinem Kopf, und selbst wenn ich noch einer wäre, hätte ich hier keine Kompetenzen. Gaarder sitzt fester im Sattel denn je. Keine Konkurrenz mehr. Die Waffe ist leer geschossen. Ich bin alleine, er steht an der Spitze des herrschenden Systems. Niemand würde mir glauben. Ich kann nichts ändern, ich kann nichts beweisen, ich bin dem größenwahnsinnigen Wicht ausgeliefert. Ich kann nicht wegsehen. Ich muss Gaarder bei seiner blutigen Waschung beobachten. Seit den Schüssen ist er nahezu der Alte. Als ob ihm dieses gnadenlose Abschlachten seine Identitäten sortiert hätte. Er kann die Freude kaum unterdrücken, das sehe ich ihm an. Um seine Mundwinkel zuckt es. Der Egokaiser im Selbstrausch. Am liebsten würde er laut jubeln. Nur sein Blick ist noch genauso kalt wie vorhin. Ein Jahrmillionen alter Strandstein, mit aller Wucht gegen seinen kranken Kopf geschleudert: Das ist meine letzte armselige Option. Stumpfer Totschlag im Paradies als finale Weltrettung.

»Vergessen Sie's, Ahorn. Sie kriegen mich nicht klein.« Wieder dieses dämliche Lachen. Der Typ scheint ein verdammter Gedankenblasenleser zu sein. »Nur wer eine Niederlage einhundertprozentig akzeptiert, kann sie beim nächsten Mal vermeiden. Merken Sie sich das.«

»Es wird kein nächstes Mal geben.«

»Das sagen sie alle.«

»Was ist der Plan, Gaarder?«

»Sie sind selbst schuld, wenn Sie nur beleidigt im Sand hocken. Das Wasser ist herrlich!« Er treibt jetzt fast bewegungslos auf dem Rücken und lächelt in den Himmel.

»Was haben Sie vor, Gaarder?«

»Na, was wohl. Ich entspanne. In einer Stunde trete ich dann entspannt vor die Gläubigen, erkläre die Quadriga wegen Hochverrats gegen die Weltkirche Kraft meines Amtes für abgesetzt und berufe mich auf Paragraph 43 Absatz 5. Der Präambelfall kennt zwei Varianten. Wenn ein bis drei Quadrigamitglieder verschwinden, gehen die Kompetenzen auf die jeweils verbleibenden Mitglieder über. Verschwinden aber alle vier, übernimmt der Erste Geheimrat der Glaubenskongregation die geistige Führung Gondwanas. Huch, das bin ja ich!« Die unvermeidliche dämliche Lache. »Vielleicht hätten diese Verschwörungstheoretiker den Paragraphen 43 mal zu Ende lesen sollen.«

»Es wird keine neue Quadriga auf Gondwana geben, oder?«

»Das System hat zuletzt nicht unbedingt überzeugt. Sie könnten also durchaus recht haben. Als meine erste Amtshandlung werde ich übrigens ...«

Wiehern, Schnauben, wir drehen die Köpfe.

Eine junge Schwarze galoppiert auf einem eleganten Schimmel durchs seichte Wasser. Sie führt zwei weitere Pferde am Zügel hinter sich her. Die Frau trägt keinen Parra. Nur einen dürftigen Bikini. Ihre Brüste sind zwei ausgewachsene Sumoringer auf einem Olympia-Trampolin. Als sie uns erreicht hat, lässt sie die Zügel der beiden Begleitpferde fallen.

Gaarder steht auf und brüllt vollkommen fassungslos: »ALEA?!«

Freches Grinsen. Sprechblase überm hübschen Kopf: »Yes, Sir!«

»DU UNZÜCHTIGE … DU MUSST DICH SOFORT BEDECKEN!«

Noch frecheres Grinsen. »Holy Hill in zehn Minuten.«

»WAS …«

»Bis gleich.«

Gaarders Kopf ist so rot, als hätte er das Blut nie abgewaschen. »ICH BRING DICH INS LAGER! DAS IST DIE GRÖBSTE MISSACHTUNG DER VERSCHLEIERUNGSPFLICHT, DIE …«

Alea gibt ihrem Schimmel die Hacken, reitet kichernd den Strand hinauf und verschwindet zwischen den Palmen.

Ich verstehe überhaupt nichts mehr. »Wer ist denn bitte Alea?«

»Chenpos … Chenpos …« Gaarder hat augenblicklich von knallrot auf kalkweiß gewechselt. Er schwingt sich auf einen der Gäule und nimmt die Verfolgung auf.

?!?

*

Die Masse brodelt ungläubig in der Hitze, dann drängt sie plötzlich so dicht ineinander wie eine Herde Gewittertraumakühe kurz vor Beginn der Konfrontationstherapie. Den Gläubigen schwant das Unfassbare bereits, als Vollblutuntertanen sind sie naturgemäß besonders empfänglich für unmittelbar bevorstehende Radikalumwälzungen. Ihr dunkles Murmeln wächst vorsichtig aus sich heraus, dann schwillt es zum wuchtigen, wissenden Chor. Das sind keine andächtigen Frömmler mehr, die hier zu einem monolithischen Kollektiv verwachsen, denke ich, das sind Menschen in der Nullzeit ihres Seins. Es bedarf so wenig, um unsere Gattung auf das Wesentliche zurückzuführen. Da steht die archaische Horde, die noch nie von ihren vier Zoroasterzampanos versetzt wurde, und wittert das Unsägliche bereits mit zitternden Nüstern.

Der erlösende Aufschrei, das begreife ich auf eine ferngesteuerte Weise mit absoluter Gewissheit, wird Weltgeschichte schreiben: Er schwingt sich die Kirchenmauern hinauf, beschallt den gläsernen Balkon, der aus der Pyramidenwand ausgefahren wurde, und begrüßt: eine schmale Person im Parra. Keine vier schwitzenden Kutten- und Kaftanträger, keinen durchgeknallten Weltherrschaftsfuzzi, sondern eine einzige Frau. Die Frau streift den Parra ab und es erscheint ein zierliches Bikinimädchen. Eine glitzernde Hülle schwebt durch die Luft, als ob die Kleine sich gerade gehäutet hätte. Der silberne Stoff kommt näher und bleibt in einem Palmenwipfel hängen.

Das fein lächelnde, elegante Gesicht des Mädchens erscheint gleichzeitig auf sämtlichen Großbildleinwänden. Ich muss mich an der weißgrauen Mähne meines Pferdes festklammern, um nicht vor Schreck vom Gaul zu rutschen. Jane!

»Überraschung!« Ihre Stimme kommt so ruhig und

freundlich aus den Lautsprechern, als würde sie einen Kindergeburtstag eröffnen.

Totenstille.

Die bestürzte Masse nutzt ihre Chance, um das Ausmaß des eigenen Schocks zu begreifen.

Mein Hirn haspelt: Was in Dreiteufelsnamen macht *die* denn hier?

»Hier oben ist immer sehr lange geredet worden. Aber etwas Neues wurde dabei nie gesagt. Ich möchte das heute andersrum machen. Es wird – im Vergleich zu den Endlospredigten der Vergangenheit – nur eine recht kurze Ansprache geben. Aber die hat's in sich.«

Obwohl ich Janes Stimme höre, verstehe ich nichts. Schweiß läuft mir in die Augen. Ich habe keine Ahnung, wie sie hierherkommt. Sie kann gar nicht da sein. Und trotzdem ist sie es. Es sei denn, ich fange auch schon an zu halluzinieren. Es gibt einen sicheren Weg, das zu überprüfen. Mein Blick sucht Gaarder und entdeckt ihn fünfzig Meter weiter. Er sitzt noch auf seinem Pferd und steckt in der Menge fest. Die Augen glotzen, die Unterlippe hängt. Jede Oberstübchenaktivität erloschen. Der Typ ist nur noch ein tumber Klumpen pulsierendes Gedärm.

»Liebe Freunde, ich habe eine simple Mitteilung zu machen. Die Herrschaft des globalen religiösen Patriarchats ist in diesem Moment beendet.«

Es bleibt totenstill.

»Die Zeit des liberalen säkularen Matriarchats beginnt jetzt.«

Die Totenstille scheint noch totenstiller zu werden. Selbst die Vögel in den Palmen halten ihre Schnäbel.

»Ich muss unsere Entscheidung nicht begründen, denn die

Begründung ist die Geschichte der Menschheit. Das würde ziemlich lange dauern und am Ende wären wir alle ganz schön deprimiert.«

Der Einzige, der lacht, bin ich.

»Viel wichtiger ist für mich: Ich weiß, dass ihr längst wisst, dass wir im Recht sind. Dieses Unrechtsbewusstsein ist in jedem einzelnen Männerschädel vorhanden. Selbst der letzte Orthodoxe hat sich in stillen Momenten schon eingestanden, dass die andauernde Unterdrückung der Frauen durch eine unselige Mischung aus Männern und Religion die mit Abstand größte Schande der menschlichen Rasse ist. Vielleicht habt ihr als Kinder den Vater dabei beobachtet, wie er die Mutter herumkommandierte, und dazu mit eurem kindlichen unindoktrinierten Kopf ganz frei überlegt, wer ihm eigentlich das Recht dazu gibt. Und dass es genauso gut umgekehrt sein könnte. Vielleicht kam euch gestern beim Vornesitzen im Bus der spontane Gedanke, wie absurd es ist, dass die zufällige Entstehung unseres Geschlechts im Mutterleib festlegt, wer später sein Leben lang im Bus hinten sitzen muss.«

Großaufnahme von Janes Gesicht. Wie schön sie ist. Noch schöner als bei unserem Abschied in New York. Braun gebrannt.

»Vielleicht wurde euch vor Jahren, nachts im Bett, in der Sekunde des Einschlafens, plötzlich klar, dass die gravierenden Unterschiede zwischen Menschen a posteriori in ihren Hirnen zu finden sind und nicht a priori in ihren Hosen. Jeder von euch hat diese Momente der Erkenntnis gehabt, denn sie kommen unaufgefordert zu uns. Auf natürlichem Weg. Wir können uns nicht gegen sie wehren. Es sind diese unbezwingbaren Geistesblitze, die uns zu selbstbestimmten, freien Lebewesen machen. Unsere angeborene Intelligenz wird immer schneller sein als unsere angelernten Vorurteile. Zum Glück.«

Ich nicke.

»Allerdings: Kein Mann hat aus seiner Erkenntnis Konsequenzen gezogen. Im Gegenteil. Ihr habt euch umso lustvoller in die Verhältnisse gefügt. Aus Faulheit und Feigheit. Verständlich, es war ja zu eurem Vorteil. Eure Clique hatte das Sagen.«

Ich nicke.

»Deshalb seid ihr im Augenblick eurer persönlichen Erkenntnis vor allem eins gewesen: verdammt froh, keine Frau sein zu müssen. Trotzdem hat dieser kurze Moment euch auch eine bislang ungeahnte Fähigkeit verliehen. Ihr wusstet plötzlich, wie euer Gegenteil denkt und fühlt. Was ihr an unserer Stelle denken und fühlen würdet. Ihr seid für die Länge eines Atemzugs in der Lage gewesen, euch in uns hineinzuversetzen. Ihr habt die Seiten gewechselt. Und damit seid ihr für einen Bruchteil eures Lebens zur Frau geworden.«

Raunen.

»In diesem winzigen Augenblick gab es Gleichberechtigung auf der Welt. Ihr habt verstanden, was wir alle sind: identische Menschen auf der Suche nach identischem Glück.«

Gaarder ist immer noch auf Standby. Kein Molekül seines Körpers hat sich in den letzten fünf Minuten geregt. Ein organisches Reiterdenkmal in Badehose mit offenem Mund. Hoffentlich hat ihm schon ein Kolibri auf die Zunge geschissen.

»Erinnert ihr euch?«

Ich nicke. Die Menge nickt. Manche heftig, andere kaum merklich. Mich wundert, dass die Frauen nicht begeistert schreien. Ich blicke mich um. Fast alle haben ihre Parras ausgezogen. Viele stehen im Bikini da, andere in Kleidern oder Jeans. Sie lächeln zufrieden. Zwei von ihnen sind mit einer Eisensäge auf das *Phyllis-Schlafly-Memorial* geklettert und beginnen mit ganzem Körpereinsatz den verschleierten Denkmalkopf abzusägen. Ich begreife. Sie wussten es. Janes Auftritt ist nur für die männlichen Bewohner von Gondwana eine Überraschung. Die weiblichen Bewohner sind längst eingeweiht. Alle. Was ich erlebe, ist keine Ein-Frau-Show. Sondern ein von langer Hand vorbereitetes, massenhaftes Komplott. Ich merke, dass mir jetzt auch der Mund offen steht. Hoffentlich scheißt mir kein Kolibri auf die Zunge.

»Jeder hier weiß, wovon ich rede. Ich will euch mit dieser Ansprache gar nicht überzeugen. Im Gegenteil. Ich möchte euch daran erinnern, dass ihr längst überzeugt seid. Durch euch selbst. Es gibt einen sehr guten Grund, euch zu glauben: der Erkenntnismoment, dass Frauen und Männer vollkommen gleich sind, ist euer geistiges Ureigentum. Er ist pure Anthropologik. Das anthropologische Ergebnis eures eigenen menschlichen Seins. Jeder von euch hatte diesen Erkenntnismoment, jeder von euch besitzt dieses Ureigentum. Es ist nichts Fremdbestimmtes, das euch unter der Leitung anderer vermittelt wurde, mit der Aufforderung, es gefälligst zu glauben. Es ist etwas, das euer gesunder Menschenverstand aus sich selbst hervorgebracht hat. Das ist die frohe Botschaft, die *ich* für euch habe: Wir alle sind nur einen sehr kleinen Schritt von der bestmöglichen Welt entfernt. Einer Welt, die wir nie wieder hergeben werden, wenn wir sie nur einmal erlebt haben. Deshalb heißt diese Insel ab heute auch wieder wie sie früher hieß. Gondwana ist nicht länger Gondwana. Sondern endlich wieder Galapagos!«

Leiser Beifall, der langsam kräftiger wird.

»Ihr müsst jetzt nur noch den Mut aufbringen, euch eures eigenen Verstandes zu bedienen. Der Schlüssel zu dem Paradies, das diese Insel immer sein sollte und niemals sein konnte, liegt in unseren Köpfen. Ihr braucht keine eingebildeten Erlöser im Himmel. Ihr seid eure eigenen Erlöser. Meine Bitte lautet: Erlöst euch endlich von eurer selbstverschuldeten Unmündigkeit.«

Janes Gesicht ist von der Videoleinwand verschwunden. Verwackelte Bilder erscheinen. Ein alter Mann an einem Tisch. Nicht besonders gut ausgeleuchtet. Er gießt Whiskey aus einer Flasche in zwei Gläser.

Die Masse wird unruhig. Was als Nächstes kommt, scheint auch der weibliche Teil der Zuhörerschaft nicht zu wissen.

»Ihr alle kennt den Namen José Gaarder.« Janes Stimme ist jetzt merklich härter geworden. »Ihr kennt ihn als Chiffre für einen anonymen Mann in Lyon, der die Regeln der Weltkirche mit maximaler Härte vertritt. Der Geheimrat der Glaubenskongregation. Ein Mythos. Er verschanzt sich in der sichersten Festung, die es gibt. Niemand hat ihn jemals gesehen. Bis jetzt. Denn José Gaarder wurde mit einem Trick aus seinem Bau gelockt. Er befindet sich auf Galapagos, und ich hatte die Ehre, ihn ein paar Tage mit der versteckten Kamera zu begleiten.«

Lautes Raunen.

»Heute dürft ihr Gaarder kennenlernen, wie er wirklich ist. Ich begrüße die Zuschauer auf dem Festland, ich begrüße drei Milliarden Gläubige auf allen Kontinenten, die den heutigen, ganz besonderen Day of Faith an den Fernsehgeräten verfolgen. Ich begrüße ausdrücklich auch die Atheisten, die sich den Quadrigaquatsch traditionell mit einem illegalen echten Bier angucken, weil es keine bessere Realsatire gibt. Ich begrüße Männer, Frauen, Kinder, Alte, Schwule, Lesben, Spinner und Normale oder solche, die sich für normal halten – ich begrüße also: die Menschheit!«

Unentschlossener Beifall.

»Die ganze Welt wird in den nächsten Minuten dem obersten Religionsführer dabei zusehen, wie er sich selbst und damit das vollständige verlogene Glaubenssystem entlarvt. Ihr werdet sehen, wie José Gaarder so ziemlich jede Regel bricht, die er bislang unter Einsatz drakonischer Strafen gegen andere Menschen durchgesetzt hat. Er ist nur ein weiterer alter Mann, der wie alle alten Männer irgendwann seine Moral, seine Werte, seinen Anstand aufgegeben hat, um das einzige, wichtigste Ziel durchzusetzen: sich selbst unbefristet an der Macht zu halten.«

Auf der Videoleinwand ist der Albino jetzt verschwunden. Eine Hand kommt ins Bild und lässt mehrere Pillen in seinen Whiskey fallen.

»Der weißhaarige Mann ist Trenk Edgar Benedict, einige von euch kannten ihn vielleicht. Wir sehen gerade, wie Gaarder ihm eine massive Dosis Idalin verabreicht. Es handelt sich dabei um ein nicht näher erforschtes Psychodeutikum, das in dieser Menge nachweislich extreme schizophrene Schübe verursacht.«

Schnitt. Der Whiskey schäumt.

Schnitt. Benedict trinkt.

»Jetzt kommt ein hartes Programm. Trotzdem bitte ich euch, hinzusehen. Haltet euch nicht die Augen zu und lasst auch eure Kinder mit anschauen, was alte, egoistische, ideologisch verblendete geistliche Führer in Tausenden von Jahren aus unserer Welt gemacht haben: das größte Schlachthaus des Universums.«

Schnitt. Verwackelte Bilder, die Kamera bewegt sich auf einen hellen Raum zu. Gegenlicht, verwischte Bewegungen, Trenk Edgar Benedict in seiner Badewanne. Nackt. Entmannt. Entstellt.

Die Masse schreit auf. Fassungslosigkeit.

»Das hier hat Gaarder der Giftmischer aus einem eurer Freunde gemacht! Zwingt eure Kinder, hinzuschauen! Sie müssen für alle Zeit verstehen, warum wir ab heute jede Form von Religion ächten. Warum alte Männer in Machtpositionen ab heute weltweit in Rente geschickt werden. Warum das Gesetz Männern generell nur noch Funktionen mit sehr stark eingeschränkten Kompetenzen zugesteht, und auch das nur, solange diese Männer nicht älter als 45 oder aber homosexuell sind. Und warum die Macht ab sofort in den Händen derjenigen liegt, die sie noch nie hatten: in unseren Händen. In den Händen junger Frauen.«

Die Masse verschmilzt zu einem wilden, heulenden Brocken Holy-Hill-Fleisch, dessen tausendjährige Gewissheiten mit immer neuen Bild-Atombomben pulverisiert werden. Ich schreie auch. Ich verstehe auch. Langsam. Sekunde für Sekunde mehr. Jane hat uns alle verarscht. Von vorne bis hinten. Die Perspektive der Wackelkamera ist permanent auf Brusthöhe. Genau dort, wo die alberne Eulenbrosche sitzt, die der Wahnsinnige dauernd getragen hat. Jane muss sie ihm untergejubelt haben. Eine Minikamera plus Peilsender. Sie hat ihn bis auf die Insel verfolgt, von der ersten Minute an verwanzt, unter Beobachtung gestellt, bis zum Schluss. Ein Plan ist immer so genial wie seine absolut detaillierte Ausführung.

Großaufnahme: Benedicts totes Gesicht in unfassbarem Schmerz verzerrt.

»Vielleicht fragt ihr euch, warum ich so sicher bin, dass José Gaarders bigotte, unehrliche Religion und sein rücksichtslos maskulines Prinzip des Handelns das entscheidende Grundübel unserer Welt darstellen. Und warum ich diesen Abschaum so sehr hasse.«

Schnitt. Jane und Gaarder am Strand.

Mir bleibt die Luft weg.

Allen anderen auch. Die entsetzten Schreie verstummen vor Entsetzen.

Schnitt. Gaarder hinter Jane. Er stößt sie.

»Ganz einfach«, sagt Jane leise. »Ich bin seine Tochter.«

Jaulen und Wimmern.

Mein Blick schwenkt zu Gaarder. Er ist vollkommen hinüber. Auf dem Pferd gestorben, sofortiger Eintritt der Totenstarre. Ich kann ihn nicht länger ansehen, keine Ahnung, wohin mit meinen Gedanken. Ich wusste, dass Jane bretthart ist. Ich wusste, dass der Hass auf ihren Vater sie zu vielem befähigen würde. Aber ich wusste nicht, dass sie in der Lage ist, so weit zu gehen. Die Urteilsmaschine in meinem Kopf setzt aus. Keine Antworten mehr möglich. Selbst die Fragen sind verstummt. Mir wird schlecht. WÜRG!

»Mein Name ist Jane Marie Gaarder. Ich bin José Gaarders erstes Opfer und ab heute seine amtliche Nachfolgerin.«

Die ersten Zuschauer brechen zusammen. Verdrehen die Augen. Sinken zu Boden. Mein Hals faucht hart und trocken. Ich kann meinen Atem riechen. Er riecht verdammt mies.

»Mein Vater hat mich an diesem Tag am Strand mit echtem Alkohol gefügig gemacht. Schaut hin, was er mit mir tut.

Was mir wehtat, machte ihm Spaß. Vor drei Jahren hat er mich aus seinem Palast geworfen, weil ich mich in seinen Leibwächter verliebt hatte. Diese Liebe hat er mir verboten. Das, was ihr hier seht, hält er offenbar für gottgewollt.«

Schnitt. Jane sinkt ins Wasser.

»Das ist sie: die moralische Instanz, die ihr bis vor einer halben Stunde geachtet habt wie sonst nur noch eure Quadriga. Blickt endlich hinter die Kulissen der Weltkirche. Patriarchalische Verderbtheit – überall, immer schon. Wasser predigen und in Champagner baden. Das ist die einzige Regel, die niemals verletzt wurde.«

Schnitt: Der nackte Gaarder schleppt sich an den Strand.

»Apropos Quadriga …«

Schnitt. Chenpos Kopf platzt.

Der ganze Holy Hill brüllt mit allerletzter Kraft wie am Spieß. Frauen kreischen irre. Kinder weinen, ohne getröstet zu werden. Eine Träne läuft über meine unrasierte Wange.

Schnitt. Gaarder ballert wie verrückt.

Die Vögel fliehen aus ihren Bäumen.

Schnitt. Meine Stimme schreit: *GAARDER, NEIN!* Dann fehlt dem rothaarigen Dicken der halbe Schädel. Sein rechtes Auge baumelt nur noch an einem Hautfetzen.

Der Prayground muss videoüberwacht sein. Eigentlich keine große Überraschung im Schlaraffenland der Kontrollfreaks.

Schnitt. Hanifs Gesicht explodiert in Zeitlupe.

»Diese Herren waren mal die Mitglieder der Quadriga. Wundert euch nicht über ihr Alter. Dass nur Greise gewählt werden, war immer eine reine Schutzbehauptung. Ihr erkennt es am Schauplatz: Der grausame Mord hat sich hier oben in der Pyramide ereignet. Vor etwa zwei Stunden. Die

Leichen liegen noch hinter mir. Ihre Gedärme stinken zum Himmel. Der Mörder ist, wie ihr seht, ein Mann reinsten Glaubens. Ganz in der Tradition seiner Vorgänger.«

Der Horrorfilm stoppt.

Schnitt. Livebilder vom Holy Hill. Zoom in die Menge. Hoch über unseren Köpfen das Surren der TV-Kameras an dünnen Stahlseilen. Sie suchen das Meer aus Köpfen ab. Sie halten nach Gaarder Ausschau und finden ihn. Sein Schädel ist auf die Brust gesunken. Zu tief für die TV-Kameras. Aber eine Frau filmt ihn mit ihrem Handy von unten. Nach wenigen Sekunden sind ihre Handy-Livebilder auf den Leinwänden. Alles vernetzt. Die Masse schaltet sofort. Sie weicht in Sekundenschnelle vor Gaarder zurück. Wer in seiner Nähe umgekippt war, wird von den anderen weggeschleift. Ein fast kreisrunder Abstand isoliert den Reiter.

»Seht ihn euch an.«

Das Kamerabild steht still. Ein fast nackter Opa mit hängendem Kopf auf einem weißen Pferd.

»Das ist die Wahrheit und nichts als die Wahrheit über Männer und ihren Glauben. Über das, was Männer zu sein glauben. Über die Sonderrechte, die sie zu besitzen glauben.«

Ich kann nicht anders, als schon jetzt das Ikonische dieses Bildes zu sehen. Das, was die Menschheit ab morgen daraus macht. Kein Geschichtsbuch, in dem es fehlt. Es wird Millionen Kopien, Deutungen, Persiflagen davon geben, Zeichnungen, Ölbilder, Karikaturen, Bühnenbilder, Filme. Ich frage mich, ob Gaarder in diesem Moment weiß, dass er eine Zeitenwende markiert. Dass gerade der vernichtende Schlag gegen den historischen Aberglauben mitten in sein Gesicht gekracht ist. Ausgeführt von der schönsten Schlägerin, die es gibt.

»Ihr fragt euch, wie es jetzt weitergeht. Nach den Gesetzen des Patriarchats würde Gaarder heute umgebracht. Wir würden ihm einen kurzen Schauprozess machen, ihn öffentlich erhängen oder der Menge zum Fraß vorwerfen. Auge um Auge, Zahnweh um Zahnweh.«

Ich nicke.

»Nichts dergleichen wird passieren. Wir brauchen keine Lösungen aus dem Mittelaltershop. Im Gegenteil. Wir geben José Gaarder freies Geleit. Er bekommt das Vergnügen, sich selbst zu richten. Meine Freundinnen begleiten ihn jetzt zum Flughafen und niemand von euch wird ihm ein Härchen krümmen, während er diesen Platz verlässt.«

Die Menge weicht noch weiter von dem Reiter zurück.

Zwei junge Frauen mit I ♥ SAPERE AUDE-Schriftzug auf ihren knappen Hemdchen lösen sich aus der Menge. Sie ergreifen die Zügel von Gaarders Schimmel und führen ihn davon. Die Menge bildet eine Gasse. Niemand versucht, den bizarren Tross aufzuhalten.

Für zwei Minuten sind nur die klappernden Hufe auf dem hellen Pflaster zu hören. Dann ist Gaarder für immer verschwunden. Eine Spur aus dampfenden Pferdeäpfeln ist der einzige Beweis dafür, dass er tatsächlich hier war.

»Ich schätze, es war euch noch nie in eurem Leben so wenig nach Feiern zumute. Aber ich schätze auch, dass es in eurem Leben noch nie einen so guten Grund zum Feiern gab. Stoßt auf die Intensiv-Intifada an, die wir heute gemeinsam beginnen!«

Junge Frauen öffnen die Portale der vier Kirchen. Lange Buffet-Tische erscheinen auf der Videoleinwand.

»Es warten: echter Alkohol und echtes Fleisch. So viel ihr wollt. Gebt euren Kindern zur Feier des Tages ein Glas Rotwein. Werdet ein bisschen französischer, aber auf die liberale

Weise. Das hat noch keinem geschadet. Stoßt auf das Beste an, das wir in dieser Welt haben: ein vollkommen freies, selbstbestimmtes Leben.«

Vier I ♥ SAPERE AUDE-Riesenposter rauschen synchron an den Fassaden der Kirchen nach unten.

Das durchdringend hohe Winseln der ehemaligen Weltkirchengemeinde von Galapagos liegt noch über dem Platz, als die Ersten schon in den Bäuchen der gigantischen Kirchen verschwunden sind. Für einen Moment überkommt mich Bedauern: Die verfrühstücken da drinnen gerade meinen Arbeitslohn. Dann fällt mir ein, dass ich meine 90-Quadratmeter-Bude demnächst eigenhändig bis unters Dach mit Fleisch füllen darf, dass es bald wieder Metzgereien geben wird, auch in Lyon, auch in New York. Ein vages Glücksgefühl überkommt mich.

Ein paar Kinder spielen Bowling mit Phyllis Schlaflys hohlem Bronzeschädel. Die abgesägte Kugel scheppert über das Pflaster.

Mein Schimmel scharrt gelangweilt mit den Hufen. Er scheint zu fragen: Können wir jetzt endlich gehen? Ich steige vom Pferd und nehme ihm Sattel und Trense ab, damit er sich den nächsten gut gepflegten Zierrasen suchen kann, um die neue Freiheit auf seine Weise zu feiern.

Ich habe noch eine Verabredung.

*

Als ich mich zum zweiten Mal an diesem Tag dem Global Prayground nähere, rieche ich nicht den sterilen Duft von klerikalem Raumerfrischer, sondern: Holzkohlerauch. Dazu das leichte Essigaroma eines Allzweckreinigers.

Die beiden jungen Frauen, die mich bis hierhin eskortiert haben, bleiben plötzlich stehen. Ich sehe sie fragend an. Sie nicken freundlich.

Ich gehe allein weiter.

Von dem Massaker keine Spur mehr. Die ganze gläserne Pyramide glänzt frisch gewischt. Nichts erinnert daran, dass hier vor gerade mal 180 Minuten ein ungläubiges Triumvirat hingerichtet wurde. Kartons stapeln sich in den Ecken, ein großer gläserner Kühlschrank wurde mit einer Kabeltrommel provisorisch angeschlossen. Er ist voller Fleisch, Wein und Bier. In der Mitte des Raums ein steinerner Altar. Aus irgendeiner Kirche herausgerissen und zum Tisch umfunktioniert. Zwei Stühle, zwei Teller, zwei silberne Abendmahlkelche, Besteck, ein siebenarmiger Kerzenleuchter.

Jane steht auf dem gläsernen Balkon vor einem kleinen Grill und bringt die Holzkohle mit einem Blasebalg zum Glühen. Neben ihr eine Videokamera mit Stativ, die auf den Pazifik gerichtet ist. Jetzt dreht sie sich um und sieht mich an. »Da bist du ja.«

»Baby. Du knallharte Nuss.«

Wir bleiben auf Distanz.

Sie lächelt. »Hast du jetzt Angst vor mir?«

»Warum war ich nicht eingeweiht?«

Sie legt den Blasebalg weg. »Das weißt du ganz genau, Ex-Cop.«

»Nein. Das weiß ich nicht.«

»Ein Plan ist immer nur so gut wie seine absolut detaillierte Ausführung.«

»Ich hätte dir helfen können.«

»Hast du das Gefühl, dass ich Hilfe gebraucht habe?«

Ich sehe sie an. Das I ♥ SAPERE AUDE-T-Shirt steht ihr gut. Sie ist barfuß und kommt langsam näher.

»Außerdem hast du mir doch geholfen. Du hast mir erzählt, was er vor hat. Papas oberdämlicher Plan war der Startschuss. Ohne dich wäre ich jetzt garantiert nicht am Ziel.«

»Hattest du Angst, dass ich Fehler mache?«

»Jedenfalls hatte ich keine Angst, dass du uns absichtlich verrätst. Falls du das denkst.«

»Ich weiß gerade nicht, was ich denken soll.«

»Es ist süß, dich so hilflos zu sehen. Kenne ich gar nicht.«

»Dann genieß es. Wird so schnell nicht wieder vorkommen.«

»Sag mal, hast du etwa geheult?«

»Unmöglich. Mir wurden vor zehn Jahren nach einer Schlägerei in Brooklyn die Tränendrüsen entfernt.«

Jane grinst und bleibt zwei Meter vor mir stehen. »Wir mussten diese Chance nutzen. Zum ersten Mal seit fünfzehn Jahren verlässt er die Bastille. Ist vollkommen schutzlos. Du warst Teil seines Plans. Dafür kann ich nichts. Du hast zu dem Job ja gesagt und mitgemacht. Trotz deiner Bedenken. Und ab diesem Moment musstest du absolut glaubwürdig bleiben. Dich einzuweihen, hätte uns beide in Gefahr gebracht. Du bist kein Schauspieler, Platon, sondern Detective Inspector im Unruhestand. Stell dir vor, der Irre hätte dir was angemerkt. Vielleicht hätte er dich auch noch abgeknallt.«

»Schon gut. Das ist es nicht.«

»Okay.« Sie nickt. »Verstehe.«

»Wie konntest du das machen?!«

»Ich kann alles, was gekonnt werden muss.«

»Das ist Diebstahl. Der Satz gehört mir. Sag mir, wie du so weit gehen konntest.«

Jane schweigt und schließt die Augen. Die geschlossenen Augen sehen aus, als würden sie jeden Moment weinen. Ihr Kehlkopf schluckt nach oben. »Der Zweck heiligt die Mittel, Platon.«

»Das ist alles?«

»Mein Hass desinfiziert jede Wunde.«

»Du hast dich geopfert.«

»Er hat gedacht, er sei du. Er hat wie du gesprochen und sich wie du bewegt. Das hat ein bisschen geholfen.«

Ich würde am liebsten kotzen. Etwas kitzelt auf meiner Wange.

»Ich dachte, du hast keine Tränendrüsen mehr, Platon.«

SCHLUCK!

Jane sieht mich an. Ihre Augen sind trocken. »Nachdem du mir von Amanns Idalin-Idee erzählt hattest, brauchten wir eine Strategie. Eine schnelle, wirkungsvolle Strategie, die das Vertrauen in die Weltkirche mit hundertprozentiger Sicherheit erschüttert. Und je einfacher eine Strategie ist, desto besser. Wie damals, als Putin entsorgt wurde. Ich schlafe mit dem Diktator, ich filme das, diskreditiere ihn als Vergewaltiger und danach sind er und sein Verein für alle Zeit erledigt. Pulverisiertes Patriarchat. Man muss es nur noch in alle vier Winde zerstreuen.«

»Klingt, als wäre es ganz leicht, etwas Monströses zu tun.«

»Ich wollte es so schnell wie möglich hinter mich bringen. Schon am Freitag in Trenk Benedicts Haus. Ich hab ihm einen Kamerapeilsender angedreht, deshalb wusste ich immer, wo er ist. Aber er muss sich irgendwo vor mir versteckt haben. Am Strand hat es dann geklappt.«

»Warum du?«

»Der Film zeigt ihn bei der Vergewaltigung seiner eigenen

Tochter, Platon! Muss ich wirklich erklären, warum das ein Scoop ist? Und jetzt will ich darüber nicht mehr reden. Nie mehr.«

Ich setze mich auf einen der Stühle. Jane setzt sich neben mich. Nach ein paar Minuten voller gemeinsamem Schweigen lege ich meinen Kopf auf ihre Schulter.

»Wir hatten erwartet, dass alles viel schwieriger wird. Wir waren technisch sehr gut vorbereitet und unser Netzwerk hat sich echt bewährt. Aber wir dachten, dass uns die Überwachungssysteme Schwierigkeiten machen. Auf Galapagos sind überall Kameras versteckt. Dann stellte sich heraus, dass die Zwangsvermummung der reinste Segen war. Wir konnten uns treffen, wann und wo wir wollten. Niemand hat uns als das erkannt, was wir waren. Wir haben in aller Öffentlichkeit geplant. Wir sind in Bussen durch die Gegend gefahren, als gut verhülltes Frauenkommando, völlig ungestört von den betenden Männern vorne. Den Parras sei Dank.«

»Ihr habt die Revolution in ihrer Gegenwart vorbereitet?«

Jane lacht. »Allerdings. Und dann haben uns die Vollidioten die ganze Arbeit abgenommen. Als ob sie gespürt hätten, dass es Zeit für eine neue Zeit ist. Ich und die Mädels haben nur noch vor unseren Monitoren gesessen und gestaunt. Film- und Tonmaterial ohne Ende. Glaubensverlust, tonnenweise illegales Essen, Besäufnisse, Selbstmord, Dreifachmord, Papa verwandelt sich in Charles Mansons Schwippschwager, es wurde immer besser! Dann drucken sie uns auch noch schöne T-Shirts für die Ansprache, bauen das weltbeste Buffet für unsere große Übernahmeparty auf, organisieren eine Live-Übertragung der Enthüllungen in 143 Länder – wir mussten nur zusehen, wie diese Evolutionsbremsen sich selber abschaffen. Wenn ich das vorher gewusst hätte, wäre ich niemals mit ihm an den Strand ...«

Ich nehme ihre Hand.

Lachen und Singen aus weiter Entfernung. Aufbruchstimmung auf dem Holy Hill. Gläser klirren.

»Was passiert jetzt mit ihm?«

»Er konnte wählen. Justiz oder Ende.«

»Und?«

»Ende.«

»Wie?«

»Er hat den großen Abgang gewählt.« Jane nickt in Richtung der Videokamera. »Typisch. Alea hat ihn schon zum Airport gebracht.«

Schweigen. Rauch weht in die Pyramide.

Jane steht auf und schaltet irgendwo im Hintergrund fröhliche Musik an. Flying through the air, side by side we dip bend and climb ...

»Was grillst du uns?«

»Rinderfilet.«

»Tournedos Rossini ...« Ich stelle fest, dass ich beim Gedanken an den unmittelbar bevorstehenden Genussolymp breit grinsen muss. Mein Goldzahn blitzt Jane an.

Sie streichelt mir über den Kopf. »Mit getrüffelter Stopfleber aus Hunawihr.«

»Caveau du Vigneron?«

Sie nickt. »Wann fahren wir mal wieder hin? Wir müssen noch ein Foto am Brunnen machen.«

Ich küsse ihren Hals. »So bald wie möglich.«

»Schön.«

»Gibst du mir einen Job?«

Sie lacht.

»Das war ernst gemeint.«

»Spannende Vorstellung, einen Mann unter sich zu wissen, der glaubt, über den Dingen zu stehen.«

»Also?«

»Klar. Du bist ja noch keine fünfundvierzig. Und ich brauche ab heute einen Bodyguard, Platon. Kannst du das?«

»Ich kann alles, was gekonnt werden muss«, lese ich in der Sprechblase über meinem Kopf.

Unser Kuss wird von einem Motorengeräusch unterbrochen. Jane steht auf und schaltet die Videokamera ein. Dann kommt sie zurück und zieht mich vom Stuhl auf den Glasboden der Pyramide. Leckt über mein Gesicht.

Ich sehe ihr in die Augen. »Kennst du den Unterschied zwischen Platon und Platin?«

»Ich kann ihn sogar fühlen.«

Das Motorengeräusch wird lauter.

Sie nimmt meinen Kopf in beide Hände und führt ihn zwischen ihre Schenkel. Ich gebe einen Ton von mir, der signalisiert, dass ich jeder Unterwerfung bedingungslos zustimme.

We are gaming in a fall a fall a fall we feel …

Sie ist die Chef-Matriarchin. Ich bin ihr Werkzeug. Sonst nichts. Ich werde tun, was immer sie verlangt. Bevor Platon sich auf seine neue Aufgabe konzentriert, blicke ich noch einmal nach draußen. Die Celebration zieht eine helle Spur hinter sich her. Der Himmel ist oben in künstlich leuchtendem Babyblau gehalten, das nach unten heller wird, fast weiß.

DAS WEISS GEHT IN BUCKLIGE WOLKENLANDSCHAFT ÜBER, DIE SICH BIS ZUM HORIZONT AUFBLÄHT.
DER HIMMEL SIEHT AUS, WIE ICH IHN MIR IMMER GEDACHT HABE.
DER HIMMEL IST AUCH GENAUSO, WIE ICH IHN MIR IMMER GEDACHT HABE.

GANZ HÜBSCH, ABER STINKLANGWEILIG.

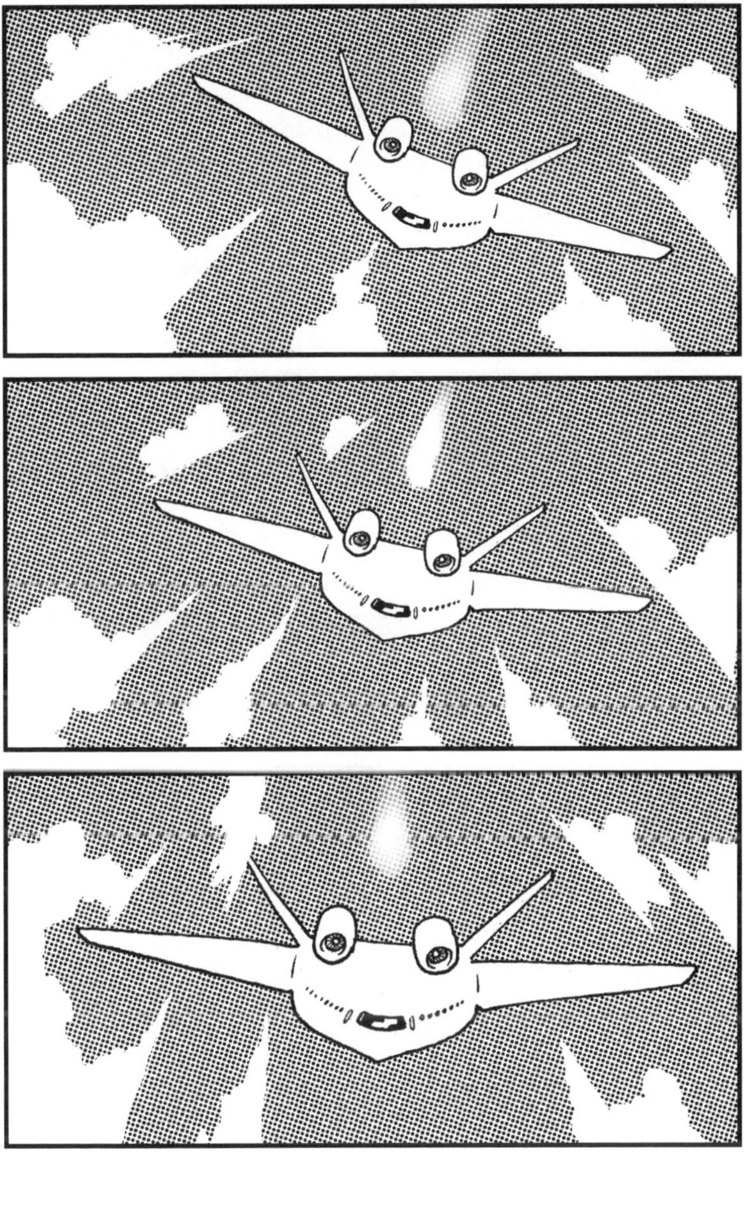

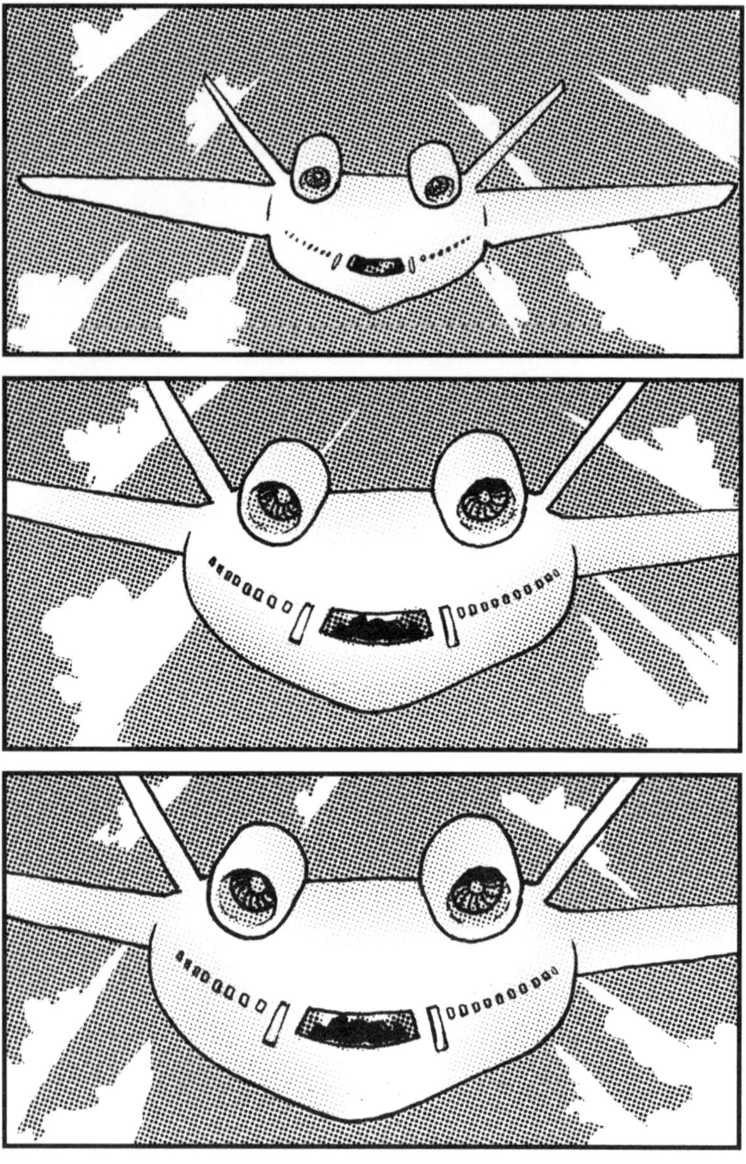

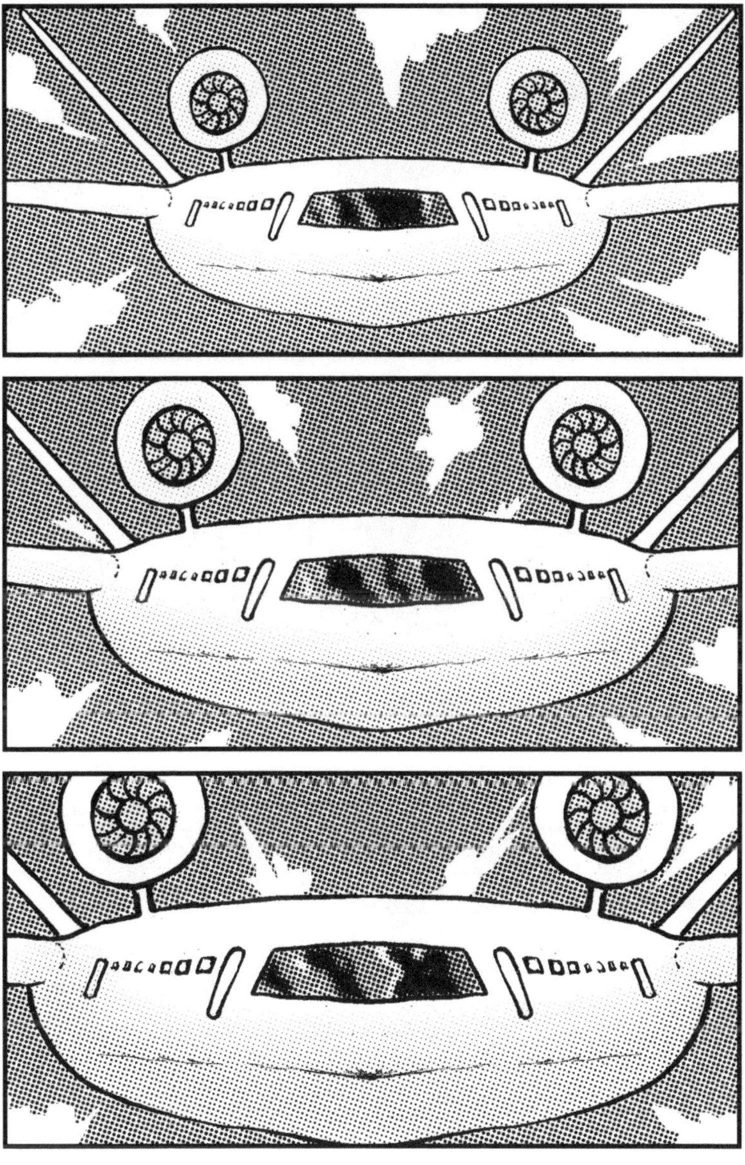

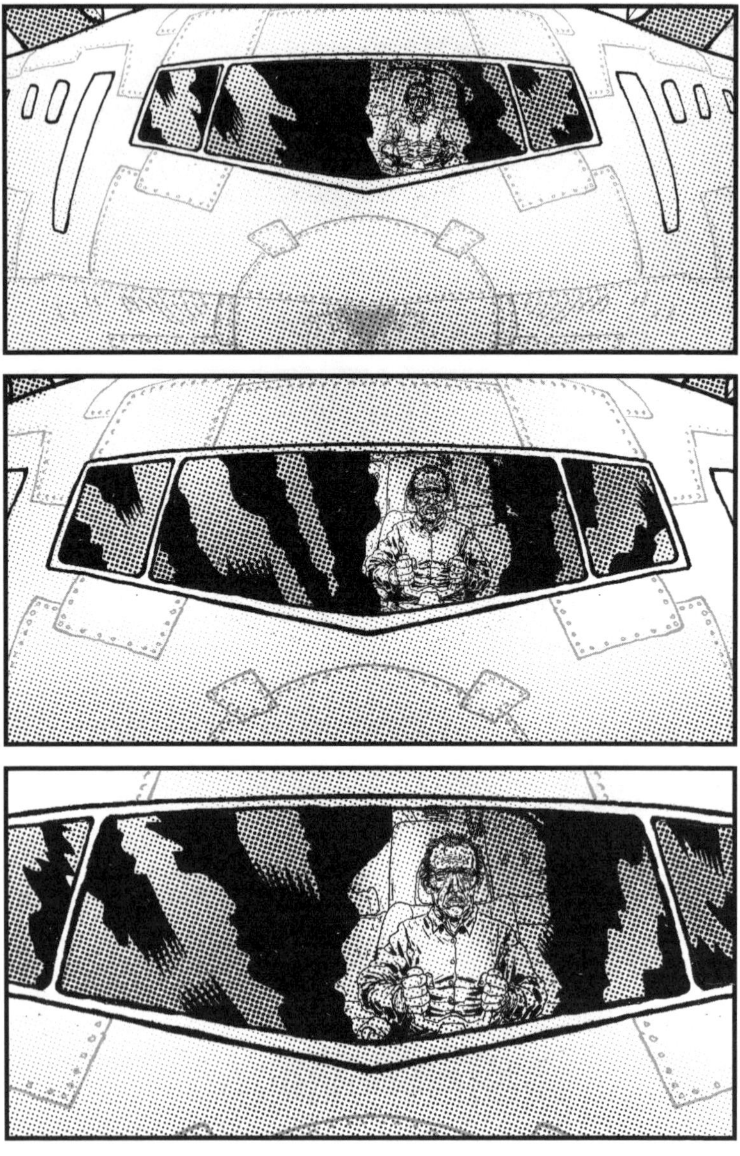

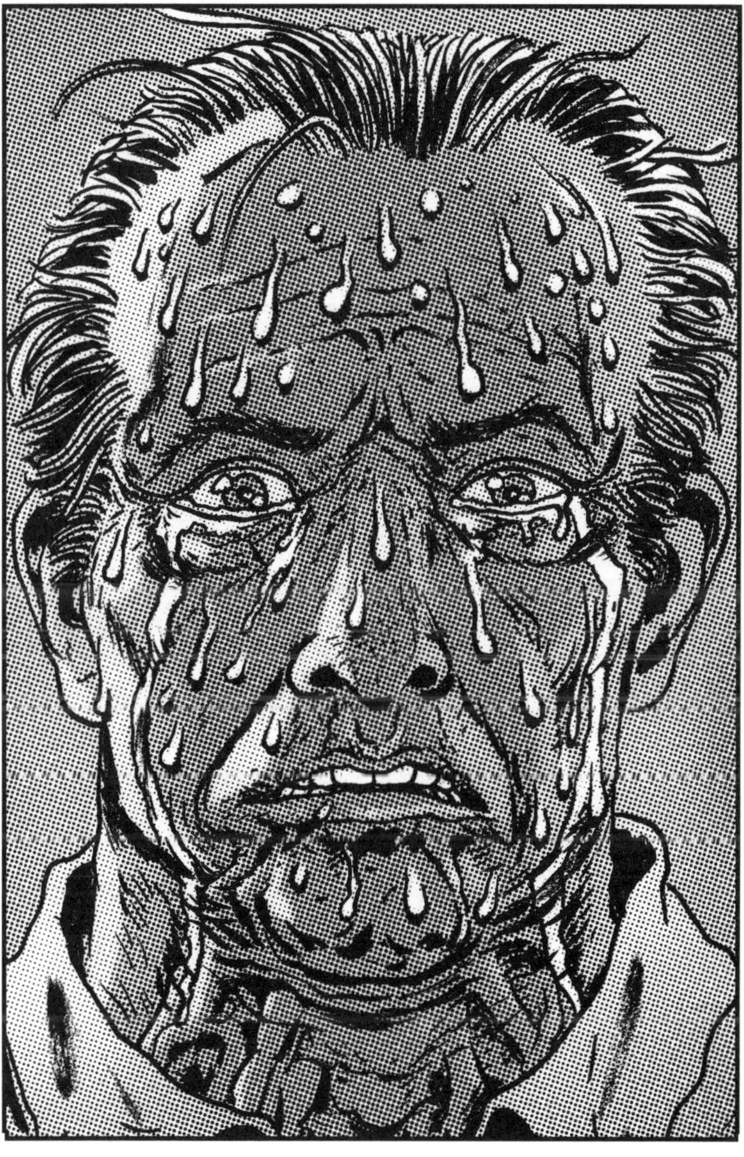

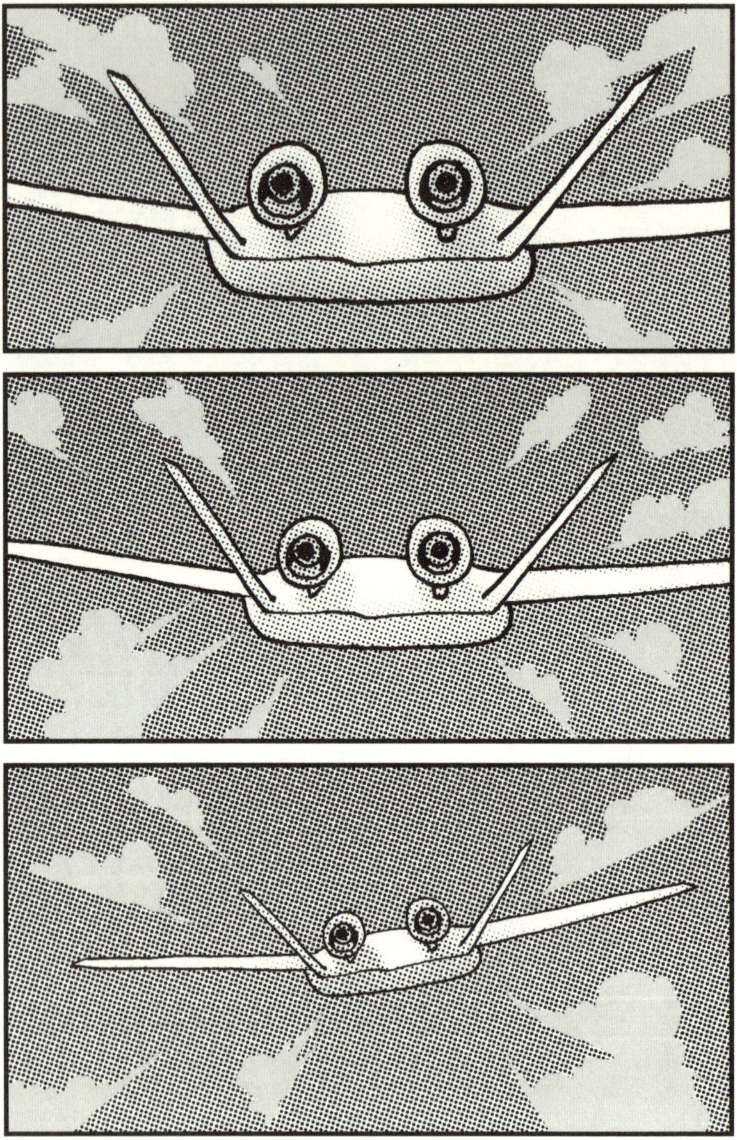

BOOM!!

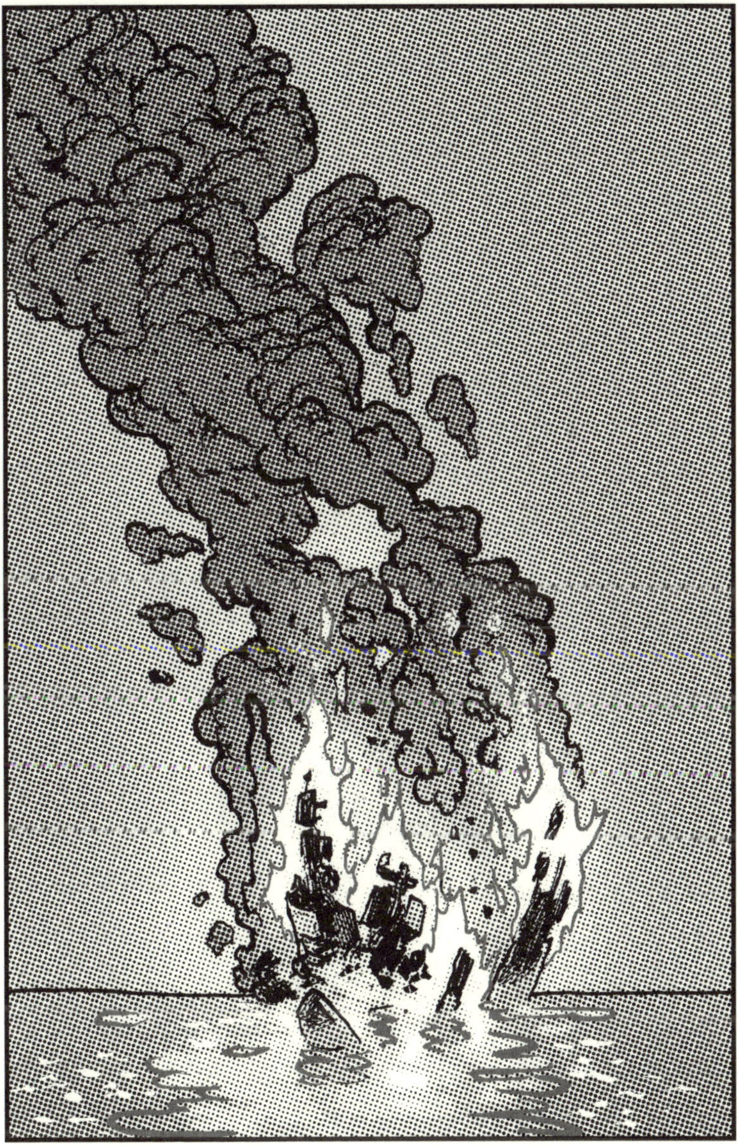

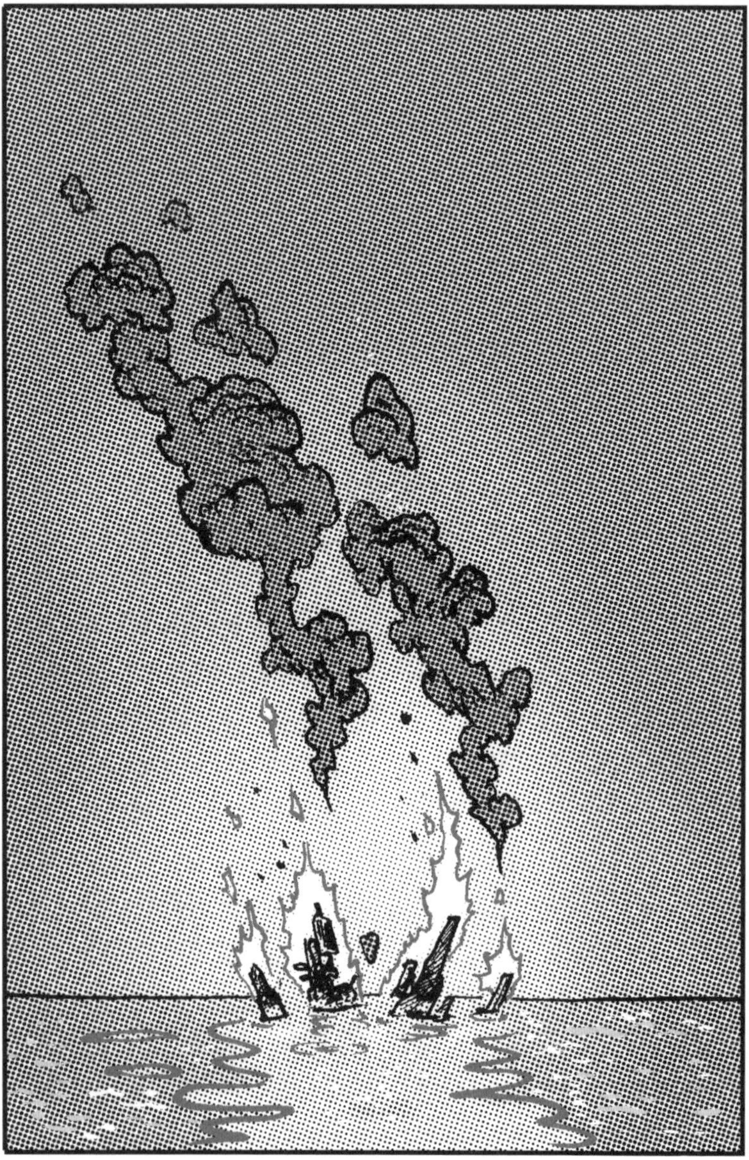

GOTTSEIDANK

haben mich Klaus Schöffling, Sabine Baumann, Gloria Frank, Kathrin Maetzel, John und Ginny Stamler, das International Writing Program der Universität von Iowa City (insbesondere Joe Tiefenthaler), die Familie Burcier, Jana Ludwig, Sven Seifer, Hans-Peter Sporer, Heiko Notter, Anna Marie Urban, Hartmut Urban, Martin Korte, Melanie Hölting-Eckert, Greg Bal und Rocket & Wink auf unterschiedlichste Weise bei der Arbeit an diesem Roman unterstützt.

Mein ganz besonderer Dank gilt Juli Zeh, die mir der Himmel geschickt hat.

Der Gedichtband *Wie schön das Kaputtgehen ist* von Dénes Krusovszky erschien 2011 in der Edition Solitude und ist höllisch gut.

S. U.